MLB
메이저리그

MLB-메이저리그 14

말리브해적 장편소설

초판 1쇄 찍은 날 § 2016년 6월 24일
초판 1쇄 펴낸 날 § 2016년 7월 1일

지은이 § 말리브해적
펴낸이 § 서경석

편집책임 § 고승진
디자인 § 신현아

펴낸곳 § 도서출판 청어람
등록번호 § 제387-1999-000006호
등록일자 § 1999. 5. 31
어람번호 § 제1-2469호

주소 § 경기도 부천시 원미구 부일로 483번길 40 서경B/D 3F (우) 14640
전화 § 032-656-4452 팩스 § 032-656-4453
http://www.chungeoram.com
E-mail § chungeorambook@daum.net

ISBN 979-11-04-90866-8 04810
ISBN 979-11-04-90474-5 (세트)

FUSION FANTASTIC STORY

말리브해적 장편소설

14

[완결]

MLB 메이저리그

도서출판 청어람

MLB
메이저리그
KANG
62

Contents

1. 줄리아의 아르바이트

줄리아는 삼열이 나오는 경기를 보며 팔짝팔짝 뛰었다. 그녀는 아빠가 매우 좋았다. 세상에서 제일 좋았다.

"제시, 아빠가 또 승리했어."

"멍, 멍!"

"제시, 너도 기분이 좋구나?"

"멍!"

제시도 꼬리를 흔들며 줄리아를 따라 제자리에서 깡충깡충 뛰었다.

"줄리, 이제 자야지?"

"응, 엄마."

거실에서 TV를 보는 것을 마치고 자기 방으로 가는 줄리아를 보며 마리아는 빙그레 웃었다.

뉴욕으로 온 후 생활은 평온한 나날이 계속되었다. 어제가 그제 같고, 오늘이 어제 같았다. 변함없는 일상, 흔들리지 않는 생활이 얼마나 가치 있는 삶인지 그녀는 잘 알고 있었다.

어떤 사람들은 이것을 시간과 환경에 길들여진 것으로, 또는 모험하지 못해 발전이 없는 삶이라고 깎아내릴지 몰라도 이런 평온함은 그냥 만들어지는 것이 아니다. 이런 일상의 평온함도 수많은 인내와 배려, 존중이 없다면 결코 이루어질 수가 없다. 행복해지기 위해서는 코엘료의 『연금술사』에 나오는 주인공 산티아고처럼 자아의 신화를 찾는 여행이 꼭 필요한 것은 아니다. 가치관은 사람마다 다르며 행복은 지극히 주관적이기 때문이다.

남편과 자식을 위해 사는 삶은 가치가 있다. 그런 삶이 있기에 가정이라는 것이 유지되며 행복해질 수 있었다. 다만 그녀의 마음속에서 일어나고 있는 약간의 권태로움이 문제가 될 뿐이었다.

'그이의 말대로 새로운 일을 해봐야겠어.'

마리아는 식탁에 앉아 어제부터 다시 읽기 시작한 『레미제라블』을 꺼내었다. 책을 읽을수록 장발장이 행복해지기 위해 치른 대가에 비해 자신은 너무나 쉽게 행복한 삶을 산다는 생각이 들었다. 그녀는 창문을 통해 내리는 비를 바라보았다. 초저녁부터 추적추적 내리기 시작하던 비가 어둠을 타고 맹렬해지고 있었다.

지이잉.

휴대폰이 울리자 마리아는 재빨리 전화기를 집어 들었다. 남편인 줄 알았는데 예기치 않게 아버지에게서 온 전화였다.

"아빠, 잘 지내셨어요?"

—마리, 너는 괜찮니?

"네, 물론이에요. 남편도 아이들도 모두 건강해요."

—내 딸아, 그거면 되었다. 험, 그리고 나는 내일 뉴욕에 갈 것 같구나.

"정말요?"

—그래, 내일 보자꾸나.

"네, 아빠. 잘 자요."

전화가 끊기자 침묵이 잠시 찾아왔다.

이후에 삼열에게 전화가 와서 한참을 이야기하다가 그녀는 잠이 들었다.

새날이 밝았어도 비는 그치지 않고 계속 내렸다. 그 때문에 줄리아는 답답한지 어린 동생을 괴롭히고 있었다. 조셉은 늘 당하면서도 누나를 무척이나 좋아했다. 그리고 조셉에게는 누나가 아니면 놀 사람이 없었다. 개와 돼지 모두 줄리아의 것이었다. 그는 늘 심심했다.

"줄리, 조, 밥 먹어라."

"네, 엄마."

먹을 것을 밝히는 줄리아가 재빠르게 식탁으로 뛰어오자 조셉도 그녀를 뒤따라서 의자에 앉았다. 줄리아는 자신의 접시에 맛있는 것을 담아 폭풍 같은 속도로 먹기 시작했다. 엄마의 말을 잘 듣는 그녀도 먹는 것만큼은 어쩔 수가 없는 듯해 마리아는 고개를 절레절레 흔들고 포기했다. 누나의 놀라운 속도에 감탄하느라 정작 조셉은 제대로 먹지도 못했다.

"음냐, 음냐! 너무 맛있어."

"와아!"

마리아는 줄리아가 끼니마다 저렇게 먹어도 살이 찌지 않는 것이 이해가 되지 않았다. 딸의 활동량이 엄청나게 많은 것을 고려해도 말이다.

줄리아는 아침을 먹고 나자 다시 동물들과 놀기 시작했다. 조셉은 오늘도 누나에게 같이 놀아달라고 쫓아다니기 바빴다.

마리아가 차를 마시며 잔잔한 음악을 듣고 있을 때 존메이어 메로라인이 찾아왔다.

"아빠, 어서 오세요."

"잘 있었니, 내 딸 마리아?"

"네. 엄마도 잘 계시죠?"

"너와 항상 통화하는 것으로 아는데, 아니었니?"

"맞아요, 아빠."

존메이어는 마리아의 행복한 얼굴을 바라보았다.

사위가 마음에 들지 않아 유산 상속 자격도 박탈하였지만 그렇다고 자식이 아닌 것이 되는 것은 아니었다. 그때는 화가 나서 그렇게 했지만 시간이 지날수록 마음이 좋지 않았다. 유난히 아끼던 딸이었다. 그런 딸이 아시아인과 결혼했다는 말에 그는 엄청난 충격을 받았었다.

"행복하니?"

"그럼요, 아빠. 행복해요."

조금도 지체하지 않고 대답하는 딸을 보며 그는 사위에 대한 미움이 조금 옅어지는 것을 느꼈다. 삼열 앞에서는 표현하지 않았지만 존메이어는 그가 싫었다. 하지만 어쩌겠는가. 딸이 사랑하는 남자이니 애써 자신의 그런 감정을 외면하는 수밖에.

"와아, 할아버지다!"

"할아버지!"

방에서 놀던 줄리아가 뛰어나와 존메이어의 품에 안긴다. 말랑말랑한 손녀가 품에 안기자 존메이어는 말할 수 없는 따뜻한 감정이 솟아났다.

"나도, 나도."

"아냐, 아냐. 할아버지는 내 거야!"

"허허허!"

존메이어는 자신을 두고 손녀와 손자가 다투는 것을 보고 기분이 좋아졌다. 얼마나 사랑스러운 손녀와 손자인가. 이 작고 깜찍한 아이들을 보면 한없이 마음속에서 솟아나는 흐뭇함에 그는 일도 없으면서 일 핑계를 대고 온 것이다. 물론 2주일 동안 바쁜 일이 없어 찾아온 것이긴 했다.

아내 사라와 같이 오고 싶었지만 자신의 그런 마음이 들킬 것 같아 혼자 왔다. 행복해하는 딸과 줄리아, 조셉을 보자 정말 잘 왔다는 생각이 들었다.

"할아버지, 나 안 보고 싶었어?"

눈을 동그랗게 뜨고 바라보는 줄리아를 보자 자신이 절대 이길 수 없다는 것을 존메이어는 깨달았다.

"보고 싶었지. 아주 많이 보고 싶었단다."

줄리아가 할아버지의 말에 신이 나 팔짝팔짝 뛰었지만 조셉은 상처받은 얼굴로 소파 한구석으로 가서 앉았다. 입을 삐쭉하게 내밀고 '나 삐쳤음. 할아버지랑 말 안 함'이라고 티를 내고 있었다. 사실 존메이어는 손녀가 더 귀엽긴 했다. 그렇다고 그것을 표 낼 수는 없어 가져온 선물을 조셉에게 먼저 주었다.

"우리 조셉을 위해 이것을 가져왔지."

존메이어가 내민 근사한 자동차 모형을 보자 삐쳐 있던 조셉의 눈이 반짝거렸다.

"와아!"

역시 아이였다. 자동차를 좋아하는 조셉은 금방 그것에 빠져버렸다. 그 모습을 보고 존메이어는 '허허허' 하고 웃었다.

"할아버지, 나는?"

"너도 있지. 이거란다."

"와아! 너무 멋져요, 할아버지!"

줄리아가 곰 인형을 받고는 좋아서 품에 꼭 껴안는 것을 보니 아무리 사방팔방으로 뛰어다녀도 천생 여자아이였다. 존메이어는 자신의 옆에 찰싹 들러붙어 종알대는 손녀를 보았다. 정말 손자, 손녀와 같이 살고 싶어졌다.

그런데 미운 사위 놈이 걸렸다.

"커험, 어제도 삼열이 승리했더구나."

"네, 아빠. 벌써 12승이에요."

"허, 그놈 참, 괴물이군."

"괴물이요?"

줄리아가 존메이어의 말을 듣고 귀를 쫑긋거리며 물었다.

"굉장하다는 뜻이란다."

"아하!"

새로운 것을 배웠다는 것에 감탄하던 줄리아는 그 이후에 조셉에게 '이 괴물이!'를 반복하다가 마리아에게 야단을 맞았다.

때로는 바람이 불고 비가 오기도 했다. 그리고 시간이 지나갔다. 아이들은 쑥쑥 컸다. 어제가 오늘 같은 일상은 아이들에게는 해당되지 않았다. 어제와 오늘이 몰라볼 정도로 달랐다.

줄리아는 열두 살이 되었고, 너무나 예쁘고 귀여운 소녀로 성장했다. 마리아는 마치 자신의 어린 시절을 보는 것 같았다.

다른 점이 있다면 줄리아의 넘치는 힘이었다. 그녀는 엄청난 괴력의 소녀가 되어 있었다. 세 살 때부터 무거운 물건을 번쩍번쩍 들기 시작하더니 이제는 성인 남자도 번쩍 들어버렸다.

* * *

줄리아는 정원의 잔디를 깎는 것이 짜증났다. 잔디 기계가 줄리아가 이끄는 대로 윙윙거리며 돌아간다. 힘이 센 줄리아에게 이런 것은 전혀 힘들지 않은 일이다. 하지만 수고비가 지나치게 낮았다.

"앙, 뭐야? 이렇게 넓은 정원을 깎는 데 왜 2달러밖에 안 주냐고."

줄리아의 날 선 소리에 제시가 귀를 쫑긋거리고는 뒤로 물러났다. 옆에 있다가는 화풀이를 당할 수 있기 때문이다.

아니나 다를까, 멋모르고 옆에서 재롱을 부리던 아기들이 혼나고 있다. 다섯 마리의 강아지가 줄리아의 잔소리에 낑낑대며 어쩔 줄을 몰라 했다.

제시는 자기의 자식들이 주인에게 야단 듣는 것이 마음 아팠지만 어쩔 도리가 없었다. 어릴 때부터 무지막지하게 힘이 센 주인은 이제는 거의 괴물급으로 성장해 버려 자기가 감당할 수 있는 수준이 아니었다.

다행스러운 것은 강아지들이 제시를 닮아 얌전한 편이라는 점이다. 그럴 수밖에 없는 것이 폭력적인 어린 주인의 위세에 눌려 강아지들이 기를 못 편 것이다.

줄리아에게 잔디 깎는 것은 너무나 쉬운 일에 속했다. 힘이 센 그녀에게 잔디 깎는 기계를 밀고 다니는 것은 그냥 걷는 것이나 마찬가지였다. 바퀴가 돌아가면 잘린 잔디가 옆으로 튀어나왔다.

비록 2달러로 책정된 일당이라도 안 할 수는 없었다. 이렇게 넓은 정원의 잔디를 깎아도 고작 2달러밖에 주지 않는 이유는 줄리아가 하지 않아도 할 사람이 기다리고 있기 때문이었다. 정원을 관리하는 직원이 따로 있었다.

마리아는 남이 할 수 있는 일의 보수에는 유독 박했다. 엄마가 하던 일들이 딸에게 반복된 것이다. 마리아도 대학 등록금을 용돈을 모아서 냈다. 부족한 일부는 학비 융자를 받기도 했다.

아버지가 부자라는 것은 고등학교까지만 해당되었다. 대학 학비를 주는 부모들이 없는 것은 아니지만 대부분 자신이 알아서 한다. 부모에게 돈을 받으면 그만큼 부모의 간섭을 받아야 하기에 별로 좋아하지 않는다. 부모의 헌신이 크면 클수록 자식은 부모의 영향을 벗어나기가 요원한 법이다. 그것이 싫었다.

"너무해."

열두 살 줄리아는 너무 적은 용돈과 아르바이트 비용에 짜증이 났지만 어쩔 도리가 없었다. 엄마도 그렇게 해왔고 외삼촌들도 그랬다. 외할아버지가 부자였지만 자식들에게 돈을 함부로 주지 않았기에 엄마도 외삼촌들도 대학 다닐 때는 힘들었다고 했다.

줄리아의 통장에 있는 2만 5천 달러의 돈으로는 대학 입학금밖에 낼 수 없다. 나머지는 은행 대출을 받아야 한다. 열두 살 어린 줄리아에게는 돈을 버는 방법이 생각나지 않았다. 집 밖에 나가서 아르바이트하려고 해도 열두 살짜리 여자아이를 써주는 곳이 없었다.

갑자기 기가 막힌 생각이 났다. 줄리아는 손뼉을 치고 깡충깡충 뛰었다.

'아빠한테 나 볼걸 시켜달라고 해야지. 양키스의 아르바이트 보수는 짭짤하다고 소문났잖아.'

줄리아는 신이 났다. 이제 엄마의 마수에서 벗어날 방법이 보인 것이다.

'일단 해보는 거야.'

줄리아는 잔디 깎는 기계를 창고에 집어넣고는 인터넷으로 양키스의 홈페이지에 들어갔다. 그리고 홈페이지 하단에 있는 'Job Opportunities'를 클릭해 보니 볼보이에 대한 내용이 없어 무턱대고 양키스에 전화했다.

"헬로."

—헬로, 뉴욕 양키스 구단입니다. 무엇을 도와드릴까요?
"저는 줄리아 강이라고 해요. 아빠가 삼열 강이에요."
—아, 네. 반가워요, 줄리아 양. 그런데 무슨 일인가요?
"양키스 구단에서 아르바이트하고 싶어요. 볼걸이나 배트걸 같은……."

뉴욕 양키스 구단 본부의 교환원 직원인 이자벨 로리아는 황당한 전화에 조금 당황했다. 양키스는 그런 아르바이트 공고를 따로 내지 않는다. 대부분 선수의 자녀들이나 직원의 아이들이 하는 경우가 많았다. 간혹 사내 공고를 하기도 하지만 그 경우는 흔하지 않았다.
"잠시만 기다려 주세요, 줄리아 양."
로리아는 행정팀으로 전화를 돌려 문의했다. 그러자 양키스의 행정팀 중에서 선수들의 업무를 보조하는 조지 치어가 전화를 받았다. 로리아는 치어에게 줄리아와의 통화 내용을 설명하고 전화를 연결해 주었다.
"헬로, 줄리아 양?"
—안녕하세요. 혹시 아르바이트 자리가 있을까 알고 싶어요. 배트걸이나 볼걸, 아니면 뭐든 좋아요.
"흠, 아빠가 알고 있나요?"
—무, 물론이에요. 아빠 몰래 하진 않아요.
치어는 줄리아의 말을 듣고는 곤란함을 느꼈다. 지금 배트보이나 볼보이는 자리가 다 찼기 때문이다. 볼보이는 타격 코치의 어린 아들이 하고 있고 배트보이는 선수의 아들이 하는 것으로 알고 있었다.

치어는 머리를 굴렸다. 자리가 없어도 만들어야 한다는 것을 본능적으로 느꼈다.

삼열이 양키스에서 차지하는 비중은 그야말로 막강함 그 자체였다. 매년 25승 이상을 해내고 있고 연봉은 사상 최고의 금액을 매년 경신하고 있었다. 그리고 양키스 홈경기 중에 삼열이 나올 때마다 부인과 딸, 그리고 어린 아들이 응원을 온다.

'이거야말로 대어가 스스로 어망 속으로 뛰어든 꼴이군.'

그는 삼열이 등판하는 경기마다 양키스타디움에 찾아오는 부인과 딸을 잘 알고 있었다. 명문 메로라인 가문의 딸과 외손녀이다. 게다가 그녀들의 아름다운 외모는 매 경기 카메라에 잡히곤 했다. 양키스의 팬들에게 인기 있는 모녀였다.

치어는 숨을 크게 쉬고는 재빨리 입을 수화기에 대고 말했다.

"줄리아 양, 일단 서류를 보낼게요. 직원에게 이메일 주소를 남겨줘요."

"네."

줄리아는 전화를 끊고 기분이 좋아졌다. 그리고 전화를 끊은 지 10분 만에 이메일이 왔다.

"와, 대박이다."

양키스가 보낸 메일에는 고용에 대한 계약서가 있었는데 시간당 12달러 50센트였다. 가장 좋은 점은 홈경기가 있는 날에는 출근해서 일하지 않아도 돈이 나온다는 것이었다.

잔디 깎기 따위와는 비교도 되지 않는 좋은 조건이었다. 일반적인 아르바이트 기준으로 대우가 아주 좋은 것은 아니었지만,

집에서 하도 박한 대우를 받다 보니 아주 만족스러운 금액이었다.

*　　　*　　　*

양키스의 브라이언 캐시먼 단장은 갑작스럽게 올라온 보고서를 보고 고개를 갸우뚱했다. 아르바이트 고용에 대한 내용이 자기에게까지 올라온 것이 의아했던 것이다.

"뭔가?"

그의 질문에 단장 보좌관인 해밀턴 레셀이 대답했다.

"삼열 강 선수의 딸 줄리아 양이 배트걸에 지원했다고 합니다."

"그녀가 왜?"

"그거야 모르죠. 삼열이 용돈을 많이 안 주나 봅니다."

"그래?"

캐시먼 단장은 활짝 웃으며 대꾸했다.

막강 양키스 제국을 유지하는 데 삼열이 차지하는 비중은 굉장히 높다. 그런데 그 딸이 구단에서 아르바이트한다? 이보다 더 좋은 뉴스는 없었다.

삼열은 지난 5년 동안 양키스에서 활약하면서 폭발적인 인기를 누리고 있었다. 사실 양키스는 모범생 같은 이미지라 독특한 선수들이 별로 없었다. 개성이 많은 선수도 양키스에 오면 양키 스타일에 따라야 한다. 하지만 삼열은 그렇지 않았다. 원래 양키스가 요구하는 제한에 걸리는 것도 없었다. 그러면서도 그는 항상 톡톡 튀었다.

양키스에서 인기 있던 선수 중에는 플레이보이가 많았다. 데릭 지터가 대표적인 인물이었지만 그 말고도 많은 선수들이 그랬다. 양키스 선수라면 미인들이 옷을 벗고 덤벼들었다. 특히 영화배우, 모델, 가수들에게 인기가 많았다. 선수들의 사생활에 대해서는 터치를 하지 않는 양키스에는 그래서인지 카사노바가 많았다.

하지만 삼열 강은 그 누구보다 엄청난 실력을 갖추고 있음에도 불구하고 굉장히 가정적인 면모를 보였다. 결혼 후 단 한 번도 스캔들이나 외도로 문제가 된 적이 없었다.

'삼열 강의 딸이라?'

캐시먼 단장은 삼열에게 고마운 마음이 들었다. 그 어떠한 배트걸보다 인기가 많을 아르바이트생이 온다는 생각에 저절로 입가에 미소가 지어졌다.

'그런데 왜지? 정말 용돈을 안 줘서 그런가, 아니면 단지 해보고 싶어서 그런 것인가?'

캐시먼은 창밖을 내다봤다. 차들이 빠르게 지나다니고 있다. 나무와 건물 사이에선 새 한 마리가 자유롭게 비행하고 있다.

* * *

줄리아는 점심을 준비하는 마리아 옆에 가서 살짝 안겼다.

"줄리, 무슨 일이니?"

"엄마, 나 아르바이트해도 돼요?"

"응, 해도 되는데 위험한 일은 안 돼."
"정말?"
"물론이지, 줄리. 참, 너무 많은 시간을 할애하면 안 되고."
"응. 엄마, 승낙한 거죠?"
"그래. 그리고 일할 때는 성실하게 해야 한다. 고용주에게 피해를 주면 안 돼. 알겠니?"
"응."
줄리아는 신이 나 자신의 방으로 들어갔다.
마리아는 딸아이를 보고 미소를 지었다. 돈이 별도로 필요하지 않은데도 저렇게 아르바이트를 하겠다고 하는 것 자체가 대견했다. 마리아도 어릴 때부터 아르바이트를 해보아서 쉽게 허락을 해준 것이다.
어릴 때 아르바이트를 하면 좋은 점은 일찍 세상을 배울 수 있다는 것이다. 그리고 돈을 버는 것이 어렵다는 것을 깨달으면 어릴 때부터 자신만의 경제관이 생긴다.

줄리아는 아르바이트를 지원하고 기다렸다. 시간이 지날수록 초조해졌다. 시간당 12달러 50센트짜리의 아르바이트를 절대로 놓칠 수는 없다.
마침내 일주일 후, 기다리던 합격 통지서가 왔다.
"우헤헤헤."
줄리아가 괴상하게 웃기 시작했다. 그러고는 재빨리 마리아에게 달려갔다.
"엄마, 엄마, 나 아르바이트하게 되었어."

"어머나! 줄리아, 축하한다."

"네. 우헤헤헤헤."

"그런데 무슨 일이니?"

"배트걸."

줄리아가 신이 나 배트맨 포즈를 취했다.

"응?"

"양키스의 배트걸이에요."

"줄리, 배트걸?"

"응, 엄마. 이제 내가 아빠 글러브와 야구공을 챙겨줄 거야. 멋지지, 엄마?"

"그럼 내 남편 잘 부탁한다, 줄리."

"흥, 내 아빠를 챙기는 거야."

마리아는 한숨을 내쉬었다. 일곱 살부터 아빠를 유난히 따르더니 열두 살이 되어도 변함이 없었다. 아빠를 좋아하는 것은 매우 좋은 일이지만 사회성에 문제가 생기지 않을까 염려되었다.

"잘해보려무나."

"응. 이제 악덕 고용주에게서 벗어나는 거야."

마리아는 줄리아의 말을 듣자 마음 한구석이 찔렸다. 그동안 지나치게 줄리아를 채비시킨 것은 사실이다. 아빠가 워낙 부자이다 보니 잘못 크면 흥청망청해질까 봐 지나치게 인색했던 것이다.

하지만 그랬더니 딸아이는 알아서 자기가 나아갈 길을 모색하고 있었다. 열두 살 줄리아는 요즘 들어 생각이 많았다. 친구들과 노는 것도 신이 났지만 인간이 무엇인지, 또 어떻게 살아야 할지에 대한 생각이 많아졌다. 아직 사춘기가 오지는 않았지만 줄리아는 예전처럼 무작정 뛰어다니지는 않았다.

저녁이 되어 삼열이 왔다.

줄리아가 양키스에서 배트걸을 한다는 말을 듣고 그는 고개를 갸웃했다. 딸아이가 어린 나이에 왜 그렇게 아르바이트에 관심을 가지는지 이해가 되지 않았다. 하지만 마리아도 어릴 때부터 아르바이트했다는 말에 그런가 보다 하고 말았다.

"아빠, 그런데 나 뭐 하면 좋을까?"

"글쎄, 아빠는 네 나이 때 그런 고민을 안 해봐서 잘 모르겠다. 하지만 네가 좋아하는 일을 하며 살아야겠지."

"하지만 아빠, 좋아하는 것과 잘하는 것은 다르잖아요."

"무, 물론이지."

삼열은 딸의 말에 당황하며 대답했다. 그는 어릴 때 놀기 바빴고, 고아가 된 후에는 질병과 싸우느라 인생을 설계하지 못했다. 미카엘을 만나지 못했다면 살아 있지도 못했을 것이다.

인생은 계획하는 대로 되는 것이 아니다. 그리고 된다고 하더라도 반드시 행복해지는 것도 아니다. 그래도 무엇인가 하고 싶은 것이 없다면 그만큼 삶이 재미가 없을 것이다. 그런 생각을 하니 이제 열두 살의 줄리아가 기특했다.

"줄리아, 네가 무엇을 하든 아빠는 네 팬이 될 거야."

"정말?"

"물론이지. 넌 내 딸이잖아. 난 너의 아빠고."

"아빠 만세!"

"줄리, 그런데 시간당 얼마라고 하든?"

"아빠, 12달러 50센트나 준대. 나는 열두 살밖에 안 되는데 말이야."

"뭐, 그것밖에 안 줘? 이놈들이 미쳤나?"

삼열은 양키스가 줄리아를 이용하여 구단을 홍보할 것을 알고 있기에 어이가 없었다. 그렇다고 광고를 찍는 것은 또 아니라서 구단에 뭐라고 하기도 힘들었다.

'이것들이 수 쓰네.'

옆에서 줄리아가 신이 나 종알거려도 그는 화가 났다. 딸바보인 삼열이기에 화가 날 수밖에 없었다.

'두고 보자, 이놈들.'

* * *

줄리아는 돈도 벌고 아빠가 뛰는 구장에서 일하게 된 것이 좋았다. 그런데 첫날부터 자신의 시급이 20달러로 오른 것을 알고 만세를 불렀다. 빛나는 햇살이 눈처럼 내리는 날, 줄리아는 양키스타디움에 섰다.

"히잇, 여기가 바로 아빠의 일터 양키스타디움이지."

줄리아는 좋아서 그라운드를 뛰어다니다가 직원에게 걸려 잔소리를 들었다. 그래도 기분은 좋았다. 아빠가 일하는 양키스 구장에서 아르바이트한다는 것은 너무나 근사한 일이니까.

더욱이 열두 살의 나이에 시간당 20달러나 받는 아르바이트 자리는 말할 것 없이 좋았다. 줄리아는 외모는 엄마 마리아를 닮았지만 성격은 삼열을 많이 닮았다. 그래서 돈에 집착하는 것도, 끈질긴 성격도 삼열과 매우 비슷했다.

"줄리아 양, 이리로 와요."

아르바이트 아이들을 관리하는 웨인 스테판이 줄리아를 불렀다. 줄리아는 그에게 다가가 눈을 동그랗게 뜨고 그를 바라보았다.

"오늘은 선수들의 배트와 야구공을 어떻게 관리하는지를 가르쳐 주겠습니다. 오늘부터 일하게 되지만 실제로는 일주일이 지나야 정식으로 볼걸이나 배트걸을 할 수 있어요. 무슨 말인지 알겠어요?"

"그럼요. 지금은 배우는 기간이잖아요."

"좋아요. 잘 알고 있군요. 오늘은 라커룸, 볼과 배트가 있는 곳, 그리고 볼과 배트를 선수들에게 공급해 줄 때의 규칙을 알려 주겠어요."

"네."

스테판은 순진한 얼굴로 생글생글 웃는 줄리아를 보자 귀엽다는 생각이 들었다.

열두 살의 줄리아는 다른 여자아이들보다 키가 상당히 컸다. 아직 이차성징이 오지 않아서 키가 커도 귀여운 아기 같은 얼굴을 유지하고 있었다. 줄리아의 키가 큰 것은 엄마 아빠의 키가 크니 어쩌면 자연스러운 일일 것이다.

특히 줄리아의 크고 푸른 눈은 신비로운 느낌마저 들었고 오뚝한 코와 붉은 입술은 완벽한 미인의 조건을 갖췄다. 크면 정말 미인이 될 것이 틀림없었다.

'엄마가 예쁘니 딸도 예쁘군.'

스테판은 줄리아를 보면서 자신의 딸 크리스틴을 생각했다. 자신의 눈에는 마냥 예뻐 보이지만 객관적으로 볼 때는 영 아니었다. 사실 그대로 크면 어쩌나 하고 은근히 걱정되기도 했다.

첫날은 배트걸을 할 때의 규칙을 듣고 몇 군데를 구경하고 끝이 났다. 줄리아는 당장 배트걸을 하지 못하는 것이 아쉬웠지만 상관없었다. 그녀가 원한 것은 두둑한 주급이었기 때문이다.

줄리아는 일주일 동안 하루도 빠짐없이 나와 양키스타디움의 중요한 건물 이름들을 외우며 다른 볼보이들이 하는 것을 구경했다.

'어려운 것은 하나도 없네.'

힘든 일이 있을 턱이 없었다. 구단은 홍보 차원으로 아르바이트 아이들을 쓰는 것이기에 힘든 일이 있다고 해도 아이들을 시키지는 않았다. 게다가 힘이 무지막지하게 센 줄리아의 입장에서는 공이나 배트를 나르는 일이 너무나 쉬웠다. 스테판도 줄리아가 여자아이라 일을 하는 것을 힘들어할 줄 알았는데 뜻밖으로 잘하는 것을 보고 놀랐다.

홈경기가 치러지면 대략 하루에 사용하는 공이 150개에서 200개 정도이다. 공은 항상 넉넉하게 준비되어 있어야 하므로 250개 정도의 공을 볼보이들이 날라야 했다. 배트는 선수마다 두세 개씩 가지고 다니는데 그것들을 정리하는 것도 아이들이 할 일이었다.

물론 모든 일을 아르바이트 아이들이 하는 것은 아니었다. 담당 직원이 마지막으로 체크하기에 잘못될 일은 없었다.

"마이클, 볼 받으러 가자."

"응, 줄리아."

마이클은 타격 코치 캐빈 롱의 아들로 줄리아와 같은 열두 살이다. 그는 볼보이를 한 지 3개월이나 되어 줄리아보다 아는 것이 많았다.

"너는 커서 야구 선수 할 거니?"

"응, 나도 아빠처럼 훌륭한 타자가 될 거야."

"그렇구나."

줄리아는 마이클이 부러웠다. 줄리아도 야구 선수가 되고 싶긴 하지만 여자 선수가 없는 것이 문제였다. 물론 여자 아마추어 야구팀은 있다. 하지만 줄리아는 그런 팀에는 관심이 없었다.

법적으로는 여자가 메이저리그 야구 선수가 되는 것에 아무런 문제가 없다. 2차 세계대전 때는 여자 선수로 구성된 구단이 메이저리그에도 있었지만 전쟁에 참가한 선수들이 돌아오면서 없어졌다. 지금은 일본인 요시다 에리가 미국 독립 리그인 애리조나 윈터 리그에서 너클볼러로 활약하고 있을 뿐이다.

물론 줄리아의 무지막지한 힘을 고려할 때 충분히 메이저리그에 도전해 볼 수도 있겠지만 몇 가지 면에서 마리아가 결사반대했다.

먼저 줄리아가 야구 선수가 되면 남자 선수들과 로커 룸을 같이 사용해야 하기에 문제가 된다는 것이었다. 둘째는 줄리아가 굳이 야구를 하지 않아도 여자가 할 수 있는 스포츠가 많다는 점이다. 마리아는 자신의 딸이 험한 남자들과 함께 땀을 흘리고 뛰는 것을 원하지 않았고, 삼열도 줄리아가 야구하는 것은 반대했다.

야구공을 받아 손수레에 올려놓고 오는데 막상 들어보니 무척이나 가벼웠다. 손수레를 끌고 오는 것이 귀찮아진 그녀는 야구공이 든 통을 번쩍 들었다.

"헉!"

마이클이 놀라 눈을 크게 뜨고 줄리아를 바라보았다.

"왜?"

"아니, 너 힘이 완전 세구나?"

"뭐, 이 정도쯤이야."

그녀가 야구공이 담긴 통을 두 개나 들고 오자 마이클도 재빨리 손수레를 반납하고 돌아왔다.

"와, 너 혼자 들 수 있겠어?"

"물론이지. 너도 하나 들래?"

"아니, 아니, 난 괜찮아."

줄리아와 마이클은 돌아오면서 이야기를 나눴다. 반쯤 오자 마이클이 미안했는지 하나는 자신이 들겠다고 해서 줄리아가 통을 넘겨줬다.

"너는 힘이 센데도 굉장히 날씬하네."

"이게 힘이 센 건가?"

"무지무지하게 센 거야."

마이클은 말을 하면서도 힘겨운 듯 숨을 내쉬었다. 야구공 100개가 담긴 통은 상당히 무거웠고 먼 거리를 들고 오니 힘이 들었던 것이다.

마이클이 힘들어하자 무안해진 줄리아는 왼손으로 머리를 긁으며 웃었다. 이 정도야 그녀에게는 간식거리도 안 된다. 그런데 마이클이 힘들어하는 모습을 보자 자신이 비정상적이라는 것을 다시금 깨달은 것이다. 물론 그전에도 알고는 있었지만 이제 확실해진 것이다.

'다음에는 그냥 손수레를 이용해야겠네.'

줄리아는 힘들어하는 마이클을 보며 생각했다.

마이클의 아버지 케빈 롱은 메이저리그 경험은 없지만 훌륭한 타격 코치로 활약하고 있었다. 그는 아들이 야구 선수가 되는 것을 적극적으로 지원했다.

케빈 롱은 1989년에 캔자스시티 로열스에 입단했지만 부상과 부진으로 마이너리그에서 대부분의 시간을 보냈다. 결국 투수 코치로 전직했으며 나중에는 메이저리그에서 잘나가는 타격 코치가 되었다. 그래서인지 그는 운동신경이 발달한 아들 마이클이 메이저리거가 되었으면 하고 내심 바라고 있었다.

"너, 삼열 강 선수의 딸이지?"

"응. 난 아빠 딸이야."

줄리아가 자랑스럽다는 표정으로 대답하자 마이클은 그런 그녀를 보며 부러워했다.

"우리 아빠 좋아해?"

"그럼, 양키스 팬이라면 누구라도 좋아할걸."

"그래?"

줄리아가 미소를 지으며 반문했다. 아빠를 칭찬하는 말을 다시 듣고 싶은 것이다.

"엄청난 투수잖아. 그리고 좋은 일도 많이 하고. 나도 주급을 받아서 제일 먼저 파워 업 티셔츠 샀어."

"정말?"

"응, 파워 업 티셔츠는 집에 있어. 아르바이트하는 날에는 가져올 수 없거든."

"그렇구나."

줄리아는 아빠를 존경하는 마이클을 귀여워해 주기로 마음먹었다. 주근깨투성이의 마이클이 은근히 귀엽게 생겼다는 생각도 들었다.

* * *

오늘은 줄리아가 경기 중에 야구공을 주심에게 처음으로 가져다줘야 하는 날이다. 그래서 줄리아는 약간 흥분이 되었다. 이제 처음으로 제대로 된 일을 시작하는 것이다.

"아빠."

줄리아는 삼열을 보자마자 달려가 품에 안겼다. 삼열이 줄리아를 안고 뺨을 비비며 좋아했다.

"아빠, 나 오늘부터 일한다."

"워, 줄리. 넌 잘할 거야."

"응, 아빠."

"워, 삼열, 나에게도 네 딸을 소개해 줘야지."

로빈슨 카노가 삼열의 어깨를 치며 이야기하자 줄리아가 먼저 자신을 소개했다.

"전 줄리아 강이에요, 로빈슨 카노 씨. 오늘도 아빠를 위해 홈런 치실 거죠?"

"무, 물론이지."

카노도 홈런을 경기마다 치고 싶지만 그것이 마음대로 되는 것은 아니었다. 하지만 줄리아가 큰 눈을 동그랗게 뜨고 빤히 쳐다보는데 사실대로 말할 수는 없었다.

레리 핀트, 스티븐 댄, 그리고 CC 사바시아까지 줄리아와 인사를 주고받았다. 그 모습을 마이클이 보며 부러워했다. 그도 아버지 덕분으로 볼보이를 하고 있지만 선수들과 모두 알고 지내는 것은 아니었다. 그런데 줄리아는 유명한 선수들이 기꺼이 친하게 지내려고 하는 게 아닌가!

그러나 마이클의 생각은 정확한 것이 아니었다. 삼열이 뛰어난 투수라는 사실이 작용하지 않은 것은 아니지만 동료 선수의 딸이 볼걸이 되었다는 점, 그리고 줄리아가 매우 귀여운 여자아이라는 점이 더 작용했다.

드디어 기다리고 있던 시합이 시작되었다. 상대 팀은 중부 지구의 디트로이트 타이거스였다. 삼열이 선발로 등판하는 날, 줄리아가 볼걸로 경기에 처음 참가하게 된 것이다.

삼열이 마운드에서 연습구를 던지는 동안 YES방송국의 조니 웹 아나운서와 어니 슐러 해설위원이 카메라에 잡힌 줄리아를 보며 신나게 방송을 시작했다.

—하하, 오늘은 조금 특별한 날입니다. 삼열 강 선수의 딸인 줄리아 양이 양키스의 볼걸로 일하면서 아빠에게 볼을 공급합니다.

—그렇습니다. 이미 양키스의 팬뿐 아니라 시카고 컵스의 팬

사이에서도 상당한 인기를 누리고 있는 줄리아 양이 볼걸을 하게 된 것은 매우 재미있는 일이군요. 팬들이 좋아하겠습니다.

—올해에도 벌써 12승 1패로 압도적인 한 해를 보내고 있는 삼열 강 선수, 올해가 끝나면 다시 양키스는 삼열 선수와 재계약을 해야 하는데 이번에는 연봉이 얼마나 될지 벌써부터 관심을 받고 있습니다.

—양키스는 삼열 강 선수와의 계약에 자신감을 내비치고 있는데, 왜 그렇죠?

—삼열 강 선수가 작년과 올해 변함없는 성적을 내고 있지만 무지막지한 연봉 때문에 다른 팀들이 덤벼들지 못하고 있거든요. 하하, 누가 삼열 선수의 그 높은 연봉을 감당할 수 있을까요?

—그렇군요. 그렇지만 노리고 있는 구단이 없는 것은 아니지 않습니까?

—물론입니다. 아메리칸리그에서는 일단 레드삭스가 있지만 계약이 될 가능성이 거의 없지요. 레드삭스라면 삼열 강 선수가 기겁하니까요. 다음으로는 텍사스 레인저스가 뛰어들 수 있는데, 아무래도 양키스에게는 밀리죠. 내셔널리그에서는 LA 다저스가 배팅할 수 있는 현금을 가지고 있습니다.

—양키스로서는 삼열 강 선수가 온 후 두 번의 월드시리즈 우승, 그리고 세 번의 챔피언십시리즈 진출 등으로 삼열 효과를 톡톡히 보지 않았습니까?

—그렇습니다. 요즘은 어중간한 선수들의 연봉도 1천만 달러가 넘어가고 있으니 삼열 강 선수의 연봉이 꼭 높다고 말할 수

는 없지요. 5년 동안 삼열 강이 양키스에서 올린 승은 딱 125승, 매년 25승을 챙겼습니다. 그동안의 평균 자책점은 믿을 수 없게도 1.67입니다.

—인간이 아니군요. 메이저리그에는 비교할 만한 선수가 없고, 축구에서 메시나 펠레 정도, 농구에서는 마이클 조던과 급이 같다고 볼 수 있겠습니다.

—하하, 어쨌든 스타가 있는 것은 좋은 일입니다. 메이저리그가 작년에는 NBA를 뛰어넘는 인기를 누리게 된 것도 삼열 선수와 같은 빅 스타가 출현한 덕이라고 할 수 있겠죠.

—그렇습니다. 삼열 강은 단순히 야구만 잘하는 선수가 아니라 팬들이 무엇을 원하는지를 아는 선수라고 할 수 있지요.

—하하, 오늘 삼열 선수, 퍼펙트게임을 하는 것 아닐까요? 딸이 공을 가져다주니 말입니다.

—하하, 설마요.

삼열이 마운드에서 공을 던지기 시작했다.

푸른 하늘이 어둠으로 서서히 물들어갈 때까지 줄리아는 바구니에 야구공을 담아 공이 부족할 때마다 가져다주었다.

2. 꿈

줄리아는 무엇이든 되고 싶었다. 열두 살이라는 애매한 나이가 지금은 자신을 막고 있지만 한편으로는 한창 크고 있다는 것도 느끼고 있었다. 당장은 아르바이트로 대학 등록금을 준비하고 있지만 나이가 들면 들수록 더 좋은 일자리가 생길 것이다.

나이가 든다는 것은 세상을 인식한다는 말이다. 이제 그녀는 세상을 인식하기 시작했고 무엇인가 되고 싶다는 생각도 들기 시작했다. 따뜻한 가정, 엄마와 아빠의 사랑에 충분히 만족하지만 이성은 그녀에게 자꾸만 무엇인가 되라고 요구했다. 그녀는 그렇게 서서히 사춘기에 접어들고 있었다.

줄리아는 볼걸이 재미있었다. 아빠에게 공을 가져다주고 언제나 그라운드에서 아빠와 만날 수 있다는 것이 너무나 좋았다. 가끔은 더그아웃의 벤치에 아빠와 나란히 앉기도 했다.

하지만 '난 뭘까?' 하는 생각이 행복한 와중에도 슬며시 스며들곤 했다.

주급을 300달러 가까이 받게 되면서 줄리아의 은행 잔고가 나날이 증가했다. 가끔 안 쓰는 물건을 알뜰 장터에 내다 팔면서 돈은 더욱 빠르게 증가했다. 그러자 줄리아의 꿈도 차츰 구체화하기 시작했다.

'나, 운동선수가 될 거야.'

줄리아는 엄마가 나온 하버드 대학을 내심 바라기도 했지만 아무리 생각해도 자신이 책상에 앉아서 공부하기에는 집중력이 약하다는 것을 깨달았다. 아니, 몸이 너무 건강해서 책상에 얌전히 앉아 공부하는 것이 힘들었다. 무엇을 할까 아무리 생각해 보아도 특별히 좋아하는 것이 떠오르지 않았다.

'난 어떤 운동선수가 되어야 할까?'

줄리아는 생각이 나지 않자 마리아에게 가서 물었다.

"엄마, 나 운동선수가 되고 싶은데 뭘 하면 좋을까요?"

마리아는 딸을 걱정스러운 눈으로 바라보면서 나직하게 한숨을 내쉬었다. 어릴 때부터 유난스럽게 뛰어다녀서 체념하고 있었지만 막상 딸이 운동선수가 되겠다고 하니 저절로 한숨이 나온 것이다.

"줄리, 네가 뭘 좋아하니?"

"음, 나는 뛰는 게 좋아요."

"그래, 넌 뛰는 것을 좋아하지. 그렇다면 육상 선수나 마라토너, 골프 선수 등등이 있겠네."

"골프요? 그건 뛰어다니는 것은 아니잖아요."

"그렇지만 네가 좋아하는 돈을 많이 번단다."

"아, 그렇군요."

돈을 많이 번다고 하자 눈이 반짝이는 딸을 보며 마리아는 피식 웃었다. 어쩌면 아버지나 딸이나 하는 짓이 똑같았다. 삼열 역시 평생 쓰고도 남을 돈을 벌어놓고도 더 벌려고 하고 있다.

"아, 그러면 LPGA의 챔피언이 될까?"

줄리아의 말에 마리아가 소리를 내며 웃었다. 골프는 줄리아에게 별로 맞지도 않은 운동임에도 불구하고 단지 돈을 많이 번다니 솔깃한 모양이다.

열심히 정직하게 버는 돈은 존경을 받으면 받았지, 비난받을 것이 아니기에 마리아는 욕심으로 똘똘 뭉친 딸을 빙그레 웃으며 바라보았다.

"누나, 난 아빠처럼 야구 선수가 될 거야."

옆에서 제시와 놀고 있던 조셉이 끼어들었다.

"흥, 꺼져!"

"칫, 나만 미워해."

"저게! 너 요즘 누나에게 엉긴다."

"내가 언제? 헤헤헤."

조셉이 재빨리 자신의 방으로 도망가자 제시와 강아지들도 줄리아의 눈을 피해 슬쩍 다른 곳으로 갔다. 이제는 개가 아니라 여우로 진화하고 있었다.

줄리아는 자신의 방으로 가서 여자가 할 수 있는 스포츠를 검색하기 시작했다. 자신은 역시 몸으로 하는 일이 가장 자신 있다고 생각하면서.

"아빠, 나 뭐 해?"

"글쎄다. 뭘 해야 우리 줄리가 행복할까?"

"난 아빠만 있으면 돼."

삼열은 줄리아의 말에 가슴이 뿌듯해졌다. 이런 거짓말은 거짓말임에도 불구하고 기분이 좋을 수밖에 없다. 딸의 '아빠만 있으면 돼!'가 애인이 생기면 '너만 있으면 돼!'로 바뀔 거라는 사실을 너무도 잘 알고 있음에도 말이다.

삼열은 딸이 좋았다. 첫째라서 그런지 유난히 신경이 쓰였고, 또 유독 자신을 따르는 딸이 좋을 수밖에 없었다. 외모는 아내를 닮았지만 성격은 자기를 빼다 박았으니 안 좋을 수가 없었다. 부모와 자식 사이에는 발가락만 닮아도 좋다는데 성격이 똑같으니 좋을 수밖에 없었다. 부녀 사이에 쿵짝이 너무나 잘 맞았다.

"아빠, 나도 아빠가 좋아."

어느새 달려온 조셉이 삼열에게 안겨들었다.

"하하, 나도 우리 조셉이 좋단다."

"헤헤."

"넌 꺼져!"

"쳇, 누나는 나만 미워해."

줄리아는 자신과 아빠가 같이 있을 때 자꾸 끼어드는 조셉이 싫었다. 동생이라 귀여운 면도 있지만 자꾸 중간에 깐족이면서 끼어드는 것은 보기 싫었다. 그녀는 요즘 몸이 예민해지면서 정서적으로도 통제가 잘 안 되고 있었다.

"누나, 오늘 그날이지?"

"그래, 자식아. 나 그날이다. 한번 죽어볼래?"

줄리아가 얼굴을 붉히며 조셉을 노려보자 조셉이 기겁을 하고 도망갔다.

삼열은 이차성징이 나타난 줄리아가 약간 어려웠다. 이는 모든 아빠가 딸에게 느끼는 감정일 것이다. 너무나 사랑스럽지만 조금 어려워지는 시기, 딸이 여자가 되는 때다. 게다가 줄리아는 요즘 한창 진로 때문에 고민 중이었다.

"나 달리기 선수가 될까?"

"그것도 괜찮구나. 육상이 힘들기는 하지만, 줄리 너는 달리기를 아주 좋아하지 않니? 그리고 육상 선수들은 돈도 잘 번단다."

"정말요?"

줄리아가 삼열의 말에 눈을 크게 뜨고 반문했다.

"그럼."

"그럼 나 육상 선수 될래."

줄리아가 육상 선수가 되는 데는 어려운 것이 없었다. 어려서부터 줄곧 뛰어다니던 줄리아였으니까. 한 살 때부터 시작한 달리기는 이제 매일같이 러닝머신에서 몇 시간씩 달리는 걸로 바뀌었다. 그렇게 달려야 그녀의 뜨거운 피가 식었기 때문이다. 늘 아침 운동을 하는 삼열을 따라 함께 뛰기도 했다.

삼열은 5급 군관급 신체가 되었다. 100미터를 8초 이내에 뛴다. 무리한다면 7초도 가능했다. 줄리아 역시 태아일 때에 미카엘이 준 보석으로 인해 뛰어난 신체를 가지게 되었다. 그러니 그녀가 육상 선수가 되는 것은 너무나 쉬운 일이다. 일단 신체적 능력이 다른 사람보다 비교할 수 없이 좋았기 때문이다.

"나 그럼 엄마에게 육상 선수가 된다고 말할게."

"어, 그래."

삼열은 줄리아가 요리하고 있는 마리아에게 달려가는 것을 보며 미소 지었다. 아이들이 커가는 것을 보며 그는 아빠로서 행복했다. 아이들이 잘 자라주고 있음을 느낄 때마다 아내 마리아에게 감사하는 마음이 들었다. 이 모든 평화로움과 행복이 그녀 때문이라는 것을 알고 있기 때문이다.

줄리아가 음식을 하는 마리아에게 다가가 엄마를 껴안으며 말했다.

"엄마, 나 이제 뭐 할지 결정했어."

"어머, 그러니? 축하한다, 줄리!"

"나 달리기 선수가 될 거야."

"어머, 그러니?"

"응, 나 육상 선수 돼서 올림픽 금메달 딸 거야."

"그래, 줄리. 넌 할 수 있어."

"정말?"

"그럼."

"와아, 좋다!"

줄리아가 마리아의 품을 파고들며 만세를 불렀다.

마리아는 줄리아를 껴안으며 성장하고 있는 딸을 물끄러미 바라보았다. 자신도 이 나이 때 무엇이 될까 고민했었다. 메로라인 가문은 엄격해서 그녀가 스포츠에 관심을 가지는 것을 용납하지 않았다. 그래서 하버드 대학에서 법학을 전공하다가 중간에 심리학으로 바꿨다.

그런데 지금 딸은 운동선수가 된다고 한다. 아빠가 야구 선수이니 반대할 리가 없었다. 적어도 부모로서 딸과 반목하지 않게 된 것이 마리아는 좋았다.

"그런데 줄리아, 선수가 되는 것은 쉬운 일이 아니란다."

"응, 나도 알아. 아빠가 얼마나 열심히 훈련하는지 나도 봤는걸."

"우리 딸이 언제 이렇게 컸지. 엄마는 우리 딸이 잘 자라줘서 행복해."

"나도 행복해, 엄마!"

마리아는 유난히 고집이 센 줄리아를 보며 생각했다. 이런 행복이 가능한 것은 모두 서로 조금씩 양보하고 배려했기 때문이다. 일방적으로 엄마 아빠가 양보하는 것이 아닌, 합리적인 규칙을 세우고 서로 조금씩 양보한 것이다.

남편인 삼열과 결혼해서 아이를 낳았을 때 약속했다. 아이가 가정의 중심이 되어서는 안 된다고. 부부가 중심이 되어야 하고 그중에서도 아빠가 최고라고 그녀는 생각했다. 남녀평등 사상이 강한 미국 문화도 상류층으로 가면 그렇지 않았다. 그렇다고 남자가 여자보다 우월하다고 하는 것은 아니지만, 훨씬 보수적이었다. 남녀가 할 일의 구분이 명확했다.

마리아는 이제 자라는 딸과 아들이 무엇을 선택할지 큰 관심을 가지고 지켜보면서 후원자가 되어야 함을 느꼈다. 아이들은 스스로 생각하고 결정하는 법을 배워야 한다. 그래야 사회의 일원이 되며 책임 있는 성인으로 성장할 수 있게 된다.

마리아는 줄리아를 생각하면 걱정이 별로 없었다. 딸아이는 고집이 세고 강단도 있다.

하지만 아들 조셉은 장난만 치고 어리광만 부렸다. 어쩌면 누나가 너무 강한 성격을 가진 탓일 수도 있었지만 그것도 조셉의 몫이었다.

줄리아는 거실에서 강아지들과 놀곤 했다. 조셉은 다섯 마리의 강아지 중에서 자신의 강아지가 한 마리도 없다는 것에 늘 분통을 터뜨렸지만 따로 강아지를 사달라고 하지는 않았다.

*　　　*　　　*

줄리아는 육상 선수가 되기로 한 날부터 삼열과 함께 아침 운동을 했다. 이것은 새삼스러운 일은 아니었다. 줄리아가 가끔 하던 일이다.

하지만 지금처럼 규칙적으로 하진 않았다.

'육상 선수는 뭘 해야 하지?'

육상 선수가 뛰어야 한다는 것은 알았지만 정확하게 뭘 어떻게 해야 하는지는 알지 못했다.

육상경기는 종류가 많았다. 마라톤, 단거리달리기(100m, 200m, 400m), 장거리달리기(800m, 1,000m, 1,200m, 1,600m)와 장애물 경기인 허들(100m, 200m, 400m)이 있고, 경보(800m, 1,500m, 3,000m, 5,000m)와 멀리뛰기, 장대높이뛰기도 있었다.

줄리아는 장애물 경기에는 관심이 없었다. 마라톤과 달리기가 탐이 났다. 그녀는 달리는 것 하나는 자신이 있었다.

"아빠, 육상도 종류가 너무 많아요. 이걸 어떻게 다 해요?"

"많니?"

삼열은 육상에 관심이 많지 않다. 사실 마라톤 정도만 관심이 있다. 그것도 마라톤을 언제 한번 나가볼 생각이 있기 때문에 관심이 있던 것이지 야구 외에는 관심이 없다.

"음, 그렇군. 이제 아빠도 육상경기에 관심을 가지도록 할게."

"응."

"우리 딸이 하는 일인데 당연히 관심을 가져야지."

"히이, 아빠, 사랑해."

"나도."

삼열이 줄리아의 뺨을 비비며 애정을 나타냈다.

그 모습을 보며 마리아는 고개를 좌우로 흔들었다. 부녀가 친해도 너무 친했다. 아주 좋아서 죽으려고 한다.

'저러다가 줄리가 연애라도 한다면 난리를 칠 텐데.'

생각만으로 몸이 으스스해져 마리아는 흠칫 놀랐다. 생각해 보니 작은 일이 아니었다. 유난히 사이가 좋은 아빠와 딸 사이에 남자 친구가 끼어든다는 것을 생각하니 그녀도 기분이 나빠졌다. 원래 부모들은 딸이 노처녀가 되기 전까지는 이런 마음인가 싶다. 부모에게 자식은 말로 할 수 없는 소중한 존재이니까.

줄리아는 아침에 일어나 빠르게 달렸다. 러닝머신 위에서 달리고 또 달렸다. 땀이 비처럼 쏟아져도 멈추지 않았다. 이렇게 과하게 운동하면 몸이 아파야 하는데 이상하게도 오히려 시원했다.

'나 왜 이러지?'

줄리아도 자신의 몸이 이상한 것을 알고 있었다. 그녀는 어리지만 천재에 가까운 수재였다.

하지만 그것이 좋은 쪽이라도 이상해서 웃음이 나왔다.

운동을 하고 나면 그녀는 마리아의 등쌀에 온갖 종류의 음식을 먹어야 했다. 줄리아는 또래보다 키가 컸지만, 마리아는 딸아이가 한창 클 때에 과도한 운동으로 혹시나 성장판이라도 다칠까 걱정이 되었다.

"여보, 줄리 어때요?"

"응? 잘하고 있어."

삼열이 스테이크를 입에 쑤셔 넣고 있는 줄리아를 보며 대답했다.

"그거 말고요. 이제 전문적으로 배워야 하지 않아요?"

"그렇기는 하지. 에이전트를 통해 선생님을 알아보도록 할게."

"그렇게 해줘요."

마리아가 삼열의 손을 꼭 잡고 말했다. 조용히 아침을 먹고 있던 조셉이 갑자기 입을 열었다.

"아빠, 엄마!"

"응? 왜 그러니, 조셉?"

"나, 외로워요."

"……."

"엄마는 아빠하고 놀고 누나는 매일 뛰기만 하고 동물들은 누나만 쫓아다니고."

"아, 그러니?"

마리아는 조셉에게 신경을 쓴다고 썼는데 일을 하느라 소홀하게 대한 것이 있는가 싶어 조셉의 말에 귀를 기울였다. 그녀가 재단에서 일하는 것은 언제든지 시간 조절이 가능했다.

"그래서……."

"응, 그래서?"

"나 동생이 있었으면 좋겠어요."

"……."

조셉의 말에 열심히 먹고 있던 줄리아도 포크질을 멈췄다. 마리아는 삼열의 눈치를 살폈다. 삼열도 얼굴이 붉어지는 것이 당황한 것 같았다. 여전히 둘이 보내는 밤은 뜨거웠다. 다만 마리아가 피임을 적절히 하고 있을 뿐이다.

"나도! 나도 동생이 또 있었으면 좋겠어요. 이번엔 남자 동생 말고 여자 동생."

"하하하."

삼열이 멋쩍게 웃음을 터뜨렸다. 아이들이 더 있으면 좋겠다는 생각을 안 한 것은 아니지만 그때마다 일을 쉬어야 하는 마리아를 생각하면 쉽지 않은 일이었다.

"생각해 볼게."

"정말?"

"정말요? 와, 만세!"

조셉이 밥을 먹다 말고 팔짝팔짝 뛰었다.

"바보야, 앉아."

"응."

줄리아의 말에 조셉이 재빨리 의자에 앉았다. 오랜만에 둘은 상대방을 바라보며 미소를 지었다.

아이가 더 있으면 줄리아와 조셉에게는 좋을 것이다.

하지만 새로운 가족을 맞이하고 길러야 하는 부모에게는 쉬운 결정이 아니었다. 엄청난 갑부인 삼열도 돈 빼고는 평범한 부모가 당면하는 육아 문제를 다시 시작해야 한다. 이제 아이들이 커서 좀 편해졌다고 생각한 참이었는데.

* * *

줄리아는 아침을 먹고 나서 학교로 향했다. 가는 동안 내내 육상과 태어날 동생에 대해 생각했다. 사실 자신이 동생을 원하기는 했지만 조셉과는 잘 맞지가 않았다. 말은 잘 듣지만 애틋한 뭔가가 없었다.

성격이 소극적이고 항상 엄마 주변을 맴도는 조셉이 줄리아의 눈에 좋게 보일 리가 없었다.

'뭐, 그래도 동생은 나쁘지 않지. 아니, 좋아. 아빠와 엄마가 매일 사랑을 하는데 왜 아기가 안 생기지?'

줄리아는 자신이 결혼하면 적어도 다섯 명 이상의 아이를 낳겠다고 생각했다.

'왜 사람은 한꺼번에 다섯 쌍둥이가 안 태어나지? 그러면 한꺼번에 낳아서 좋을 텐데.'

어린 줄리아는 쌍둥이 키우는 것이 얼마나 힘든지 모르고 그런 생각을 하면서 저 멀리 보이는 학교를 향해 팔짝팔짝 뛰어갔다. 푸른 하늘 사이로 하얀 구름이 솜사탕처럼 피어오르고 있다. 교정 위에도 살짝 걸친 구름 사이로 산들바람이 지나가고 있다.

줄리아가 교실에 들어가자 아이들이 주위로 몰려들었다.

"하이, 줄리아."

"하이, 사라."

"하이, 미첼."

"하이, 줄리. 오늘 우리 학교에 선배들이 온대."

"선배? 누구?"

"연예인이라나 봐."

"연예인? 흥, 꺼지라고 해."

줄리아는 연예인이 온다는 말에 시큰둥하게 대답했다.

"어머, 줄리. 그래도 꺼지라는 말은 너무했다. 호호호!"

"히히."

"호호호!"

교실이 웃음으로 가득했다.

잠시 후 수업 종이 울렸고, 아이들은 각자의 자리로 돌아갔다. 학교에서 줄리아는 너무도 평범한 학생 중 하나였다. 하지만 그들도 머지않아 줄리아가 괴물이라는 것을 알게 될 날이 올 것이다.

줄리아는 학교에 온 연예인이 코미디언 자니 브라이언이라는 소식을 듣고 그럼 그렇지 하며 고개를 끄덕였다. 아이돌이 뭐 하러 이곳에 오겠는가. 어리지만 줄리아도 알 것은 다 알았다.

"와, 사인 받으러 가야지."

줄리아가 종이를 들고 설치자 주위에서 친구들이 의아해했다.

"줄리, 너, 연예인은 꺼지라고 했잖아?!"

"그렇지만 저 아저씨는 아냐."

"왜?"

"그것은… 내 마음이거든."

"역시 줄리 너는 너무 아이돌을 싫어해."

"흥, 난 우리 아빠보다 잘생긴 것들은 다 싫어."

"헐~ 대박이다. 줄리 너희 아빠 얼굴은 별로야."

"스테파니, 너 맞을래?"

"아니, 아니. 너희 아빠, 사실은 미남이야. 나도 너희 아빠 왕팬이야. 호호호!"

"히히힛."

아이들은 줄리아를 무서워했다. 여자애 중에는 맞은 아이가 없지만 남자아이 중에는 몇 명 있었다. 그중 하나는 팔이 부러지기도 했다. 그런 일이 있은 후로는 아무도 줄리아를 건들지 않았다.

사실 대부분의 남자아이들은 얼굴이 예쁜 줄리아에게 시비를 걸지 않았다. 맞은 아이들도 치료비를 포함하여 충분한 보상을 받았으니 불만은 없었다. 마리아가 교육적인 의도로 딸에게 돈을 잘 주지 않았지 남들에게는 인정을 많이 베푸는 성격이었다.

줄리아는 자니 브라이언의 사인을 받고 좋아했다. 아이들은 그런 그녀를 노땅이라고 놀렸지만 줄리아는 신경 쓰지 않았다.

"줄리, 같이 가자."

"오늘 너희 엄마 안 오시니?"

"호호, 엄마가 바쁘다고 너하고 같이 오라는데?"

"쩝."

금발에 붉은 주근깨가 얼굴에 나 있는 스테파니는 귀여웠다. 그리고 그녀는 줄리아와 가장 친했다. 스테파니의 엄마는 요즘 회사가 바빠 학교로 픽업하러 올 시간을 낼 수 없었다. 그래서 간혹 스테파니는 줄리아의 차를 타고 집에 오곤 했다.

"줄리아, 우리 집에서 놀다 갈래?"

"너희 집에?"

"새로운 게임팩을 샀거든. 너도 한번 해봐."

"그래, 그럼 가자."

"오케이."

스테파니와 줄리아는 차를 타고 갔다. 운전사가 스테파니의 집까지 데려다주고 근처에 있겠다고 했다. 전화를 주면 10분 안에 오겠다면서.

"줄리아, 에드워드가 너 좋아하는 것 같던데."

"흥! 난 애송이에게는 관심 없어."

"그러면 넌 누구를 좋아하니?"

"음, 난 아빠 정도로 멋진 남자여야 반할 거야."

"와, 줄리. 너 혼자 살기로 단단히 결심했구나?"

"이게……."

"호호호, 너희 아빠 같은 사람이 흔하겠니?"

"그건 그렇지."

줄리아는 스테파니가 자기 아빠를 칭찬해 주자 기분이 좋아졌다. 그래서 그녀가 하자는 대로 하며 놀았다. 줄리아에게는 아빠가 우상이고 애인이었다.

저녁이 다 되어서 돌아온 줄리아는 마리아에게 잔소리를 듣고 저녁을 먹었다. 옆에서 줄리아가 야단맞는 것을 보고 웃고 있는 조셉을 향해 그녀는 엄마 몰래 주먹을 내밀었다.

저녁 늦게 삼열이 왔다. 오늘도 양키스가 이겼다. 비록 삼열이 등판하지는 않았지만 양키스는 최고의 전성기를 누리고 있었다.

"아빠, 나 몇 살 때부터 선수 생활해?"

"글쎄? 새로 코치가 정해지면 그분에게 물어보면 되겠지."

"그런데 빨리 알고 싶어요."

"빨리 안다고 그만큼 경기에 일찍 출전할 수 있는 것은 아니란다."

줄리아는 마리아의 말에 고개를 끄덕였다. 요즘은 육상 선수가 되는 꿈을 꾸기도 했다. 꿈속에서 그녀는 금메달을 따고 하늘에서 떨어지는 돈을 눈처럼 맞으며 만세를 불렀다. 그래서 요즘 조바심이 더 났다.

"엄마, 나 옷 사줘요."

"옷 있지 않나?"

"예쁜 옷이 별로 없어요."

"그러면 엄마가 쉬는 날 같이 가자꾸나."

"네. 아빠도 같이 가요."

"그러자. 우리 줄리가 가자는데 아빠가 빠질 수 없지."

"응, 응, 아빠!"

줄리아는 삼열의 품에 폭 안겼다. 그러고는 마리아를 향해 혀를 내밀었다.

마리아는 미소를 지으며 딸이 이제 소녀가 되는 모습을 바라보았다. 아빠를 유난히 좋아하는 것이야 어릴 때부터 그랬으니 새삼스러울 것이 없지만 예쁜 옷을 찾는 것은 의외였다.

줄리아는 어릴 때부터 남자처럼 뛰어놀았지만 옷은 여자애처럼 입고 다녔다. 그중에서 원피스를 가장 좋아했는데 헐렁한 원피스를 잘 입었다. 그 이유가 옷을 빨리 입을 수 있기 때문이었다. 바지와 윗옷을 따로 입지 않아도 되는 원피스는 금발의 예쁜 얼굴과 어울려 그녀의 난폭함을 상당 부분 가려주었다.

줄리아가 잠자리에 들자 마리아는 삼열과 도란도란 이야기를 나눴다.

"여보, 우리 줄리가 이제는 여자가 되어가는 것 같아."

"호호, 줄리아가 그럼 여자지 남자예요?"

"아니, 내 말은 그런 뜻이 아니고. 아무튼 줄리아가 조금씩 변하는 것 같다고."

"어머! 당신, 자상도 해라. 그런데 내가 변하는 것은 잘 모르네요?"

"어, 당신이 언제 변했다고?"

"점점 당신에게 빠져들잖아요. 창피한 이야기지만 난 당신하고 할 때가 너무나 좋아. 당신이 내 안에 들어올 때 마치 천국을 거니는 것 같아."

"그럼 오늘도 천국 길을 걸어볼까?"

"어머나, 좋아라!"

삼열은 마리아를 붙잡고 키스를 퍼부었다. 부부 생활이 조금 단조롭기는 했지만 아이들이 커가는 것을 보는 것은 정말 즐거운 일이었다. 그리고 이렇게 아내와 궁합이 잘 맞는 것도 좋았다.

줄리아는 잠이 안 왔다. 일어나 냉장고에서 물을 꺼내 마시려는데 엄마 아빠의 방에서 사랑을 나누는 소리가 들려온다.

"쳇, 하루라도 쉬는 날을 못 봤어. 그렇게 좋나?"

줄리아는 소리가 나는 방을 째려보고는 물을 벌컥벌컥 마셨다. 엄마 아빠가 사이가 좋은 것은 그녀도 좋았다. 그런데 문제는 밤마다 너무 시끄럽다는 것이다.

"아, 외롭다. 열두 살은 고독한 나이야. 사느냐 죽느냐, 그것이 문제로다."

줄리아의 엉터리 말에 강아지 한 마리가 눈을 동그랗게 뜨고 쳐다보았다. 줄리아는 강아지 허피를 안고 자신의 방으로 돌아왔다.

강아지 허피는 주인 줄리아가 안아주자 기분이 좋아 연신 혀로 줄리아의 손을 핥아댔다. 줄리아는 허피를 쓰다듬다가 졸음을 못 이기고 잠이 들어버렸다. 줄리아의 침대 밑에는 제시와 강아지들이 모여 서로 몸을 기대고 잠들어 있다.

조셉은 새벽부터 배가 아팠다. 화장실을 들락날락했지만 조금도 나아지지 않았다. 그래서 아침이 되자마자 엄마에게 말했다.

"어, 이상한데. 여보, 조셉이 배가 아프대요."

마리아가 조셉의 배를 만져보더니 삼열을 불렀다.

"그래? 그럼 병원에 가볼까?"

아침을 준비하다 말고 그들은 병원으로 차를 몰았다. 줄리아는 그래서 아침을 거르고 학교에 가야 했다.

병원에 입원한 조셉은 오후에 맹장 수술을 받았다.

줄리아는 하굣길에 동생이 입원한 병원에 들렀다. 조셉이 침대에 힘없이 누워 있다. 눈을 뜨고는 있지만 힘들어하는 표정이다.

"누나!"

"조셉, 많이 아파?"

"응, 힘이 하나도 없어."

"이제부터는 누나가 잘해줄게. 힘내."

"맞아, 이제 누나 나 좀 그만 때려. 누나가 때려서 이렇게 아픈 거야."

"흥, 그거는 아니거든. 그래도 이제부터는 예뻐해 줄게."

"응, 누나."

조셉이 웃다가 졸리는지 눈을 감았다.

마리아는 병원의 소파에 앉아 있었다. 딸과 아들이 하는 이야기를 들으며 자신도 졸음이 몰려오는 것을 느꼈다. 심각한 병은 아니지만 자식이 아프다는 것은 정신적으로 상당히 충격을 받을 만한 일이었다.

일찍 병원에 도착하여 별로 통증도 못 느끼는 상태에서 수술했지만 침대에 누워 있는 아들의 모습은 안타깝게 보였다.

엄마의 보호본능이 작동하자 아이들이 새롭게 보였다. 어제 온몸이 늘어지게 정열적인 시간을 보냈어도 이 시간의 걱정은 그보다 더 컸다. 여자로서의 행복보다 엄마로서의 보호본능이 더 크게 작동했다.

호르몬의 영향일 수도 있고 내리사랑일 수도 있지만 아이들은 언제나 그녀의 가장 소중한 존재였다. 목숨을 내주고라도 지킬 그런 것이었다.

마리아가 잠이 들자 줄리아가 옆자리로 와서 껴안고 잠들었다.

'엄마가 피곤한 것은 너무 아빠를 사랑해서야.'

이제 열두 살의 줄리아는 세상을 배우기 시작했다. 어린 시야가 점점 넓어지고 있었다. 반항적인 성격으로 흐를 수 있는 이때에 그녀는 엄마 아빠가 자기를 얼마나 사랑하는지 느낄 수 있었기에 삐뚤어지고 싶어도 그럴 수가 없었다. 자기가 최고라고 믿어주는 아빠를 배신할 용기는 없었다.

'칫, 난 삐뚤어지고 싶은데.'

줄리아는 점점 잠에 빠져들면서 그냥 운동이나 열심히 해야겠다고 생각했다. 꿈속에서 그녀는 오늘도 달리고 또 달렸다.

"야호, 금메달이닷!"

좋아서 소리를 지르다가 꿈에서 깨어났다. 눈을 떠보니 엄마와 동생이 자신을 이상한 눈으로 바라보고 있다.

"흥!"

줄리아는 태연한 표정으로 탁자 위에 있는 물을 컵에 따라 마셨다. 비웃는 듯한 조셉의 눈초리에 입을 내밀고 눈에 힘을 주어 째려보자 겁을 집어먹은 동생이 번개같이 고개를 돌렸다.

*　　*　　*

조셉이 퇴원하고서야 집은 안정을 되찾았다. 그리고 줄리아는 육상 코치를 개인교수로 맞이했다.

육상 코치 존 워터는 올림픽에서 메달은 따지 못했지만 현역 시절 굉장한 실력을 갖춘 사람이었다.

"하이, 난 존 워터라고 한다."

"하이, 전 줄리아 강이에요. 아빠 딸이고요."

"알지. 위대한 삼열 강 선수의 딸이지."

"맞아요."

줄리아가 존의 말에 반색했다.

존은 이렇게 예쁜 여자아이가 아빠를 좋아하는 것이 부러웠다. 어쨌든 이런 꼬마들을 다루기는 너무 쉬웠다. 정작 힘든 것은 아이들의 실력을 높이기 위해 꾸준하게 훈련을 시키는 것이었다.

모든 스포츠는 '조금 더'를 반드시 필요로 한다. 그중에서 육상만큼 그것을 요구하는 것은 없었다. 0.001초 단위로 기록을 요구하는 것이 육상이기 때문이다. 존 워터는 200m와 400m에 대한 경험이 풍부했다.

그는 이번에 삼열 강의 제안을 받고 매우 흡족하게 생각했다. 샘슨 사를 통해 들어온 제안은 그가 거절할 수 없을 만큼 매력적이었다. 보수도 넉넉했지만 무엇보다 삼열 강의 딸인 것이 더 기뻤다. 삼열은 이미 미국의 스포츠 스타를 넘어 대부분의 사람이 아는 인물이었다.

최근에는 그가 안테나를 개발했다는 것도 알았다. 원리는 간단한 것이라고 하지만 대단히 혁신적인 내용이었다. 세상의 모든 것을 가진 남자, 하지만 마냥 부러워만 할 수 없는 그의 삶은 영웅적인 것이었다.

고아 출신인 그의 인간 승리 드라마는 BBC와 CNN을 통해서 여러 번 다큐멘터리로 방영되기도 했다. 그 방송을 통해 그가 얼마나 불행한 삶을 살아왔는지, 그리고 그 불행을 이기기 위해 어떤 고난을 극복했는지 세세하게 나왔다.

불치의 병 루게릭병에 맞서 육체를 학대에 가깝게 했다는 것은 비과학적인 주장처럼 들리기도 했다. 어쨌든 그는 그렇게 병을 이겼다. 그리고 버는 돈 일부로 병든 아이들을 고쳐주었다. 작년에는 그가 세운 마리아나 재단에서 예순아홉 명의 아이가 도움을 받았다. 전 세계적으로는 거의 백 명에 가까운 숫자를 돕고 있는 인물이었다.

뻔뻔한 악동이지만 아이들에게는 한없이 다정한 남자. 그래서 그의 딸 줄리아를 가르치는 것은 거절하기 힘든 매력적인 제안이었다.

게다가 존은 줄리아를 테스트해 보고 깜짝 놀랐다. 심폐 기능이 무지막지하게 좋았다. 어릴 때부터 엄청나게 뛰어다녔다는 이야기를 듣고서도 믿을 수 없을 정도였다. 이 아이라면 세계 육상계를 석권할 수 있겠다는 확신이 바로 들었다.

'이 아이는 육상계의 여제가 될 거야! 그리고 얼마나 예쁜 얼굴을 가졌나. 크면 대단한 미인이 되겠지. 그러면 온 세계가 줄리아에게 반하고 말 거야.'

존은 주먹을 꽉 쥐고 반드시 이 아이를 세계 최고의 선수로 만들겠다고 결심했다.

줄리아는 기분이 좋았다. 새로 온 코치와 그의 체계적인 훈련이 마음에 들었다. 그가 요구하는 것보다 훨씬 더 뛸 수 있지만 놀랄 것 같아 조금 슬슬 뛰었다.

"넌 최고가 될 거야! 환상적이야!"

틈만 나면 칭찬하는 소리도 좋았다. 무엇보다 이제는 잘 때 꿈을 꾸지 않아서 좋았다. 훈련을 시작하고부터는 꿈을 꾸지 않았다. 그녀는 알았다. 달리는 꿈을 꾸지 않는 것은 자신이 꿈을 향해 달려가고 있기 때문이라는 것을.

줄리아는 뛰는 것이 좋았다. 그녀는 어릴 때부터 뛰고 또 뛰었다. 왜인지 모르지만 뛰고 나면 신이 났다. 제시가 있어서 더 신이 났는지도 모른다. 제시는 그녀가 뛸 때마다 같이 뛰었다. 그래서 줄리아는 뛰는 것이 외롭지 않았다. 하지만 요즘 제시는 늙어 예전처럼 뛰지를 못했다.

존 워터는 줄리아가 100m와 200m를 하기를 원했다. 100m는 육상의 꽃이다. 그는 줄리아가 단거리에 특화되어 있다고 본 것이다. 하지만 이는 그의 착각이었다. 그가 단지 100m로 테스트를 했기 때문에 그렇게 생각한 것이지 사실 줄리아는 장거리에 더 특화되어 있다.

"난 아무거나 좋아요."

줄리아는 100m를 중점적으로 연습하자는 존의 말에 이렇게 대답했다. 그녀는 특별히 원하는 것이 없었다. 뛸 수만 있으면 뭐든 좋았다.

100m는 제1회 근대 아테네 올림픽(1896년)에서 최초로 시행되었고, 여자 종목은 암스테르담 올림픽(1928년)부터 시작되었다.

국제육상경기연맹(IAAF)에 의하면 현재 100m의 세계기록은

1988년에 플로렌스 그리피스 조이너가 미국 올림픽 대표 선발전에서 세운 10초 49였다.

줄리아는 10초 49라는 말을 코치에게 듣고 생각했다.

'10초 49가 힘든 것인가?'

열두 살 줄리아가 100m를 뛴 기록은 12.03이었다. 크라우칭 스타트로 하지 않은 것이라 약간의 차이가 날 수는 있었다. 크라우칭 스타트는 앉아서 지면을 박차는 반발력을 이용하기에 출발에 유리하다고 볼 수 있기 때문이다.

어릴 때부터 워낙 뛰어다닌 줄리아이기에 속도가 또래의 아이들과는 차이가 크게 났다. 사실 차이가 나도 너무 났다. 미카엘에 의해 마리아의 몸이 바뀐 다음에 태어난 줄리아는 신체 능력이 인간보다 더 뛰어난 상태였다. 삼열이 자신의 노력으로 육체를 만들었다면 줄리아는 이미 태어날 때부터 완벽한 몸이었다. 그래서 그 힘을 이기지 못하여 그렇게 뛰어다닌 것이다. 삼열이 아침마다 러닝을 하는 것을 보고 줄리아가 따라 하기도 했고.

존은 열두 살인 줄리아의 나이가 딱 좋다고 생각했다. 운동은 어릴 때부터 하면 좋지만 너무 일찍 격렬하게 하면 성장에 지장을 줄 수도 있다. 그래서 열두 살인 줄리아의 나이가 딱 맞았다. 게다가 줄리아는 믿을 수 없을 정도로 무지막지한 스피드를 자랑하지 않는가.

그뿐 아니라 줄리아는 무척이나 명랑하고 사랑스러웠다. 존은 그 점이 무척이나 마음에 들었다. 줄리아가 항상 밝고 명랑한 것은 천성적인 이유도 있지만 마리아의 영향이 가장 컸다. 항상 웃고 배려하는 그녀의 성품이 영향을 준 것이다.

*   *   *

줄리아는 존으로부터 단거리를 배우면서부터 구체적인 목표를 세우기 시작했다.

“아빠, 나 존이 100m랑 200m 하라는데 400m나 마라톤 하면 안 돼?”

“줄리.”

“응?”

“코치의 말대로 100m와 200m를 하고 나서 네가 더 할 수 있을 것 같으면 그때 하는 것이 좋을 것 같구나. 무엇을 하든 차근차근해 나가는 게 중요하단다.”

“응, 맞아. 아빠 말이 맞아.”

줄리아가 삼열의 품에 안겼다. 그러면서 작은 목소리로 말했다.

“아빠, 나 가슴 많이 나왔지?”

“어, 그래? 그게 정상 아니니?”

“아니, 내가 아빠에게 말하려는 것은 나도 이제 여자라는 거야.”

“오, 축하한다, 줄리. 아빠가 뭐 해줄까?”

“역시 아빠가 최고야. 그런데 나도 엄마만큼 가슴이 커졌으면 좋을 것 같아.”

“커험, 험험.”

“아빠, 왜?”

"아니다. 음, 아빠는 어릴 때 할머니 할아버지를 사고로 잃었단다. 그래서 아빠 노릇 하는 것이 서툴 수밖에 없어. 하지만 엄마가 줄리아에게는 아주 잘해주시잖니?"

"응, 하지만 엄마는 잔소리가 너무 많아."

"그렇구나. 네가 엄마의 잔소리를 벗어나기 위해서는 더 빨리 어른이 되거나 지금보다 더 멋지게 변화하는 수밖에 없을 것 같아. 아빠도 가끔 엄마에게 야단을 맞거든."

"정말?"

"그럼. 엄마는 훌륭한 사람이야. 우리를 위해서 헌신하잖아. 엄마는 너희가 최우선이란다. 너는 기억하지 못하겠지만 네가 어렸을 때 엄마는 너를 위해 직장을 그만두고 너를 키우는 데만 집중했단다. 그건 엄마가 너를 사랑하기 때문이지."

"응, 엄마가 줄리 사랑하는 건 알아. 그래도 엄마는 잔소리가 너무 많아. 우다다다다, 우다다다."

"줄리, 엄마가 네가 하는 말을 지금 다 들었단다."

삼열의 말에 줄리아의 얼굴이 변했다. 그리고 뒤를 돌아보니 마리아가 자신을 노려보고 있다.

"헤헤헤, 아빠 말대로 엄마는 정말 훌륭해!"

줄리아는 자기의 방으로 후다닥 달려갔다. 마리아가 손을 허리에 얹고 방으로 도망가는 그녀를 노려보았다. 그 모습을 보고 삼열이 웃었다.

자기 방으로 도망친 줄리아는 '히히히힛' 하고 웃으며 노트북을 켰다. 우사인 볼트의 폭발적인 스피드가 화면 하나 가득 들어왔다.

'역시 단거리는 무식할 만큼 폭발적이야. 딱 내 성격에 맞아.'

줄리아는 복잡한 것을 싫어했다. 머리는 매우 좋지만 어릴 때부터 너무 뛰어다니다 보니 복잡한 것을 싫어하게 되었다. 마리아가 아무리 조기교육을 해도 별 소용이 없었다. 얼굴은 예쁘지만 단순, 무식한 줄리아였다. 그래도 평범한 사람보다는 아는 것이 많았지만 마리아가 볼 때는 마음에 들지 않았다.

'역시 여자는 힘이 아니고 스피드야. 난 우사인 볼트만큼 빠르게 뛸 거야.'

어린 줄리아가 볼 때 여자 선수의 세계기록 10초 49나 남자 선수의 세계기록 9초 58이나 별로 크게 느껴지지 않았다. 어리니까 그냥 뛰면 좁혀질 것이라고 단순하게 생각했다. 원래 기록은 이렇게 무식하게 믿고 우직하게 노력하는 사람이 이루게 된다.

*　　*　　*

줄리아가 운동을 하게 되면서 좋아진 것이 있다. 용돈도 좀 올랐지만 구멍이 많았다. 현명한 마리아도 육상에 대해서는 아는 것이 없는지라 줄리아가 돈을 달라고 하면 주고 보았다. 그녀도 유명한 선수들의 러닝슈즈가 엄청나게 비싸다는 얘기를 들은 것이다. 그러니 다른 것들도 다 그런 줄 알았다. 줄리아는 조금씩 삥땅을 쳐서 은행에 차곡차곡 저금했다.

'이히히히, 엄마가 뭐라고 하면 아껴서 저축했다고 해야지.'

줄리아는 은행 잔고가 늘어나면 날수록 기뻤다. 아빠가 부자인 것과 자신이 부자인 것은 달랐다. 그러니 자신이 유명해져 돈을 많이 벌 때까지 부지런히 돈을 많이 모아야 한다. 그녀는 대학을 졸업하고 나서 빚에 시달리는 것은 생각하기도 싫었다.

"라라라랄라~"

줄리아는 신이 났다. 그러면서도 훈련이 없는 날에는 양키스의 배트걸을 하러 나갔다. 돈 버는 일에는 삼열만큼이나 억척스러웠다. 딸이 아빠를 닮는 것은 너무나 당연했다. 사람들이 줄리아를 좋아하자 시간이 지날수록 아르바이트 주급이 올라갔다.

드디어 줄리아의 시합 일정이 잡혔다. 뉴욕주의 브롱크스 달리기 대회로, 이름 있는 대회는 아니었다. 한국으로 말하면 구(區)에서 개최하는 정도의 아주 작은 대회였다. 줄리아가 육상을 시작한 지 3개월 만의 일이었다.

대회가 잡히자 줄리아는 깡충깡충 뛰면서 좋아했다. 아주 작은 대회라는 것을 듣고 잠깐 실망하긴 했지만 그래도 자신이 뭔가를 하고 있다는 사실이 기뻤다.

그 소식을 들은 스테파니가 놀라 줄리아에게 되물었다.

"왓? 줄리, 네가 단거리 선수가 되기로 했다고?"

"응, 멋지지?"

줄리아는 스테파니에게 잘 보이려고 고개를 치켜들고 거만한 표정을 지으며 손을 허리에 얹었다. 스테파니가 그 모습을 보고 줄리아의 몸을 만져보았다.

"줄리 넌 뼈가 튼튼하니 투포환 선수를 하는 것은 어떠니?"

"안 돼, 그것은."

"왜?"

"너 유명한 투포환 선수 봤어? 대부분 단거리 선수보다 엄청 불쌍해. 난 우사인 볼트처럼 빨리 뛸 자신이 있어. 그러니 난 아빠처럼 부자가 될 거야."

"줄리, 네 아빠가 부자잖아."

"흥! 우리 엄마도 아빠랑 결혼하기 위해서 유산 상속을 포기했다고 했어. 그러니 나도 혼자 성공해야 해."

"오, 맙소사! 줄리, 그것은 멋진 계획이지만 무척이나 현실성이 없어. 그냥 아빠가 마음에 들어 하는 남자와 결혼한 다음에 유산을 받고 이혼을 하는 게 낫겠다."

"어, 정말? 그게 나을까?"

"그럼, 그렇고말고."

"아, 고민된다."

햇살이 투명하게 비치는 교정에서 두 꼬맹이가 아무것도 아닌 것으로 심각하게 고민하기 시작했다.

"아 참, 줄리, 운동하면 배트걸은 어떻게 할 거야?"

"응, 그것도 해야지. 주급이 400달러로 올랐거든."

"와우, 대단하다. 줄리, 나도 어떻게 안 될까?"

"음, 안 될걸. 나도 아빠 백으로 들어간 거거든."

"와우, 너희 아빠가 구단에 부탁한 거야?"

"아니, 내가 구단에 전화해서 아빠 딸이라고 말하니까 말이 달라지던데?"

"정말?"

"응. 부당한 일이지만 잘난 아빠를 두었으니 이렇게라도 이용해 먹어야지. 우리 집은 용돈을 너무 적게 주거든."

줄리아의 말을 들은 스테파니가 이상하다는 듯이 고개를 갸웃거렸다.

"줄리, 나는 네가 돈을 쓰는 것을 별로 보지 못했는데 무슨 돈이 필요해?"

"대학을 가려면 돈이 필요하잖아. 미리 모아놓는 거야."

"아, 나도 지금까지 만 5천 달러 모았어. 넌 얼마야?"

"난 5만 5천 달러쯤 돼."

"와아! 부럽다."

"히힛."

스테파니도 줄리아의 영향을 받아 돈을 잘 안 썼다. 그리고 저금하는 것을 좋아했다. 스테파니는 줄리아의 말을 듣고 심각하게 고민하기 시작했다. 그리고 그날 바로 양키스에 전화했다.

*　　　*　　　*

일주일 후 줄리아는 양키스 경기에서 스테파니를 보게 되었다. 반가워하는 스테파니와 달리 줄리아는 굉장히 놀라워했다. 요즘 시합에 나가는 일 때문에 둘이 이야기할 시간이 별로 없었다.

"스테파니, 너 어떻게 된 거야?"

"나도 백을 썼지."

"헐, 구단에 우리 아빠 이름 댔어?"

"아니, 난 아저씨 잘 모르잖아. 대신 네 이름 팔았지."

"와아, 내 이름도 이제 통하는구나."

"호호!"

"히히!"

둘은 좋아 팔짝팔짝 뛰었다. 마침 아르바이트 자리가 비어 공고를 내려고 했는데 줄리아의 친구라 해서 구단이 두말없이 뽑은 것이다.

둘의 모습을 지나가던 감독이 보고 옆에 있던 스태프에게 물었다.

"저 아이는 뭔가?"

"아, 감독님. 줄리아 양의 친구라고 합니다."

"하나 있는 것만으로도 시끄러웠는데 이제 엄청 시끄럽겠군. 삼열 강은 그렇다고 해도 이제는 딸에 딸 친구까지."

"하하, 그런 면은 있어도 제 몫은 다하지 않습니까?"

"물론이지. 시끄러운데 실력도 없으면 어떻게 양키스에 있겠나?"

"하하, 그렇습니다."

조 마르시안 감독은 스테파니와 줄리아를 보고 인상을 쓰며 고개를 돌렸다. 그도 줄리아가 귀엽지 않은 것은 아니지만 엄청 시끄러웠기에 별로 좋아하지 않았다. 관중은 그런 사실도 모르고 예쁘고 귀여운 얼굴에 속고 있다고 생각했다.

물론 덕분에 어린 팬들도 많아진 것은 좋은 점이었다. 구단은 어린 팬들을 굉장히 중요하게 생각했다. 어릴 때 양키스 팬은 어른이 되어서도 양키스 팬이 되기 때문이다.

줄리아는 오늘 삼열이 선발로 등판하는 날이라 더 신이 났다.

아빠를 위해 고래고래 소리를 지르며 응원했다. 그녀가 더그아웃 근처에서 팔짝팔짝 뛰며 아빠를 응원하는 모습은 항상 카메라에 잡혀 어른들에게 웃음을 주었다.

아빠를 사랑하는 딸은 누가 봐도 너무나 사랑스러웠다. 지치고 피곤한 현대인들에게 아빠는 '돈 벌어오는 기계'라는 이미지로 그려질 때가 많았다. 그러니 아빠를 좋아해 목이 쉴 정도로 응원하는 딸은 어느 때라도 보기 좋을 것이다. 더욱이 삼열은 메이저리그 최고의 투수이며 양키스의 에이스였다.

삼열은 공을 던질 때마다 줄리아의 응원 소리를 들었다. 딸바보인 삼열에게 이보다 더 큰 응원은 없었다. 줄리아의 목소리를 들으면 무심결에 힘껏 공을 던져 106마일을 찍을 때도 가끔 있었다.

YES방송국의 조니 웹 아나운서와 어니 슐러 해설위원은 특별히 줄리아를 좋아했다. 사실 경기 내내 경기 내용만 방송하면 딱딱한 경향이 있는데 귀여운 소녀가 볼걸을 하게 되면서 조금 쉬어가는 시간이 생겼기 때문이다.

—하하, 오늘도 줄리아 양이 아빠를 응원하는군요.

—그러면 오늘은 삼열 강의 107마일을 보게 되는 건가요?

—하하, 그것은 줄리아 양이 얼마나 열심히 응원하느냐에 달렸겠죠.

—정말 다정한 부녀지간입니다. 시청자 여러분도 저런 딸 가지고 싶어서 오늘 밤 좋은 시간 보내시는 부부들이 생길 것 같군요.

—아, 삼열 강 선수, 3구 삼진을 잡아내는군요. 딸이 응원하고

있어서인가요? 아주 안정적입니다.

—이렇게 되면 올해도 25승 이상 하는 거 아닐까요?

—하하! 뭐, 연봉이 4,500만 달러나 되니 그 정도는 해줘야겠지요. 사실 양키스가 삼열 강에게 더 많은 연봉을 줄 수도 있겠지만 유례가 없는 일이라 마냥 올릴 수만은 없거든요. 연봉 상한선이 있으니까요.

—그렇습니다. 올해도 사치세를 피하지 못하고 있는 양키스 아닙니까? 돈 쓰는 것은 겁이 안 나는데 사치세는 겁을 내니. 하하, 구단주가 사치세를 무서워하는 것 같습니다.

—뭐, 사업가는 아무래도 세금을 가장 두려워하겠죠. 구단주도 사업가니까요. 사치세가 양키스의 아킬레스건이기도 하죠.

줄리아는 삼열이 삼진을 잡을 때마다 소리를 질러댔다. 그런데 오늘은 스테파니마저 소리를 지르고 있었다.

조 마르시안 감독은 이기고 있음에도 얼굴을 구겼다. 아이들의 소리는 왠지 날카로워서 더 시끄럽게 느껴졌다. 그것도 바로 옆에서 소리를 지르고 있으니.

'아, 누가 저걸 아르바이트로 쓴 거야?'

조 마르시안 감독이 스테파니를 노려보았다. 하늘은 맑고 양키스는 앞서 가고 있었지만 조 마르시안 감독은 왠지 성질이 났다. 하필이면 가장 연봉을 많이 받는 놈의 딸과 그 친구이니 힘없는 감독은 나직하게 한숨을 내쉬어야 했다. 그는 원래 소녀들이 시끄럽다는 것을 잘 몰랐다. 아르바이트를 담당하는 직원에게 적어도 둘이 근무하는 시간만이라도 겹치지 않게 해달라고 할 생각이다.

*　　　*　　　*

줄리아는 존으로부터 단거리 뛰는 자세를 배우기 시작했다. 뛰는 것에도 방법이 있었다. 0.001초 단위를 다투는 단거리에서 효율적인 자세가 얼마나 중요한지는 말할 필요가 없었다. 줄리아는 뛰는 것보다 자세를 익히는 것이 더 힘들었다.

'에이, 자세가 안 좋아도 난 잘 뛸 수 있는데.'

입술이 앞으로 나온 줄리아를 본 존이 손으로 머리를 긁으며 말했다.

"줄리아, 아버지 삼열 강을 사랑하지?"

"그럼요."

존의 말에 줄리아가 금방 대답했다. 튀어나온 입술이 원상으로 복귀된 것은 말할 필요도 없었다.

"줄리아, 그렇다면 아빠를 넘어서도록 해."

"아빠를 넘어서요?"

"그럼. 아빠보다 더 위대한 선수가 되는 것이지. 아빠들은 자기 자식이 자신보다 더 잘되는 것을 좋아하지. 자식들이 행복한 것을 보고 행복을 느낀다고. 내가 왜 여기 와서 너를 가르치며 돈을 번다고 생각해?"

"……?"

"내 딸 크리스틴을 위해서야. 그녀가 행복했으면 하고. 물론 너를 가르치는 것은 무척 즐거운 일이지만 난 내 딸을 위해 일해. 그러니 너도 아빠를 사랑하는 만큼 더 열심히 해야 해."

"응. 존 코치, 염려 마."

줄리아가 손을 불끈 쥐고 미소를 지었다. 그제야 존도 웃으며 자세를 교정해 주었다.

줄리아에게 가장 시급한 것은 출발 자세였다. 출발 자세는 크라우칭 스타트로 하며 뛰는 동안에도 너비 1.25m의 주어진 구분선을 벗어나면 안 된다.

캥거루 스타트법이라고도 하는 이 출발법은 출발 판(starting block)에 양발을 붙이고 뒷다리를 굽혀 상체를 앞으로 약간 기울게 한다. 그리고 출발 신호와 함께 앞발로 지면을 차고 나가야 한다.

산만한 편인 줄리아는 출발 신호에 잘 적응하지 못했다. 일주일 정도 되어서야 겨우 배울 수 있었다. 역시 어릴 때 운동을 배우는 것이 이런 면에서는 좋았다. 나이 들어서 배우는 것보다 무엇이든 빨리 배운다. 그리고 뼈가 굳지 않아 자신이 원하는 자세를 취할 수 있다는 장점도 있었다.

"줄리아, 나쁜 버릇이 생기면 절대 안 돼. 나쁜 버릇은 너의 기록을 빼앗아갈 거야."

"응, 난 내 건 절대로 안 빼앗겨."

존은 웃었다.

눈앞의 예쁘고 깜찍한 줄리아는 뜻밖에도 욕심이 많았다. 어느 정도의 시간이 지나고 보니 다루는 요령이 생겼다. 무엇보다도 그녀는 아버지를 좋아하기에 무조건 삼열을 칭찬하면 무척 좋아했다. 그리고 돈을 좋아하고 공짜도 많이 밝혔다.

존은 줄리아를 보며 삼열 강 선수도 저런 성격이 아닐까 생각했다.

일부에서 삼열이 기부를 많이 하는 것은 그의 부인 마리아 때문이라는 말이 있는데 어쩌면 그 말이 사실일 수도 있겠다고 생각했다. 모두 줄리아를 가르치고 난 뒤에 든 생각이다.

3. 안녕! 제시!

브롱크스 대회에서 줄리아는 당당하게 여자부 1위를 했다. 기록이 11.58이라 진행위원들은 기계가 고장 난 줄 알았다. 결국 다른 아이들의 기록이 정확하기에 공식적으로 인정하기는 했지만 그다지 중요하게 생각하지는 않았다. 빠르다는 것은 인정했지만 시간을 재는 것이 완전히 전산화되지 않아서 얼마든지 오차가 날 수 있기 때문이다.

"야, 너 무지 빠르더라."

남자아이 하나가 줄리아에게 다가와 칭찬했다. 줄리아는 그를 보고 피식 웃었다.

'저 녀석이 예쁜 것은 알아 가지고. 흥!'

줄리아가 거만한 미소를 한번 지어주고 지나가자 말을 걸었던 에드워드가 중얼거렸다.

"나 참, 재 성격 한번 희한하네."

에드워드는 고개를 갸웃거리며 자신의 자리로 돌아갔다. 그가 보았을 때 줄리아의 달리는 속도는 굉장히 빨랐다. 여자가 뛴 것이라고 믿어지지 않았다. 어쩌면 남자보다 더 빠를 것이리고 생각했다.

줄리아는 단거리 경기에서 1등을 하고 집으로 돌아와 마리아에게 방방 뛰며 자랑했다. 그녀가 이룬 첫 결과물이기에 마리아는 웃으며 딸을 축하해 줬다. 비록 작은 대회였지만 1등은 그 나름대로 가치가 있는 법이다. 문제는 더 큰 대회에서도 꾸준한 성과를 거두는 것이다. 이제 시작했으니 딸은 하늘을 펄펄 날게 되리라. 마리아는 딸을 보며 그렇게 생각했다.

"제시, 내가 브롱크스 대회에서 1등을 했어. 멋지지?"

멍멍!

"히히히, 너도 그렇게 생각할 줄 알았어."

제시는 주인의 다리에 머리를 기대며 충성심을 나타내었다. 평생 같이 지낸 어린 주인이다. 자신이 힘이 빠져 같이 놀아주지 못해도 변함없이 사랑을 주는 주인이다. 덕분에 자신의 새끼들도 이 집에서 사랑을 받으며 자라고 있다. 이 모두가 자신의 주인 덕분이라고 생각했다.

제시는 눈이 무거워짐을 느꼈다. 요즘 들어 잠이 많아졌다. 눈을 감자 어릴 때의 모습이 보였다. 자신이 걷기 시작했을 때 어린 주인은 걷지도 못했다. 하지만 어린 주인은 언제나 명랑했고 뛰는 것을 좋아했다. 덕분에 자신도 넓은 정원이 있는 큰 집에서 뛰어놀 수 있었다. 그리고 강도가 어린 주인을 데려가려고 했을 때 자신이 달려들어 주인을 보호하려고 한 기억도 났다. 그러다가 칼을 맞아 병원에서 수술을 받아야 했다. 그녀는 그때조차 행복했다.

눈을 감자 어린 주인이 뭐라고 말을 걸어왔으나 들리지 않았다. 의식이 점점 몽롱해지고 있었다. 정신을 차리려고 노력해도 잠이 몰려왔다. 어린 주인을 더 축하해 줘야 하는데 생각이 점점 끊기기 시작했다.

"제시, 왜 그래? 제시, 눈 떠봐."

줄리아가 갑자기 눈을 감고 움직이지 않는 제시를 보며 소리를 질렀다.

"엄마! 엄마! 제시가 이상해요!"

마리아가 줄리아의 부름을 듣고 급히 거실로 달려왔다. 제시가 눈을 감고 움직이지 않고 있다. 제시의 새끼들도 낑낑거리며 어미의 곁을 떠나지 않았다. 이미 어미인 제시만큼 커진 새끼들이지만 장난이 심한 것을 제외하고는 제시와 똑같이 생겼다.

"아, 줄리아, 제시는 이제 우리와 함께할 수 없단다."

"안 돼! 제시, 일어나!"

줄리아가 축 늘어진 제시의 몸을 흔들었다. 아직 따뜻한 기운이 손을 통해 전해지고 있기는 하지만 제시의 숨소리는 더 이상 들려오지 않았다.

"줄리, 이제 제시를 편하게 해줘야 한단다. 제시는 하늘나라로 갔어. 줄리, 제시를 잘 보렴."

줄리아는 제시를 보았다. 입이 웃고 있다. 행복한 미소였다.

하지만 줄리아는 그래도 눈물이 났다. 슬펐다. 다정한 친구가 이렇게 빨리 자신의 곁을 떠날 줄은 단 한 번도 생각해 보지 못했다.

줄리아는 자신의 눈에서 눈물이 하염없이 쏟아지는 것을 느꼈다. 제시의 행복한 미소도 친구를 잃은 그녀의 슬픔을 달래주지는 못했다.

마리아는 전화기를 집어 들고 남편에게 전화를 걸었다.

“여보, 제시가 조금 전에 우리 곁을 떠났어요.”

수화기에서는 아무런 소리도 들리지 않았다. 잠시 후 한숨 소리만이 마리아의 귀에 들려왔다. 그리고 다시 한참 후 삼열이 작은 소리로 말했다.

—줄리아는 어때?

“슬퍼하고 있어요.”

—가능한 한 빨리 갈게.

“네, 여보.”

마리아는 푸른 하늘을 바라보았다. 구름 한 점이 솜사탕처럼 뭉쳐서 바람에 흘러가고 있다. 그 모습이 하얀 털을 가진 제시의 모습 같았다.

슬퍼하는 줄리아를 안고 마리아는 말없이 등을 토닥거려 주었다. 딸은 이제 처음으로 인생에서 슬픔을 배운 것이다. 그동안 아빠와 엄마의 사랑으로 아무런 아픔 없이 자란 아이이다. 세상에는 부모가 어떻게 해줄 수 없는 슬픔이 존재한다. 그것은 어쩔 수 없는 일이었다. 스스로 겪고 이겨야 한다.

‘그것이 인생이란다.’

마리아는 들썩이는 줄리아의 어깨를 토닥이며 눈물을 흘렸다. 그녀도 제시의 죽음이 너무나 슬펐다. 오늘 가족 중의 한 명이 죽은 것이다. 딸에게 가장 친한 친구가 곁을 떠났다.

마리아는 일부러 삼열이 올 때까지 아무런 조치를 취하지 않았다. 이것은 그의 일이었다. 아빠가 해야 할 일.

이윽고 삼열이 집에 도착하여 뛰어들어 왔다. 그리고 자신을 보자마자 울음을 터뜨리는 딸을 안았다. 그도 딱 이 나이 때 부모님을 교통사고로 잃었다. 상실의 슬픔이 얼마나 큰 것인지 알고 있는 그로서는 더욱 마음이 아팠다.

한참을 운 줄리아를 다독이던 삼열이 말했다.

"줄리, 이제 제시도 하늘나라에서 행복하게 살 수 있도록 우리가 보내줘야지. 그녀의 자식들이 네 곁에 있잖아. 그들을 보며 그녀에게처럼 잘해주면 되지 않을까?"

"응, 아빠. 그래도 슬퍼요. 제시가 지금이라도 막 살아날 것 같아요."

"아빠도 네 나이 때 할머니 할아버지가 돌아가셨단다."

"아빠! 아빠!"

줄리아는 이번엔 아빠인 삼열을 위해 울었다. 아빠가 갑자기 가여워졌다. 줄리아는 생각했다. 자신은 제시가 죽은 것으로도 이렇게 슬픈데 엄마 아빠를 잃은 아빠는 그때 얼마나 슬펐을까. 그 생각을 하자 너무나 슬펐다.

삼열은 갑자기 울기 시작한 줄리아의 모습에 당황했다. 그래서 마리아를 바라보자 그녀가 빙그레 웃고 있다. 그는 그냥 딸을 다독여 줬다.

"괜찮아, 괜찮아. 걱정하지 않아도 돼. 아빠가 다 알아서 할게."

다음 날 제시는 작은 무덤에 묻혔다. 그녀의 새끼 다섯 마리가 무덤 옆에서 낑낑거리며 울었다.

*　　　*　　　*

제시의 죽음 후, 줄리아는 며칠 동안 우울하게 보냈다. 그녀로서는 대단히 이례적인 일이었다.

"줄리, 요즘 무슨 일 있어?"

"아니."

"그런데 왜 그래?"

"제시가 죽었어."

"제시? 아~ 네 친구 그 개?"

"응."

"슬펐겠다."

"응. 하지만 새끼들이 있으니까 괜찮아."

"그래. 그런데 왜 너와 내가 아르바이트하는 날이 안 겹치는지 모르겠다. 아, 양키스에서 너랑 만났으면 좋겠는데."

"아, 그러고 보니 그러네. 왜 네 시간이 옮겨졌지?"

"나도 몰라. 그냥 아르바이트 담당관이 오더니 시간을 바꿔 버렸어. 너무 속상해. 그래도 아르바이트가 짭짤해서 좋아. 헤헤헤."

"히힛."

둘은 다시 신나게 이야기를 하기 시작했다. 하지만 줄리아는 스테파니와 이야기를 하면서도 가슴 한편이 허전했다.

너무 슬퍼 더 이상 동물에게 사랑을 주지 않으려던 줄리아에게 마리아는 이렇게 이야기해 주었다.

"넌 네가 준 사랑보다 더 큰 사랑을 제시에게 받지 않았니?"

생각해 보니 그랬다. 제시는 정말 언니같이 굴었다. 언제나 자신의 말을 잘 듣고 따랐다. 그리고 한때는 자신을 지키기 위해 목숨도 걸었다.

"생각해 보니 그래요."

"그럼 된 거란다. 사람은 서로 사랑하고 살면 된단다. 살아가면서 슬픈 일을 안 당하는 사람은 없으니까. 그러니 행복하게 네 곁에서 살다 간 제시처럼 너도 인생을 행복하게 살렴."

"응, 나도 그럴게. 행복하게."

제시가 떠난 다음부터 줄리아는 운동에 더 매진했다. 인생이 생각보다 행복하지 않다는 것을 깨달은 것이다. 예전처럼 뛰어놀아도 가슴 한 군데가 허전했다. 아마도 사춘기에 맞이한 첫 슬픔이어서 더 깊은 상처를 받았는지도 모른다. 하지만 슬퍼하려고 해도 미소를 지으며 죽은 제시를 생각하면 슬퍼할 수가 없었다.

'제시, 나도 열심히 살게. 네 자식에게도 잘해주고.'

인생은 항상 행복하기만 한 것이 아니다. 행복은 슬픈 일을 겪어도 그것을 행복하게 만들 줄 아는 사람이 누릴 수 있는 특권과 같은 것이다. 왜냐하면 행복과 슬픔은 돌아가면서 찾아오기 때문이다. 그래서 어려움에 부닥쳤을 때 좌절하지 않고 견디는 사람은 결국 행복해질 수밖에 없는 법이다.

줄리아는 자신에게 찾아온 슬픔을 자신을 발전시킬 에너지로 전환시켰다. 어린 그녀가 그렇게 할 수 있던 것은 그동안 행복한 모습을 많이 보아왔기 때문이다. 그제야 엄마 아빠가 저녁마다 소리를 질러도 이해가 되었다. 순간을 영원처럼 즐기지 못하면 안 되니까. 행복할 때 행복하다고 느끼고 감사하는 것이 얼마나 소중한 것인지도 깨달았다.

줄리아는 그동안 왜 엄마가 자신에게 용돈도 적게 주고 엄격하게 대했는지도 이해하게 되었다. 어렴풋하게 그게 인생인가 하고 느끼기도 했다.

'엄마는 행복을 위해 부족함을 배우기를 원하신 거야. 모든 것을 누리는 사람은 없다고 말씀하신 이유가 바로 그거야. 나도 아빠의 유산을 포기하고 내가 사랑하는 남자와 결혼해서 행복해질 거야.'

그동안 엄마가 왜 그토록 지겹게 인문 고전을 읽게 했는지도 알 것 같았다.

'엄마는 내가 행복하게 되기를 원하신 거야.'

줄리아는 속으로 그렇게 중얼거리며 미소를 지었다.

*　　　*　　　*

존 워터 코치는 갑자기 변한 줄리아 때문에 당혹스러웠다. 한동안 침울해 있더니 요즘은 무섭게 운동을 하기 시작한 것이다. 여자들은 아무리 나이가 어려도 알 수 없다더니 정말 잘 모르겠다고 생각하며, 그래도 정말 잘되었다고 생각했다.

'어쩌면 그녀는 세계기록 보유자가 될 거야. 아니, 반드시 그렇게 될 거야.'

존은 100m를 뛰고 헉헉거리는 줄리아를 보며 주먹을 불끈 쥐었다. 자신이 이루지 못한 올림픽 메달, 줄리아라면 가능할 것 같았기 때문이다.

줄리아는 또래보다 키가 컸다. 삼열의 키가 196㎝이고 마리아의 키도 172㎝나 된다. 그러니 긴 다리를 이용하여 뛸 때면 시원하게 보였다.

줄리아는 새로 배운 육상이 마음에 들었다. 어릴 때부터 뛰는 것을 좋아하던 그녀지만, 단거리를 배우다 보니 힘의 분배를 어떻게 해야 하는지도 알게 되었다. 100m를 전력으로 질주하더라도 어느 부분에서 더 힘을 내야 하는지는 사람에 따라 다르다. 가령 첫 부분에서 힘을 다 써버리면 결승점에 도착할 때 힘이 빠져버리게 된다. 혹은 너무 늦게 힘을 내면 그 역시 앞선 사람들을 따라잡을 수 없게 된다.

'음, 나는 장거리도 할 거야.'

줄리아는 욕심을 부렸다. 단거리도 마음에 들지만 그녀는 장거리가 더 마음에 들었다. 단거리 주법과 장거리 주법은 다르다. 단거리는 지구력을 기르는 훈련보다는 주로 순발력을 키우는 훈련을 위주로 하게 된다. 그러니 단거리 선수가 장거리를 겸하는 것은 무척이나 힘들다.

"아빠가 달리는 것만큼 나도 달리면 마라톤 금메달은 내 거야. 히힛."

줄리아는 존 코치와 있을 때는 단거리 위주로 연습하다가 삼열과 아침에 운동할 때는 장거리로 뛰었다.

"그러니까 100m의 주법으로 한 시간 동안 달리겠다고?"

"아빠, 가능하지 않을까요?"

"글쎄다. 나는 한 번도 해보지 않아서 말이지. 내가 빨리 뛰는 것은, 예전에 학교에서 체력을 키우기 위해 온종일 뛰었는데 시간이 너무 걸리기에 시간을 아끼기 위해 속도를 높이게 된 것이거든."

"아, 그렇구나. 아빠, 나 그래도 한번 해볼래."

"그래. 하지만 너무 무리는 하지 말고 아주 천천히 해라. 하루에 1초씩만 더 달려도 1년이면 6분이란다."

"와아, 정말이네."

365초를 계산하니 정말 6분 이상이 나온다. 산만하지만 머리가 좋은 줄리아였다.

"아빠, 그런데 단거리와 함께 장거리에서 메달을 딸 수 있을까요?"

"글쎄다. 에릭 리델이라는 사람이 있는데 100m에서 워낙 강력한 선수였다고 하더구나. 뛰기만 해도 금메달이 확실한데 결승전이 일요일이라 그는 거절했지. 그는 나중에 선교사가 되었단다. 그런데 그가 한 번도 뛰지 못한 400m에 나가서 우승했다는 기록이 있지. 하지만 현대에는 힘들지 않을까?"

"엥? 아빠, 400m면 단거리 아니에요?"

"난 모르지. 그래도 400m는 단거리는 아닌 것 같다. 음, 200m라면 몰라도."

"아하, 아빠가 말하는 것은 뭐든 맞아요."

삼열은 미소를 지으며 줄리아를 바라보았다. 유독 자신을 잘 따르는 딸이다. 이렇게 사랑스러운 딸도 언젠가는 자신의 품을 떠날 것이다. 사랑하는 사람이 생기면 아빠의 뜻을 거절하고 자신만의 선택을 할 것이다.

어린 딸을 놓고 벌써 미래에 생길 일을 걱정하면서 삼열은 인생을 생각했다. 부모가 자식을 사랑한다고 해도 자식의 인생을 좌우할 수는 없다. 사랑하니까 더 딸의 선택을 존중해 줘야 한다. 그런데 그게 쉽게 될지는 자신이 없었다.

'나는 준비가 되었나?'

삼열은 줄리아를 보며 나직하게 한숨을 내쉬었다.

* * *

"아빠, 우리 오늘 백화점에 같이 가요. 아빠가 모처럼 쉬는 날이잖아. 나도 오늘 연습이 없단 말이야."

줄리아가 삼열을 졸랐다.

"어, 그래. 엄마에게 말해야지."

"에이, 그러면 엄마가 당연히 따라온다고 하지."

"줄리, 누가 따라온다고?"

"헉, 엄마다."

마리아가 나타나자마자 줄리아는 바로 꼬리를 내렸다.

"엄마, 우리 백화점으로 쇼핑하러 가요."

"어머, 그거 좋은 생각이다. 조셉에게 말해야지."

마리아가 그렇게 말하며 거실을 나가자 줄리아는 속으로 푸념했다. 아빠와 둘만의 데이트에 엄마가 끼어들면서 망했다. 더구나 얌전하기만 한 조셉이 같이 가는 것은 반대다. 하지만 그녀는 그런 말을 할 수 없었다. 형제간의 우애를 해치는 말은 엄마가 용납하지 않으니까.

'쳇, 아빠 바보!'

줄리아는 입술을 내밀고는 자신의 방으로 가서 외출할 준비를 했다. 그동안 필요한 것들을 기록한 노트도 찾아보았다.

줄리아가 방을 나오자 다섯 마리의 개가 따라 나왔다. 제시가 죽은 다음 좀 챙겨줬더니 요즘은 어디를 가든지 따라다닌다.

"맥스, 도넛, 너희는 집에 있어. 금방 올 거야."

왕, 왕!

꼬리를 흔드는 개들을 보며 줄리아는 개 껌도 사와야겠다고 생각했다. 강아지들은 이미 개가 된 지 오래였지만 어쩐지 줄리아에게는 덩치만 커진 강아지 같았다. 맥스와 도넛만 통제하면 나머지 개들은 얌전해서 쉬웠다. 형제들 간에도 서열이 확실해서 맥스가 제일 위고 도넛이 두 번째인데 도넛이 활발해서 항상 같이 챙겨야 했다.

오랜만에 백화점에 나와 쇼핑을 하니 줄리아는 기분이 좋아졌다. 신발을 제외한 대부분의 운동기구는 그냥 아무거나 구입했다. 선수용 러닝슈즈는 아무래도 전문용품을 써야 했다. 교육을 위해서는 돈을 아끼지 않는 마리아였기에 줄리아가 사달라는 것은 모두 사줬다. 기분이 좋아진 줄리아의 입이 위로 쭉 찢어졌다.
"누나, 따로 챙긴 것 있지?"
"내가 뭐? 뭐?"
"누나 얼굴 보면 다 나와. 사심이 가득한 얼굴이잖아."
"흥, 됐거든. 넌 저리 꺼져."
"쳇, 할 말이 없으면 맨날 꺼지래."
줄리아가 주먹을 불끈 쥐자 조셉이 혀를 날름 내밀고는 얌전히 앉았다. 마리아는 그런 조셉의 머리를 쓰다듬으며 예뻐했다.
"흥, 엄마는 동생만 예뻐하고."
"넌 아빠가 예뻐하시잖아. 그렇지 않니, 줄리?"
"응. 아빠는 왜 엄마하고 결혼했지? 나하고 결혼했어야 하는데."
"누난 그것도 몰라? 엄마하고 아빠가 결혼했으니 누나가 나왔지."
"흥, 나도 알거든."
"알면서 한 말이면 더 나빠."
"이게 누나에게 대들고."
줄리아의 눈꼬리가 위로 올라가자 조셉이 눈을 감고 고개를 숙였다. 여기서 더 약을 올리면 엄마 아빠가 있어도 난리가 난다는 것을 그도 이제는 알고 있었다.
저녁을 근사한 레스토랑에서 먹고 집으로 돌아오자 줄리아는 몰려드는 개들에게 개 껌을 나눠 줬다.
"엄마, 나도 개 하나 사줘요."
조셉이 마리아를 졸랐지만 마리아는 들은 체도 안 했다. 집이 넓어도 다섯 마리의 개가 뛰어다니다 보니 정신이 없는데 거기에 한 마리가 더 생기면 감당이 안 되었다. 그렇다고 다섯 마리의 개 중에서 줄리아가 조셉에게 줄 개는 없었다. 개들도 이제는 자신들의 주인이 누구인지 확실하게 알고 있어서 그것은 불가능한 일이었다.

*　　　*　　　*

줄리아가 브롱크스 대회에서 우승하게 되면서 큰 대회에 참전할 기회가 주어지기 시작했다. 우선은 10월에 있을 뉴욕주가 주최하는 경기에 나갈 계획이었다.

"줄리 너, 뉴욕 대회에 나간다며?"

"응. 저번에 브롱크스 대회에 우승해서 자격이 주어졌어."

"와, 그럼 뉴욕주 대회도 우승하겠네?"

"우헤헤헤, 당연하지."

"와아, 좋겠다. 줄리, 나는 앞으로 치어리더를 해볼 생각이야."

"치어리더? 그… 짧은 팬티 입고 다리 올리는 거?"

"줄리, 실망이다. 치어리더가 얼마나 인기가 있는데 그렇게 말하니?"

"아! 스테파니, 미안. 실수야, 미안."

스테파니는 줄리아가 바로 사과하자 나온 입술을 집어넣었다. 둘은 둘도 없는 단짝이다. 오늘도 둘은 돈을 벌려고 양키스타디움으로 향하고 있었다. 줄리아가 하도 졸라 같은 날 일을 하게 되었다.

당연히 질색한 것은 조 마르시안 감독이었다. 조 마르시안 감독이 찾아와 둘에게 소리를 지르지 않겠다는 약속을 받고서야 같이할 수 있게 되었다.

"아, 오늘도 입을 다물고 있어야 하나?"

"그럼 어쩌겠어. 그 할배가 시끄럽다는데."

"칫, 양키스 감독이 양키스를 응원하는데 뭐라고 하다니, 못됐어."

"뭐, 그래도 그 할배가 착하긴 하잖아. 우리 둘이 같이 일할 수 있게 해주고."

둘은 차 안에서 수다를 떨었다. 양키스타디움에서 떠들지 못한 것을 차 안에서 모두 떠드는 것이다.

그 탓에 운전사 제임스만 죽을 맛이었다. 예쁘장한 것들이 얼마나 시끄러운지 귀가 먹먹했다. 그렇다고 대놓고 불평도 하지 못했다. 줄리아가 착하긴 해도 한 성격 하기 때문이다.

'역시 애들은 따로 떼어놓아야 예쁘지. 아무리 예쁜 애들도 붙여놓으면 마녀로 변신한단 말이야.'

그는 자신의 딸도 저렇게 자랄까 걱정되었다. 밝고 좋긴 한데 너무 시끄러웠다.

"와아, 오늘은 너희 아빠가 선발 등판인가 봐."

"히힛, 오늘도 아빠가 이길 거야."

"줄리, 지난 경기에서는 너희 아빠가 졌잖아."

"그건 멍청이 에드워드 카노가 실수해서 그렇지. 그렇게 쉬운 공도 못 잡니?"

'그건 아닌 것 같은데.'

물론 지난 경기에서 카노가 공을 잡지 못한 것은 사실이지만 강습 안타였기에 카노 탓은 아니었다. 그래서 기록도 안타로 되어 있고. 하지만 스테파니는 그런 생각을 절대로 말할 수는 없었다. 아빠와 관계된 일이라면 친구도 뭣도 없는 줄리아에게 감히 도전장을 내밀고 싶지는 않았다.

"와아, 너희 아빠 너무 멋지다."

스테파니가 마운드에서 연습구를 뿌리고 있는 삼열을 보며 말했다.

"그렇지, 그렇지!"

줄리아도 대번에 맞장구를 쳤다.

올해 삼열은 3패를 기록하고 있지만 평균 자책점은 1.56밖에 되지 않는다. 열다섯 경기에 출전하여 10승 3패를 기록했는데, 그중 3패는 양키스의 공격이 문제였다. 승리투수가 되는 기회가 적어졌지만 삼열은 신경 쓰지 않았다. 앞으로 기회는 많이 남아 있었고 사이드 옵션을 받지 않아도 그는 이미 충분한 부자였다. 이제는 광고 수입이 연봉을 추월한 지 오래되었다.

게다가 안테나 로열티로 나오는 금액이 어마어마했다. 안테나가 필요한 곳에서는 대부분 삼열이 설계한 안테나를 사용하고 있다. 혁신, 그것은 안테나의 혁신이었다. 로열티는 이미 계산을 못 하고 있은 지 오래였다. 한국의 삼송을 비롯하여 IG와 애플은 물론 대부분의 스마트폰 제조사가 사용하고 있고 가전제품에도 들어간다.

이제 삼열은 돈 때문에 야구를 하지 않는다. 야구가 좋아서 하는 것이다. 그러니 공을 던질 수 있는 지금이 행복한 것이다.

줄리아는 아빠가 마운드에 서서 공을 던지는 모습을 바라보았다. 자신이 남자로 태어났다면 야구 선수가 되었을 것이다. 요시다 에리처럼 너클볼러가 되면 메이저리그 마운드에 설 수도 있겠지만 별로 내키지 않았다.

줄리아가 아무리 힘이 세도 신체적인 것을 무시할 수는 없었다. 키가 남자만큼 크지 않으면 해봐야 빛이 안 난다. 오히려 남자와 대등하게 겨룰 수 있는 영역을 개척하는 것이 나았다. 미셸 위가 남자 프로골프에 도전했듯이 어느 정도 가능성이 있는 영역 말이다. 미셸 위도 키가 183㎝나 된다. 자신은 어지간한 남자보다 힘이 강한 편이니 그런 쪽으로는 가능할 것 같았다.

줄리아는 생각이 복잡해지자 머리가 아팠다. 그냥 달리는 것이 최고인 것 같았다.

"아빠, 파워 업!"

"아저씨 파이팅!"

줄리아도 스테파니도 소리 높여 응원했다. 그러자 조 마르시안 감독이 둘을 째려보았다.

"앗! 감독 아저씨가 째려봐."

"쳇, 내 아빠인데도 응원도 마음대로 못하다니."

"할 수 없지. 하지만 줄리, 돈을 받으면서 일할 때는 돈 주는 사람의 의사를 존중해야 해."

"그러니까, 돈은 구단에서 주는데 우리가 왜 저 아저씨 말을 들어야 하느냐고."

"그것은… 저분이 감독이니까."

"아, 그렇구나. 감독이었지. 쳇!"

"호호, 어쩔 수 없어."

"감자를 먹이고 싶어."

"너 미쳤니? 감자를 먹이는 순간 넌 잘릴 거야."

"아, 돈 때문에 어쩔 수가 없구나."

둘이 속닥거렸다.

카메라가 시시덕거리는 두 소녀를 잡았다. 줄리아 때문에 스테파니도 유명해졌다. 양키스의 볼걸은 아무나 하는 것이 아니었다. 더군다나 줄리아를 매스컴에서 좋아해 자주 비추다 보니 항상 같이 있는 그녀도 덩달아 잡혔다. 주근깨가 있지만 예쁜 스테파니의 얼굴이 TV에 나오자 또래의 소년들에게 인기가 폭발했다. 줄리아가 훨씬 더 예쁘지만 '넘사벽'이었기 때문에 은근히 스테파니를 좋아하는 소년들도 많았다.

펑.

"스트라이크!"

삼열의 공이 미트에 박히자 두 소녀가 얼싸안고 기뻐했다. 삼열은 자신이 스트라이크를 잡아 삼진 아웃을 시킨 것이 저렇게 기뻐할 일인가 생각해 보아도 이해가 되지 않았다. 그러나 기뻐하는 딸을 보니 공에 힘이 들어갔다.

"스트라이크!"

"와아, 106마일이야!"

"줄리아, 응원을 더 크게 해라."

관중석에서 106마일의 공을 보곤 줄리아를 응원하기 시작했다. 줄리아는 관중석을 향해 해맑게 웃었다.

삼열은 줄리아가 운동하는 것이 좋았다. 천재인 그는 육체로 하는 일에 굉장히 관심이 많았다. 루게릭병에 걸린 후에도 전국

1등을 하던 그지만 운동장 한 바퀴를 도는 것조차 버거워하던 것도 역시 그였다. 운동을 하면 신체가 건강해진다. 이는 인생을 활발하게 살 수 있는 에너지를 갖게 해준다. 원래 인간은 육체를 움직이고 활동해서 밥벌이를 하게끔 창조된 존재이다.

아니, 세상에 존재하는 모든 것이 그렇다. 자동차도 적절하게 가동해 주지 않고 차고에만 있으면 1년도 안 돼 차가 삭아버린다. 새 차를 사서 고속도로에서 일부러 힘껏 달리는 것도 차를 길들이기 위해서이다. 자동차의 성능을 한껏 올리는 것이다.

인간도 마찬가지이다. 몸과 정신은 최대치까지 쓰면 그 한계가 넓어진다. 운동에서 전문가들이 세트 운동을 하는 것도 이런 이론에 따른 것이다. 같은 운동을 3세트, 또는 10세트, 이렇게 사람의 능력에 따라 목표치를 정하고 하면 확실히 체력과 능력이 향상된다. 운동은 자신과의 싸움에서 승리하는 사람들만이 할 수 있는 일이다. 재능은 그다음의 일이고.

삼열은 몸치였다. 루게릭병에 걸리기 전에도 몸치였다. 그런 그가 최고의 선수가 될 수 있던 것은 끊임없는 노력 덕분이다. 게다가 자신과의 싸움, 저주와 같던 루게릭병과 싸우다 보니 어느덧 자신과의 싸움에도 익숙해졌다.

삼열은 줄리아가 명랑한 성격으로 한곳에 오래 앉아 있는 것을 잘 못하는 것을 알고 있다. 물론 이런 단점은 나이가 들면 대부분 극복한다. 그러나 그렇게 되기까지 많은 시간이 흐른다. 하지만 얼마나 아름다운 인생인가. 기다리는 그 시간이 아까웠다. 물론 자신의 삶을 통해 도전하고 성취하는 것만이 제대로 된 삶은 아니다. 그러나 노력하지 않고 도전하지 않는 삶은 대체로 무기력하다. 그는 딸이 활기차게 살기를 원했다.

삼열은 운동장에서 헉헉거리며 뛰는 딸을 보며 마음이 아프면서도 대견했다. 자신이 지리산 언저리에서 하루 종일 뛰던 때의 비장함, 절망을 극복하려고 날마다 이를 악물던 그 기억들이 힘들어하는 딸의 모습 속에 투영되었다.

하지만 그는 눈가에 고인 눈물을 손으로 닦아내고 딸을 묵묵히 바라보았다. 아무것도 아닌데, 남들도 다 하는 것인데 단지 딸이 힘들어하는 것 하나로 이렇게 마음이 아플 줄은 몰랐다. 눈물까지 날 줄이야. 하지만 이런 짠한 마음에 지면 자식을 올바르게 키울 수 없다는 것을 누구보다 잘 알고 있었다.

삼열은 줄리아의 곁으로 다가갔다. 그리고 거세게 호흡하는 딸에게 말해주었다.

"줄리, 훌륭하다. 멋져!"

그러자 그토록 힘들어하던 줄리아가 활짝 웃었다.

"응, 더 열심히 해서 아빠를 기쁘게 해줄게."

"줄리, 그러지 마렴."

"응? 왜?"

"아빠를 위해 뛰면 안 된단다. 누구나 인생은 자신을 위해 살아야 해. 부모는 자식이 자신의 인생을 포기하지 않는다면 무엇을 하든지 행복하게 바라볼 수 있단다."

"아, 정말? 그렇구나!"

줄리아가 손뼉을 치고 팔짝 뛰며 좋아했다. 그리고 다시 힘이 든 듯 호흡을 거칠게 했다.

"신체는 한계를 뛰어넘으면서 성장한단다. 하지만 너무 무리하면 부서지지. 하루 동안 많은 시간을 하는 것보다 매일 조금씩 하는 것이 몸을 건강하게 만드는 것이야. 그러니 육상대회에 나가는 것에 너무 신경 쓰지 마렴. 줄리, 엄마와 아빠는 네가 우리 딸이라는 사실만으로도 충분히 자랑스럽단다. 네 삶은 네가 설계해야 한다. 네 삶의 주인은 바로 너야. 그래서 아빠는 우리 줄리가 결정하는 것이라면 뭐든 기꺼이 지지할 생각이란다."

"와아!"

줄리아가 삼열의 품에 폭 안겼다. 아직 숨이 거칠었지만 이전보다는 나았다. 삼열은 소녀가 되어가는 딸의 몸을 가볍게 두들기며 딸을 축복했다. 이렇게 자라만 준다면 그것이야말로 신의 축복이라고, 그렇게 살자고 생각했다. 온 마음으로.

"줄리, 난 너도 알다시피 기독교인이 아니란다. 하지만 부모는 자녀를 위해 신에게 축복을 빌지. 자녀는 부모의 축복을 받아야 한다. 무슨 말인지 알겠니?"

"응, 자식은 엄마 아빠에게 효도해야 해. 그런데 아빠, 만약 내가 좋아하는 남자를 아빠가 싫어하면 어떻게 하지? 그때도 아빠에게 효도해야 해?"

"왜 나에게 묻니? 가까이에 네 엄마가 있지 않니. 중요한 것은 그 사람의 됨됨이란다. 엄마는 비록 외할아버지의 뜻을 거역했지만 이렇게 행복하게 살잖니. 우리 가족이 행복할 수 있는 것은 엄마의 결단과 희생이 있어서란다. 그러니 우리는 엄마에게 감사해야 해."

"응, 엄마에게 감사해."

삼열은 딸의 머리를 쓰다듬었다. 정말 이 순간만큼은 신을 믿는 자가 되어 딸을 위해 기도하고 싶었다. 딸이 행복할 수만 있다면, 그리고 딸이 좋은 남자를 만나고 사랑을 배워갈 수만 있다면 언제든 그렇게 할 것이다.

"아빠, 난 아빠가 좋아."

"내 마음속에는 늘 우리 줄리가 있단다."

"응, 내 마음에도 아빠가 늘 있어."

삼열은 줄리아의 어깨를 다독였다. 이렇게 좋은 부녀 관계가 형성되기까지 마리아의 헌신과 희생이 있었다. 최고의 교육을 받은 그녀가 자녀를 위해 기꺼이 일을 포기하고 가정을 선택했다. 미안해하는 그에게 자신은 행복을 선택했다고 웃을 때 더 미안했다.

아이들은 부모의 뜻대로 자라지는 않는다. 삼열은 그 사실을 항상 명심하고 있었다. 다만 무엇이 옳은지, 정의가 무엇인지 알고 자신의 선택에 대해 책임을 질 줄 안다면 아이들은 자신의 의지대로 자라는 것이 좋다고 생각했다.

아직은 어린아이의 모습이 더 많은 얼굴을 보며 딸이 누군가를 사랑하는 날이 오면 슬퍼질 것 같은 마음이 들기도 했다. 그래도 어쩔 수 없는 일이다. 그런 선택 없이는 인생을 알 수 없으니까. 그리고 또 하나의 가정이 탄생할 수 없는 법이니까. 어린 딸을 보며 너무 이르다고 생각했지만 열여덟 살이면 독립하는 이곳의 추세라면 이제 6년밖에 남지 않았다.

삼열은 벌써 한 시간이나 전력 질주를 계속하는 줄리아를 지켜보았다. 그가 질병을 이기기 위해 달리던 그때만큼의 절실함은 아니지만 줄리아는 달리는 것을 무척 좋아했다. 달리는 모습이 평화롭고 행복해 보였다.

"아빠, 이제 일주일밖에 안 남았어."

"대회 말이니?"

"응."

"네가 만약 달리기 선수가 된다면 이번 시합은 앞으로 하게 될 수많은 시합 중의 하나란다. 그러니 무리하지 마라."

"응, 아빠. 난 그냥 달리는 것이 좋아."

저녁이 되자 서늘한 바람이 불어왔다. 딸이 훈련하는 것을 보기 위해 오늘 시합이 있어도 경기장에 가지 않았다. 시합이 끝날 때쯤 가볼 생각이다. 선발투수가 좋다는 것이 이처럼 일정에 여유가 있다는 것이다.

줄리아는 가슴이 터질 것 같았으나 하면 할수록 자신이 발전하는 것을 느꼈다. 그리고 왠지 땀을 흘리고 나면 실제로 더 강해지곤 했다. 그래서 힘들어도 힘들지가 않았다. 자신이 더 나아진다는 것을 느끼니 오히려 달리는 것이 행복했다.

존 코치는 내일 일찍 올 것이다. 그는 뉴욕에 갔다. 대회가 열리는 시설들을 둘러보기 위해서였다. 대부분 프로는 시합이 진행되기 전에 그와 비슷한 환경에서 훈련한다. 보통 초등학생은 그러지 않지만 줄리아는 조금 다른 아이였다. 일단 부모가 엄청난 부자였고. 돈에 구애받지 않으니 겸사겸사 뉴욕에 들른 것이다. 경기장도 보고 친구도 오랜만에 만날 겸 해서.

줄리아는 크라우칭 스타트를 연습하고 또 연습했다. 단거리달리기는 출발이 가장 중요하다. 출발을 잘하기 위해서는 총소리를 듣고 몸이 바로 반응할 수 있어야 한다.

집중력과 순발력.

줄리아는 오랜 시간은 집중을 잘 못했지만 순간적인 집중력은 뛰어난 편이었다. 그리고 산만한 편이긴 하지만 기본이 잘되어 있었다. 게다가 어려서부터 배운 인문 교양 교육은 그녀의 사고 범위를 넓혀주었다.

줄리아는 이번 대회에서 100m와 200m를 병행하여 출전하기로 했다. 400m 이상은 다음에 시도할 생각이다. 시간상으로 모두 가능하다고 해도 체력의 안배를 위해서는 많은 종목에 출전하지 못한다. 물론 여러 종목에 나갈 수는 있다. 하지만 그랬다가는 오히려 잘하는 종목마저 좋은 성적을 거둘 수 없게 된다.

삼열은 출발 연습을 하는 딸을 위해 총을 쏴주었다. 그로서는 딸이 잘하고 있는 것인지, 나아지고 있는 것인지 알 수 없었다. 0.001초에 의해 승부가 결정되는 100m이기에 아무리 그라고 해도 미미한 변화를 인식할 수는 없었다. 하지만 연습하는 줄리아의 얼굴이 좋아지는 것으로 봐서 나아지고 있는 것 같았다.

"줄리, 이제 가자꾸나. 나도 경기장에 가봐야겠다."

"응, 아빠!"

시간이 되자 줄리아는 짐을 챙겨 어깨에 멨다. 그 모습을 본 삼열이 가방을 들어주려고 하자 줄리아가 거부했다.

"아빠, 나도 할 수 있어!"

"아, 미안. 네가 할 수 있었군. 난 그냥 도와주고 싶었어."

"엄마에게나 그렇게 하세요. 나에게 해주고 싶었으면 나와 결혼했어야지, 왜 엄마하고 결혼해서……."

삼열은 오늘도 딸에게 잔소리를 들었다. 말도 안 되는 소리를 하는 딸이나 그 소리를 듣고 좋아하는 아빠나 바보라고 하기에는 둘 다 너무나 머리가 좋았다. 사랑하면 바보가 된다. 특히나 사랑스러운 딸을 둔 아빠는 바보가 되지 않을 수가 없다.

삼열은 줄리아를 집까지 바래다주고 경기장으로 갔다. 줄리아는 정원에서 돌아다니다가 그녀에게 달려오는 다섯 마리의 개를 바라보았다.

"맥스, 도넛!"

"왈왈!"

"왕왕!"

두 마리의 개가 꼬리를 흔들며 줄리아의 다리에 얼굴을 비볐다. 줄리아는 오만한 표정으로 개들을 바라보았다. 개들이 귀를 쫑긋 세우며 긴장했다.

"너희 사고 안 쳤지?"

"왈왈!"

"왕왕!"

일제히 다섯 마리의 개가 짖어댔다. 줄리아는 절대로 사고를 치지 않았다는 개들의 항변을 들으며 집으로 들어갔다. 다섯 마리의 개도 그림자처럼 줄리아 옆에 바짝 붙어 집 안으로 들어왔다.

"줄리니?"

"응, 엄마."

"아빠는?"

"경기장 가셨어."

"알았어. 뭐라도 먹어야지?"

"응. 배고파."

줄리아의 말에 마리아가 식탁 위에 먹을 것을 꺼내놓았다. 향긋한 연어 샐러드와 스테이크 조금, 감자 등이 차려졌다. 개들이 혀를 내놓고 헉헉거리자 침이 고였다. 하지만 줄리아가 눈을 부라리자 개들이 모두 고개를 돌렸다.

"너희도 가서 밥 먹어!"

"왈왈!"

개들은 줄리아의 말을 듣고 사료 박스가 있는 곳으로 달려가서 기다렸다. 마리아가 다가가서 사료를 나눠 줬다. 개들이 마리아를 보며 꼬리를 흔들었다. 사실 개들은 마리아를 더 좋아했다. 줄리아는 폭력적인데 마리아는 상냥하고 친절했다. 같이 놀아주지는 않지만 때리지도 않고 밥도 잘 줬다.

줄리아는 밥을 먹고 창가에 앉았다. 바람이 불어와 나뭇잎이 흔들렸다. 새가 바람을 타고 하늘 높이 날았다. 그 모습을 보고 있자니 또 가만히 앉아 있을 수가 없었다. 그녀는 정원으로 나가 천천히 걸었다. 그 뒤를 개들이 일렬로 따라왔다.

"맥스, 도넛!"

"왈왈!"

"멍멍!"

"난 꼭 올림픽에서 메달을 딸 거야."

"왈왈."

"너희 올림픽 메달이 뭔지 알아?"

줄리아의 말에 개들이 모두 고개를 갸웃거린다. 그 모습을 보며 줄리아가 올림픽이 뭐고 메달이 뭔지 설명해 주었다. 그래도 개들은 알아듣지 못한다. 개들은 그냥 개일 뿐이다. 알아듣지 못하자 줄리아에게 혼이 나지만 꼬리를 흔들며 눈을 동그랗게 뜨고 애교를 부렸다. 벌러덩 배를 드러내 놓고 항복을 표시하며 발을 번쩍 들기도 했다.

줄리아도 개들이 알아들을 것으로 생각한 것은 아니었다. 그냥 자신의 꿈을 말하고 싶었을 뿐이다. 뛰는 것이 마냥 좋은 그녀도 선수가 되어 뛰는 것은 힘들었다. 하지만 항상 좋은 것만 할 수는 없다. 그것은 엄마 아빠의 딸로서 명예롭지 못한 일이며 동생 조셉에게도 체면을 구기는 일이었다.

줄리아는 운동을 시작하면서 아빠가 얼마나 힘들게 야구를 했는지 알고 아빠를 더 사랑하게 되었다. 아빠가 루게릭병에 걸렸을 때 그 병을 이기기 위해 산에서 하루 종일 뛰었다는 말을 듣고는 펑펑 울 뻔하기도 했다. 아빠는 재능으로 메이저리그 최고의 선수가 된 것이 아니었던 것이다.

그렇다면 줄리아 자신도 못할 것이 없다고 생각했다. 아빠가 고생한 것만큼, 아니, 그만큼이 아니라 해도 그녀는 운동에 천부적인 재능을 가졌다. 아빠를 사랑하니까 아빠에게 지고 싶지 않았다. 세상에서 제일 좋아하는 아빠를 꼭 이기고 싶었다. 아빠가 아무리 메이저리그 최고의 투수라고 해도 올림픽 메달은 따지 못한다. 그래서 그녀는 꼭 메달을 딸 생각이다.

'문제는 경쟁자들이 감히 따라붙지 못할 정도로 빠르게 달리는 거야.'

얼마 전 CNN 뉴스에서 본 이야기가 생각났다. 자메이카의 남자애가 100m를 11초 8에 뛰어 자메이카 육상대회에서 우승했다는 내용이었다. 열세 살인 그 아이는 줄리아보다 0.4초나 빨랐다. 자메이카는 육상에서 미국의 강력한 라이벌이다. 특히나 단거리달리기에 특화되어 있었다.

'절대 지지 않아. 남자보다도 빠르게 달리 거야. 우사인 볼트 따위는 아무것도 아니라는 것을 보여주겠어.'

그녀가 그토록 심장이 터질 정도로 뛰는 이유는 단순히 올림픽 메달을 따는 것이 아니라 여자 선수로 남자들의 기록을 따라잡고 싶어서였다. 여자와 남자의 근력과 순발력의 차이가 크다는 것은 그녀도 알고 있었다. 하지만 그녀는 왠지 가능할 것 같은 느낌이 들었다. 아빠가 루게릭병을 이겼다면 자신은 남자들의 기록을 이기고 싶었다.

'그래야 아빠보다 광고를 더 많이 찍지. 히힛!'

줄리아는 웃으며 집으로 들어왔다. 그리고 다시 러닝머신 위에서 뛰기 시작했다. 뛰는 것은 즐거우면서도 고통스러웠다. 한계를 깨는 것은 편안함 속에서는 불가능한 일이다. 그래서 그녀는 심장이 터질 때까지 뛰곤 했다.

자신이 뛸 때 심장에서 밝은 빛이 나는 것을 줄리아는 알지 못했다. 마리아가 임신했을 때 미카엘이 준 생명의 불꽃이 그녀에게도 유전되었다. 그래서 어릴 때부터 그렇게 뛰었던 것이다. 뜨거운 몸을, 아니, 심장을 식히기 위해 줄리아는 본능적으로 뛰고 또 뛰었던 것이다.

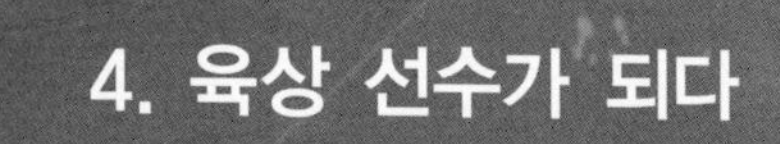

4. 육상 선수가 되다

"하아~"

줄리아는 심장이 두근거리는 것을 느꼈다. 브롱크스 대회와 달리 오늘은 수많은 사람이 관중석에 있었다. 지난 이틀 동안 예선경기를 했는데 줄리아는 아주 쉽게 결승에 진출할 수 있었다. 마리아는 뉴욕으로 와서 시합 내내 줄리아와 같이 있었다. 그러다 보니 자연히 동생 조셉도 따라왔다.

"누나, 잘해!"

"응."

오랜만에 줄리아가 친근하게 대답해 줘서인지 조셉이 환하게 웃었다. 항상 뛰는 것을 좋아하는 줄리아에게 조셉과 같은 애늙은이 성격은 상극이다. 한 명은 차분하게 앉아서 생각하는 것을 좋아하는데 다른 한 명은 뛰는 것을 좋아하고 생각하는 것은 질색이니 둘은 성격적으로 맞지 않았다.

"많은 시합 중 하나라는 것을 생각하고 마음 편하게 먹어라."

"응, 아빠. 그래도 완벽하게 이길 거야."

삼열은 줄리아의 머리를 쓰다듬으며 따뜻한 눈으로 바라보았다. 딸에게 이번 경기는 자신의 인생에서 선택한 첫 번째 시도이다. 앞으로 살아가면서 더 많은 선택에 직면하게 되겠지만 항상 처음은 남다른 의미를 가진다.

처음이라는 것이 그렇다고 더 많은 가치를 가지는 것은 아니다. 단지 우리의 머리에 '처음'이 더 강렬하게 인식될 뿐. 하지만 분명한 것은 첫 단추가 잘못 채워지면 시작을 제대로 할 수 없다는 것이다.

물론 첫 단추가 잘못 채워진다는 것은 첫 경기에서 지는 것을 의미하지는 않는다. 정직하지 못한 방법으로 자신의 능력 이상의 결과를 받아내려는 모든 시도를 말한다. 그런 것이 시도되면 당장의 성적은 좋을 수도 있지만 잘못된 방법으로 성공하는 재미에 맛들이게 된다는 것, 그것이 가장 무서운 것이다.

삼열이 늘 말하듯 하루에 1초만 더 연습한다는 그런 정직함을 배운다면 비록 첫 경기에서 실패하더라도 그 패배는 부끄러운 것이 아니다. 왜냐하면 두 번째 경기가 또 남아 있기 때문이다. 경기에서 패배했다고 죽지는 않는다. 인간에게는 항상 미래가 있으니까.

패배를 통해 배울 수 있는 것은 인생의 겸손함이다. 자신의 주제를 알아야만 인간은 현명함을 배우게 된다. 이는 인생에 있어 아주 고귀한 선물이다. 그러므로 패배를 부끄러워하는 사람이야말로 가장 부끄러운 사람이다.

줄리아는 심호흡을 깊게 했다. 이제 한 시간만 있으면 100m 결승전이다. 존 코치의 지도로 몸을 풀면서 그녀는 집중했다. 몸의 상태는 아주 좋았다. 언제나 건강한 그녀는 긴장할수록 집중력이 좋아졌다. 근육이 팽팽하게 당겨지면서 언제든지 총알처럼 달려갈 수 있을 것 같았다.

그녀는 스트레칭으로 근육의 긴장을 풀어주면서 시간이 지나가기를 기다렸다. 시간이 더디게 갈 때도 있음을 처음 깨달았다. 브롱크스 대회 때는 이렇게 긴장하지 않았다. 그리고 이렇게 많은 관중도 없었다. 그러고 보니 사람이 많아서 더욱 긴장되는 것 같았다. 그런 사실을 인식하자 줄리아는 문득 자신이 한심해졌다.

'아빠는 수많은 경기에서 이런 압박을 참아내면서 공을 던졌어! 나는 아빠의 딸이니 당연히 잘할 수 있어!'

줄리아가 이렇게 생각하자 긴장이 풀리면서 몸이 부드러워지기 시작했다. 그 모습을 지켜보던 존이 미소를 지으며 줄리아의 몸 상태를 체크했다.

CNN 뉴스와 뉴욕 타임스 등 매스컴에서 취재를 많이 나왔지만 그렇다고 방송이 잡힌 것은 아니었다. 뉴욕 대회는 미국에서 벌어지는 가장 큰 경기 중 하나이긴 해도 그렇다고 다른 주(州)에서 대회를 여는 것보다 권위가 더 있는 것은 아니었기 때문이다.

그보다 청소년을 위한 대회였고, 대학생도 참가하기는 하지만 아마추어들이기에 오히려 어린 학생들에게 관심이 더 많았다.

물론 초등학교 학생에 대한 기자들의 관심은 별로 없었다. 적어도 청소년기가 되어야 선수들의 발전 가능성과 잠재력을 평가할 수 있기 때문이다.

"줄리아, 어때?"

"이제는 괜찮아졌어요."

"굿. 너는 분명히 좋은 성적이 나올 거야. 그러니 긴장하지 말고 너무 빨리 뛰려고 하지 마. 적어도 여기서 너보다 빠른 아이는 없어. 총소리를 정확히 듣고 움직이라고."

"네, 존!"

여기저기서 몸을 푸는 선수들이 보였다. 초등부 경기가 가장 먼저 치러진다. 그리고 대학생 경기가 있고 다음으로 고등학생 경기가 있다.

"하아~"

줄리아가 나지막하게 한숨을 내쉬자 존이 어깨를 가볍게 두드리며 미소를 지었다.

"자, 줄리. 파워 업~"

"파워~ 업!"

줄리아는 아버지 삼열의 트레이드마크인 '파워 업'을 외치는 것을 좋아했다. 그녀에게 아버지란 닮고 싶은 사람이고 가장 사랑하는 존재였다. 물론 이는 대부분의 아이들도 마찬가지이리라. 부모가 현명하다면 이런 아이들의 존경심을 평생 유지해 나갈 것이고 그렇지 않다면 청소년기가 되면서 부모들은 권위를 잃어버리게 될 것이다. 아쉽지만 그게 인생이다.

"자, 줄리. 레츠 고!"

"파워 업!"

줄리아는 파워 업을 외치며 트랙으로 나갔다.

이제 100m 결승전이 시작되려 하고 있다. 육상의 꽃이 바로 100m 달리기이다. 이는 마라톤만큼이나 인기가 있다. 마라톤은 인간의 지구력을, 100m는 순발력과 스피드를 테스트한다. 달리기 중에서 가장 빠른 경기가 100m이다. 잠시 한눈팔면 이미 시합이 끝나 버린다. 프로들의 경기는 10초 전후에 승부가 갈린다. 반면 마라톤은 가장 오랜 시간이 걸린다. 하품 한 번 하고 끝나는 100m와는 완전히 극과 극이다.

줄리아는 스타팅 블록에 발을 대었다. 아무런 소리도 들리지 않았다. 사람들도 보이지 않았다. 오직 한 사람, 그가 들고 있는 총소리에 집중했다. 총소리가 들리기 전에는 발을 절대로 움직여서는 안 된다. 1㎝만 움직여도 실격으로 처리된다. 발판에 있는 센서가 총소리보다 0.1초 빨리 움직인 선수도 잡아낸다. 물론 실격 처리가 된다.

심판의 '준비!'라는 소리가 들려왔다. 줄리아는 호흡을 조심스럽게 들이마셨다. 그리고 총소리에 튕기듯 일어나 발판을 찼다. 출발이 매우 좋았다. 누구도 그녀보다 빠르게 반응하지 못했다. 다른 선수들은 초등학생이라 코치의 지도를 받았어도 그녀처럼 전문가에게 받지는 못한 것이다.

줄리아는 다리를 힘차게 움직였다. 손을 의식적으로 빠르고 힘차게 흔들었다. 손이 빠르게 움직일수록 몸은 탄력을 받아 속도를 더 낼 수 있다. 모든 것이 정지된 것 같았다. 줄리아는 숨도 내쉬지 않았다. 숨을 쉬게 되면 몸이 느려지게 된다. 선수들이 이를 악무는 것은 힘들어서이기도 하지만 호흡을 참기 위해서이기도 했다.

모든 근육이 팽팽하게 긴장을 유지하며 날아가듯 달렸다. 그녀 뒤에 있는 선수가 두 걸음이나 뒤처졌다. 줄리아는 처음부터 가장 빠르게 달렸다. 온 힘을 다해 달렸다. 어떤 지점에서 최고의 속도로 달릴지 계획도 세우지 않았다. 그녀는 최고의 속도로 달리는 연습을 아주 많이 했기에 쉬지 않고 최고의 속도로 달렸다. 가속도가 붙었다. 앞에서 바람이 불어오자 줄리아는 고개를 앞으로 더 숙였다. 바람의 저항을 이기려는 무의식적인 움직임이다.

"와아!"

"굉장한 일이 일어났군요!"

"믿을 수가 없어!"

사람들이 관중석에서 모두 일어났다. 결승점을 통과한 후에도 줄리아는 달리는 것을 멈추지 않았다. 박수 소리가 들려오고 숨을 쉬기 시작하자 호흡이 정상으로 돌아왔다. 그제야 거칠게 뛰는 심장이 느껴졌다.

"어메이징!"

"나, 저 애 알아!"

아이들 중 한 명이 줄리아의 모습을 보고 소리를 질렀다.

"누군데?"

"줄리아 강. 삼열 강의 딸이야."

"삼열 강? 그 양키스의 투수?"

"맞아!"

"오, 맙소사! 내가 그녀 팬인데 못 알아보다니!"

관중석에서 가벼운 소동이 일어났다. 줄리아의 얼굴이 전광판에 비치자 사람들이 동요하기 시작한 것이다. 기계적으로 찍던 카메라맨들은 더 정확히 줄리아의 모습을 잡느라 부산을 떨었다. 줄리아가 들어오고 이어 2등은 1.6초나 늦게 들어왔다.

전광판에 기록이 나오기 시작했다. 국제경기가 아니라 많이 느렸다. 하지만 전광판에 11.1이라는 숫자가 찍히자 사람들은 눈을 비비며 흥분한 음성으로 줄리아의 이름을 부르기 시작했다.

CNN의 맥 아더스 기자와 뉴욕 타임스의 자크 에발론 기자는 더 이상 이곳에 있을 의미를 느끼지 못했다. 오늘의 히로인은 이미 나왔다. 그 누가 이보다 자극적이고 매력적인 기사를 만들 수 있단 말인가!

11.1은 남자 선수들에게도 거의 불가능에 가까운 성적이다. 여자 세계기록이 플로렌스 그리피스 조이너의 10초 49이다. 10.49와 11.1 사이에는 엄청난 거리가 있지만 열두 살의 소녀가 낸 기록이기에 도저히 믿을 수가 없었다. 대체로 청소년기를 거치면서 20대가 되어야 제대로 된 기록이 나온다는 것을 감안한다면 이는 엄청난 기록이었다.

CNN의 맥 아더스 기자는 카메라맨에게 줄리아의 사진을 계속 찍게 하고는 즉석에서 사진을 확인했다. 그리고 보도국에 전화를 걸어 생방송이 가능한지 확인했다. 10분 후에 방송할 수 있다는 말을 듣고 재빠르게 자료를 송신했다. 자료를 보내자마자 바로 전화가 왔다.

—맥, 이거 정말인가?

"네. 그녀의 이름은 줄리아 강. 바로 삼열 강의 딸입니다."

—맙소사! 나도 그녀를 알아. 양키스의 배트걸이지. 그녀가 달리기 선수로 나왔다는 것 자체만으로도 특종인데 이런 믿기 어려운 기록이라니! 멘트 준비했나?

"3분만 주시면 작성할 수 있습니다."

—좋아, 특종을 향해 한번 가보자고.

요즘 CNN 뉴스는 오락이나 스포츠를 강화하고 있었다. 전 세계적으로 테러나 전쟁이 줄어들면서 자연적으로 나타난 현상 가운데 하나였다.

맥 아더스는 불이 들어오자마자 자신이 급하게 작성한 원고를 읽었다. 첫 멘트 이후 바로 자료 화면으로 넘어갔다. 멘트가 이어지는 동안 화면은 계속 반복될 것이다.

—이상으로 CNN의 맥 아더스 기자였습니다.

맥 아더스는 짜릿한 희열감을 느꼈다. 스포츠 기자이기는 해도 그는 오늘 이곳에 오는 것이 싫었다. 비록 뉴욕주가 주최하는 경기이기는 하지만 자신 같은 베테랑 기자가 올 경기는 아니었다. 하필이면 담당 기자가 부친상을 당해 자리를 비우는 바람에 근처에 있던 그가 강제로 오게 된 것이다. 그는 대충 기사를 적어내고 시간을 때울 요량이었다. 하지만 행운은 예상하지 못할 때 온다고 하더니 이런 작은 대회에서 특종을 잡아낼 줄이야!

그도 양키스 팬이었다. 당연히 줄리아를 잘 알고 있었다. 스포츠 기자로서는 당연했다. 처음에는 긴가민가했다. 줄리아의 이름이 호명되자마자 한 건 할 수 있다는 생각에 카메라 기자인

호크만에게 잘 찍으라고 말하긴 했지만 이런 대박이 나올 줄은 정말 상상도 하지 못했다. 줄리아가 대회에 나오는 것만으로도 특종이 될 수 있는데 이런 엄청난 기록이라니. 천재 아버지에게서 천재 딸이 나온 것인가?

그는 파워 업 티셔츠를 딸에게도 사주기로 했다. 아들이 입고 있는 옷을 은근히 부러운 눈으로 바라보던 딸의 모습이 갑자기 생각난 것이다. 하지만 다섯 살의 딸에게 맞는 옷이 없어 사주지 않았는데 이제는 무조건 사주기로 했다. 크면 어떤가. 줄여서 입히면 된다.

줄리아는 환호하는 관중의 소리를 들으며 환한 미소를 지었다. 거친 심장 소리도 환호 속에 묻혀 버렸다. 비록 100m에 불과한 거리였지만 그녀는 자신이 낼 수 있는 최고의 스피드를 냈기에 매우 힘들었다. 하지만 승리의 기쁨은 그 어떤 것보다 컸다. 무엇보다 정식 첫 대회에서 실수하지 않았다는 것이 좋았다.

존이 달려와 힘껏 안고는 어깨를 두드려 줬다. 줄리아는 주위를 둘러보았다. 엄마와 아빠가 그녀를 보며 손을 흔들고 있다. 조셉마저 좋아하며 깡충깡충 뛰었다. 동생 조셉이 저렇게 좋아할 줄이야! 그것이 무엇보다 놀라웠다. 애늙은이 조셉이 저렇게 자신의 승리를 기뻐하다니, 이제부터는 조금 잘해줘야겠다는 생각이 들었다.

삼열은 줄리아가 총소리를 듣고 뛰는 순간 딸이 우승할 것을 알았다. 단거리 경기는 순간의 반응 속도가 가장 중요하다. 게다가 달리기는 줄리아가 가장 잘하는 것 중 하나다. 걷기 시작하면서부터 바로 뛰어다니던 딸이 아닌가.

"와, 누나가 엄청난 차이로 이겼네요."

"그렇구나. 누나에게 축하 인사를 해주렴."

"네, 아빠."

하늘은 푸르렀다. 10월의 쾌청한 날씨와 구름 한 점 없는 하늘이 가을을 말해주고 있었다. 경기가 끝나고 줄리아가 달려왔다. 삼열은 딸을 안고 뺨에 가볍게 키스를 하며 축하해 줬다.

"누나, 축하해! 너무 멋졌어!"

"응, 고마워!"

"축하한다, 줄리!"

"네, 엄마!"

줄리아는 삼열의 손을 잡고 미소를 지었다. 누가 봐도 다정한 부녀지간으로 보였다. 기자들이 몰려들었다. 물론 줄리아에게 인터뷰를 따려는 것이었지만 삼열에게도 인터뷰 요청이 쏟아졌다. 삼열은 그 어떤 인터뷰보다 기분 좋게 응했다. 딸의 승리가 자신이 '사이영상(Cy Young Award)'을 처음 받을 때보다 더 좋았다. 아버지는 아버지였다.

*　　*　　*

삼열은 서둘러 양키스타디움으로 갔다. 챔피언십리그 2차전이 있는 날이다. 그의 등판일은 아니었지만 중요한 경기라 가야 했다. 줄리아의 우승을 축하해 주며 저녁을 함께 먹고 싶었지만 그럴 수가 없었다.

양키스타디움에 들어서자 경기 시작 직전이었다. 로커 룸에서 옷을 갈아입고 더그아웃으로 갔다. 코치진과 동료들이 그를 맞이했다.

"하이, 삼열. 어서 와."

"아직 시작 전이군."

"그래, 줄리아는 어떻게 되었어?"

"100m 달리기에서는 우승했어. 내일 200m가 남았으니 데리고 오지 못했지."

"와우, 죽이는군. 줄리아마저 운동을 잘하다니."

에드워드 카노가 웃으며 말했다. 그는 어제 경기에서 가벼운 타박상을 입어 오늘 경기는 나갈 수 없었다.

"기록은 어때?"

"11.1이라고 하던데."

"왓?"

놀라는 카노에게 다시 11.1이라고 말해주자 눈을 크게 뜬 카노가 주위에 말을 전했다.

"헤이, 자니. 열두 살짜리 여자애가 100m를 11.1에 뛰었대. 믿어져?"

"당연히 못 믿지. 그 정도는 아마 성인 경기에서나 나올걸."

삼열은 주위에서 놀라는 동료 선수들을 보며 흐뭇한 미소를 지었다. 그 자신이 사이영상 후보가 되고 막상 상을 탔을 때도 그다지 감흥은 없었다. 왜냐하면 자신의 기록이 다른 선수들과 차이가 너무 났기 때문에 상 받는 것을 당연하게 여겼기 때문이다. 오히려 R디메인이 사이영상을 받은 그해에 사이영상 후보에 올랐을 때는 몹시 기대하고 긴장했다. 결국 R디메인에게 사이영상이 돌아가자 말할 수 없을 정도로 아쉬웠다. 물론 그의 나이와 너클볼러라는 것이 주는 매력은 삼열이 이룩한 승수보다 훌륭했다. 남들이 다 포기한 그 나이에 너클볼러가 되어 다시 메이저리그의 마운드에 서는 것은 결코 쉽지 않은 일이었다.

삼열은 딸이 잘하고 있다는 생각을 하자 입가에 미소가 저절로 피어났다. 주위에서는 여전히 줄리아의 기록을 듣고는 믿을 수 없다는 선수들의 소리가 음악처럼 다정하게 들려왔다. 데이비드 아담이 옆에서 '야, 이 구라쟁이야!' 했을 때조차 전혀 기분이 나쁘지 않았다.

* * *

줄리아는 기뻤다. 첫 경기를 우승했다는 것은 먼 길을 떠날 때의 기분 좋은 출발이라 할 수 있었다. 삼열이 그녀에게 이번 경기는 앞으로 치르게 될 많은 경기 중의 하나라고 말했을 때에도 꼭 우승하고 싶었다.

호텔 방에서 싱글벙글 웃고 있으니 마리아가 그 모습을 보고 고개를 절레절레 흔들었다. 옆에서 조셉도 따라서 고개를 흔들었다.

잠시 후에 존 코치가 왔다.

"존!"

"줄리아, 우승을 축하한다. 하지만 내일 또 경기가 있다는 것은 알고 있지?"

"응, 잘 알고 있어!"

"회복 훈련은 했고?"

"당연히 했지. 내일도 우승하려면 그쯤은 문제없어."

존은 줄리아의 말을 듣고 미소를 지었다.

우승한 경험이 중요한 것은 자신감을 얻을 수 있기 때문이다. 비록 뉴욕 대회가 주(州)에서 주최하는 큰 경기이기는 하지만 세계적인 대회는 아니다. 그래도 이런 경기에서 우승한다는 것은 어린 선수들에게 아주 중요했다. 자신감을 가진 선수와 없는 선수의 발전 속도는 두 배 이상 차이가 난다.

또한 자신감은 의욕과도 연결된다. 우승한 선수는 이전보다 더 열심히 한다. 하지만 성적이 좋지 못한 선수는 자신의 재능에 대한 의심을 품고 뛰어야 하기에 배나 힘이 들게 된다.

"존, 난 장거리도 하고 싶은데 왜 단거리달리기 훈련만 시키는 거야?"

존은 줄리아의 말에 미소를 지었다. 그도 처음에는 줄리아가 단거리에만 천부적인 재능이 있는 줄 알았다. 그런데 오히려 장거리에 가능성이 더 많다는 것을 최근에 깨달았다. 그녀의 심폐기능이 단거리보다는 장거리에 더 알맞았던 것이다.

"줄리아, 그것은 말이지, 네 나이가 열두 살이라서 그렇단다."

"열두 살이 뭐? 뭐?"

줄리아는 자신의 나이를 가지고 존이 뭐라고 하자 눈을 치켜뜨고 되물었다. 옆에서 그 모습을 본 마리아가 조용한 목소리로 '줄리!' 하고 말하자 그녀는 그제야 목소리를 낮췄다.

"왜요?"

"열두 살은 아쉽게도 신체적 성장이 끝나지 않은 나이야. 그런데 장거리 훈련을 하게 되면 성장에 장애가 올 수도 있어."
"헉! 정말?"
"그럼. 자, 볼까?"
존이 앞에 놓인 태블릿 PC를 켜서 두 사람의 사진을 보여줬다.
"……?"
"한 사람은 2012년 런던 올림픽 마라톤 우승자인 스티븐 키프로티치고, 그 옆은 너도 알다시피 우사인 볼트지. 뭐가 다르니?"
"음, 얘는 키가 작고 말랐어. 그리고 볼트는 키가 크고 몸이 좋아."
"후후, 바로 그거란다. 우리의 몸은 많이 쓰는 근육은 발달하고 적게 쓰는 근육은 퇴화하지. 장거리에 쓰는 근육이 발달하면 자연적으로 에너지 소모를 최소화하려고 극히 일부 근육만 사용하게 돼. 예를 들면 보폭이나 팔을 흔드는 각도도 매우 작아지지. 그리고 장거리는 지나치게 에너지를 소모하니까 키에도 영향을 주게 돼. 넌 아직 키가 더 커야 하니 장거리는 아직 맞지 않는 거야."
"그렇구나."
고개를 끄덕이던 줄리아는 마라톤 여자 선수들을 검색하고서 한숨을 내쉬었다. 여자 선수들의 모습이 모두 비쩍 말랐고 키도 작고 가슴도 없었다. 대체로 모든 것이 홀쭉했다.
"하지만 줄리아, 너는 아직 어려서 본격적인 훈련을 하지 않은 거란다."
"응?"

"단거리달리기는 네가 아는 것처럼 달리기 훈련만 열심히 해서는 안 돼."

"왜?"

"단거리달리기는 선수가 아무리 심폐 기능이 좋고 다리 근육이 발달했어도 그것만으로는 최고의 속도를 낼 수 없지. 왜냐하면 단거리달리기에 사용하는 모든 근육 중에서 속도는 가장 약한 근육의 영향을 받게 되기 때문이야. 예를 들면 단거리는 달릴 때 장거리보다 더 높게 다리를 올리고 팔도 세게 흔들어야 해. 가속도를 끌어내기 위한 것이지. 즉 상체 근육 가운데에서 잘못된 근육이 있다면 하체 근육이 아무리 발달했어도 바로 그 상체 근육 때문에 속도가 나올 수 없어."

"그게 정말이야?"

"달릴 때 어느 근육이 먼저 지치느냐에 따라 속도가 달라지는 법이야. 예를 들면 흉부가 약하면 아무리 대퇴근이나 다른 부위가 강해도 어쩔 수가 없지. 왜 우사인 볼트의 근육이 그렇게 울퉁불퉁한지 이제 알겠지?"

"모든 근육을 최대치로 키운 거야?"

"맞아. 달리기는 단순하지가 않아. 특히 단거리달리기의 경우 모든 근육이 예외 없이 강해야 최고의 속도를 낼 수 있게 되지."

"내 몸이 볼트처럼 되는 것은 바라지 않는데."

"그건 아냐. 샤라포바를 알지?"

"응. 공을 때릴 때 이상한 소리를 지르는 여자잖아."

"후후, 맞아. 소리를 지르지. 그녀의 몸매를 본 적 있지?"

"응. 잘빠졌던데."

"테니스 훈련법은 단거리달리기와 별반 다르지 않단다. 운동의 기본은 러닝이라서 모든 선수가 기본적으로 달리기로 체력을 키우지. 그리고 시합 내내 코트 안에서 뛰어다니려면 25m 이내를 빠른 속도로 달리는 훈련이 필요해. 게다가 테니스 선수는 무엇보다 손목의 근육이 중요하단다. 어깨 근육도 마찬가지고. 그녀의 몸매가 우사인 볼트 같진 않잖아."

"음, 그녀는 좀 멋지긴 해."

"하하!"

존은 웃으며 줄리아의 컨디션을 체크했다. 유연성 테스트를 간단히 시켜보았지만 문제 될 만한 것이 보이지 않았다. 줄리아가 말한 대로 회복 훈련을 제대로 한 것이 분명했다.

'하여튼 훈련에는 엄청난 집중력을 보이는군.'

존이 생각할 때 앞으로는 줄리아의 훈련을 좀 더 전문화할 필요가 있었다.

아무리 많이 음식을 먹어도 훈련 양이 지나치게 많으면 성장에 지장이 있다. 열두 살의 어린 선수들에게 훈련 양이 많지 않은 것은 성장판이 다치지 않게 하려고 몸을 혹사하지 않기 때문이다. 게다가 근육은 물론 뼈도 성장 중이기에 과격한 운동은 좋지가 않았다. 그래서 이 시기에는 지나친 운동보다는 휴식과 훈련을 적절하게 조화를 이루는 것이 중요했다. 다행히 뼈나 근육의 유연성이 좋아서 훈련 양이 많지 않아도 부상의 위험 역시 많지 않았다.

"줄리아, 천천히 가자. 내가 반드시 너를 세계 최고의 선수로 만들어줄게."

"응. 존, 고마워."

존은 딸과 같은 줄리아가 좋았다. 명랑하고 성격이 밝은 아이이다. 많이 뛰어다니고 톡톡 튀는 성격이지만 예의가 없거나 하지도 않다.

사람이 무엇인가를 좋아하게 되면 열심히 하게 된다. 코치가 선수를 좋아하니 더 열심히 선수를 위해 일을 하고 싶어지는 것이다.

"그러면 이제부터 무거운 바벨 같은 걸 들고 하는 거야?"

"하하, 아니야, 넌 아직 그렇게까지 하지 않아도 돼. 하지만 메디컬 테스트를 통해 부족한 근육을 강화하는 훈련은 지금부터 서서히 해야겠지."

"그렇구나."

존은 마리아와도 따로 이야기를 나눴다. 뉴욕 대회를 마치면 스포츠 의료 전문 코치를 고용했으면 한다고. 존의 설명을 들은 마리아는 삼열과 상의해 보고 대답을 주기로 했다.

다음 날 삼열은 아침 일찍부터 존을 불러 이야기를 나눴다. 스포츠의학에 대해서는 삼열도 잘 알고 있었다. 메이저리그에도 구단마다 메디컬 센터가 있다.

"줄리에게 본격적인 훈련을 시키고 싶다는 말을 아내에게 들었습니다. 어떤 의견이신가요?"

"줄리아가 장거리달리기를 선호하고 있는 것은 알고 있습니다. 하지만 장거리는 성장기 아이들에게는 별로 권하지 않습니다. 성장이 끝나기 전에 너무 과격한 운동을 하게 되면 신체의 성장이 느려지니까요. 그래서 대부분 단거리를 어릴 때 추천합니다. 뛰어난 단거리 선수가 되는 데는 불과 2년만 있어도 가능합니다. 대략 2년에서 5년 정도면 충분하죠. 반면 장거리달리기 선수는 5년에서 10년 정도 걸립니다."

"장거리가 두 배 정도 걸리는군요."

"네, 그렇습니다. 그래서 전문 스포츠 의료진을 코치로 고용하시는 것은 어떤지 묻고 싶어졌습니다."

"그게 지금 상황에서 필요한가요?"

"솔직히 말씀드리면 그다지 필요한 것은 아닙니다."

"그런데 왜?"

"줄리아가 삼열 강 선수의 딸이니까 드리는 말씀입니다. 성장에 지장을 주지 않는 범위 내에서 적절한 훈련을 하려면 아무래도 전문가의 도움이 필요합니다. 분기마다 병원에 의뢰할 수는 있지만 줄리아에게 투자하셔도 될 충분한 여건이신지라……. 사실 줄리아는 세계적인 선수가 될 가능성이 아주 높습니다."

"흐음, 그러면 따로 운동기구도 필요한 것입니까?"

삼열도 단거리 선수들이 웨이트트레이닝을 많이 해야 하는 걸 알고 있다. 일단 우사인 볼트나 요한 클레이크만 봐도 덩치가 좋다. 여자들도 마찬가지다. 여성호르몬의 영향으로 근육이 남자만큼 생기지 않을 뿐 남자와 같은 훈련을 한다.

"그렇습니다. 운동기구도 갖춰놓으면 삼열 강 씨도 같이 사용할 수 있을 것입니다."

삼열은 존의 말에 고개를 끄덕였다. 운동선수에게 키는 굉장히 중요하다.

예를 들어, 우사인 볼트가 100m 달리기에서 세계신기록을 가질 수 있는 이유 중의 하나를 꼽는다면 남들보다 월등히 큰 키다. 그는 다른 선수들보다 키가 크고 다리가 길다. 그래서 100m를 달릴 때 보통 선수가 마흔네 걸음에 결승선을 통과한다고 보면 볼트는 마흔한 걸음이면 된다.

줄리아가 다른 또래의 아이들보다 키가 크기는 하지만 월등하지는 않다. 이제 막 성장이 한창일 시기가 되었으니 훈련을 과도하게 하면 성장판을 다칠 수 있었다.

"흐음, 그렇다면 최고의 스포츠 의료진을 고용하도록 하죠. 한 명은 전속 계약을 하고 나머지는 필요할 때마다 지원받을 수 있도록 하면 되겠군요. 1년에 네 번 정도 하면 되겠네요."

존은 삼열의 말에 동의했다. 사실 한 명의 육상 선수에게 때로는 수십 명의 스포츠 의료진의 어시스트가 있지만 그렇다고 그들이 항상 대기하고 있는 것은 아니다. 아직 줄리아가 어리니 기초 체력을 기를 수 있는 메디컬 테스트만 해도 된다.

존이 볼 때 줄리아에게는 큰 단점이 없었다. 큰 키에 긴 다리를 가져서 달리기 선수에 이상적인 신체이다. 하지만 정밀 검사를 해본다면 또 어떻게 될지 모르는 일이다.

"오늘 200m 결승 시합이 있는데 참관하실 겁니까?"

"그래야죠."

삼열은 어제 양키스타디움에서 경기를 보고 다시 뉴욕으로 와서 가족이 머무는 호텔에서 잤다. 그래서 존과 아침부터 이야기할 수 있었던 것이다.

존은 줄리아가 오늘 200m 경기에 나가는 것에 큰 의미를 두지 않았다. 현대 스포츠에서 한 선수가 두 종목에서 모두 좋은 성적을 내는 것은 거의 불가능에 가까웠다. 왜냐하면 결승전에 가기까지 두 번의 예선전을 치러야 하는데 참가하는 종목이 많을수록 그만큼 에너지를 많이 쏟아야 하기 때문이다.

'하지만 100m에서만큼은 세계 최고의 선수가 될 거야.'

존은 호텔을 나오면서 삼열이 너무나 빠르게 결정한 것에 놀라고 있었다. 오늘 200m 결승이 있기에 그가 아직은 코치진에 관해서는 관심을 가지지 않을 줄 알았다. 존은 아직 삼열이 얼마나 딸바보 아빠인지 모르고 있었다.

*　　　*　　　*

줄리아는 어제와 달리 크게 긴장되지는 않았다. 한 번의 성공이 그녀를 강하게 만들었다. 인생을 자신감 있게 사는 법 중의 하나는 성취동기를 올리는 것이다.

작은 성공을 계속해서 이루는 것. 그러기 위해서 목표를 너무 높게 잡아서는 곤란하다. 최선을 다하면 충분히 이룩할 수 있는 것이어야 한다. 예를 든다면, 운동을 처음 할 때 매일 세 시간씩 하겠다는 것은 무모한 계획이다. 오히려 자신의 신체적 능력에 따라 하루 10분에서 20분 정도로 시간을 정하는 것이 좋다. 그리고 하루가 이틀이 되면 의도적으로 자신이 이룬 성취를 칭찬하고 의욕을 고취하는 것이 중요하다. 하루가 한 달이 되고 한 달이 1년이 되면 어느새 최초에 의도한 세 시간도 가뿐하게 하게 된다.

적어도 인생에서 단 한 번으로 성공할 수 있는 것은 로또밖에 없다. 모든 일은 끊임없는 인내와 노력을 요구한다. 그리고 운동선수에게는 더욱 가혹한 인내를 요구한다.

"줄리, 힘내서 잘하렴!"

"누나, 잘해!"

"응, 걱정하지 마. 난 오늘도 우승하고야 말 거야."

줄리아가 주먹을 꽉 쥐고 파워 업 자세를 취했다. 언제나 그렇듯 생기발랄하다. 그녀는 흐뭇하게 바라보고 있는 삼열의 옆으로 가서 손을 꼭 쥐며 물었다.

"아빠는?"

"아빠도 우리 줄리가 다치지 않고 잘했으면 해. 우리 줄리, 파워 업!"

"응, 파워 업!"

줄리아는 점심을 가볍게 먹고 몸을 풀었다. 긴장이 많이 되는 것은 아니지만 의도적으로 오직 뛰는 것만 생각했다. 그런 그녀를 CNN과 뉴욕 타임스 등 각종 매스컴에서 집중적으로 찍기 시작했다. 오늘따라 카메라가 의식되었다. 귀찮기도 하고 못 뛰면 어쩌나 하는 걱정도 되었다. 그러다가 곧 자신은 100m 우승자인 것을 깨달았다.

"줄리, 운동에서 성공하려면… 아니, 인생에서 성공하려면 모든 일을 감사하면서 즐겨야 한단다."

줄리아는 삼열이 해준 말을 기억하고 눈을 감았다. 인생에 대해서 아는 것은 별로 없지만 아빠가 걸어온 길은 어렴풋하게 들었다. 루게릭병을 이기기 위해 뛰던 아빠의 그 순간들을 생각하자 마음이 편해졌다.

'아빠, 나 잘할 거예요. 아빠를 위해서 잘하고 싶어요. 하지만 오늘 뛰는 것은 나를 위해서야. 언제나 나는 나를 위해 뛸 거야. 그리고 아빠처럼 사람들에게 존경받는 선수가 될 거야.'

줄리아는 관중석에서 환하게 웃으며 손을 흔들어주는 가족들을 바라보았다. 엄마, 아빠, 그리고 조셉.

운동장으로 시원한 바람이 불어왔다. 바람을 느끼자 염려와 근심도 없어진 듯 마음이 시원해졌다.

'실패해도 부끄러워하지 않을 거야. 하지만 오늘은 성공을 위해 최선을 다할 거야.'

줄리아는 마음을 안정시키며 곧 있을 시합에 집중했다. 삼열이 한 수많은 시합을 옆에서 보아온 줄리아는 시합을 어떻게 준비해야 하는지 잘 알고 있었다.

시간이 되자 긴장이 다시 찾아왔다. 알 수 없는 흥분을 느끼며 그녀는 스타트라인에 섰다.

'집중! 난 오늘도 최고야!'

줄리아는 스타팅 블록에 발을 맞췄다. 천천히 숨을 내쉬고 들이마셨다. 근육이 팽팽하게 수축되며 준비를 한다. '차렷!'에 이어 '준비!' 소리를 듣고 줄리아는 자세를 잡았다.

탕!

줄리아는 뛰었다. 스타팅 블록을 발로 차며 앞으로 나아갔다. 출발이 나쁘지는 않았지만 어제만큼 좋지는 않았다. 기분이 나

빠졌지만 속으로 '파워 업!'을 외치며 팔과 다리를 의식적으로 빠르게 움직였다. 어느새 가속도를 내야 하는 구간에 들어왔다. 줄리아는 거듭 파워 업을 외치며 앞으로 나갔다. 그러자 눈앞에 있던 몇 명의 선수들이 시야에서 사라지기 시작했다.

'더 빨리, 더 빨리.'

근육이 폭발적으로 움직였다. 한껏 웅크린 근육이 화살처럼 앞을 향해 쏘아져 갔다. 줄리아는 100m가 지나자 최고의 속도로 달려야 하는 구간임을 알았다.

'힘차게, 힘차게!'

160m까지는 이 속도를 유지해야 한다. 하지만 줄리아는 끝까지 속도를 늦추지 않을 생각이다. 100m보다는 어렵지만 언제나 항상 전력 질주를 연습해 왔다.

숨이 턱까지 찼지만 참았다. 사람은 1분 동안 숨을 쉬지 않는다고 죽지 않는다. 다만 너무 숨을 참으면 쉽게 지칠 수 있어 살짝 호흡을 내쉬었다. 그러자 슬며시 공기가 폐로 밀려왔지만 다시 호흡을 멈추었다.

줄리아는 달리면서도 멋지다는 생각이 들었다. 모든 순간이 하나의 점 같았다. 총소리를 듣고 튀어 나가는 것과 달리는 것이 하나로 연결된 일직선과도 같았다.

근육에서 통증이 밀려왔다. 가속도가 너무 붙은 것이다. 줄리아는 당황하지 않고 주위를 곁눈질로 훔쳐봤다. 주위에 선수가 없는 것을 깨닫고 살짝 다리에 힘을 뺐다. 그러자 통증이 줄어들었다. 무섭게 달렸다. 뛰고 또 뛰었다.

"와아!"

"대단한데!"
"와우, 굉장해! 인간 총알이야!"
관중석에 있던 사람들이 감탄의 소리를 질렀다. 줄리아의 뒤에 있는 선수는 네 걸음이나 뒤처져 있었다.
'바로 저기야!'
줄리아는 힘껏 뛰었다. 결승점이 바로 눈앞에 보였다. 가슴을 앞으로 미는 순간 다리가 살짝 꼬였다. 줄리아는 다리에 힘을 주고 균형을 잡으려고 애를 썼다. 가속도가 붙은 발은 그 힘을 이기지 못하고 앞으로 쓰러졌다.
"아~"
"맙소사!"
사람들이 모두 일어나 넘어진 줄리아를 바라보았다. 마리아와 삼열은 깜짝 놀라 자리에서 벌떡 일어났다. 삼열이 관중석을 벗어나 쓰러진 딸을 향해 달려갔다. 삼열은 속으로 부르짖었다.
'오, 안 돼! 제발!'
순식간에 도착해 쓰러진 줄리아를 안았다.
"아빠, 히. 나 이겼어?"
"그래, 네가 우승이야. 몸은 어떠니?"
"응, 괜찮아!"
줄리아가 거친 호흡을 하며 힘든 목소리로 대답했다. 응급 요원이 다가와서 삼열에게서 줄리아를 넘겨받았다. 의사가 줄리아의 눈과 몸을 점검하였다.
"어떻습니까?"
"괜찮습니다. 그러니 안심하시고 이제 그만 나가주셨으면 합니다."

"아, 네."

삼열이 머리를 긁으며 관중석으로 돌아왔다. 조셉은 그런 삼열을 보며 '와아~ 와아~'를 연발했다. 그 모습을 보고 마리아가 미소를 지었다. 그녀도 물론 무척 걱정을 많이 했다.

하지만 의사의 제스처를 보고 딸이 다치지 않은 것을 금방 알아차렸다.

마리아는 삼열을 보며 기억 하나를 꺼냈다. 그때도 이렇게 놀라운 속도로 관중석으로 뛰어들어 온 적이 있었다. 지금과는 반대의 상황이지만 상대 타자의 공이 줄리아에게 날아왔을 때였다.

딸을 유난히 챙기는 남편 때문에 딸에 대한 애정 표현을 오히려 못하는 자신의 처지가 웃겨서 마리아는 피식 웃었다. 그런 모습을 조셉이 보고 고개를 갸웃거렸다.

CNN의 맥 아더스 기자는 자리에서 벌떡 일어나 상황을 살폈다. 결승점을 막 통과하자마자 쓰러진 줄리아의 안위가 걱정되었기 때문이다. 어제 줄리아의 놀라운 경기 모습에 그는 매료되었다. 필름을 돌려본 전문가도 혀를 내둘렀다.

"이 어린 숙녀분은 스포츠의 상식을 깨고 있군!"

처음엔 그 소리가 무슨 말인지 몰랐다. 보충 설명을 듣고서야 이해할 수 있었다.

선수에겐 스타팅 블록에서 출발하는 시점, 가속도를 내는 시점, 최고의 속도로 달리는 시점, 그리고 피니시 시점이 있다. 물론 가장 중요한 것은 출발 시점이다. 이때의 반응 속도가 승패를 가른다. 하지만 줄리아는 피니시 시점이 없다는 말을 들었다. 피니시 시점에서는 속도가 떨어지고 당연히 기록이 떨어지게 된다. 그런데 줄리아는 피니시 시점도 전속력으로 달렸다는 것이다. 그 이야기를 듣고 단거리달리기에서 슈퍼스타가 등장한 것을 깨달았다.

맥 아더스는 취재 라인을 벗어나 경기장 쪽으로 다가갔다. 그때 줄리아가 일어났고, 삼열이 머리를 긁으며 무안한 표정으로 관중석으로 돌아가기 시작했다. 의사에게 한소리 들으면서.

'딸을 끔찍하게 사랑한다더니 정말이군.'

어지간한 사람들은 아무리 놀라도 관중석을 뛰어넘어 운동장으로 달려가지는 못한다. 삼열의 행동은 거의 반사 신경과도 비슷한 것이었다. 생각하기 이전에 몸이 반응하는 것.

맥 아더스는 주위로 뛰어온 기자들과 함께 사태의 추이를 살폈다. 줄리아가 일어나 환하게 웃는 모습을 보니 다친 곳은 없는 듯했다. 누구보다도 맥 아더스는 왜 줄리아가 넘어졌는지 잘 알고 있었다. 자신의 달리는 속도를 몸이 이겨내지 못한 것이다.

그는 오늘도 특종을 잡은 것을 깨달았다. 메이저리그의 슈퍼스타 삼열 강의 딸이 육상 선수가 된 것도 놀라운데 100m에 이어 200m에서도 우승한 것이다.

이미 CNN의 보도 본부장과 어느 정도 오늘 경기에 대해 사전에 이야기를 나눈 후였다. 무조건 생방송으로 한 꼭지를 준다는 약속을 받아냈다. 그런데 이것은 그 이상이었다. 200m의 우승도 놀랍지만 결승점에서 넘어진 줄리아 때문에 기사의 가치가 더 커졌다.

"빌, 데스크에 연락해서 사진을 전송할 테니까 시합 시간을 네 구간으로 나눠달라고 해."

"알았어요."

빌 메이처는 맥 아더스의 말을 즉각 이해했다. 스포츠 기자가 이렇게 이야기하는 것은 딱 하나밖에 없었다. 분석 기사를 내겠다는 것. 줄리아의 경기가 오늘만 있었다면 불가능한 이야기지만 오늘은 어제에 이어 두 번째다.

맥 아더스는 카메라의 불이 들어오자 준비한 멘트를 시작했다.

—CNN의 맥 아더스 기자입니다. 오늘도 어제와 마찬가지로 저는 뉴욕 대회에 나와 있습니다. 어제 100m의 우승자인 줄리아 강 양이 오늘은 200m 결승전에 나왔습니다. 결과는 놀랍게도 우승입니다. 함께 그림을 보시죠.

여기에서 경기 화면이 삽입되었다.

—줄리아 양은 조금 전의 경기에서 놀라운 속도로 달렸습니다. 그녀의 기록은 22.01초입니다. 도저히 믿을 수 없는 기록이지요. 이는 1988년에 플로렌스 그리피스 조이너가 세운 세계신기록 21초 34에는 뒤지지만 1987년 마리타 코흐가 세운 22초02보다 빠른 기록입니다. 그런데 이 기록을 세운 소녀는 불과 열두 살에 불과합니다. 우리는 지금 세계적인 스프린터의 탄생을 보고 있는 것입니다. 자, 그럼 처음부터 그녀가 달리는 모습을

다시 보겠습니다.

어느새 보도 본부에서 보내온 화면이 맥 아더스의 멘트와 함께 나가기 시작했다.

—총소리와 함께 스타트를 한 줄리아 양은 어제와 달리 다른 선수들보다 조금 늦게 출발했습니다. 쥬다 세론 양과 미첼 아만다 양, 그리고 제시카 고메즈 양보다도 늦었습니다. 그런데 무서운 속도로 따라잡으면서 가속도를 올립니다. 그리고 최고의 속도로 끝까지 달렸습니다. 오늘 줄리아 양이 결승전에서 넘어진 이유는 바로 달리는 속도를 줄이지 않아서였습니다. 이는 앞으로 기술적으로 보완해야 할 사항이 되겠지만 끝까지 속도를 늦추지 않고 뛰었다는 것 하나만큼은 거의 기적에 가까운 사건입니다. 저와 여러분은 오늘 새로운 육상 스타의 탄생을 보고 있습니다. 아, 참고로 줄리아 양은 여러분들도 아시다시피 메이저리그의 슈퍼스타 삼열 강 선수의 딸입니다. 오늘은 그녀가 평소에 좋아하는 구호 파워 업을 외치면서 마칩니다. 시청자 여러분도 함께하시길 바랍니다. 파워 업!

"여보, 어때요?"

관중석으로 돌아온 삼열은 주위 사람들이 계속 자기를 보자 손으로 머리를 긁으며 얼굴을 붉히고 있었다.

"의사가 괜찮다고 하는군."

"그럼 다행이네요."

마리아는 남편에게 한마디 하고 싶었지만 남편은 원래 이렇게 생겨먹은 사람이라는 생각이 들자 잔소리가 쏙 들어갔다. 그녀 자신이 반한 그만의 장점을 책망한다는 것은 우스운 일이기도 했다. 물론 많은 사람에게 민폐를 끼친 일이지만 이렇게 하는 것이 그답다고 생각했다.

"여보, 정말 다행이에요."

"나도 간 떨어지는 줄 알았어."

마리아는 가슴을 부여잡고 한숨을 내쉬는 삼열을 바라보았다. 그런 그를 주위의 사람들이 보고 웃었다. 어지간한 관중도 삼열이 그렇다는 것을 알고 있었고 꼬마 애들 몇 명은 일부러 찾아와 하이파이브까지 하고 돌아갔다.

"이제 두 번의 우승이네요."

"나도 그게 걱정이야. 브롱크스 대회까지 생각하면 세 번 참가하여 세 번 우승을 한 셈인데, 나중이 걱정이군."

"맞아요."

마리아가 삼열의 말에 전적으로 동의한다는 표시를 했다.

승리는 좋은 것이지만 실패를 모르는 사람은 위험하다. 실패를 경험한다는 것은 인생을 살아갈 때 귀중한 보석을 얻는 것과 같다. 크리스티 매튜슨은 '승리를 통해서는 적은 것을 얻지만 패배로부터는 모든 것을 배운다'고 하지 않았던가.

"그렇다고 일부러 지라고 할 수는 없잖아."

"그렇긴 해요."

삼열은 어제와 달리 그렇게 기뻐하지 않았다. 줄리아의 재능은 그가 누구보다 잘 알고 있었다. 승리는 술과 같아서 적당하면 삶의 기쁨이 되지만 너무 많으면 균형 감각을 잃게 한다. 하지만 어떤 사람도 성공만 하고 살 수는 없다.

'어쩔 수 없지. 세뇌를 하는 수밖에.'

삼열은 환하게 웃는 딸을 보며 다른 관중과 함께 박수를 쳤다. 그 누구보다도 힘껏!

*　　　*　　　*

집으로 돌아온 줄리아는 조셉 앞에서 어깨에 힘을 주고 배를 내밀고 다녔다.

"에헴, 너는 이제 누나가 어떤 사람인지 알겠지?"

"응, 잘 알아. 결승점에서 발이 꼬여 넘어졌지."

"이게!"

줄리아가 주먹을 쥐자 조셉이 재빠르게 자신의 방으로 도망갔다. 그의 뒤로 다섯 마리의 개가 쫓아갔다.

"저리 가!"

"왕왕!"

"월월!"

줄리아는 자신의 위대한 우승을 그렇게 말한 조셉을 어떻게 골려줄까를 생각했다.

존은 줄리아가 200m 결승점에서 넘어진 것을 심각하게 받아들였다.

단거리 선수가 스타팅에서부터 피니시 파트에 이르기까지 그에 상응하는 행동을 하지 않으면 몸에 무리가 간다. 사실 운동선수 대부분이 러닝으로 체력 관리를 한다. 나쁜 방법은 아니다. 하지만 러닝은 굉장히 위험한 운동이 될 수도 있었다. 달리기는 신체의 하중을 무릎과 발바닥으로 모두 지탱해야 하는데, 빠르게 뛸 때 하중이 특정 부분으로만 몰리게 되면 부상의 위험이 커지기 때문이다.

발바닥에는 신경인 뉴런이 있고 수많은 작은 뼈가 몰려 있다. 무리한 달리기는 근육과 뼈, 연골 등 부상의 위험이 상당히 크다. 그래서 줄리아와 같이 러닝을 많이 해야 하는 선수들은 자전거 타기 같은, 하중을 적게 받는 운동을 하는 게 좋다. 선수들은 일반인들이 생각하는 것보다 더 많은 시간 다리를 혹사해야 하기 때문이다.

어제는 시합 중이라 줄리아에게 말할 수 없었다. 하지만 존은 왜 줄리아가 피니시 파트에서 그렇게 무리했는지 이해할 수 없었다.

물론 정상급 선수일수록 피니시 파트에서 줄어드는 속도가 적다. 하지만 인간의 신체라는 것이 생각보다 예민하여 지나친 과부하를 감당해 내지 못한다.

그제와 어제 줄리아는 굉장히 위험한 행동을 했다. 더욱이 피니시 파트에서 스텝이 꼬이기까지 했다. 줄리아는 몸무게가 많이 나가지 않아서 큰 부상으로 이어질 확률이 높지는 않지만, 선수에게 부상은 언제든지 찾아올 수 있는 일이다.

존은 줄리아의 전체 훈련 양을 점검해야 할 필요성을 느꼈다. 만약 집에서 따로 훈련한다면 그것도 훈련 프로그램에 포함시켜야 했다. 지금까지 줄리아는 기본자세를 익히는 데 많은 시간을 보냈다.

운동선수의 훈련에는 기술적으로 부상 위험을 회피하는 훈련이 있고, 아예 부상을 잘 당하지 않게 근력을 강화하는 방법이 있다. 사실 두 가지 방법 모두 병행되어야 한다.

오늘날에는 모든 운동이 고도로 전문화되어 있다. 그러니 과도한 훈련으로 신체에 무리를 주면 안 된다. 존은 줄리아에 대한 정밀한 메디컬 테스트가 있어야 함을 깨달았다.

줄리아는 기분이 좋았다. 세 번의 시합에서 모두 우승을 했기 때문이다.

'히힛, 역시 난 운동 천재야!'

줄리아는 고개를 빳빳이 들고 거울을 바라보았다. 자신이 봐도 늘씬한 키에 예쁜 얼굴이다. 엄마를 닮아 얼굴이 예쁜 것은 정말 다행이었다.

만약 아빠의 얼굴을 닮아서 태어났다면 여자로서 치명적인 단점이 될 뻔했다. 줄리아가 아무리 아빠를 좋아해도 그것만은 도저히 받아들일 수 없는 일이다. 다만 아빠의 피부색을 조금 이어받아 피부색이 완전히 백인의 것은 아니었다. 줄리아는 오히려 그것이 더 마음에 들었다. 혼혈인이 가지는 독특한 매력이 그녀를 더 빛나게 만들어주고 있으니 말이다.

"누나, 또 거울 보는구나. 그렇게 자꾸 본다고 예뻐지진 않아."

"흥, 난 원래 예쁘거든."

"음, 여자들은 착각을 잘한다고 책에 나와 있던데 그 말이 맞네."

"뭐야? 그럼 넌 내가 예쁘지 않단 말이니?"

"그런 말은 안 했어. 다만 책에 그렇게 나와 있다는 거지."

"흥, 네가 무슨 말을 하는지 내가 모를 줄 알아?"

"알면서 왜 물어?"

조셉은 줄리아의 눈초리가 일순 매서워진 것을 보지 못했다. 그래서 그녀가 생글생글 웃으며 접근하는 것을 넋 놓고 바라보다가 붙잡혀 매타작을 당했다.

"으악! 누나, 내가 잘못했어! 용서해 줘!"

"감히 이 누나에게 덤벼들어?"

"잘못했어! 엉엉!"

조셉은 마리아가 들으라고 크게 소리를 질렀다.

"이게 어디서 소리를 질러?"

그때 마리아가 조셉의 비명을 듣고 방에서 나왔다. 동생을 괴롭히는 딸을 보고 낮은 소리로 '줄리!' 하고 외치자 줄리아가 움찔 어깨를 떨었다.

"네."

줄리아는 얌전한 고양이처럼 일어나 그대로 자신의 방으로 향했다. 반항해 봐야 소용이 없다. 그녀는 늘 엄마에게는 고양이 앞의 쥐였다. 그러나 가면서 조셉을 향해 주먹을 움켜쥐는 것을 잊지 않았다.

조셉은 일어나 다리를 부여잡았다. 줄리아가 장딴지를 때렸기 때문이다. 누나의 주먹을 생각하면 후환이 두려웠지만 그렇다고 걱정하지는 않았다. 줄리아는 항상 주먹을 보이곤 했지만 시간이 조금만 지나도 금방 잊어먹기 때문이다.

마리아는 줄리아를 보며 걱정스러운 눈빛을 보냈다. 딸의 행동이 마음에 들지 않은 것이다. 딸은 나이가 들면서 덜렁거리는 것은 줄어들었지만 여전히 동생에게는 폭군처럼 굴었다. 자신이 어렸을 때와는 너무나 상반된 모습이다. 마리아는 3남매 중에서 막내라 오빠들의 사랑을 흠뻑 받으며 자랐다. 상대적으로 오빠들보다 재능이 뛰어나지 못해 마음고생은 있었지만 형제들 간의 우애는 무척 좋았다.

그녀는 왜 줄리아가 동생 조셉에게 친절하게 대하지 않는지 이해가 되지 않았다. 물론 성격이 극과 극이라는 것은 알고 있었다. 줄리아는 외향적이고 소유욕이 강하다. 반면 조셉은 내성적이고 머리가 좋다.

마리아가 모르는 사실이 하나 있는데 소유욕이 강한 줄리아는 자신의 것을 탐내는 사람을 누구라도 싫어했다. 그런데 조셉이 줄리아의 개를 탐내자 사이가 틀어진 것이다.

게다가 줄리아는 안 그런 척하면서 자신을 은근히 깔보는 듯한 조셉의 태도가 마음에 들지 않았다. 물론 조셉이 의도한 것은 아니지만 어릴 적의 천재는 다소 교만하기 마련인데 그런 부분이 줄리아와 맞지 않았다.

"줄리, 내일부터 다시 학교에 가야 하니 준비하렴."

"네, 엄마."

줄리아는 마리아의 말에 재빨리 대답했다. 줄리아가 유일하게 무서워하는 사람이 있다면 마리아이다. 자신이 사고를 치면 차분하게 설명을 하고 야단을 치기에 어떻게 당해낼 수가 없었다. 그래서 이제는 엄마의 말을 들으면 몸이 자동으로 반응하곤 했다.

"줄리, 책은 읽었니?"

"아니, 지금부터 읽으려고. 히잉!"

줄리아는 목을 움츠리며 대답했다. 그래도 마리아가 노려보자 손바닥을 비볐다. 그 모습이 마치 파리가 손을 비비는 것 같았다.

마리아는 딸의 모습을 보고 웃음이 터져 나올 것 같아 혼신의 힘을 다해 참았다. 그러다 보니 얼굴이 붉게 변했다. 그 모습을 보고 줄리아는 오해해서 재빨리 방으로 들어와 불어판 『레미제라블』을 펼쳐 읽기 시작했다.

"쳇! 빅토르 위고는 장발장을 왜 공짜만 좋아하는 사람으로 만든 거야. 그것도 주인의 허가를 받지 않는 마구 훔치는 손으로. 하지만 그건 나쁜 거야! 히힛, 난 허락받고 엄마 아빠 돈을 내 통장으로 가져와야지. 아~ 아직도 6만 달러밖에 못 모았어. 그런데 왜 나에게 광고 찍자는 제의가 안 들어오지?"

줄리아는 은근히 광고를 노렸지만 뉴욕 대회에서 우승했다고 바로 광고가 들어오는 것은 아니다.

"쳇! 존 삼촌의 회사는 왜 나 같은 유망주에게 광고를 찍자는 이야기를 안 하는 거야. 나중에 삼촌이 오면 코를 깨물어줄 거야."

줄리아는 아빠보다 더 부자가 되고 싶었다. 그래서 어떻게 하면 부자가 될 수 있을까 연구했는데 결론은 돈을 많이 벌고 적게 쓰는 것이었다. 문제는 모든 사람이 줄리아가 아는 내용을 알고 있다는 것이다. 그러니 일찍부터 벌어서 안 쓰는 방법밖에 없다. 엄마 아빠의 집에 있을 때부터 돈을 모아야 한다.

'난 아빠보다 부자가 될 거야!'

삼열이 하는 것은 뭐든 따라 하는 줄리아는 특히 돈에 관심이 많았다. 남들은 그녀를 부자 아빠를 가진 재수 좋은 아이로 알고 있지만 그것은 빛 좋은 개살구였다. 특히 미국 최고의 명문가가 외가이지만 이쪽이나 저쪽이나 돈은 잘 안 주었다. 마리아도 존메이어도 줄리아가 돈에 환장해 있는 줄을 전혀 모르고 있다.

'아, 왜 엄마는 원어로 읽으라는 거야. 영어판으로 읽어도 내용을 잘 모르는데, 난 엄마나 아빠처럼 천재가 아닌데……. 부모님이 너무 잘나도 문제야, 문제. 자식들이 고달프지. 암, 고달파.'

줄리아는 의자에서 일어나 맞은편에 있는 조셉의 방을 은근슬쩍 훔쳐보았다. 그녀와 달리 조셉은 열심히 책을 읽고 있었다. 그 모습이 보기 좋기도 하고 심통이 나기도 했다. 한 부모에게서 태어났는데 너무 달랐다.

'뭐, 그래도 책상에 앉아 있는 것밖에 못하는 천재보다는 신나게 뛰어다니는 내가 더 좋아.'

줄리아는 『레미제라블』을 읽으며 하품을 했다. 강아지 풀 뜯어 먹는 말이 대사로 나올 때마다 지루했다.

"쳇, 책은 마음의 양식이라고 하더니 역시 몸에 좋은 것은 맛이 없어. 없어도 너무 없어. 싫어, 싫어."

줄리아는 불어로 '싫어'라고 계속 중얼거렸다. 하지만 꾸역꾸역 읽기는 했다. 그래도 무식하다는 말은 듣고 싶지 않은 것이다.

다음 날, 줄리아는 학교에 다녀온 후 가벼운 회복 훈련을 하며 집에서 이리저리 뒹굴어 다녔다.

"누나, 이제는 운동 안 해?"

"안 하는 게 아니야. 쉬는 거야. 근육을 격렬하게 움직인 다음에는 오늘처럼 쉬어줘야 하거든."

줄리아의 말에 조셉이 고개를 갸웃거렸다. 이렇게 친절하고 상냥한 어투로 말해줄 누나가 아니었다.

'오늘 누나가 뭘 잘못 먹었나 보다.'

하지만 조셉은 감히 그 생각을 입 밖으로 내뱉지는 못했다. 창밖으로 따사로운 오후의 햇살이 귀여운 강아지처럼 살랑거리며 꼬리를 흔들고 있었다.

* * *

존은 바빴다. 하지만 줄리아의 스포츠 의료진을 구하는 일은 의외로 쉬웠다. 그가 저명한 스포츠의학 박사인 앙리 스튜어트에게 줄리아의 이야기를 꺼내자마자 단번에 허락을 해줬다.

"연봉은 묻지 않으십니까?"

구레나룻을 길게 기른 앙리가 웃으며 말했다.

"알아서 뭐하겠소? 부자가 알아서 주겠지요. 그 녀석이 부자인 데다 딸바보라면서요?"

"네, 그렇습니다."

"뭐, 귀여운 줄리아 양을 보는 것만으로도 난 만족하오."

앙리 스튜어트는 사실 줄리아의 팬클럽 회원이었다. 그는 자식이 아들밖에 없는 것이 늘 서운했다. 늘 딸이 있었으면 했지만 소원은 이루어지지 않았다. 그래서 그는 어린 소녀들을 무척 좋아했다. 그중에서 아빠를 좋아한다는 소문이 난 줄리아를 TV에서 보고는 단번에 팬이 되었다. 아빠를 좋아하는 딸이라니 얼마나 매력적인가!

"그러면 박사님이 팀을 꾸려주시지요. 메인 의료진은 여의사였으면 좋겠습니다."

"그거 내가 하면 안 되겠소?"

"아니, 그게 가능하십니까?"

"커험, 물론 안 되오. 내가 쓸데없이 바쁘니까 말이오. 샤론 에이지 박사에게 물어보도록 하겠소."

"아, 샤론 에이지 박사라면 저도 이름을 들어보았습니다."

"에이지 박사가 삼열 강의 팬이니 딱 좋겠군."

존은 앙리 스튜어트의 말에 굉장히 기뻤다. 스튜어트 박사는 스포츠의학계의 거장이다. 사실 오늘 그를 찾아오면서도 그가 줄리아의 주치의가 되어줄 것이라고는 생각도 하지 못했다. 다만 예의상 한번 꺼내본 말이었을 뿐, 존의 진짜 속셈은 그에게 유능한 의료진을 소개받는 것이었다.

존은 기분이 좋았다. 러닝의 위험성을 누구보다도 잘 아는 그로서는 그럴 수밖에 없었다. 앙리 스튜어트와 같은 스포츠의학계의 거장이 줄리아를 보살펴 준다면 그녀의 올림픽 메달은 이미 따놓은 당상이나 마찬가지였기 때문이다.

"줄리아 양은 괜찮소?"

"다행히 괜찮습니다."

줄리아의 이야기는 뉴스가 되어 전국으로 전파를 탔다. 그래서 운동과 관련된 사람들은 대체로 그녀에 대한 이야기를 알고 있었다. 특히나 앙리 스튜어트 박사는 줄리아의 열렬한 팬으로서 그녀가 200m 결승에서 스텝이 꼬여 넘어진 것을 보고 당연히 그녀의 문제점을 바로 발견했다.

박사는 나이키를 믿지 않았다. 나이키가 만든 쿠션이 좋은 운동화는 부상의 위험을 줄여줄 뿐이지 근본적인 대책은 아니었다. 오히려 다리를 강화하는 것이 낫다고 보고 있었다.

논픽션의 작가 크리스토 맥두걸이 쓴 『본 투 런(Born to Run)』에는 멕시코의 오지에 사는 타라우마라(Tarahumara)족에 대한 이야기가 나온다. 그들은 사슴이 지칠 때까지 따라잡으며 사냥을 하고 쉬지 않고 48시간을 달릴 수도 있다고 한다. 그래서 그는 타라우마라족이 하는 러닝법에 관심이 많았다.

달리기는 언제나 즐거워야 한다. 타라우마라족은 달리기를 즐기며 한다. 그들은 달리기 위해 태어난 족속이기 때문이다. 아이들이 태어나 걸을 수 있으면 뛰는 법을 배운다.

그들이 지치지 않고 뛸 수 있는 것은 '치아 시드(Chia seed)' 덕분이라고 한다. 고대 아즈텍인과 마야인들이 먹었다고 하는데 오메가3, 단백질, 항산화 성분, 식이섬유가 많이 들어 있다.

물론 치아 시드만으로 문제가 해결되는 것은 아니었다. 메디컬 테스트를 통해 선수의 상태에 맞게 적절히 식단을 관리하는 것이 중요했다.

하지만 존은 미카엘이 마리아에게 준 불의 씨앗으로 줄리아가 슈퍼걸이 된 것을 모르고 있었다.

앙리 스튜어트는 미소를 지으며 샤론 에이지 박사의 연구실로 존을 안내해 갔다. 보나 마나 그녀는 하겠다고 할 것이기에 콧노래를 흥얼거리면서.

존은 너무나 쉽게 줄리아의 의료진이 결정되자 조금 허탈해졌다. 그는 병원을 나와 운동기구를 구입하러 갔다. 머신 '라잉 햄스트링 컬'이나 '인클라인 레그 프레스'와 같은 가장 기본적인 기구를 중심으로 구입할 생각이다. 사실 인터넷으로 주문해도 되지만 직접 기계를 보고 싶었다. 최고의 기계를 사야 하기 때문이다.

존은 줄리아의 메디컬 테스트 결과를 바탕으로 스포츠 의료진과 함께 가장 안정적인 프로그램을 짤 준비를 했다. 이제는 본격적으로 선수로서 활동하게 될 줄리아를 위해 더 깊이 생각하고 훈련을 시켜야 한다.

이렇게 모든 것이 하나씩 착착 준비되어 가고 있었다.

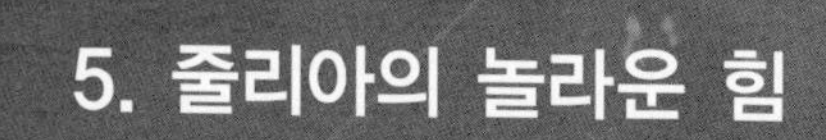

5. 줄리아의 놀라운 힘

줄리아는 신이 났다. 오랜만에 가족이 샌프란시스코행 비행기를 탔기 때문이다. 물론 샌프란시스코 자이언츠와의 시합을 위해서였지만 그런 것은 하나도 중요하지 않았다.

"아빠, 샌프란시스코에 도착하면 빵 사줘야 해요."

줄리아는 클램 차우더를 생각하고 침을 꼴깍 삼켰다. 삼열이 줄리아를 보고 흐뭇하게 웃으며 그러겠다고 대답했다.

"누나는 온통 먹는 것밖에 생각 안 해."

"흥, 너 나가!"

"칫, 여긴 비행기 안인데 어딜 나가라고 그래? 그리고 난 여기 폭신한 의자가 좋아. 조명이 책을 읽기에 좋고."

조셉은 말을 하고는 책을 꺼내 읽기 시작했다. 줄리아는 조셉을 한번 째려보고는 다시 가재와 클램 차우더를 먹을 생각을 하자 신이 났다.

"줄리, 존 코치가 식단 조절하라고 하지 않았니?"

"괜찮아, 엄마. 난 아무리 먹어도 살이 안 쪄요."

"어릴 때는 그래도 나이가 들면 확 찌는 수가 있단다. 그러니 지금부터 조절해야 해."

"정… 말요?"

"그렇고말고."

마리아는 줄리아가 최근 들어 몸매에 신경 쓰는 것을 알고 있었다. 은근히 외모에 신경을 쓰는 것을 보니 곧 사춘기가 찾아올 것이다. 그녀는 자신의 사춘기를 생각해 보았다. 그때는 엄마 사라의 말에 이유 없는 거부감과 반감을 가졌다. 오빠들의 뛰어난 재능에 비해 너무 평범한 자신의 모습이 싫기도 했다. 왜 그때 그렇게 화를 많이 냈는지 지금 생각하면 부끄러웠다. 마리아는 지금도 딸이 톡톡 튀는 공처럼 발랄한데 사춘기가 되면 어떻게 변할까를 생각하니 그것만으로 흥미로워졌다.

인생은 사람들이 생각하는 것보다 훨씬 행복하지 못하다. 행복해지기 위해서는 많은 노력을 해야 한다. 마리아는 항상 좋은 환경에서 태어난 것을 신에게 감사했다. 하지만 결혼하고 남편이 부자가 될수록 마음이 무거워졌다. 많은 돈을 가졌다는 것 자체는 결코 비난받을 일이 아니다. 부자는 남들보다 더 노력했고, 다른 사람보다 운이 좋았다는 것을 의미한다. 하지만 여러 사람이 누려야 할 재화를 소수의 사람이 독점한다는 것은 명예로운 일이 아니었다. 이 세상에는 행복과 불행이 공존한다. 그래서 운명의 여신이 질투하지 않도록 삶을 검소하게 할 필요가 있다고 생각했다. 그런데 유난히 돈에 집착을 보이는 남편, 그런 아빠를 닮아가는 딸의 모습은 그녀에게 작은 슬픔이었다.

샌프란시스코에 도착하자마자 줄리아의 독촉에 빵집을 먼저 갔다. 클램 차우더를 비롯하여 한 아름 빵을 사고 나서야 줄리아는 즐거운 표정을 지었다. 커다란 악어빵, 테디 베어를 닮은 빵, 자동차빵, 닭빵 등등. 샌프란시스코에 와서 겨우 빵집을 먼저 가느냐고 심통을 부리던 조셉도 신기한 빵들의 향연에 눈을 떼지 못했다.

"어머, 삼열 강이시죠?"

금발에 늘씬한 몸매를 가진 여자가 삼열을 보고 깜짝 놀라면서 다가왔다. 여자는 민트 컬러 블라우스 위에 니트 슬리브 울 코트를 걸쳤다. 그리고 무릎 밑까지 내려온 치마를 입고 있었는데 굉장히 매력적이다.

"아, 네."

삼열이 무덤덤하게 반응하자 마리아는 조금 안도했다. 마리아가 본능적으로 긴장할 만큼 여자의 외모가 수려했던 것이다. 그녀는 줄리아가 자신을 바라보는 것을 보고 손뼉을 치고 좋아했다.

"어머, 줄리아, 난 네 팬이란다. 팬 카페에도 가입했어."

"와아, 정말요?"

"그럼. 에슐리큐티가 내 닉네임이야. 내 아들도 너를 좋아한단다."

"아들이 있어요?"

줄리아가 여자를 보고 놀라며 물었다. 이번에는 마리아도 의외라는 표정으로 그녀를 바라보았다.

"그럼. 14개월 되었지만 너만 TV에 나오면 이렇게 하던데."

여자가 두 팔을 위로 번쩍 들고 파워 업 포즈를 취했다. 그녀는 줄리아와 이야기를 하고 나서 자신의 이름을 밝혔다.

"애슐리 제인이에요. 반가워요, 삼열 강, 마리아 강 부인."

"반가워요. 마리아 강이에요."

마리아는 애슐리와 악수했다. 너무 친밀하게 대하는 애슐리 때문에 기분이 나아졌다. 잠시 후에 아기가 왔다.

"내 아들 쥬드예요."

"캬캭."

아기가 아빠의 품 안에서 줄리아를 보자마자 소리를 지르며 파워 업 포즈를 취했다. 그 모습을 보고 조셉이 키득키득 웃었다.

"뱌뱌."

아기가 줄리아의 품에 안기려고 필사적으로 손을 바동거렸다. 그래서 줄리아는 아무 생각 없이 아기를 안았다. 그러자 아기가 줄리아의 가슴에 안겨 얼굴에 침을 묻혔다. 줄리아는 아기의 축축한 침 때문에 울 듯한 표정을 지으며 마리아를 바라보았다.

"어머, 쥬드. 얘는 예쁜 여자라면 이러는구나."

"넹?"

쥬드가 일부러 침을 묻히고 있다는 생각이 들자 줄리아의 눈이 매서워졌다. 하지만 상대가 아기라 화를 낼 수는 없었다.

"그럼 이제 엄마에게 가자."

줄리아가 엄마의 품으로 넘겨주자 쥬드는 언제 그랬냐는 듯 얌전해졌다. 줄리아의 품 안에서 침을 질질 흘리던 것과도 너무나 상반된 모습이다. 쥬드가 원래 침을 많이 흘리는 아기라면 아기의 엄마가 저렇게 예쁜 옷을 입고 나왔을 리가 없다. 줄리아는 빵집을 나오면서 자신의 뺨을 손으로 계속 문질렀다.

빵을 사는 데는 시간이 별로 걸리지 않았다. 호텔로 가기 전에 잠시 들른 것일 뿐이다. 빵집을 나온 그들은 호텔로 향했다.

내일은 저녁에 양키스와 자이언츠의 월드시리즈 1차전이 시작된다. 자이언츠는 2012년에 월드시리즈를 우승한 강팀이다. 원래는 뉴욕이 연고지였으나 1958년에 샌프란시스코로 연고지를 옮기게 되었다. 이 팀에는 660홈런과 1,903타점을 이룬 윌리 메이스, 통산 최다승 3위의 크리스티 매튜슨, 홈런왕 배리 본즈가 있었다.

줄리아는 호텔 안에서 삼열이 가는 곳마다 졸졸 따라다니며 파워 업을 외쳤다. 제 딴에는 삼열에게 힘을 주려는 의도로 보였다.

체크인을 마치고 방으로 올라온 후 삼열은 스트레칭으로 몸을 풀면서 내일 있을 시합을 준비했다. 그는 이번 시합을 위해 몸을 최고로 만들었다. 올해는 특히 몸 관리를 잘한 상태라 월드시리즈 개막전 경기에 자신 있었다.

삼열은 식탁 위에 물고기빵, 닭빵 등을 올려놓고 입을 크게 벌리고 먹는 줄리아를 보고 한숨을 내쉬었다. 자신의 딸이긴 해도 식탐이 너무 많았다.

"아빠, 빵 드세요."

그는 줄리아가 내미는 빵을 한 조각 뜯어 먹었다. 달콤하고 부드러운 촉감을 가진 빵은 맛있었다. 줄리아가 저녁을 먹었으면서도 군것질을 하는 것은 모두 다 빵 맛이 좋아서였다.

삼열은 가족과 함께 있다 보니 시합 전에 오는 긴장감이 많이 줄어드는 것을 느꼈다. 이제 월드시리즈도 여섯 번이나 참가한 경험이 있기에 예전처럼 중압감이나 긴장감은 많지 않았다.

"아빠, 파워 업!"

그는 파워 업을 외치는 줄리아의 머리를 손으로 쓰다듬으며 미소를 지었다.

*　　　*　　　*

아침이 되자 날씨가 화창했다. 삼열은 일어나자마자 하늘부터 바라보았다. 오늘은 야구하기에 좋은 날이었다.

삼열은 아침을 먹고 연습장으로 가서 몸을 풀었다. 늘 하는 경기지만 매 경기 느낌이 달랐다. 올해 그의 성적은 21승 4패, 평균 자책점은 1.92였다. 그는 여전히 1점대 자책점을 기록하고 있지만, 예전과 비교하면 구질이 많이 노출되면서 자책점이 올라갔다.

'오늘도 난 승리할 것이다.'

삼열은 나지막하게 속으로 중얼거렸다. 메이저리그에 데뷔한 이래 12년 동안 282승을, 그리고 재작년에는 28승을 거두었다. 이는 수십 년이 지나도 깨기 힘든 기록이 될 것이다. 분업화가 잘되어 있는 현대 야구에서는 선발투수가 한 시즌 최고로 많이 등판해 봤자 34경기 정도에 불과했다. 그러니 28승은 거의 불가능하다고 봐야 한다.

메이저리그 한 시즌 최다승 투수는 1884년에 찰스 레드번이라는 선수로, 59승을 거뒀다. 그는 그해 일흔다섯 경기에 나가 일흔세 번이나 완투했다. 당시는 공의 반발력이 좋지 않아 홈런이 거의 나오지 않는 시대였다. 그 이후로는 1904년에 잭 체스브로가 41승을 거두었다. 하지만 41승은 현대 야구에서 죽었다가 깨어나도 이루어질 수 없는 승수다. 투수는 경기에 마흔한 번을 나가지도 못하는데 어떻게 41승을 할 수 있겠는가!

"하이, 삼열! 어서 와."

"어서 와."

선수 몇 명이 삼열보다 일찍 나와 연습하고 있었다. 삼열은 그들과 인사를 나누며 오늘 경기를 위해 이미지트레이닝을 했다. '모든 일이 잘될 것이다!'라고 믿는 것은 실전에서 아주 유용했다.

인간의 몸은 정신의 영향을 많이 받는다. 그래서 성공하고 싶다면 먼저 생각을 바꿔야 한다. 성공하고 싶은 사람이 가장 먼저 해야 할 일은 자신이 성공할 수 있다고 믿는 것이다. 삼열은 누구보다 더 자신을 믿었다. 자신이 살아난 것 자체가 온 우주가 돌아가는 것만큼이나 기적이었다. 그러니 성공을 두려워할 이유가 없었다.

줄리아는 AT&T 파크에 들어오자마자 코카콜라 병을 보고 소리를 질렀다.

"와~ 먹고 싶다!"

조셉은 줄리아가 외야에 세운 광고 조형물을 보며 입맛을 다시는 것을 보고 '그럼 그렇지.' 하며 고개를 끄덕였다. 오른쪽 외야 뒤로는 태평양으로 흘러가는 샌프란시스코 만이 보인다. 바다와 인접해 있기에 베리 본즈가 메이저리그 최다 홈런 기록을 경신할 때는 광팬들이 그가 친 공을 줍기 위해 요트를 타고 기다리곤 했다.

줄리아는 3루석에 앉아 경기를 관람할 준비를 했다. 자리가 약간 애매했다. 줄리아가 앉은 곳 바로 옆에는 열광적인 자이언츠 팬들이 앉아 시합하기도 전에 응원하고 있었다.

"아빠, 파워 업!"

줄리아도 지지 않고 팔짝팔짝 뛰면서 응원을 하기 시작했다. 마운드에는 팀 모리스가 나와 몸을 풀고 있었다. 그는 사이영상을 수상한 투수로서 180㎝라는 작은 키의 선수였다. 굉장히 독특한 투구법을 가지고 있으며 100마일에 근접하는 패스트볼을 던진다. 2008년과 2009년 연속으로 사이영상을 수상하기도 한 그는 마리화나 소지로 벌금을 물기도 했다.

팀 모리스가 1회에 삼자범퇴를 시키자 줄리아는 더 열심히 양키스를 응원하기 시작했다. 그때 마침 삼열이 마운드에 나와 연습구를 던지고 있었다. 그가 등장하자 AT&T 파크에 있는 관중석이 동요하기 시작했다. 3루석뿐 아니라 자이언츠 팬들조차 삼열이 던지는 공을 촉각을 곤두세우고 지켜보았다.

퍼엉!

삼열이 던진 초구가 미트에 꽂히자마자 관중석이 소란스러워졌다. 103마일.

전광판에 찍힌 구속이 103마일이었다. 그러자 여기저기에서 환호와 탄식이 번갈아가며 터졌다. 줄리아도 삼열이 던지는 공을 보며 환호했다.

3구 삼진.

자이언츠 선수는 서서 삼진을 당하고는 허탈한 표정을 지으며 더그아웃으로 들어갔다. 2번 타자가 나왔을 때 삼열이 3루를 보고 손을 흔들었다. 그러자 전광판에 삼열과 마리아가 잡혔다. 덤으로 줄리아의 사진까지 나왔다.

자이언츠의 지역 방송국에서 나온 로버트 던 해설위원이 줄리아를 보더니 방송을 했다.

—아하, 삼열 강 선수의 딸인 줄리아 양이군요. 올해 그녀는 단거리달리기 선수로 뉴욕 대회에 출전하여 100m와 200m에서 우승을 했죠. 그녀의 100m 기록은 11.02입니다. 와우, 믿어지십니까? 11.02! 이 기록은 사실 성인이 돼야 나올 수 있는 기록입니다. 그녀의 나이는 이제 열두 살. 믿어지십니까?

샘 허드슨 아나운서가 로버트 던 해설위원의 말에 재빨리 대답했다.

—하하, 대단하군요. 괴물이 괴물을 낳았다고 해야 하나요? 100마일의 공을 아무렇게나 던지는 괴물 삼열 강 선수의 딸 줄리아 양도 역시 괴물이군요. 아, 괴물치고는 너무나 사랑스럽고 예쁜 소녀라는 것을 꼭 덧붙여야겠군요.

이어 그녀가 아직도 양키스의 배트걸을 하고 있다는 말을 했다. 두 사람은 경기에는 관심이 없는 듯 삼열의 가족에 관해 이야기를 주고받았다. 어차피 삼열이 던지면 타자들이 치지 못할 것으로 생각하는 듯했다.

—하하, 그런데 200m에서 줄리아 양이 발이 꼬여 넘어졌죠. 전문가들의 말에 의하면 속도를 줄이지 않아서 벌어진 일이라는데, 이는 그녀가 달리기 선수를 시작한 지 얼마 안 되어 나온 실수라고 하더군요. 실제로 줄리아 양이 단거리 선수가 된 것은 1년이 채 안 됩니다.

두 사람은 마치 줄리아가 야구 선수라도 된 듯 그녀에 관한 이야기를 잇다가 예상대로 세 명의 자이언츠 선수가 점수 없이 물러나자 간단하게 선수들의 컨디션과 타격 자세에 관해 말을 주고받았다.

한 치도 양보가 없는 투수전이 5회까지 이어졌다. 5회에도 팀 모리스가 잘 던지다가 투아웃 후에 안타를 맞고 1실점을 했다. 양키스가 앞서 가자 자이언츠 팬들의 얼굴이 어두워지기 시작했다. 상대 투수가 메이저리그의 슈퍼스타이기 때문이다. 그러나 팀 모리스는 더 이상 점수를 내주지 않고 5회를 마무리했다.

5회 말이 되어 자이언츠 선수들이 타석에 들어섰다. 삼열은 여전히 위력적인 공을 뿌리고 있었다.

그때 관중석에서 '저 옐로 멍키를 부숴 버려!'라는 소리가 나왔다. 한참 응원을 하고 있던 줄리아의 귀가 쫑긋해졌다. 그리고 얼굴이 일그러졌다. 그래도 그녀는 처음에는 참았다. 하지만 '옐로 멍키'라는 말이 또 나오자 자리에서 벌떡 일어나 자이언츠 팬이 앉은 관중석으로 다가갔다. 아까와 달리 이번에는 세 명의 사람이 '옐로 멍키, 고 홈!'을 외치고 있었다.

"야, 너희! 우리 아빠에게 옐로 멍키라고 한 것이지, 이 돼지 새끼들아!"

"뭐야?"

20대 초반으로 보이는 남자가 그녀를 향해 소리를 질렀다. 그러다가 줄리아를 알아봤는지 어깨를 움츠렸다. 그런데 옆에 있던 남자가 술에 취한 듯 '이건 또 뭐야? 저 동양인 자식을 옹호하는 백인도 있네' 하고 중얼거렸다.

"이, 이 자식이! 감히 우리 아빠를 욕해!"

줄리아가 눈을 부릅뜨자 경호원들이 주위에서 몰려들었다. 사건이 순식간에 커져 버렸다. 경호원이 줄리아를 말리려고 할 때는 이미 늦었다.

가장 앞쪽에 있는 남자의 정강이를 줄리아가 순식간에 발로 찼다. '헉!' 하는 소리와 함께 남자의 몸이 앞으로 쏠렸다. 그사이에 줄리아는 남자의 허리를 잡고 두 손으로 번쩍 들었다. 180㎝는 되어 보이는 남자가 '어, 어… 윽!' 하고 소리를 질렀다.

이미 다섯 살 때부터 남자들을 번쩍 들던 괴력의 소유자가 줄리아였다. 그런데 화가 났으니 눈에 보이는 것이 없었다. 줄리아가 남자를 들고 말했다.

"이 남자가 아빠를 모욕했어! 아빠를 모욕했어!"

마리아가 깜짝 놀라 자리에서 벌떡 일어났다. 불과 1분도 안 되어 일어난 사건에 잠시 넋을 놓고 있던 그녀가 소리를 질렀다.

"줄리, 안 돼!"

줄리아는 마리아의 음성을 듣고 움찔 놀랐다.

"아빠가 싫어하실 거야!"

줄리아가 손에서 힘을 빼자 남자의 몸이 앞으로 기울어졌다. 경호원들이 재빠르게 줄리아의 손에서 남자를 넘겨받았다. 남자들은 경호원에 둘러싸인 줄리아를 보며 자신들의 잘못을 인식했다.

"저 남자가 아빠를 욕했어. 아빠를 욕했어."

눈물을 흘리는 줄리아를 안고서야 마리아는 안도의 한숨을 내쉬었다. 사건이 극단으로 치닫지 않아 그저 다행이었다.

자이언츠의 팬들은 어린 여자아이가 우는 모습에 모두 얼이 빠진 모습이다. 양키스의 관중석에서 나왔으니 소녀의 아빠가 양키스 선수이거나 양키스와 관련된 일을 하는 사람일 것이라 생각한 것이다. 그때, 자이언츠 관중석에서 줄리아를 알아본 사람이 소리쳤다.

"저 소녀는 줄리아 강이에요!"

그 소리에 관중석에서 소동이 일어났다. 양키스 선발투수의 딸이 있는 자리에서 아버지를 욕했으니 문제가 될 것이 틀림없었다.

"맞아요. 저들이 삼열 강 선수에 대한 인종차별적인 발언을 했어요."

자이언츠 관중석에서 몇몇 사람이 증언했다. 특히나 말썽을 일으킨 사람의 주위에 있던 여자 몇 명이 남자들을 향해 경멸이 담긴 시선을 던지며 말했다. 그들은 애초부터 술을 마시며 소리를 질러대고 있었던 것이다. 옆에 있는 사람들이 자제를 부탁해도 무시하고 더욱 소리를 높이기만 했다.

삼열 강은 여자들이 매우 좋아하는 선수이다. 대단히 가정적이고 착한 일을 많이 했기 때문이다. 특히나 아이들의 병을 치료해 주는 재단을 운영해 사람들로부터 칭송을 많이 받았다. 딸바보로 알려진 그를 위해 줄리아가 우는 모습을 보니 사람들도 마음이 울컥했다. 그 아버지에 그 딸이다. 딱 봐도 아빠와 딸은 서로 좋아 죽고 못 사는 사이였다.

삼열은 삼진을 시키고 다음 선수를 맞을 준비를 하다가 관중석이 소란스러워지는 것을 보고 고개를 돌렸다. 3루석 근처에서 뭔가 사고가 터진 것 같았다. 그러다가 전광판에 줄리아가 나오는 모습을 보고는 글러브를 내던지고 관중석으로 뛰어갔다.

"줄리! 괜찮아?"

"아빠! 아앙!"

줄리아는 삼열을 보자 더 크게 울었다. 자신이 사고를 쳐서 아빠를 곤란하게 만들었다는 생각에 더 슬퍼져 눈물이 멈추지 않았다.

마리아가 관중석으로 오려고 하는 삼열을 손으로 말렸다.

"여보, 줄리는 괜찮아요! 오지 마세요."

막 관중석의 담을 넘으려던 삼열이 그 소리를 듣고 멈췄다. 그는 딸 옆에 아내가 있으니 괜찮을 것이라 생각했다. 무슨 문제가 있어도 현명한 마리아가 자신보다 더 잘 해결할 것이다. 게다가 주위에 경호원도 있으니 큰 문제는 생기지 않을 것이라는 생각이 들자 다시 마운드로 되돌아갔다.

주심 막스 베어드는 삼열이 글러브를 던지고 관중석으로 뛰어가는 모습을 보며 눈살을 찌푸렸다. 신성한 경기를 함부로 대하는 모습을 보니 기분이 상했다. 메이저리그 최고 투수면 무엇하는가. 마운드에서 글러브를 내던지는 것은 경기를 포기한다는 말과 같았다. 그런 행동은 주심으로서 용납하기 힘들었다.

베어드는 다시 돌아오는 삼열을 향해 퇴장 명령을 내리려고 손을 들었다. 하지만 갑자기 관중이 눈에 들어왔다. 박수 소리였다. 비단 3루 관중뿐 아니라 대부분 관중이 미소를 지으며 박수 치고 있었다. 믿을 수 없었다. 베어드는 친한 3루심 찰스 에드문트를 바라보았다. 그가 고개를 흔들었다. 그도 퇴장 명령을 말렸다.

'할 수 없군!'

평소의 소신대로 하기에는 투수가 너무 거물이었다. 게다가 지금의 상황은 관객들의 지지마저 받고 있다. 할 수 없이 그는 삼열을 불러 주의를 주고 경기를 속개시켰다. 일순간 긴장이 봄 눈 녹듯 풀렸다.

마리아는 줄리아를 데리고 관중석에서 나왔다. 경호원들이 조셉을 챙겨서 따라왔다. 관중의 눈이 있고 계속 우는 줄리아를 달랠 필요도 있고 해서 나온 것이다. 구장 내의 간식 코너와 음식점들이 보였다. 그녀는 그중 가장 조용한 레스토랑으로 들어갔다.

아이들을 자리에 앉힌 마리아는 딸을 보며 미소를 지었다. 딸과 남편 사이가 좋다는 것이니 샘이 나면서도 행복했다.

"줄리, 이제 괜찮니?"

"응, 엄마. 미안해요."

울음을 그치고 얼굴을 붉히는 딸을 보며 마리아는 가벼운 미소를 지었다.

"응, 그래."

줄리아는 야단을 치지 않는 엄마가 의아해서 바라보았다. 사실 그동안 울음을 그치고 싶었지만 엄마의 잔소리가 무서워서 계속 울었던 것이다.

"나 야단 안 쳐요?"

"딸이 아빠를 사랑하는데 왜 야단을 치겠니?"

"……."

"너도 이제 알겠지. 사랑을 밖으로 표현할 때는 격식이 필요하다는 것을. 오늘 네 행동은 TV에도 나올 거야."

"정말? 아, 그러면 안 되는데."

줄리아는 그제야 숨겨야 할 자신의 힘이 세상에 폭로된 것을 깨달았다.

'히잉, 망했다. 남자들은 힘센 여자를 안 좋아한다고 하던데…….'

특별히 좋아하는 남자는 없지만 그녀는 언제나 멋진 남자와 연애하는 것을 상상했다. 물론 그 남자애는 아빠보다 멋져야 했다.

조셉은 말없이 마리아 옆에 앉아 있었다. 그에게는 오늘 누나의 행동이 너무나 멋져 보였다. 많은 사람이 있는 곳에서 아빠를 위해 화를 내다니.

'나도 배워야 할 점이야.'

조셉은 이제 누나를 조금 존경하기로 결심했다. 늘 듣는 말이지만 엄마가 말했다. 가족은 소중한 것이라고. 그 소중한 가족을 위해 화를 내고 우는 것은 어쨌든 멋져 보였다.

로버트 던은 5회 말에 일어난 사건을 보고 신이 났다. 예쁜 얼굴의 소녀가 그런 무지막지한 힘을 발휘할 줄은 몰랐던 것이다.

—아, 줄리아 양이 무척 화가 난 모양이군요. 그래도 저렇게 힘이 센 줄은 전혀 예상하지 못했습니다. 180㎝ 정도로 보이는 거구의 남자를 열두 살 소녀가 번쩍 들었죠. 보고서도 믿어지지 않습니다.

—저도 그렇습니다. 줄리아 양의 몸을 보십시오. 아주 날씬하지 않습니까? 그런데 저런 힘을 발휘할 줄은 저도 예상을 못했습니다. 줄리아 양, 전공을 잘못 선택한 것 같습니다.

—아니, 그게 무슨 말인가요?

—줄리아 양은 단거리 달리기 선수가 되었지만 제가 보기에는 역도 선수가 되어야 할 것 같군요.

—하하, 말도 안 됩니다. 저렇게 호리호리한 몸을 가진 소녀가 역도를 한다는 것은 정말 상상이 가지 않는군요. 오늘 줄리아 양이 남자를 번쩍 들었지만, 만약 줄리아 양이 역도를 하게 되면 신체도 변할 것입니다. 힘이 세다고 아무나 역도 선수가 되는 것은 아니지 않습니까? 그런 면에서는 별로 권하고 싶지 않군요.

샘 허드슨 아나운서는 로버트 던 해설위원의 말에 당황했다. 자신이 한 말이지만 줄리아의 예쁜 얼굴과 역도를 생각하자 매치가 잘 안 되었다.

—제가 실언을 했습니다. 줄리아 양, 미안합니다. 미워하지는 말아주세요.

—하하, 허드슨 아나운서가 줄리아 양의 팬들이 무서운 모양

입니다. 아, 방금 들어온 정보에 의하면 자이언츠의 팬 몇 분이 삼열 강 선수에게 인종차별적인 말을 한 모양입니다. 그래서 바로 옆에서 듣고 있던 줄리아 양이 그 소리를 듣고 나서게 된 것이군요.

—인종차별의 말은 경기장 내에서 하지 못하게 되어 있지 않습니까?

—예, 그렇습니다. 인종차별을 한 사실이 밝혀지면 홈경기를 관람할 수 없게 됩니다. 또한 법정에서 벌금을 구형받을 것입니다.

—왜 그런 말을 했을까요? 삼열 강 선수는 비록 아시아인이지만 미국 사람들을 위해 많은 일을 하지 않았습니까? 그래서 원정 경기에서도 박수를 받는 몇 안 되는 선수인데요. 아, 안타깝습니다.

로버트 던 해설위원과 샘 허드슨 아나운서가 말을 주고받는 사이에 5회 말이 마무리되었다. 삼열은 시합이 속개되고 나서 연속으로 볼넷을 두 번 던지다가 안정을 되찾았다. 그리고 가볍게 두 번 삼진을 시키면서 5회 말을 마무리했다.

6회로 바뀌는 중간에 전광판에 줄리아의 모습이 계속 나왔다. 그리고 장내 아나운서가 오늘 벌어진 사건에 대해 설명을 해주자 관중도 곧 이해했다. 줄리아의 무지막지한 힘에 대해서는 무척이나 놀랐지만 아빠를 위해 그렇게 했다는 것 자체가 사람들의 마음을 훈훈하게 만들었다. 생각만 해도 미소가 났다. 아빠를 위해 힘을 쓰고 결국 울어버린 소녀. 키는 다른 소녀들보다 상대적으로 크지만 아직 앳돼 보이는 얼굴의 그녀를 차마 비난할 수는 없었다. 게다가 상대는 스무 살이 넘은 남자들이었다.

삼열은 더그아웃에 돌아와서야 사건의 자초지종을 듣고는 놀라면서도 흐뭇한 미소를 지었다. 딸의 마음을 생각하자 세상을 다 가진 듯한 느낌이 들었다.

“기분이 좋아 보여.”

“하하, 좋지.”

삼열이 필 허그스의 말에 웃으며 대답했다. 아빠가 딸에게 존경을 받는다는 것은 정말 매력적인 일이다. 온 우주를 다 가진 것 같은 느낌이 드는 것은 그가 딸바보라서 특별히 그런 것은 아니었다.

워싱턴 포스트의 존우드 기자는 회심의 미소를 지었다. 오늘 그는 정말 이상한 광경을 목격한 것이다. 관중석에서 벌어진 사건을 취재하다 보니 고구마 줄기에 딸려 나오듯 기삿거리가 딸려 왔다. 일단 기삿감 자체가 자극적이었다. 그러면서도 따뜻한 내용이다. 독자들의 눈을 사로잡을 내용이 너무 많았다. 특히 오늘 사건을 일으킨 소녀의 배경이 만만찮았다. 메로라인 상원의원의 외손녀인 것이다. 미국의 대표적인 명문가의 외손녀가 일으킨 사건인데 문제는 메로라인 상원의원이 지독하게 그녀를 사랑한다는 점이다. 게다가 삼열 강과 마리아의 이야기도 좋았다.

‘대충 써도 특종이긴 한데, 이것은 누구나 쓸 수 있는 내용이야.’

누가 써도 자극적이면서도 따뜻한 내용이다. 특히나 어린 소녀가 180㎝의 거구를 들었다는 것 자체에서 일단 먹고 들어간다. 게다가 그녀 자신은 이번 뉴욕 육상대회에서 100m와 200m 우승을 차지했다.

특히 아빠를 욕한 사람들에게 딸이 참지 않았다는 대목이며, 게다가 삼열 강을 욕한 것은 인종차별적인 내용이라니. 특종이 저절로 굴러들었다. 그는 보다 심층적인 기사를 쓰기로 했다.

*　　　*　　　*

시합은 양키스의 승리로 끝났다. 삼열은 5회 말에 잠깐 흔들린 것을 제외하고는 거의 퍼펙트에 가까운 경기를 했다. 3:0으로 양키스의 승리.

시합이 끝나자마자 삼열에게 인터뷰 요청이 쏟아졌다.

"뉴욕 타임스의 에밀리 제인입니다. 오늘 5회에 일어난 사건을 알고 있었습니까?"

"더그아웃에 가서야 알았습니다. 딸에겐 엄마가 있었으니 안심했습니다."

"딸의 행동에 대해서 어떻게 생각하십니까?"

"폭력을 사용한 것에 대해서는 뭐라고 드릴 말씀이 없습니다. 그러나 사과는 하지 않겠습니다. 딸이 잘못한 것이 있다면 그에 대한 처분은 아버지인 제가 감당하겠습니다. 전 딸을 사랑합니다. 딸이 아빠를 위해 한 행동을 야단치고 싶지는 않습니다. 그러나 그녀도 나이가 들면 더 성숙한 자세로 문제를 해결하려고 할 것입니다."

"CNN의 찰리 맥두걸 기자입니다. 5회 말에 흔들렸는데 그 사건이 영향을 미친 것입니까?"

"그렇습니다. 처음에는 당황했지만 세상의 그 어떤 아버지도 오늘 같은 일을 당하면 감동할 것입니다. 세상은 줄리아가 한 행동에서 무엇이 옳은가를 보겠지만, 저는 딸이 왜 그렇게 행동했는지를 봅니다. 그래서 전 딸의 행동에 부모로서 책임을 회피할 생각이 없습니다. 오늘은 딸을 위해 던졌습니다. 세상에서 가장 행복한 공을 던지게 해준 내 딸 줄리아에게 고맙다는 말을 전하고 싶습니다."

삼열의 인터뷰는 계속되었다.

마리아는 줄리아와 조셉을 데리고 기다렸다. 그런데 지나가던 CNN의 맥 아더스 기자가 줄리아를 알아보았다.

"실례합니다. CNN의 맥 아더스 기자입니다. 일전에 줄리아 양에 대한 기사를 썼습니다. 잠시 인터뷰가 가능할까요?"

마리아가 망설이는 모습을 보이자 그는 웃으며 말했다.

"어차피 사람들은 오늘 사건에 관해 이야기할 것입니다. 그렇다면 좀 더 우호적인 기자에게 인터뷰하시는 것은 어떻습니까? 뉴욕 대회를 보고 나서 저는 줄리아 양의 팬이 되었습니다."

"할게요."

"줄리아!"

"안심하십시오. 팬으로서 절대로 줄리아 양에게 해가 되는 글은 쓰지 않겠습니다. 이미 터진 사건은 어떻게 포장하느냐도 중요합니다."

맥 아더스의 말에 마리아가 고개를 끄덕였다. 그녀도 인터뷰를 거부한다고 오늘 벌어진 일이 덮어지지 않는다는 것을 잘 알고 있었다.

사실 맥 아더스는 오늘 취재하러 나온 것이 아니었다. 순수하게 월드시리즈를 보러 왔다가 줄리아를 만난 것이다. 그래서 따로 방송용 촬영 장비가 없었다. 다만 언제나 들고 다니는 가방에서 카메라를 꺼냈다. 동영상 촬영이 되는 카메라로 화소도 높아 방송에 내보낼 정도는 되었다. 그는 오늘 아침에 가방을 들고 나올 때 카메라를 빼놓고 올까 생각했다. 어제 늦게까지 술을 마셨기에 가방이 무거웠던 것이다. 하지만 오랜 기자 생활을 하면서 우연한 기회에 건져 올리는 특종이 많다는 점을 환기하고 그대로 들고 나왔다. 그러니까 자이언츠의 구장인 이 AT&T 파크에 오기 전까지 그에게 무거운 가방은 짐에 불과했다. 하지만 지금은 꼭 필요한 특종을 낚는 도구가 되었다.

맥 아더스는 줄리아를 조용한 곳으로 자리를 옮기게 하고 카메라 지지대를 꺼내 설치한 다음 배터리를 점검했다. 어제 충전을 하지 않아서인지 배터리 잔량이 간당간당했다.

"자, 그럼 시작하지요. 바로 본론으로 들어가겠습니다."

맥 아더스는 인터뷰만 먼저 따고 도입부는 따로 촬영할 생각이었다.

"줄리아 양, 오늘 벌어진 사건에 대해 지금의 심정을 이야기해줄 수 있습니까?"

"아, 먼저 소란을 일으켜서 죄송해요. 전 엄마, 동생과 함께 3루 관중석에서 아빠를 응원하고 있었어요. 그런데 누군가 아빠를 향해 '옐로 멍키!'라고 욕하는 소리를 들었어요. 우리 아빠가 피부색이 조금 다르다고 왜 모르는 사람에게 조롱을 받아야 하는지 모르겠어요. 난 그 소리를 듣자마자 화가 났어요. 아빠는 그 사람에게 욕먹을 짓을 하지 않았으니까요. 아빠는 착한 사람이에요. 언제나 다정하고 불쌍한 사람들에게 친절해요. 그런데 단지 피부색 때문에 사람들로부터 비난을 받는다면 그것은 슬픈 일이에요. 그리고 우리 아빠, 원숭이 아니에요. 아빠는 천재예요. 머리가 얼마나 좋은데요. 적어도 우리 아빠는 경기장에서 술 먹고 주정 부리는 사람들에게 욕먹을 정도로 그렇게 한심한 분은 절대로 아니에요."

줄리아는 말을 하고 나서 주먹을 꽉 쥐었다. 그 모습이 매우 귀엽게 보였다.

"그럼 다음에도 이런 일이 생기면 같은 행동을 할 것인가요?"

맥 아더스의 질문에 줄리아는 마리아의 눈치를 슬쩍 살피더니 주먹을 쥐고 힘껏 말했다.

"음, 그때 엄마가 옆에 없으면 확 집어 던질 거예요."

줄리아의 말에 마리아가 당황하며 낮은 목소리로 '줄리, 그럼 안 된단다' 하고 말했다. 맥 아더스는 인터뷰 분위기를 조금 좋게 만들어야 할 필요성을 느꼈다. 오늘 인터뷰의 대상은 열두 살 소녀이기 때문이다. 그래서 지난 경기에서 그녀가 이룬 업적을 칭찬해 주었다.

"줄리아 양, 지난번 뉴욕 대회 100m와 200m 종목에서 우승한 것을 축하합니다. 혹시 앞으로도 계속 운동할 것인가요, 아니면 다른 계획이 있는지 궁금하군요."

줄리아는 자신이 대회에서 우승한 것을 맥 아더스가 칭찬을 해주자 신이 났다.

"물론 전 계속 운동할 거예요. 올림픽에 나가서 메달도 딸 거구요."

"아, 그렇군요. 그럼 마리아 강 부인에게도 한 말씀 묻겠습니다."

맥 아더스의 질문에 마리아도 짧게 인터뷰를 했다. 아이를 키우면 예상하지 못한 뜻밖의 일을 많이 경험하게 된다. 마리아는 딸이 아빠를 아주 사랑하는 것을 알고 있지만 이렇게 극성일 줄은 예상하지 못했다. 사실 삼열의 성격에도 극단적인 면이 있었다. 그 아버지에 그 딸이지만 서로 좋아해서 일어나는 일이라 뭐라고 할 수는 없었다.

삼열은 이날 승리투수가 되었고, 사건은 종결되었다. 경기가 끝난 다음 가족이 모여 단란한 시간을 보냈다.

* * *

문제는 다음 날 터졌다. 줄리아의 행동이 방송을 탄 다음 폭발적인 반응이 나왔다.

줄리아, 거구의 남자를 번쩍 들다.

그녀는 외계인?

이렇게 귀여운 소녀가 이런 괴력을!

자극적인 기사들이었다. 열두 살 소녀가 180㎝의 남자를 번쩍 든 사건은 누가 봐도 놀랄 만한 일이기에 인터넷에서 폭발적인 반응이 나왔다.

줄리아 팬 카페의 가입자가 폭발적으로 늘어났다. 전에는 줄리아의 귀여운 모습에 반한 팬들이 대부분이었다면 이번에는 성격이 달랐다. 괴력의 힘을 숭상하는 마초적인 남자들의 가입이 압도적으로 많았다. 그들은 줄리아가 언제 어떤 모습으로 그녀의 힘을 사용했는지에 대해 관심을 보였다.

줄리아는 갑자기 세상에서 가장 힘이 센 소녀 중의 하나가 되어 있었다. 그래서 그녀가 뉴욕 대회에서 100m 달리기에 얻은 11초 02의 기록은 당연한 것이 되어버렸다.

줄리아는 기사를 보며 히죽히죽 웃었다. 하지만 속으로는 걱정을 많이 했다.

'아~ 망했다. 남자들은 연약한 여자를 좋아한다고 하던데.'

이제는 힘이 센 것이 드러났으니 연약한 척하는 것은 물 건너갔다.

줄리아는 침대에 누워 눈알을 도르르 굴렸다. 아무리 생각해도 청순한 여자의 이미지는 이제 끝났다. 앞으로는 오로지 건강미로 어필해야 한다는 생각이 들자 어깨를 으쓱하고는 냉장고로 가서 어제 사다 놓은 빵을 집어 먹기 시작했다. 1m나 되어 보이는 악어빵이 조금씩 뜯겨 줄리아의 입속으로 사라졌다.

악어빵은 줄리아가 가장 아끼는 빵인 데다 스트레스를 푸는 데도 제격이었다. 아무리 먹어도 쉽게 줄어들지 않는 악어빵을 뜯어 먹으며 줄리아는 걱정을 털어버렸다. 그녀는 아직 남자에게는 관심이 별로 없어서 피부로 느껴지는 위기감은 전혀 없었다. 단지 엄마와 아빠의 다정한 모습을 보면서 나도 저렇게 살아야지 하는 바람밖에 없었다.

"와아~ 누나, 그것 혼자 다 먹을 거야?"

"좀 줄까?"

"아니, 난 괜찮아."

조셉은 고개까지 흔들며 점점 줄어드는 악어를 바라보았다. 그는 사실 빵이 먹고 싶었다. 하지만 한쪽이라도 얻어먹으면 나중에 딴소리할 것이 틀림없는 누나였다. 그래서 유혹을 참았다. 누나 혼자 1m에 이르는 빵을 먹었다는 것과 자신도 같이 먹었다는 것은 다른 이야기였다. 나중에 누나를 먹보라고 놀릴 생각을 하며 그는 줄어드는 빵을 바라보았다.

악어빵은 껍질이 딱딱하다. 하지만 껍질에 달콤한 설탕이 있어 먹는 데에는 지장이 없다. 단단한 껍질을 먹고 나면 속에서 부드러운 빵이 나온다. 간간이 초코와 생크림 등이 나와 혀를 자극하니 아무리 먹어도 질리지가 않았다.

"와아~"

조셉은 드디어 악어빵이 꼬리만 남게 되자 탄성을 질렀다. 누나가 먹보인 것은 알았지만 설마 1m나 되는 그 큰 빵을 한꺼번에 먹을 줄은 몰랐다.

줄리아가 남은 꼬리를 식탁 위에 올려놓았다.

"누나, 그건 왜 안 먹어?"

"배불러. 그리고 저걸 먹으면 네가 나중에 놀릴 거잖아."

조셉은 입을 다물지 못하고 줄리아를 바라보았다. 그 큰 빵은 줄리아의 배 속으로 사라진 후였고, 아주 작은 꼬리만 남았다. 아무리 생각해도 눈 가리고 아옹이지, 혼자 다 먹은 것이나 마찬가지였다. 교활한 누나는 빵의 100분의 1 정도밖에 남겨놓지 않고서 나중에 딴소리할 것이다.

줄리아는 그 남은 것마저 먹으려다가 자신을 바라보는 조셉의 표정을 보고는 빵을 남겨놓은 것이다. 사실 배는 아까부터 불렀다. 어지간하면 배가 나오지 않는 줄리아도 이번만큼은 볼록하게 나왔다.

"누나, 존경해!"

"에헴."

조셉은 누나의 위대함(?)에 새삼 존경하는 마음이 들었다. 먹는 것으로만 따지면 줄리아는 자신보다 족히 열 배는 위대했다. 이전에는 먹는 것을 가지고 먹보라고 놀리곤 했지만 이제는 그렇게 놀릴 엄두조차 나지 않았다.

오후에는 메디컬 팀이 호텔로 찾아왔다. 앙리 스튜어트와 샤론 에이지 등 다섯 명이었다. 존 코치가 의료진의 구성을 서둘렀던 것이다. 줄리아의 뛰는 자세에 대해서 전문가들의 부정적인 진단이 흘러나오고 있었기 때문이다.

빠르게 달린다는 것은 그만큼 다리에 무리를 준다는 말이다. 다행히 줄리아가 몸무게가 많이 나가지 않고 몸이 유연하여 부상당할 위험성은 크지 않지만 잘못된 습관은 빨리 바로잡는 것이 좋았다.

줄리아는 구레나룻을 기른 앙리 스튜어트 박사를 바라보았다. 수염이 턱과 코, 그리고 귀에서 턱까지 난 구레나룻을 보면서 신기하다고 생각했다.

"어서 오십시오. 삼열 강입니다."

"앙리 스튜어트입니다."

"샤론 에이지입니다."

삼열은 나머지 세 사람도 소개를 받았다.

"뉴욕 대회에서 200m를 달릴 때의 영상을 구해 봤습니다. 걱정되는 부분이 있더군요."

"그게 무슨……?"

삼열은 달리기가 인체에 미치는 부작용을 잘 몰랐다. 루게릭병을 고치기 위해 몸을 혹사하면 할수록 효과가 좋았기 때문이다. 그러나 그것은 미카엘이 그에게 준 불의 씨앗 덕분이었다. 하지만 줄리아는 그렇지 않으니 과도한 연습은 몸에 무리를 줄 수 있다는 의견에는 동의했다.

"다리뼈는 각각 한쪽씩 서른한 개로 구성되어 있습니다. 이 중 발가락뼈만 열네 개나 됩니다. 특히 발바닥에는 신경이 많이 자리하고 있습니다. 과도한 힘을 다리에 주게 되면 슬관절과 족관절이 다칠 수 있지요. 다치면 인공관절을 만들어서 끼우면 되지만 인공관절로는 대회에 출전해 기록을 세울 수가 없을 겁니다."

"아, 네."

삼열로서는 처음 듣는 말이다. 하지만 다리, 그중에서도 발바닥은 몸무게 전체를 지탱해야 하기에 쉽게 앙리 스튜어트 박사의 말을 이해했다.

러닝을 많이 하는 선수 중에는 햄스트링 부상을 당하는 경우가 간혹 있다. 선수들은 같은 유산소운동이라고 하더라도 자전거보다는 러닝을 선호할 수밖에 없다. 자전거보다는 러닝이 더 많은 관절, 즉 상체의 관절도 써야 하기 때문이다.

"일단 줄리아 양의 메디컬 테스트를 가능한 한 일찍 했으면 합니다. 아직 운동을 시작한 지 1년도 안 되었으니 불필요한 습관을 일찍 제거하면 더 좋은 기록이 나올 겁니다. 그런 사소한 습관은 특히 단거리 선수에게는 아주 큰 영향을 미치죠."

"아, 그렇군요."

삼열은 즉시 스튜어트의 말을 이해했다. 그도 줄리아가 단거리 선수가 되면서 나름 알아본 것이 있었다. 출발 시의 반응 속도와 피니시 부분에서 어떻게 하느냐에 따라 기록이 왔다 갔다 한다는 것을.

"그리고 줄리아 양의 나이가 있습니다. 지금도 또래보다 훨씬 키가 크긴 하지만 아직 성장기에 있기 때문에 지나친 운동은 피해야 합니다."

"네."

삼열은 딸에 관한 이야기이기에 반박하지 못했다. 혹시라도 연습을 과도하게 해서 키가 더 크지 못한다면 당연히 문제였다. 어려서 무술을 배운 사람들이나 운동선수들은 키가 작은 경우가 많았다.

줄리아는 메디컬 테스트를 받는다는 말에 긴장했다. 이제야 비로소 진짜 선수가 된 듯한 느낌이 들었기 때문이다. 이제까지는 무조건 뛰기만 했다. 물론 존 코치가 훈련을 효율적으로 돌봐준 것은 사실이지만 그에게 지도를 받은 기간이 길지 않았고 아직 부족한 면이 많았다.

"메디컬 테스트는 월드시리즈가 끝난 다음에 잡도록 하지요."

"그게 좋겠습니다."

삼열은 스튜어트의 말에 전적으로 동의했다. 월드시리즈가 몇 차전까지 갈지 모르지만 빠르면 일주일 안에 끝난다. 아무래도 시즌 중이면 정신이 복잡할 것이 뻔해 삼열은 스튜어트의 말이 옳다고 생각했다.

줄리아는 기분이 좋았다. 앙리 스튜어트도 샤론 에이지도 마음에 들었기 때문이다. 상냥하고 친절한 것은 둘째 치고 매우 그럴듯하게 보이기도 했다. 특히나 존 코치가 앙리 스튜어트 박사는 스포츠의학계에서는 독보적인 사람이라고 말해줘서 더 그랬다.

* * *

뉴욕 대회가 끝난 이후로 줄리아는 기본적인 운동 외에는 별도로 한 일이 없었다. 늘어지게 자고 배가 터지도록 먹기만 했다. 하지만 오늘 드디어 메디컬 테스트를 끝내고 한쪽에서 쉬고 있었다.

앙리 스튜어트는 자료를 분석하기 바빴다. 심전도 검사나 폐활량, 근력 테스트 그 어떤 부분에서나 최고였다.

"하아, 믿을 수가 없군. 이게 인간의 신체인지 믿어지지가 않아!"

"맞아요, 박사님."

앙리 스튜어트와 샤론 에이지는 자료들을 보고 놀랐다. 어른의 기록과 비교해 보아도 절대 밀리지 않았다.

"이러니 그 말 같지도 않은 기록이 나왔겠죠."

샤론 에이지도 고개를 설레설레 흔들며 말했다.

그들은 줄리아가 뛰고 있는 영상을 분석했다. 그러면서 회심의 미소를 지었다. 역시나 뛰는 자세에 문제가 있었다. 최고 속도로 달릴 때 몸의 균형이 맞지 않았다. 이는 오른쪽과 왼쪽의 근육이나 관절이 균형을 이루지 못했을 때 일어난다. 화면상에서 줄리아는 지나치게 뒤뚱거리고 좌우로 흔들렸다. 사람은 사실 좌우 균형이 맞는 사람이 거의 없다. 오른손잡이는 당연히 오른쪽 근육이 발달해 있고, 심지어 좌우 다리의 길이가 조금씩 다른 경우도 있다.

"자세만 고치면 지금이라도 올림픽에 나가서 메달을 딸지 몰라."

"설마요!"

앙리 스튜어트가 수염이 덥수룩하게 난 턱을 움직이며 웃었다.

메디컬 테스트가 끝난 다음 날부터 줄리아는 신체 교정을 하면서 날마다 비명을 질러야 했다.

"난 이런 거 안 해도 아주 잘 뛴단 말이야!"

"닥치고 해! 이 언니가 너를 세계 최고의 선수가 되게 해줄게."

그동안 얌전하게 있던 샤론 에이지가 독수리의 눈이 되어 줄리아가 꾀를 부릴 때마다 가차 없이 지적했다.

줄리아는 팡팡 뛰었다. 뛰는 것을 좋아하기에 훈련이 힘들지는 않았다. 거친 호흡이 심장을 짓누를 때는 오히려 짜릿함마저 느꼈다.

가장 싫은 것은 역시나 체형 교정 시간이었다. 몸의 좌우 밸런스를 맞추기 위해서는 계속해서 잘못된 뼈와 근육을 제대로 맞춰야만 했다. 이를 위해 꾸준하게 기구를 가지고 운동해야 했는데 이런 정적인 운동은 그녀의 성향에 맞지 않았다. 하지만 몸의 좌우 밸런스가 맞지 않으면 스피드에 미세하나마 영향을 준다니 하지 않을 수가 없었다.

샤론 에이지 박사가 얼마나 혹독하게 훈련을 시키는지 하루하루가 줄리아에게는 고역이었다. 하지만 어느 날 그녀가 지나가면서 한마디 한 것을 듣고는 줄리아도 눈을 빛내기 시작했다.

"좌우 몸이 밸런스가 맞으면 얼마나 매력적으로 보이는데. 여자로서 말이야."

영악하면서도 순진한 줄리아는 자신의 몸이 매력적으로 보인다는 말에 '역시 난 건강미, 섹시미지' 하며 순순히 훈련에 임했다. 괴력의 힘이 노출되었기에 이제는 밀고 나갈 것이 그 두 가지밖에 없었다. 청순미, 앞으로는 연약한 척을 할 수 없다.

단거리 선수는 극한으로 육체를 강화해야 한다. 달리기는 심장과 폐, 그리고 다리로 하는 것이지만, 속도를 높이기 위해서는 상체의 힘도 좋아야 한다. 팔을 빠르게 휘두를수록 속도가 빨라지기 때문이다. 그래서 단거리 선수들의 몸은 울퉁불퉁하다. 우사인 볼트의 몸이 얼마나 건장한지를 보면 답이 나온다. 짧은 순간에 폭발적인 힘을 얻으려면 모든 근육이 최대한으로 강화되어 있어야 한다.

줄리아는 새롭게 만들어진 훈련장에 들어서자마자 '와!' 하고 감탄의 소리를 질렀다. 러닝머신뿐 아니라 온갖 종류의 기계가 있었기 때문이다.

"이걸 다 해요?"

"물론이지."

존 코치가 웃으며 대답했다. 줄리아가 이 모든 기구를 사용하려면 하루 종일 운동해야 할 정도로 기계가 많았다.

"걱정하지 마. 운동은 전문가 선생님이 지도해 주실 거니까."

"나 그러다가 남자처럼 되는 것 아니에요?"

"넌 얼굴이 예뻐서 그래도 돼."

"안 돼요, 안 돼. 존, 그 말 거짓말이지?"

줄리아가 떼를 쓸 조짐을 보이자 존은 웃으며 다른 곳으로 도망가 버렸다.

인클라인드 바벨 프레스, 랫 풀다운, 힙 애브덕션, 머신 레그 익스텐션, 라잉 햄스트링 컬, 인클라인 레그 프레스 등등.

바벨을 들고 하는 것은 기본이었다. 각각의 근육을 강화하기 위한 운동 프로그램이 따로 있다. 그것들은 많은 시간을 운동하게 하는 것이 아니라 짧은 시간에 효율성 있게 텐션을 유지하게 하는 프로그램이었다.

"일단 이것부터 한번 들어보자."

피지컬 트레이너인 안손 레드비치가 5kg의 덤벨 두 개를 줄리아에게 주었다.

"엥? 이걸로 뭐 해요?"

“가슴의 근육을 단련하기 위한 덤벨 프레스란다. 처음에는 자세를 배우기 위해 상대적으로 가벼운 것으로 하자꾸나.”

“히히힛, 이거는 너무 쉬운데.”

벤치에 누워 다리를 구부리고 양손으로 덤벨을 들고 올렸다 내렸다 하는 것이다. 이때는 등허리는 자연스럽게 벤치에서 떨어져 있어야 가슴 운동이 된다. 이것에 익숙해진 다음, 벤치가 아닌 피지오볼 위에서 하면 복근 강화에도 도움이 된다.

“헤헤헤, 이거 재미있네요.”

그녀에게 5kg의 중량은 아무것도 아니었다. 줄리아가 너무 쉽게 따라 하는 것을 보고 안손 레드비치는 약간 당황했다. 그도 그녀가 힘이 세다는 것을 알기에 처음부터 5kg을 들게 한 것이다. 운동은 무엇을 하든 정확한 자세를 잡는 것이 중요하다. 그래야 제대로 효과가 나오기 때문이다. 그리고 그런 정확한 자세와 함께 호흡도 일정하게 유지해야 한다.

열다섯 개씩 3세트를 하고 안손 레드비치는 결국 줄리아의 덤벨 무게를 올려야 했다. 10kg의 덤벨도 그녀에게는 무척이나 가벼워 보였지만 처음이라 무게를 더 이상 올리지는 않았다.

“안손, 나 20kg로 올려도 될 것 같은데.”

“넌 역기를 드는 것이 아니라 덤벨을 들고 있는 거야. 무게는 그렇게 중요한 것이 아니지. 처음에 하는 것치고는 이 정도도 굉장한 거야.”

“그래?”

줄리아가 안손 레드비치의 말을 듣고 눈알을 도르르 굴렸다. 그녀의 생각에는 이왕 할 바에는 무게가 조금 더 나가는 것이 효율이 높을 것 같았기 때문이다.

다음으로는 허벅지의 대퇴 근육을 강화하는 인클라인드 레그 프레스를 했다. 이 운동은 대퇴 사두근과 대두근을 강화하는 것으로 비복근과 대퇴 이두근도 아울러 발달한다. 쉽게 말해 허벅지의 근육을 단련하는 운동이다.

안손 레드비치는 처음엔 20kg을 올려놓고 하다가 차츰 올려서 결국 60kg을 들게 했다. 다리 근육의 힘은 상대적으로 팔목보다 강하기에 줄리아의 경우 100kg 이상의 무게를 감당할 수 있었으나 무리하지 않도록 했다.

줄리아는 플로어 싯업이나 행잉 레그 레이즈와 같은 것을 하는 이유를 알지 못했다. 코치가 하라고 하니 하는 것이다. 쉽게 말해 윗몸일으키기와 철봉에 다리를 'ㄱ' 자로 해서 매달리는 것이 과연 달리기의 기록 향상에 도움이 될까 의심이 들기도 했다.

어쨌든 새로운 운동을 배우는 것은 즐거웠다. 러닝을 하는 것도 좋았지만 기구를 이용하여 운동하는 것도 나름 재미있었기 때문이다.

기구를 이용해서 운동하면 근육의 강도를 짧은 시간에 많이 올릴 수 있기에 사람들이 선호하는 운동법이다. 예를 들어 러닝은 발바닥이 온몸의 무게를 감당해야 하는데 신체의 밸런스가 어긋난 상태에서 무리하게 오래 뛰면 발바닥에 통증이 올 수 있다. 하지만 기계를 이용하는 것은 세트를 정해서 단시간에 하는 것이라 몸에 무리가 상대적으로 적었다. 극소 부위의 근육을 강화하려는 목적이 강하기 때문에 몸 전체를 사용해서 운동하지 않아도 되는 것이다.

*　　　*　　　*

"그녀는 정말 잘하네요."

옆에서 지켜보던 샤론 에이지가 앙리 스튜어트 박사에게 이야기했다. 그녀가 맡은 이 어린 소녀는 매우 특이하여 많은 관심을 쏟고 있었다. 메이저리그의 전설적인 투수 삼열 강의 딸이라는 것을 떠나 귀엽고 예쁜 소녀가 힘이 무지막지하게 세다는 것이 주는 위화감은 대단했다.

"줄리, 파이팅!"

오늘은 스테파니가 수업을 끝내고 놀러 왔다가 줄리아가 운동하는 것을 지켜보고 있었다.

"줄리, 줄리, 파워 업!"

그녀는 주근깨가 듬성듬성 나 있는 얼굴로 연신 파이팅을 외쳐댔다.

샤론 에이지는 아까부터 계속 소리를 지르고 있는 스테파니를 보며 얼굴을 찡그렸다. 줄리아도 그렇고 친구라는 스테파니도 시끄럽기 그지없었다. 자신도 여자지만 수다쟁이 아이들은 질색이었다.

"재는 왜 저기서 저래요?"

"그게… 오늘 양키스 경기가 없다고 저런답니다."

"양키스가 왜?"

"그녀는 양키스타디움에서 아르바이트를 하거든요."

"치, 그렇군요."

샤론 에이지 박사는 오른손으로 귀를 막고 다른 손으로 서류를 넘기며 투덜거렸다. 줄리아 혼자 있어도 매우 시끄러운데 친구까지 왔으니 볼 장 다 본 것이다.

'애들은 왜 이렇게 시끄러운 거야!'

그녀는 결국 참지 못하고 주위에 있는 스태프에게 지시했다. 코칭스태프 중 한 명이 스테파니를 데리고 가더니 운동복으로 갈아입히고 운동을 시켰다.

"아잉, 난 운동선수도 아닌데."

"하하, 친구니까 같이하는 것도 나쁘지 않습니다."

스테파니는 입을 내밀고 투덜거리면서 바벨을 성의 없게 들다가 야단맞았다.

"칫, 이런 거 안 해도 되는뎅."

그녀가 바벨을 들며 낑낑거리는 모습을 보고 샤론 에이지는 웃으며 중얼거렸다.

"다음에는 안 오겠지."

자신도 여자지만 어린, 어른이 되다 만 소녀들은 정말 질색이다. 그 나이 대의 여자들은 특히나 감정의 기복이 심하고 말이 많아서 다루기가 힘들었다. 애초에 못 오게 하는 것이 제일이다.

줄리아는 여러 운동을 하면서 잉잉거렸다. 특히 다리 운동을 많이 하면 허벅지가 굵어질 것 같아서였다. 하지만 코치가 지시하는 것은 하나도 빠지지 않고 열심히 했다.

스테파니가 운동을 마치고 줄리아 곁으로 왔다. 그녀도 운동을 했기에 힘이 빠져 이전같이 떠들지는 못했다.

"내 한국인 친구가 그러는데 여자 허벅지가 예쁘면 꿀벅지래."

“정말?”
“남자들에게 완전 인기래.”
“하지만 난 한국 남자에 그다지 관심 없어. 물론 아빠처럼 멋진 남자라면 몰라도. 그리고 나 한국말도 잘 못하는데.”
“너희 엄마는 미국인인데도 한국말을 잘하시던데.”
“응, 엄마는 한국말 잘해.”
“그럼 너도 배워.”
“왜?”
“그냥.”
“칫, 한국말은 어렵던데.”
“또 알아. 너 유명해지면 한국 기업들이 CF 계약하자고 몰려올지. 한국 기업들, 요즘 엄청 잘나가잖아.”
“그, 그래?”
“응. 한국인들은 한국인이 나오는 CF를 매우 좋아한대.”
“와, 너 한국에 대해서 매우 잘 아는구나?”
“응, 나 샤이니 팬이거든.”
“샤이니?”
“멋진 애들이 있는 아이돌 그룹이야.”
“뭐? Gee Gee Gee Gee Baby Baby Baby… 이런 거 부르는 애들?”
“그건 뭐야? 이렇게 부르는 거야. 잠들지 않는 밤에 눈을 감아…….”
“와아, 너 대단하구나? 그런데 너 그 뜻이 뭔지 알아?”
“당연히 모르지. 히히, 사실 저스틴 비버를 더 좋아해. 한국

가수들은 너와 네 아빠가 한국 사람이라 관심을 갖고 있었지."

"와아, 너 대단하다!"

둘은 서로 껴안고 방방 뛰었다. 그 모습을 본 샤론 에이지가 고개를 흔들고 훈련실을 나가 버렸다.

줄리아는 날마다 적절한 훈련을 했다. 최고의 피지컬 트레이너와 영양사가 식단도 관리해 주었다. 본격적인 훈련이 진행되자 그녀는 놀라울 정도로 성장했다. 가슴과 다리의 근육도 조금씩 나오기 시작했다.

'세계적인 선수가 되는 것은 쉬운 일이 아니야. 나의 꿀벅지를 사랑해 줄 남자를 언젠가는 만나게 되겠지.'

*　　　*　　　*

존 코치는 삼열과 마주 앉아 딸의 장래에 대해 의논하고 있었다. 줄리아는 내년부터 본격적으로 국제경기에 나가게 될 것이다. 그렇다면 지금보다 더 체계적으로 운동해야 한다. 지금도 꽤나 좋은 훈련을 하고 있지만 줄리아의 목표는 올림픽 우승이고 세계 제1의 선수가 되는 것이다.

"아무래도 단거리는 어릴 때에 하고 나이 들어서는 장거리를 하는 것이 좋습니다."

"나이 들어서요?"

"아, 그렇게까지 많은 나이를 말하는 것은 아니고요, 20대 초반쯤 장거리로 갈아타도 될 것 같습니다. 그때쯤이면 줄리아 양도 이성에 관해 관심을 가질 터이니 아무래도 장거리로 전환하면 몸매를 예쁘게 관리할 수도 있어서 좋을 것입니다."

"그래요? 흠, 마라톤이라… 나도 그거 해보고 싶은데……."

"아니, 장거리는 3,000m, 5,000m, 10,000m를 말하는 것입니다. 마라톤은 마라톤이죠."

"아, 그런가요?"

삼열은 은근히 마라톤을 딸과 같이 뛰면 어떨까 하는 생각을 했다가 마라톤은 아니라고 하자 그 생각을 지워 버렸다.

"처음에는 100m, 200m, 400m에서 메달을 따고 4년 후에 장거리에서 메달을 따면 전무후무한 선수가 될 수 있을 것입니다."

"오, 그거 좋군요."

"중간에 이어달리기 400m와 1,600m에 참여하는 것이죠."

"하하하, 그거 진짜 좋은 계획이군요. 제 딸이 좋아할 겁니다."

삼열은 욕심이 많은 줄리아가 들으면 아주 좋아할 계획이라고 생각했다. 아직까지 왜 줄리아가 달리기를 하려고 하는지 모르고 있는 그로서는 그저 딸이 달리는 것을 좋아하기 때문이라고 생각할 수밖에 없었다.

시간은 흘렀고, 그만큼 줄리아는 놀랍게 성장했다.

6. 세계육상선수권대회

타타타탁!

줄리아는 삼열을 보자마자 달려가 안겼다. 큰 키와 날씬하면서도 건강한 몸매를 가진 줄리아가 삼열에게 안기자 그다지 커 보이지 않았다. 삼열의 키가 워낙 크기 때문이다.

"아빠, 히잉."

"응. 왜, 우리 고양이?"

"그냥. 아빠 나, 나중에 장애물 경기에도 나갈까?"

"그건 넘어질 수 있잖아. 일단 단거리부터 제대로 하고 나서 생각해 보자."

"응."

세계육상선수권대회가 코앞인데 줄리아가 이런 말을 하는 것은 바로 당장 하겠다는 뜻은 물론 아니었다. 키가 크고 날렵한 줄리아는 어쩌면 허들 경기가 오히려 더 잘 맞을 수도 있었다.
하지만 삼열은 딸이 허들을 하는 것을 별로 원하지 않았다. 현대의 모든 경기는 고도의 집중력을 요구하는데 장애물이 있는 경기라면 아무래도 위험하지 않을까 생각이 들었기 때문이다.
"대회 준비는 잘하고 있어?"
"응. 아주아주 잘하고 있어."
삼열은 사랑이 가득한 눈으로 딸을 바라보았다. 세상에서 가장 사랑스럽다는 눈으로. 그 눈치를 알아챘는지 줄리아가 삼열의 품을 더 파고들었다.
"아빠."
"응."
"아빠는 왜 그렇게 일찍 결혼했어?"
"엄마가 좋아서."
"기다렸다가 나랑 결혼하지."
삼열은 빙그레 웃었다. 이 말을 벌써 수백 번도 더 들었지만 그때마다 기분이 좋았다. 아마도 이 영악한 것이 그것을 알고서 애교를 부리는 것 같았다. 비록 그렇다고 하더라도 좋았다. 딸과 함께 있으면 심심하지 않고 키우는 맛이 있다고 하더니 그 말이 맞았다. 아빠가 세계 최고로 잘난 남자라고 생각하고 있으니 고맙기 그지없었다.
미국 여자들은 애교가 비교적 없는 편이고 마리아도 그랬다. 다만 결혼 후에는 가끔 애교를 부리곤 했다. 남편이 애교를 좋아한다는 것을 알고는 그녀 자신도 모르게 저절로 하게 된 것이다.
"아빠, 나 다음 주에는 베이징으로 가야 해."

"그래. 아빠는 시합이 있어서 갈 수 없는데 어쩌지?"

"괜찮아. 내가 왕창 잘할 거니까 걱정하지 마, 아빠!"

줄리아가 팔뚝을 들고 알통이 보이도록 포즈를 잡았다. 그러고는 얼굴을 찌푸리며 중얼거렸다.

"망했다, 망했어! 진짜 알통이 나오기 시작해. 아빠, 어떡하지?"

딸의 말에 삼열은 웃기만 했다. 알통이야 운동을 그만두면 없어질 것이니 문제는 없지만 요즘 들어서 유난히 멋을 부리는 줄리아에게 알통은 적지 않은 핸디캡이 될 것이다.

줄리아는 그동안 주니어 육상대회에 참석하여 좋은 성적을 거두었다. 하지만 이번에는 세계육상선수권대회가 베이징에서 열린다. 줄리아로서는 처음으로 세계대회에 출전하는 것이라 무척이나 기분이 좋았다.

삼열은 베이징에 딸과 함께 가지 못하게 되었지만 아내와 장인 장모가 동행한다니 염려는 없었다. 장인이 줄리아를 위해 모든 것을 준비해 줄 것이기 때문이다. 의정 활동도 바쁠 텐데 외손녀라면 껌벅 죽는 장인이 특단의 조치를 내린 것이다.

삼열도 같이 가고 싶지만 그 시기에는 메이저리그가 한창 진행되기에 어쩔 수 없었다. 물론 요즘 같아서는 양키스의 승률이 높아 등판을 며칠 빼달라고 요청할 수도 있을 것이다. 하지만 그랬다가는 다른 투수들의 밸런스가 무너질 위험을 구단이 감수해야 한다. 삼열은 그런 요청을 할 수가 없었다. 선발로 등판한 다음 날에 베이징에 잠깐 갔다 오는 수밖에. 이렇게 해도 하루 정도는 투수 로테이션을 바꿔야 할 것이다.

남들 눈에는 이제 다 큰 아가씨로 보이는 줄리아이지만 삼열에게는 언제나 아기로 보였다. 이는 그녀가 삼열에게 애교를 부릴 때가 많기 때문이다. 줄리아가 밖에서는 얼마나 남자들에게 도도하게 구는지 알았다면 그도 생각을 달리 했을 것이다.

여자치고는 비교적 큰 176㎝의 키, 날씬하고 건강미 넘치는 몸매와 이제 막 꽃이 피기 시작한 아름다운 얼굴은 남자들이 관심을 갖지 않을 수 없었다. 하지만 그녀와 데이트를 한 남자는 아직까지 아무도 없었다. 줄리아는 수업과 훈련을 병행해야 하기에 매우 바빴다. 그뿐 아니라 남자를 보는 기준이 삼열이기에 어지간한 남자는 눈에 들어오지도 않았다.

* * *

"누나는 합숙 훈련 안 해?"

"음하하하! 난 너무 완벽해서 늦게 합류해도 된다고 감독님이 말씀하셨단다, 이 버릇없는 동생 놈아!"

"음, 감독이 문제로군."

조셉은 제법 잘생긴 얼굴에 매력적인 눈을 가지고 있어 여학생들에게 인기가 높았지만 여전히 줄리아에게는 그냥 밥이었다.

"그리고 누나, 누나가 잘나서 그런 것이 아니라 누나를 가르친 코치들이 좋아서 그런 거야. 자기가 잘나서 그런 줄 알면 안 된다고."

"너, 죽을래?"

"헤헤헤. 뭐, 누나가 약간 뛰어나긴 하지만."

조셉은 줄리아의 주먹을 보고 말을 재빠르게 돌렸다. 그의 키는 줄리아와 비슷해졌지만 여전히 힘은 줄리아가 더 셌다. 꾸준하게 훈련을 해온 줄리아는 책이나 읽는 것을 좋아하는 조셉이 감당하기에는 여전히 무리였다.

줄리아는 집에서 머물면서 마무리 훈련을 하고 있었다. 베이징에는 시합 일주일 전에 가기로 했다. 언제나 훈련은 힘들었다. 하지만 훈련 없이는 좋은 성적이 나올 수가 없다.

열여섯 살 1개월의 줄리아는 처음 참가하는 세계대회에 흥분되었다. 주니어 대회에서는 잘해봐야 약간의 유명세만 탈 뿐이다. 정작 중요한 것은 국제대회의 성적이었다.

베이징.

자금성과 천안문이 있는 베이징. 세계육상선수권대회는 올림픽 주경기장에서 개최된다. 총 마흔일곱 개 종목으로 남자 스물넷, 여자 스물세 종목이다. 줄리아는 이 중에서 단거리달리기 세 종목에 출전할 예정이었다.

훈련을 마친 줄리아는 쉬면서 거실에서 TV를 보았다. 그녀는 TV에서 다르야 클리시나가 출연한 광고가 나오는 것을 보고 마음에 안 드는지 입술을 앞으로 내밀었다.

클리시나는 러시아 출신의 멀리뛰기선수이다. 180m의 키에 미끈하게 빠진 그녀는 금발에 아름다운 얼굴을 가졌다. 유명한 잡지에도 여러 번 나왔다. 모델 활동도 활발히 하는 편이다.

줄리아는 인기는 많지만 아직까지 상업적인 방송이나 광고에는 출연한 적이 없었다. 당연히 TV 광고에 나오는 그녀가 좋게 보일 리 없었다.

"뭐 저딴 애가 베이징을 빛낼 미녀라는 거야? 나보다 못생긴 게."

조셉이 옆에서 줄리아의 말을 듣고 TV 화면과 줄리아를 비교해 보더니 고개를 끄덕였다. 둘 다 금발에 키가 크고 늘씬한 육상 선수지만 객관적으로 봐도 누나인 줄리아가 조금 더 예쁜 것 같았다.

"특히… 잰 가슴이 작아, 가슴이. 여자에게 가슴이 얼마나 중요한데."

"음, 누나 가슴이야 크지."

"너, 이게 어딜 누나 가슴을 훔쳐보고. 죽을래?"

"하하, 얼굴도 누나가 조금 더 나은 것 같아!"

"히히, 그렇지?"

"응. 아주 많이는 아니고."

"너 그거 아니? 잰 화장발이야. 난 순수하게 밀크로션만 발랐단 말이야."

"아닌 것 같은데?"

"너, 재가 나보다 예쁘다고 하는 것은 엄마가 재보다 못생겼다고 하는 말이랑 같은 거야. 난 엄마를 엄청 닮았으니까."

"아, 맞아. 누나가 사실은 다르야 클리시나보다 엄청 예뻐!"

엄마라면 사족을 못 쓰는 조셉이 재빠르게 아부했다. 마마보이 기질이 조금 있는 그는 마리아를 좋아하면서도 무서워했다.

"그런데 누나, 남자랑 못 자봤지?"

"너어… 죽을래?"

"하하, 난 이미… 흠흠."

"뭐야? 너, 에이미랑 잤어? 말도 안 돼. 네가 뭐가 좋다고."

"누나, 여자들은 분위기에 약해. 연애는 잘난 사람만 하는 게 아니라고. 연애는, 음… 타이밍이야. 그 타이밍을 놓치면 누나가 아무리 예뻐도 언제나 싱글로 남게 될걸."

"정말… 그럴까?"

"응, 확실해."

눈만 높고 연애 경험이 없는 줄리아는 자신보다 어린 동생이 연애를 할 뿐 아니라 벌써 여자 친구와 잤다는 말에 위기감을 느꼈다.

그러나 아무리 생각해도 이런 유혹은 당장 물리치는 것이 좋을 것 같았다. 대회가 얼마 남지 않았고, 그녀는 메달을 기필코 따야 하니까. 줄리아는 그래도 국제대회인데 메달을 따면 적어도 광고 몇 개는 들어올 것으로 생각했다.

'왜 나에게는 광고가 안 들어오는 거지? 그런대로 봐줄 만한데.'

돈독이 오른 줄리아는 은근히 광고를 찍고 싶었지만 단 한 개도 찍지 못했다.

줄리아의 에이전트는 샘슨 사다. 삼열의 에이전트와 같은데, 사실은 이미 여러 번 줄리아에게 광고 의뢰가 들어오기는 했다. 그때마다 마리아가 중간에서 커트시킨 것이다.

그 사실을 모르고 줄리아는 음료 광고를 하고 있는 다르야 클리시나를 질투했다.

"자, 가자. 고, 고! 아자, 아자! 반드시 메달을 따고 말 거야."

줄리아는 주먹을 불끈 쥐었다. 그녀의 눈앞에 지폐가 어른거렸다. 그녀에게 돈은 사랑과 같은 의미였다.

*　　*　　*

베이징에 도착한 줄리아는 미국 선수들이 머물고 있는 호텔로 갔다. 짐을 풀고 훈련장으로 가자 환영하는 사람도 있고 뒤늦게 합류한 그녀를 질시하는 선수도 있었다.

"재는 왜 이제야 오는 거야? 부자 아빠 둔 것을 자랑하려고 그러나?"

"그러게."

"쉿, 조용히 해. 줄리아가 듣겠다."

"들으라고 해. 뭐가 무서워서."

"너, 재 무섭다. 힘이 엄청 세. 열두 살에 180㎝의 남자를 든 애가 재야."

"그래도……."

줄리아를 비방하던 크리스티나 샤샤는 줄리아가 자신을 쳐다보자 말을 잇지 못했다.

"애들아, 안녕! 반가워! 잘해보자!"

"그럼, 잘 지내자. 반가워!"

크리스티나도 바로 눈앞에서 보자 줄리아가 조금 무섭기는 했다. 일단 몸매는 날씬, 아니, 늘씬했는데 문제는 눈빛이었다. 까불면 누구라도 가만히 안 둘 것 같은 도전적인 눈빛이었다.

"꿀꺽!"

크리스티나는 침을 삼켰다. 주위를 둘러보니 자신과 함께 줄리아의 뒷담화를 하던 아이들은 모두 긴장한 티가 역력했다.

"애들아, 그럼 다음에 보자!"

"응, 잘 가!"

크리스티나와 친구들은 연습하러 가는 줄리아에게 저도 모르게 손을 흔들고 있었다. 줄리아가 저쪽으로 가버리자 아이들은 다시 떠들기 시작했다.

"와, 진짜 무섭다."

"그렇지? 난 한 대 맞는 거 아닐까 순간적으로 겁먹었어."

"나도"

"나도."

줄리아의 뒷담화에 참석한 네 명 모두 이구동성으로 그렇게 대답했다. 자신들이 아무리 운동을 해서 힘이 있다고 하지만 열두 살에 180㎝의 남자를 든 여자를 상대할 수는 없었다.

*　　　*　　　*

줄리아는 제자리에서 러닝을 하며 천천히 몸을 풀었다. 다음으로 유연성을 강화하는 체조를 조금 하고는 본격적으로 뛰기 시작했다.

코치 존이 개인 코치 자격으로 옆에 있었고, 단거리달리기 코치인 이삭 에드문트가 줄리아의 몸 상태를 체크했다.

"줄리아, 몸 상태는 어떤가?"

"당연히 최고죠."

에드문트는 줄리아의 말에 웃으며 몇 가지 테스트하고 차트에 적기 시작했다.

줄리아는 이미 미국에서 어느 정도 유명해졌다. 여자 우사인 볼트. 그녀의 별명이다.

"파워 업! 아빠, 사랑해요."

줄리아의 느닷없는 외침에 에드문트는 의아한 표정을 지었고, 존 코치는 고개를 설레설레 흔들었다.

"신경 쓰지 마세요. 사실 아빠와 비슷한 남자를 사랑한다는 이야기입니다."

"그래요? 그런… 사람을 만났답니까?"

"전혀요."

"하하, 쉽지 않겠지요."

쉽지 않겠다고 말은 했지만, 사실 말한 사람이나 들은 사람 모두 매우 어렵다고 생각했다. 미국 메이저리그 최고의 전설적인 선수이자 자상한 남편으로 소문난 삼열 강과 같은 남자가 흔할 리 없었다. 에드문트는 언젠가 줄리아가 망상에서 깨어날 것이라고 믿었다.

"와아! 좋다, 좋아!"

줄리아가 트랙을 도는 선수들을 보며 소리를 질렀다. 이자벨라 아도니가 가장 빠르게 결승선에 도착했다.

'빠르네.'

줄리아는 이자벨라를 보며 감탄했다. 물론 자신이 뛰면 그녀를 따라잡을 수 있을 것 같기는 하지만 확신할 수는 없었다.

이자벨라는 에티오피아 출신의 장거리달리기 선수이다. 에티오피아 출신의 선수들이 장거리에 유리한 이유는 그곳이 고산지대이기 때문이다. 고산지대 특유의 환경인 산소의 부족이 선수들의 심폐 기능을 강화시켜 주는 것이다. 그래서 장거리에는 고산지대 출신의 선수들이 절대적으로 유리했다.

"이자벨라가 메달을 따겠는데."

결승선에서 숨을 헐떡이던 그녀가 고개를 들었을 때 줄리아와 눈이 마주쳤다. 줄리아는 손을 흔들었다. 하지만 그녀는 고개를 돌리고는 천천히 호흡을 가다듬었다.

이자벨라는 줄리아를 별로 좋아하지 않았다. 줄리아가 유명한 단거리달리기 선수이기는 하지만 좋은 부모를 만난 덕분에 고생 없이 자란 여자라고 생각한 것이다.

이자벨라는 메달을 따기 위해 에티오피아 국적을 버렸다. 아니, 가난에서 벗어나기 위해서였다. 에티오피아는 너무나 선수층이 두꺼워 국가대표가 되기 위해서는 인맥이나 자질이 뛰어나야 했다. 국가대표로 발탁되는 것은 쉬운 일이 아니니까.

이자벨라가 에티오피아 국적을 포기하자마자 미국은 즉각 그녀를 받아줬다. 미국의 국가대표 팀에서 받은 체계적인 훈련은 그녀가 미처 얻지 못한 것을 갖게 해주었다. 달리기는 그녀에게 인생이었다. 이를 악물고 훈련했다. 그 결과 희망도 품을 수 있게 되었다.

물론 모두가 그녀처럼 절실함을 갖고 달리는 것은 아니었다. 하지만 탁월한 재능을 가지지 못했다면 이곳에 올 수 있는 사람은 없을 것이다. 그녀는 헐떡이는 심장을 다독이며 반드시 성공할 것이라고 다짐했다. 그래야 에티오피아에 있는 가족들을 도울 수 있기 때문이다.

줄리아는 점점 진지해졌다. 처음 참가하는 국제대회는 아니지만 시니어 대회는 처음이다. 게다가 전 세계가 주목하는 경기 중 하나다.

"파워 업!"

줄리아는 자신을 위해 외치고 또 외쳤다. 반드시 아빠보다 더 위대한 선수가 될 것이라고 외치면서 다짐했다. 야구를 하는 아빠는 최고의 선수지만 그렇다고 사이 영이 올린 승수를 갈아치울 유일한 선수는 아니었다. 하지만 자신은 단 한 번만이라도 최고의 성적을 거둔다면 전무후무한 선수가 될 것이다. 남자 스프린터를 이기는 것, 우사인 볼트를 이기는 것이야말로 얼마나 매력적인가. 이는 어느 누구도 이루지 못한 대기록이 될 것이다.

'불가능이라고 생각하는 순간 기록은 멈추게 될 거야. 난 뭐든지 할 수 있어. 그렇게 믿고 나가면 기적을 이뤄낼 수 있게 될 거야.'

사람들이 인정하기 전에 스스로에게도 인정을 받지 못하는 것은 얼마나 슬픈 일인가! 줄리아는 트랙을 도는 장거리 선수들을 바라보았다. 몇 년 지나면 그녀도 장거리를 선택하게 될 것이다.

"이봐, 줄리아. 이제 네 차례야."

어느새 장거리 팀이 끝나고 단거리달리기 팀의 차례가 되었다. 오늘이 예선전 전에 치르는 마지막 훈련이다. 줄리아는 주먹을 쥐며 출발선 안으로 들어갔다. 따뜻한 태양의 열기가 아스팔트 위에서 번뜩이며 그녀를 날카롭게 노려보고 있다.

줄리아는 스타팅 블록에 발을 대고 자세를 잡았다. 코치가 '제자리!'를 외쳤다. 이후 '차려!' 소리가 들리자 엉덩이를 들고 뛰어나갈 준비를 했다. 심장의 박동이 들릴 정도로 강하게 뛰기 시작했다.

총소리에 줄리아는 총알처럼 앞으로 뛰어나갔다. 스타트 대시. 발과 허벅지에 힘을 넣는다. 몸이 팽팽하게 폭발적인 근육을 사용하여 긴장을 유지하면서 속도를 높인다. 아래로 기울어져 있던 몸이 펴지면서 가속도를 낸다. 이제 빛과 같이 뛰어야 한다. 전력 질주다.

줄리아는 끝까지 달렸다. 피니시가 이루어져야 할 지점에서조차 속도를 줄이지 않았다. 이 순간을 위해 얼마나 많은 시간 훈련을 해왔던가. 아름다운 다리와 날씬한 팔뚝을 버린 대가로 폭발적인 속도와 지치지 않는 지구력을 얻었다.

"와, 대단해!"

"믿을 수 없어!"

주위에서 줄리아가 뛰는 것을 보면서 감탄했다. 그것은 비명에 가까운 감탄이었다.

이자벨라도 줄리아를 바라보았다. 그녀가 보기에도 믿을 수 없는 속도였다.

사람들이 늦게 합류한 줄리아에 대해 별 불만을 표출하지 않을 때만 해도 이자벨라는 그녀가 가진 배경 때문이라고 생각했다. 메이저리그의 전설인 투수를 아버지로 둔, 최고의 명문가를 외가로 둔 그저 예쁘장한 소녀라고 생각했다. 하지만 그녀가 뛰는 것을 보자 자신이 착각했음을 느꼈다. 빨랐다. 총알 같은 속도였다.

작년에 그녀는 비공식적으로 플로렌스 그리피스 조이너의 10초 49를 깼다. 그녀의 기록은 10초 44. 그런데 오늘은 10초 23이 나왔다.

"역시 줄리아는 괴물이야."

"저 정도의 기록이면 얼굴이 조금 못생겨도 될 터인데."

금발에 예쁜 데다 기록마저 무지막지하자 여자 선수들이 질투했다. 줄리아는 어릴 때부터 예쁘고 귀여운 얼굴 때문에 팬이 많았다. 그런데 이제는 귀엽고 깜찍한 얼굴 뒤에 언뜻언뜻 여자의 모습이 보였다.

줄리아는 숨을 헉헉거리며 호흡을 고르다가 자신의 기록을 보고 미소를 지었다. 최선을 다해 달렸지만 결승전에서는 더 빠르게 뛸 수 있다고 생각했다.

200m와 400m 연습에서 최선을 다해 달린 그녀는 발걸음이 무거워질 정도로 지쳤다. 하루를 쉬면 예선전이 열린다. 이제는 스태미나를 고려해서 예선전을 치러야 한다. 그녀는 코치와 이야기를 나누며 대회를 기다렸다.

*　　　*　　　*

줄리아는 세 종목 모두 가볍게 예선전을 통과했다. 원래 회복력이 엄청나게 좋은 그녀였기에 예선전에서 최선을 다해 뛰어도 되었지만 코치진의 전략을 따랐다. 그래서 결승전에 올라서도 체력이 남아돌았다. 그런 그녀를 보고 다들 괴물이라고 놀라워했다.

줄리아의 나이는 열여섯 살, 이곳에서 제일 어리다. 간신히 대회의 연령 제한을 통과했을 뿐이다. 그러나 주위에서는 역시 어리니 힘이 남아돈다고 말하곤 했다. 줄리아는 그 말을 듣고는 힝힝거렸다.

내일은 대망의 100m 결승전이 있는 날이다. 그다음 날 400m

결승전이 있고, 이틀 후에는 200m 결승전이 있다.

약간 긴장하고 있는 줄리아를 존 코치가 다독였다.

"줄리, 걱정하지 마. 넌 반드시 메달을 딸 거야."

"칫, 난 그걸 걱정하는 게 아냐."

"그럼 뭐가 문제지?"

"내일은 내가 최고의 속도로 달릴 텐데 사람들이 얼마나 놀랄까 걱정하는 중이라고."

줄리아가 오만한 표정으로 고개를 쳐들고 말했다. 하지만 존은 알고 있었다. 그녀가 얼마나 긴장하고 있는지를. 처음 치르는 세계육상선수권대회이니 긴장하지 않는 게 오히려 이상하다.

성장기에 있는 소녀는 까다롭다는 것을 다시 한 번 느끼며 존은 자신의 방으로 돌아왔다. 그가 생각하기에도 특별한 이변이 없는 한 줄리아가 우승하는 것은 너무나 당연했다. 지난 시간 동안 줄리아를 지도하면서 그녀가 얼마나 열심히 훈련했는지 잘 알고 있기 때문이다.

줄리아는 뛰기 위해 태어난 사람처럼 보였다. 마치 타라우마라족처럼 뛰는 것이 숨 쉬는 것처럼 자연스러웠다.

'그녀는 정말 메달을 딸까?'

기록으로 본다면 당연히 그녀의 몫이다. 하지만 실전은 전혀 다른 이야기. 심판의 총소리에 0.1초만 빨리 반응해도 실격으로 처리된다. 그리고 0.1초 늦게 출발하면 기록이 달라진다.

달리기는 인생과 같다. 노력하지 않으면 최고의 기록을 낼 수 없다. 노력하지 않으면 다가오는 행운도 없다. 단지 사람들의 눈에는 그 수많은 노력이 행운으로 포장되어 보일 뿐이다.

줄리아는 일찍 잠자리에 들었다. 생각이 많으면 깊은 수면에 들 수 없게 되고, 이는 결승전에 영향을 미칠 것이기 때문이다.

존메이어와 사라는 손녀가 일찍 잠에 빠진 것을 보고 나오면서 고개를 저었다. 그들은 첫 손녀인 줄리아를 무척이나 사랑한다. 마치 젊은 시절 연애하던 것처럼 외손녀를 예뻐했다.

다행스럽게도 외손녀는 할아버지와 할머니를 좋아했다. 만날 때마다 애교를 부리는 손녀가 예쁘지 않을 이유가 없었다.

"이제 우리 줄리도 어른이 다 된 것 같아요."

사라가 닫힌 줄리아의 방을 보며 말했다. 존메이어는 사라의 말에 빙그레 웃었다. 이제 정계 은퇴가 가까워져 오고 있는 그는 새삼 가족이 그리웠다.

아들 존과 헨리, 그리고 딸 마리아는 모두 가정을 가지고 있어 함께하는 시간을 내기가 갈수록 힘들었다. 다만 마리아가 가까운 곳에 살아 외손녀와 외손자를 만나러 자주 딸의 집을 방문했다.

그런데 이제 자신의 외손녀가 벌써 열여섯 살이나 되었다. 그는 줄리아가 달리기 선수가 될 줄은 꿈에도 몰랐다. 어릴 적에 동생을 괴롭히던 그 말괄량이 소녀가 말이다. 그런 외손녀가 이렇게 숙녀가 되어가는 모습을 보게 될 줄은 정말 몰랐다.

마리아는 잠들어 있는 줄리아를 보며 미소를 지었다. 어쨌든 그녀의 소원대로 이곳까지 왔다. 잘하리라는 생각이 들긴 하지만 염려가 되기도 했다.

그녀는 어제서야 비로소 딸이 운동하는 이유를 알았다.

"아빠가 내가 사랑하는 사람 싫어하면 외할아버지처럼 내게 유산을 한 푼도 안 줄 수도 있잖아. 그러니 미리미리 벌어놔야지."

이제야 알았다. 하나밖에 없는 딸이 부모가 부자인데도 왜 그렇게 돈을 좋아하고 통장 잔고에 예민하게 구는지.

'후후, 열심히 하렴. 줄리아, 네가 모르는 게 하나 있단다. 아빠는 네가 어떤 남자하고 결혼해도 유산을 안 주거나 하지는 않으실 거란다.'

외할아버지는 미국의 명문가를 이끌고 있다. 미국에서 10대 가문에 들어가는 메로라인 가문. 하지만 삼열은 그렇지가 않았다. 그는 돈은 많지만 사회적으로 유명할 뿐이지 명성이나 지켜야 할 가문이 있는 것이 아니다. 그리고 삼열의 성격으로 보아 딸이 자신이 원하는 남자랑 결혼하지 않는다고 뭐라고 할 사람도 아니었다.

'호호, 넌 그리 아빠를 좋아하면서도 아빠를 그렇게 모르니.'

마리아는 줄리아가 그렇게 생각하는 것이 딸의 발전에 나쁘지 않은 영향을 줄 것으로 생각하고 진실을 덮기로 했다.

사실 돈 문제에 있어서는 엄격하게 했다. 아이들 옷도 명품은 거의 없다시피 했다. 선물로 들어온 몇 개를 제외하고는 그녀가 사준 적이 없다. 마리아는 자신이 행복하게 사는 것에 대해 항상 조심스러운 태도를 보였다. 그래서 돈이나 명성이 딸의 삶에 영향을 미치지 않도록 조심했다.

*　　　*　　　*

줄리아는 아침에 일어났을 때 몸의 상태가 너무나 좋았다. 지금 뛴다면 초원을 달리는 말처럼 시원하게 달릴 수 있을 것 같았다.

경기장에 도착했을 때 그녀는 엄청난 관중의 함성에 압도당했다. 왜냐하면 남자부 200m 결승전이 조금 후에 벌어질 것이기 때문이다. 또 경기장 한쪽에서는 허들 경기가 한창 진행되고 있었다.

줄리아는 팔을 양쪽으로 벌려 뻗었다. 손가락 사이로 바람이 지나간다. 그런 그녀의 모습이 카메라에 잡혔다. 귀엽고 아름다운 얼굴, 늘씬한 몸매가 카메라에 잡히자 기자는 주먹을 꽉 쥐었다. CNN의 지미 닥터였다.

객관적인 기록은 어쩌지 못한다. 누가 보도해도 달라지지 않는다. 하지만 간간이 경기장을 스쳐 지나가는 스틸 사진의 경우엔 사정이 다르다. 이와 같은 작은 사진을 어떻게 잡느냐에 따라 시청률이 결정되기도 한다. 그러기 위해 이슈 메이커가 있으면 아주 좋았다.

CNN의 지미 닥터는 이번 대회의 이슈 메이커로 줄리아를 선택했다. 그녀만큼 유명하면서도 사람들에게 사랑받는 캐릭터는 별로 없다. 명문가의 외손녀라서 그런지 밝고 명랑하면서도 평판이 좋았다.

그는 특히 월드시리즈 경기장에서 줄리아가 아빠를 욕한 남자를 들었던 일을 기억했다. 그것은 불과 4년 전의 일이지만 열두 살 여자아이가 그렇게 몸무게가 많이 나가는 남자를 번쩍 들 줄은 몰랐다. 특히나 그녀가 그 남자를 번쩍 들게 된 일련의 과정도 매우 멋있었다.

"이거 생각보다 특종이 나오겠어!"

지미는 100m 결승전에 줄리아가 나오는 것을 물론 알고 있다. 기자가 그것을 모를 수는 없었다. 그때만 해도 그녀의 출전이 이슈가 될 것이라고는 생각하지 않았다. 하지만 그녀를 보자마자 감이 딱 왔다.

"이봐, 허들 경기는 대충 찍고 줄리아 양을 잡으라고."

"그게 무슨 말이죠?"

"허들 경기는 결승전에만 찍고 오히려 줄리아 양을 밀착해서 찍으라고."

"알았습니다."

촬영기사 하나가 지미의 말을 듣고 고개를 갸웃거렸지만 이내 입에 미소를 지었다. 카메라에 잡힌 줄리아의 모습이 그림처럼 예뻤기 때문이다. 줄리아는 노란색 옷을 입고 있었는데 몸을 풀려고 움직이는 모습이 무척이나 특이했다. 무슨 요가를 하는 것처럼 몸의 관절을 많이 움직였다. 그게 오히려 카메라 앵글에는 잘 나왔다. 몸매 좋은 예쁜 소녀가 늘씬한 몸을 풀기 위해 몸을 이리저리 움직이는 모습이 보기 좋았다.

지미는 카메라에 잡히는 영상들을 보면서 미소 지었다. 이것들을 잘 편집하면 제법 괜찮은 뭔가가 나올 것 같았다.

"멀리뛰기가 내일 있지?"

"그런데요."

"다르야 클리시나가 나오면 잘 찍으라고."

"흠, 그거 괜찮은 이야기인데요."

촬영기사 하나가 바로 알아들었는지 고개를 끄덕였다. 올해 세계육상선수권대회에는 유독 미인이 많았다. 그들을 찍어 적절하게 편집한다면 괜찮은 그림이 나올 것 같았다.

줄리아는 시간이 점점 다가오자 떨리는 것을 느꼈다. 정신이 하나도 없었다. 몸을 충분히 풀기는 했지만 긴장감이 그녀를 사로잡았다.

100m 선수 준비하라는 운영요원의 말에 줄리아는 크게 호흡을 했다. 잠시 후, 선수 소개가 천천히 진행되었고, 줄리아도 자신의 이름이 나오자 손을 번쩍 들었다.

이제 시작이다. 줄리아는 앞을 바라보며 억지로 미소를 지었다. 웃자 조금 긴장이 줄어들었다. 스타팅 블록에 발을 대며 호흡을 가다듬었다. 그리고 다짐했다.

'차분하게! 파워 업!'

엄마와 아빠의 얼굴을 생각하자 마음이 다소 진정되었다. 특히나 조셉의 얼굴이 떠오르자 자신이 경기에서 실수라도 하면 그가 자신을 어떻게 골려 먹을지 상상이 바로 되었다.

'나쁜 놈!'

줄리아는 이유 없이 동생을 욕하며 아빠를 생각했다. 노란 피부색의 평범한 얼굴이 나타났다. 그가 웃으며 '줄리, 파이팅!' 하고 소리를 질렀다. 아빠를 생각하자 마음이 차분해졌다.

'아빠처럼 훌륭한 선수가 될 거야. 그리고 아빠보다 더 부자가

되고 말 거야.'

그러는 사이에 진행자의 목소리가 들려왔다.

"제자리에."

곧바로 '준비!' 하는 소리가 이어졌다. 그 소리와 함께 줄리아는 심장이 거칠게 뛰는 소리를 들었다.

그것은 운명이 하늘을 가르는 소리였다.

총소리가 줄리아의 귀에 닿자마자 그녀는 뛰기 시작했다. 바로 옆 레인의 자핀 엘이 그녀와 각축을 벌였다. 하지만 3초가 지났을 때는 아무도 그녀 옆에서 나란히 달리지 못했다. 그것은 누구도 예상하지 못한 일이었다. 스타트 대시가 끝나자마자 줄리아는 앞으로 쭉쭉 나갔다.

현재 그녀의 기록은 공식 1위다. 그래서 매스컴의 주목을 받아왔지만 삼열 강의 딸이라는 말이 항상 따라다녔다. 줄리아는 천재 스프린터라는 말을 들었다. 하지만 메이저리그의 전설적 투수 삼열 강의 딸이라는 꼬리표가 항상 옆에 붙어 다녔다. 그런 별명이 싫지는 않았다. 사랑하는 아빠의 딸인 것은 그녀에게 언제나 자랑스러운 일이었다.

"굉장한데!"

CNN의 지미 닥터는 눈앞의 사실을 믿을 수가 없었다. 줄리아가 주니어 경기에서 놀라운 기록을 달성한 것은 알고 있었다. 하지만 그는 줄리아의 외모에 관심이 더 많았다. 핫이슈를 만들어 내기 위해서 뭔가 필요했는데 어리고 예쁜 그녀가 우연히 눈에 들어온 것이다.

"와우!"

"오우 노, 인크레더블!"

줄리아는 뛰면서 심장이 덜컹거리는 소리를 들었다. 무서운 속도로 뛰는 소리였다. 그렇다고 심장이 아프거나 하지는 않았다. 줄리아는 의도적으로 팔을 힘껏 올렸다. 그러자 다리의 움직임이 더욱 빨라졌다. 그럴수록 다른 선수들과의 거리가 점점 더 벌어지기 시작했다. 그녀는 필사적으로 뛰었다. 연습에서 일부러 남겨놓은 에너지를 한꺼번에 뿜어내듯 달리고 또 달렸다.

줄리아는 순식간에 결승점을 통과했다. 그녀는 결승점이 보이는 순간부터 가슴을 앞으로 쭉 내밀었다. 그렇게 가슴이 앞으로 기울어진 상태로 결승점을 통과했다.

그녀가 피니시에서 사용한 기술은 런지 피니시(lunge finish). 몸이 결승점을 통과할 때 다리보다 가슴을 앞으로 내미는 것이다.

단거리달리기의 피니시에는 세 가지 방법이 있다. 러닝 피니시(running finish), 슈러그 피니시(shrug finish), 런지 피니시.

러닝 피니시는 달리던 자세 그대로 결승점을 통과하는 것이고, 슈러그 피니시는 결승점에서 몸을 살짝 비틀어 겨드랑이가 통과하는 것이다.

런지 피니시는 스피드스케이팅에서 몸보다 스케이트 날이 먼저 지나가게 하는 것과 비슷한 이치이다. 달리기는 결승점에서 가슴이 닿아야 인정되니 발이 결승점에 도달하기 전에 가슴을 앞으로 내미는 것이다. 이렇게 하면 아주 약간의 기록이 단축된다.

줄리아는 그대로 20여 미터를 더 뛰고서야 속도를 늦췄다. 함성 때문에 정신이 하나도 없었다. 실수는 없는 것 같았다. 자신의 레인을 확고하게 지켰고 누구보다 빨리 결승점에 도착했다.

'나 이긴 건가?'

줄리아는 자신이 우승했다는 사실이 믿어지지 않았다. 이 순간만을 위해 뛰고 또 뛰었지만 막상 우승하자 얼떨떨했다. 믿을 수가 없었다. 관중이 모두 그녀를 주목하였다. 줄리아는 두 손을 위로 들어 활짝 웃으며 제자리에서 팔짝팔짝 뛰었다. 마치 철없는 소녀가 기뻐하는 모습 같았다.

지미 닥터는 줄리아의 모습을 보며 미칠 것 같았다. 자신의 눈앞에서, 자신이 보는 데에서 육상계의 새로운 히로인이 나타난 것이다. 갑자기 박수 소리가 커졌다. 그는 전광판을 바라보았다.

"맙소사! 10초 05. 믿을 수가 없어!"

플로렌스 그리피스 조이너가 1988년에 세운 10초 49를 훨씬 뛰어넘은 대기록이 나온 것이다. 그것도 열여섯 살의 어린 소녀를 통해서 말이다. 지미 닥터는 한동안 이 기록은 쉽게 깨지기 힘든 대기록임을 깨달았다.

"굉장하군. 믿을 수 없어!"

그는 고개를 절레절레 흔들면서 곧 신나게 방송을 했다. 멘트를 쓸 시간은 필요하지 않았다. 늘 하던 멘트에 믿을 수 없다는 말을 수도 없이 반복했다. 그것만으로도 이 놀라운 기록에 대한 충분한 기삿거리가 될 것이다.

줄리아는 기록을 보고서야 비로소 자신이 실수하지 않고 우승한 것을 깨달았다. 열두 살에 시작한 노력의 결과가 4년이나 지나서야 나타났다. 달리고 또 달린 땀의 열매 말이다. 그녀는 달리는 것을 좋아했다. 코치들이 지정한 훈련량보다 언제나 더 많이 하려고 했다.

수십 대의 카메라가 그녀를 찍기 시작했다. 줄리아는 밝게 웃었다. 카메라를 보고 다리를 구부린 상태에서 손을 앞으로 내밀고는 손을 번쩍 치켜들었다. 우사인 볼트의 번개 포즈였다.

"프로는 달라야 해. 항상 팬들을 행복하게 해줘야 하지. 팬들은 항상 뭔가를 바라거든. 팬들은 자신들을 만족하게 해주면 우리가 조금 건방져도 쉽게 용서해 주지. 팬들을 재미없게 만드는 일이야말로 프로에게 가장 경계해야 할 점이야."

언젠가 어린 줄리아가 '아빠는 왜 모션이 커요?' 하고 물었을 때 삼열이 해준 내용이다. 그녀는 순간적으로 우사인 볼트가 생각나 그대로 따라 한 것이다. 박수가 터져 나왔다. 올림픽경기장을 가득 메운 관중이 일제히 박수쳤다. 일부는 일어나 기립박수를 치기도 했다.

줄리아는 이번이 자신에게 좋은 기회라는 것을 깨달았다. 열여섯 살에 시니어 경기에 처음 나왔다. 팬들을 위해 뭔가를 해야 했다. 그것은 아빠의 딸로서 마땅히 해야 할 일이다. 프로가 경기에서 최선을 다하는 것은 너무나 당연한 일이다. 프로에게는 경기 외의 그 무엇이 필요했다.

줄리아는 늘 자신을 믿어주고 격려해 준 아빠를 떠올렸다. 그래서 그녀는 카메라를 향해 자신에게 집중하라는 포즈를 취했다. 그러자 카메라가 그녀를 줌인으로 잡기 시작했다. 그녀는 카메라를 향해 포즈를 취했다. 늘 아빠가 하던 그 자세 그대로.

공을 던지는 것이야말로 줄리아가 가장 많이 본 자세 중 하나이다. 삼열은 언제나 던지고 또 던졌다. 그래서 아빠의 공을 던지는 자세는 눈을 감고도 따라 할 수 있었다.

"와아!"

다시 박수가 터져 나왔다. 사람들 모두가 일어나 박수쳤다. 그들은 깨달았다. 줄리아는 이 순간, 자신이 아빠의 딸이라고 말하고 있었다. 아빠를 뛰어넘기 위해 도전하고 노력한 것이 아니라 아빠의 딸이 이만큼 성장했다고 사람들 사이에서 말하고 있는 것이었다.

안내 방송으로 줄리아가 메이저리그의 투수 삼열 강의 딸이라는 내용이 흘러나왔다.

줄리아는 잠시 태극기와 성조기를 같이 들고 운동장을 돌았다. 다 노림수가 있는 행동이었다. 몇 날 며칠 동안 연구한 행동 중의 하나였다.

그리고 그대로 엄마에게 달려가 안겼다. 외할아버지와 외할머니가 줄리아를 자랑스럽다는 듯이 바라보다가 살포시 안았다. 그 모습 또한 그대로 카메라에 찍혔다.

"누나, 축하해. 와아, 진짜 누나가 해낼 줄 몰랐어."

"흥, 이 누나를 믿지 못하다니 예수님을 믿지 못한 유다 같구나."

줄리아는 카메라가 안 보이게 가리고 조셉의 옆구리를 꼬집었다.

"아얏, 아파! 아프단 말이야."

조셉의 목소리는 관중의 함성에 파묻혀 들리지 않았다. 마리아만 그 모습을 보고는 고개를 절레절레 흔들었을 뿐이다. 하지만 오늘은 기쁜 날. 마리아도 자신의 딸이 이렇게 잘할 것이라고는 생각하지 못했다. 얼마 전에 얻은 기록도 이렇게 훌륭하지는 않았다.

물론 열두 살 때의 줄리아가 얻은 11.1이라는 믿을 수 없는 수치가 있기는 했다. 문제는 그때의 상황이나 지금의 상황이나 그다지 많이 차이가 나지 않았다는 것이다.

열두 살에 11.1을 기록했으니 열여섯 살에는 당연히 더 좋겠지 하는 것은 문제가 있다. 훨씬 더 좋아질 수 있지만 인간의 신체가 낼 수 있는 한계가 있다. 아주 특수한 경우에는 아주 어릴 때 그 재능이 꽃을 피우기도 하지만 말이다.

줄리아가 자신감을 가진 이유 중의 하나는 그녀 자신이 뛰는 것을 좋아한다는 것이었다. 어릴 때 얻은 기록도 그녀를 든든하게 만들었다. 인간 탄환이라는 우사인 볼트의 기록을 깰 수 있다고 믿는 것도 이 때문이었다.

우사인 볼트가 첫 100m에서 거둔 기록은 10초 03(바르디노이아니아 대회)이다. 그는 원래 200m 선수 출신이었다. 196㎝의 키에 반응 속도가 0.185초인 이 놀라운 선수도 처음부터 세계적인 선수는 아니었던 것이다.

2009년 베를린 세계선수권대회에서 볼트는 9초 58로 100m 세계신기록을 세웠다. 열여섯 살의 줄리아는 이제 첫 국제대회에서 세계신기록을 세웠다. 그것도 믿을 수 없는 놀라운 기록으로.

세계의 언론은 이 놀라운 소식을 속보로 다루었다. 세계 육상계에 새로운 히로인이 나타난 것이다.

*　　　*　　　*

—CNN의 더글라스 마틴입니다. 오늘 줄리아 강이 베이징에서 열린 세계육상선수권대회에서 세계신기록을 세웠습니다. 그녀의 기록은 10초 05로 플로렌스 그리피스 조이너가 1988년에 세운 10초 49을 가볍게 깨버렸습니다. 10초 05의 기록이 얼마나 놀라운 것인지는 남자 100m 달리기 선수들과 비교해 보면 쉽게 알 수 있습니다. 육상연맹의 기록에 따르면 1922년에 도널드 리핀코트가 10초 6으로 우승을 했습니다. 세계신기록이었습니다. 그 이후 기록은 꾸준하게 경신되어 왔습니다. 마의 10초대의 벽을 깬 것은 1983년에 캘빈 스미스로 9초 93, 그것이 최초였습니다. 이후 남자 선수들이 우승할 때는 대부분 9초대 후반을 기록했습니다. 줄리아 양이 남자 100m 달리기에 참가하면 어떤 결과가 나올까요? 물론 결승전에 간신히 출전할 수 있을 것이고 우승은 아직 바라볼 수 없습니다. 하지만 볼트가 처음 100m에 출전했을 때와 기록을 비교하면 별 차이가 없습니다. 볼트의 기록은 10초 03으로 0.02초 차이에 불과합니다. 문제는 줄리아 양의 나이가 훨씬 어리다는 것이고, 그것은 그만큼 성장할 여지가 크다는 것이기도 합니다. 볼트의 키는 196㎝로 줄리아 양과는 정확히 20㎝의 차이가 납니다. 이것이 시사하는 바는 줄리아 양이 이 경기에서 그만큼 빠르게 달렸다는 것이고, 반면 볼트의 기록을 따라잡기 힘들다는 것을 의미하기도 합니다. 보폭의 차이가 너무 나기 때문입니다. 어쨌든 여자 육상 단거리달리기에서 절

대적인 강자가 새롭게 등장한 것만은 틀림없는 사실입니다. 줄리아 양은 우리 모두 알고 있듯이 메이저리그 양키스 구단 소속의 투수 삼열 강의 딸입니다. 그동안 늘 아버지의 그늘에 가려져 왔는데 오늘 그녀는 100m 경기에서 우승하면서 볼트와 아버지를 기리는 세리머니를 동시에 했습니다. 그녀는 과연 우리에게 얼마나 더 새롭고 놀라운 것을 보여줄 수 있을까요?

줄리아는 TV를 보며 '으흐흐흐' 하고 웃었다. TV에서 계속 자신에 관한 뉴스가 나오고 있었기 때문이다. 그녀가 생각해도 기록이 생각보다 잘 나왔다.

화면이 바뀌면서 줄리아가 한 인터뷰가 나왔다. 그 모습을 보며 줄리아는 손뼉을 치며 좋아했다.

화면에 유명한 앵커 마이클 오리겐이 나왔다. 이 남자는 190㎝의 키에 조각 같은 외모를 가진 미남이었다. 약간 날카로운 인상을 풍기는 눈을 제외하고는 대체로 매우 선한 인상이며 매너도 좋았다.

—우선 100m 우승을 축하합니다. 10초 05의 기록은 놀라운데요, 소감 한마디 해주시죠.

—10초 05의 기록은 저도 약간 놀랐어요. 플로렌스 그리피스 조이너의 10초 49의 기록을 확실히 깰 자신은 있었어요. 초반에 실수만 하지 않으면 내가 그녀를 이길 것으로 생각했죠. 하지만 생각보다 기록이 더 잘 나온 것은 사실이에요.

—아, 그렇군요. 1위가 확정되자 우사인 볼트의 번개 모션을 따라 했는데 어떤 의미가 있는 것이죠?

—음, 가능하면 그의 기록을 경신하고 싶어요. 여자니까, 그보

다 키가 작으니까, 그런 생각은 안 하고 있어요. 내가 나를 믿지 못하면 아무것도 할 수 없게 될 테니까요.

—아, 그렇군요. 부디 우사인 볼트의 기록을 깨실 수 있기를 바랍니다. 그렇다면 후에 야구 시구를 하는 듯한 모션은 어떤 의미가 있는 것이죠?

—나는 아빠의 딸이에요. 아빠를 사랑하고 존경해요. 늘 사람들은 나를 아빠의 딸이라고 말해요. '쟤는 메이저리그 양키스 구단 삼열 강 선수의 딸이다'라는 말을 하곤 하죠. 어떤 사람들이 물어요. 그런 말을 듣는 것이 부담이 되거나 싫지 않느냐고. 왜 싫어요? 난 아빠가 세상에서 가장 좋은데요. 그리고 아빠와 엄마가 사랑해서 내가 태어났는데 아빠 딸도 되지만 엄마 딸도 돼요. 음, 사람들은 삼열 강이 대단한 선수라고 생각하지만, 사실 아빠는 정말 좋은 사람이에요. 하지만 엄마 마리아 강과 비교하면 아빠는 늘 엄마에게 져요. 그러니까 우리 집의 권력은 엄마, 아빠, 나, 그리고 내 동생 조셉 순서예요.

줄리아가 엉뚱한 이야기를 하자 마이클 오리겐이 약간 당황하는 모습을 보였다.

—조셉은 언제나 놀리지만 누나는 너를 사랑해. 이젠 누나가 메달도 땄으니까 앞으로는 조금 덜 때릴게."

—하하, 동생이 귀여운가 봅니다.

마이클 오리겐은 화제를 다른 곳으로 돌리려고 서둘렀으나 줄리아가 바로 말을 꺼냈다.

—조셉은 귀엽지 않아요. 천재인 것은 맞지만요.

—아, 그렇군요. 그럼 앞으로 어떻게 하실 것인가요?

—이제 200m와 400m 경기가 남았어요. 그 종목에서도 좋은 기록을 거둘 거예요. 그리고 아빠처럼 많은 광고를 찍고 싶어요.

—아… 네, 그러시군요. 지금까지 마이클 오리겐이었습니다.

마리아는 줄리아의 옆에서 TV를 시청하다가 어이가 없었다. 동생을 나쁜 놈으로 만든 것도 모자라 노골적으로 CF를 찍고 싶다고 하니. 그녀는 사람들이 줄리아를 보고 말이 많은 아이라고 생각할까 봐 두려웠다. 딸은 조금 단순하기는 하지만 그렇다고 생각이 없는 아이는 아니다. 이번 인터뷰를 통해 대회가 끝나자마자 엄청난 광고가 몰려들 것이 분명했다.

"엄마, 나 내일 400m 결승전 있으니 일찍 잘래."

"그래, 일찍 자렴."

하품하며 자신의 방으로 들어가는 딸을 보며 마리아는 한숨을 내쉬었다. 그리고 속으로 중얼거렸다.

'어쩜 돈을 좋아하는 것은 네 아빠를 그렇게 닮았니.'

마리아는 아빠를 좋아하는 줄리아의 모습을 볼 때마다 미소를 지었다. 어릴 때부터 아빠라면 끔찍하게 따르더니 예민한 사춘기가 되어서도 변하지 않는 딸을 보니 행복했다.

그렇게 밤이 초콜릿처럼 달콤하게 흘러갔다.

7. 세계신기록

아침에 내리는 이슬비가 안개처럼 퍼졌다. 비는 베이징의 여름을 덮으며 슬며시 아침의 문을 열어젖혔다.

이 서늘한 아침, 남들이 모두 일어나지도 않은 이른 시간에 줄리아가 갑자기 벌떡 침대에서 일어나 다짜고짜 파워 업을 외쳤다.

"으히히힛. 파워업!"

어제는 자신이 세계신기록을 세우고 우승한 것이 너무 갑작스러워 실감이 잘 나지 않았는데, 하필이면 그녀는 꿈속에서조차 달리기를 했다. 그녀는 금메달을 목에 건 채 수많은 광고를 찍다가 돈벼락을 맞고 어디선가 나타난 개에게 물리는 꿈을 꿨다.

마지막에 개에게 물리는 내용은 기분이 안 좋았지만, 꿈에서조차 줄리아의 주먹과 발길질에 개는 금방 꼬리를 말고 도망가려고 했다. 줄리아는 재빠르게 개의 다리를 잡아 힘껏 이빨로 물어주었다. 개는 캥캥거리며 비명을 질렀다.

그 생각을 하자 줄리아는 기분이 더 좋았다.

'감히 개새끼가 나를 물다니.'

줄리아에게 개란 그저 그녀의 손가락에 따라 움직여야 하는, 재롱을 부리고 말을 잘 듣는 동물에 지나지 않았다. 집에 있는 다섯 마리의 개도 그녀의 말이라면 꼼짝을 못한다. 그녀는 아무리 큰 덩치의 개도 앞에서 이를 드러내면 죽으라고 팼다. 그녀의 주먹을 몇 대 맞은 개는 감히 반항할 생각조차 못한다.

줄리아가 특히 기분 좋은 것은 자신이 개를 이빨로 물어주었기 때문이다. 그것은 그녀도 한 번도 생각하지 못한 일이다. 주먹이나 발길질은 너무나 당연하지만 개를 이빨로 물다니, 기분이 좋았다.

'히힛, 이건 길몽이야. 오늘은 400m에서 또 좋은 결과가 나올 것 같아.'

꿈보다 해몽이다. 낙천적이고 긍정적인 줄리아는 꿈을 좋게 해석했다. 개를 물어줬으니 나쁜 것도 아니었다.

오늘 벌어질 400m 경기야말로 줄리아가 가장 자신있어 하는 종목이다. 오래달리기이야말로 정말 자신이 있다. 지금 당장 마라톤을 하라고 해도 뛸 수 있다.

사실 줄리아는 장거리 타입이었다. 나이가 어리다는 이유로 코치진이 단거리를 추천해 줬기 때문에 하고 있을 뿐 그녀는 오래 달리는 것을 선호했다.

줄리아는 침대에서 나와 냉장고에서 물을 꺼내 마셨다. 차가운 물이 배 속으로 들어가자 정신이 확 들었다. 조금 전까지만 해도 남아 있던 약간 몽롱한 잠기운이 완전히 달아났다.

"헉!"

어쩐 일인지 조셉이 이른 아침에 일어나 물을 마시려고 하다가 줄리아를 발견하고는 기겁했다.

"조셉, 이리 와."

뒤로 도망가려고 엉덩이를 빼는 조셉을 보고 줄리아가 말했다.

"응."

조셉이 체념한 듯이 줄리아에게 다가왔다. 줄리아는 조셉의 머리를 쓰다듬었다. 그런 줄리아를 보며 조셉은 눈알을 도르르 굴렸다.

"누나, 차라리 때려. 누나가 갑자기 이러니까 더 불안해."

"이게!"

"아냐! 나야 뭐, 안 맞으면 좋지. 하지만 이런 짓은 정말 누나에게는 안 어울려."

"오늘은 이 누나가 신성한 경기가 있어서 봐준다."

"응, 고마워!"

조셉은 다정해진 누나와 이야기를 하다가 갑자기 생각이 난 것이 있는지 입을 열었다.

"그런데 누나, 어제 인터뷰에서 왜 그렇게 말했어?"

줄리아는 조셉의 말에 뜨끔했다. 인터뷰할 때는 정신이 하나도 없었다. 그래서 생각도 제대로 하지 않고 말을 해서 이상한 내용이 방송된 것은 사실이었다.

"하지만 너를 천재라고 해줬잖아. 이제 예쁘고 섹시한 여자애들이 너를 보면 사귀자고 달려들걸."

"그래? 정말 그럴까?"

조셉의 긍정적인 반응에 줄리아는 흐뭇한 미소를 지었다. 천재면 뭐 하는가, 이렇게 멍청한데.

천재라도 나이가 어리면 생각하지 못하는 부분이 있게 마련이다. 인간인 이상 천재도 호르몬의 지배를 받는다. 이제 막 사춘기로 접어든 조셉에게 여자는 가장 큰 관심의 대상이었다.

줄리아는 아침을 먹고 경기장으로 향했다. 가는 동안 파리와 모기가 많아 고생했다. 경기는 고되고도 흥미롭다. 하지만 뛴다고 생각만 해도 흥분되면서 심장이 벌렁벌렁했다. 그녀는 가슴을 폈다. 400m 세계신기록은 마리타 코흐가 1985년에 세운 47초 60이다. 그녀는 400m에서 서른 번이나 세계신기록을 달성했다. 심지어 한 달에 두 개의 신기록을 깨기도 했다.

"히힛, 47초쯤이야. 아이코, 좀 겸손해져야지."

줄리아는 실제로 47초가 쉽지 않은 기록인 것을 알고 있다. 산술적으로만 봐도 100m에 10초 05의 기록을 거두었으니 400m에는 40초 이상은 무조건 걸린다. 47초라면 엄청난 기록인 것은 틀림없었다.

남자의 경우는 마이클 존슨이 1999년에 세운 43초 18이 세계신기록이다.

'젠장, 오늘은 망했다.'

줄리아는 바람이 많이 부는 것을 보고 오늘은 메달이 문제가 아니라고 생각했다.

바람이 불면 두 가지 문제가 생긴다. 맞바람일 경우 기록이 저조해지고 바람을 등지고 뛰게 되면 기록이 좋아진다. 그러나 바람의 세기가 강하면 기록으로 인정되지 않았다. 국제육상경기연맹(IAAF)의 규칙에 따르면 초속 2m로 바람을 등지고 뛰게 되면 공식 기록으로 인정되지 않았다.

'그건 100m나 200m 이야기 아녔나?'

줄리아는 헷갈렸다. 400m는 거리가 있어 아닐 것 같기도 했다. 어쨌든 바람이 그녀의 신경을 긁고 있었다.

그녀는 지금 미국 대표다. 그리고 올림픽도 미국 대표로 나갈 것이다. 그녀는 아빠의 나라인 한국을 좋아했다. 하지만 역시나 자신은 미국에서 태어났기에 미국인이다. 반은 한국인의 피가 흐른다 해도 말이다.

그러나 줄리아는 이번에도 우승하면 두 개의 국기를 들고 뛸 생각이다.

'왜 두 개의 국기를 가지고 뛰었나요?' 하는 질문에 그녀는 대답했다.

"왜냐면요, 아빠는 한국인이고 엄마는 미국인이잖아요."

사실 그녀는 한국을 좋아할 뿐 아니라 한국인이라는 생각도 하고 있었다. 하지만 생긴 것이 백인이다. 금발에 피부도 하얗다. 물론 피부는 백인만큼 그렇게 하얗지는 않지만 말이다.

"줄리아, 왜 그렇게 히죽거리며 웃고 있지?"

테베사가 말을 걸자 줄리아는 당황했다.

"아냐, 아무것도."

하지만 경기가 끝나고 나면 찍을 광고 생각에 저절로 미소가 지어졌다. 광고가 아니라도 좋았다. 어쨌든 경기 전보다 여러모로 여건이 좋아질 것은 확실했다.

테베사는 많이 긴장한 듯 보였다. 그녀도 오늘 400m 결승전에 나간다. 각국은 개별 경기에 최대 세 명까지 출전할 수 있다. 이번 400m에는 미국 대표로 줄리아와 테베사 두 명이 출전하게 되었다. 둘밖에 없다. 둘 다 예선을 거쳐 결승전에 오르게 되었으니 자연 친해지게 되었다. 테베사가 줄리아보다 나이가 세 살이나 많지만 둘은 친구처럼 지냈다.

테베사는 줄리아보다 더 근육질이고 얼굴도 남자같이 생겼다. 외모만 본다면 남성호르몬 주사를 맞은 것 같지만 음성은 가늘고 미성이었다. 자세히 보면 나름 귀여웠다. 그녀는 마음이 여린 편이라 줄리아에게 휘둘리곤 했다.

"테베사, 떨리면 이렇게 외쳐봐."

"응……?"

"파워 업! 삼열 강, 사랑해요! 파워 업!"

"호호호, 그건 너무 노골적이다."

"그래도 효과는 좋아!"

"알았어. 사랑해요, 삼열 강! 파워 업!"

"아냐, 아냐, 모션도 같이 해야 해."

"응."

테베사는 줄리아를 따라 모션을 취했다. 두 주먹을 쥐고 번쩍 위로 들고는 파워 업을 외쳤다. 그러자 줄리아의 말처럼 긴장이 덜 되었다. 둘은 슬슬 몸을 풀면서 이야기를 나눴다.

테베사는 줄리아가 좋았다. 소극적인 성격의 그녀는 외향적이고 명랑한 줄리아가 부러웠다. 특히 아름답고 상냥한 마리아를 엄마로 둔 것이 많이 부러웠다. 테베사의 엄마 로스빈 에레나는 다소 고압적인 성격이다. 물론 사랑이 많기는 하지만 결코 고상한 성격은 아니었다.

"넌 엄마가 아름답고 고상해서 좋지?"

"엄마? 우리 엄마 잔소리가 엄청 심하셔!"

"정말?"

테베사는 줄리아의 말을 믿지 못하겠다는 표정을 지었다. 그 표정을 보고서야 줄리아가 솔직하게 말했다.

"헤헤헷, 사실 내가 좀 사고를 많이 치거든."

"아……."

테베사는 보지 않아도 알 것 같았다. 명랑한 성격을 넘어 말괄량이 기질이 보이는 줄리아를 키우려면 아무래도 잔소리가 많아질 것 같기는 했다. 하지만 또 한편으로는 자신은 얌전한 성격임에도 엄마의 잔소리가 아주 많다는 것을 깨닫자 조금 불공평하다는 생각이 들었다.

"줄리아, 넌 전생에 나라를 구했나 보다."

"응?"

"아냐, 아무것도."

테베사는 마리아와 삼열과 같은 부모를 둔 줄리아가 전생에 나라를 구한 것이 확실하다고 생각했다. 물론 그녀는 전생을 믿지 않지만 말이다.

경기 시간이 점점 다가오자 둘이 농담하는 시간이 점점 줄어들었다. 코치가 다가와서 상태를 점검하기 시작했다. 그리고 본격적으로 몸을 풀게 했다.

존 코치는 줄리아가 하나도 긴장하지 않는 것을 보고 혀를 내둘렀다. 간혹 유난히 실전에 강한 선수들이 있는데 줄리아는 연습에도 강했고 실전에는 더 강했다. 그가 일찍이 만나본 선수 중에 이런 정신력을 가진 선수는 없었다. 그녀가 유일무이했다.

"와아, 신난다!"

경기 시간이 더 가까워지자 줄리아는 흥분되면서 살짝 긴장도 되었다. 그 긴장감은 그녀에게 약간의 카타르시스를 주었다.

"뭐어?"

테베사가 어이없다는 표정으로 줄리아를 바라보았다.

"피할 수 없으면 즐겨. 얼마나 행운이야. 이런 경기에 뛸 수 있다는 것이. 전 세계에서 우리 여덟 명밖에 못 뛰잖아. 돈이 많아도 이곳에는 올 수가 없어. 우리는 당당히 자부심을 가져도 돼. 그리고 우리는 메달을 딸 거잖아."

테베사는 메달 따는 것을 당연하다는 듯 말하는 줄리아를 보며 속으로 중얼거렸다.

'파워 업!'

마치 주문처럼 파워 업을 외치자 마음이 편안해졌다. 테베사는 '아, 줄리아의 능력은 파워 업에 있었구나!' 하고 생각하게 되었다. 그런 생각이 들자 그녀는 시도 때도 없이 파워 업을 외쳤다. 곧 그녀의 마음도 차분해지면서 따뜻해졌다. 파워 업을 외치다 보니 뭔가 꼭 해낼 것 같은 느낌이 들었다. 누구에게나 인생에서 힘들 때 힘을 줄 수 있는 주문이 하나씩 필요한 법이다. 테베사에게는 지금이 그때였고, 그녀는 특별한 마법의 주문을 얻었다.

마침내 시간이 되었다. 피할 수 없는 시간 말이다. 선수들이 차례로 소개되었다. 이번 경기에는 라이벌이 많았다. 레이젤, 안드레아, 그리고 테베사. 모두 비슷한 기록을 가지고 있다. 물론 줄리아가 더 빠르긴 했다. 하지만 그녀의 기록은 별 의미가 없었다. 그녀는 400m 경기에 딱 한 번 참석했을 뿐이고, 그때 전력을 다하지도 않았었다.

'히힛, 언제나 극적인 것이 감동적이지.'

줄리아는 어떻게 멋지게 경기를 할까 생각하다가 갑자기 삼열이 말한 마인드 컨트롤을 떠올렸다.

"딴생각하면 안 돼. 경기에 최선을 다해야 해. 그것이 자신을 존중하는 것이란다. 교만하게 되면 게을러지게 되는 법이란다. 운동선수에게 게으름은 어떤 병보다 무서운 것이야. 그러니 항상 경기 전에 나는 최고다, 최선을 다할 거야, 하고 자신에게 속삭여야 해."

"맞아, 맞아."

줄리아는 작은 소리로 중얼거렸다. 어제 100m에서 우승해서 약간 풀어진 감이 있었다. 방심하면, 교만하면 세계적인 선수가 될 수 없다. 그녀는 작은 소리로 속삭였다.

"파워 업!"

줄리아가 속삭이자 이에 질세라 테베사도 파워 업을 외쳤다.

마침내 줄리아가 소개되자 그녀는 손을 번쩍 들고 환하게 웃으며 장난스럽게 깡충깡충 뛰었다. 엄청난 함성이 관중석으로부터 들려왔다. 일부 관중은 휘파람을 불며 줄리아의 이름을 외쳤다. 어제의 경기 후 줄리아에게는 엄청난 인기가 생겼다. 원래 관중은 예쁜 여자에게 관대한 법이다. 특히나 어린 여자에게는 더욱. 그런데 세계신기록이라는 엄청난 기록을 얻은 그녀가 예쁜 표정까지 지으니 인기가 있을 수밖에 없다.

엄청난 환호에 주위의 선수들이 흘깃 줄리아를 보았다. 짧은 시간이지만 부러움보다는 놀람이었다. 이렇게 인기 있을 줄은 몰랐다는. 물론 그녀들도 어제 줄리아가 이룬 세계신기록에는 경이로움을 느꼈다. 하지만 그녀의 인기를 보게 되자 단 하루 만에 변한 것을 쉽게 받아들이기 어려웠다.

'줄리아, 넌 최고야. 파워 업!'

줄리아는 주문을 외우듯이 마음속으로 중얼거렸다.

아침에 잠시 내린 비로 인해 평상시보다 약간 서늘해졌다. 바람이 불었지만 생각보다 강하지 않았다. 더욱이 경기장 안이라 어지간하면 경기에 지장을 줄 정도의 바람은 불지 않을 것 같았다.

줄리아는 의도적으로 환하게 미소를 지었다. 웃으면 긴장이 풀리고 여유가 생긴다. 전광판에 아름다운 줄리아의 얼굴이 나왔다. 마침 환하게 미소 짓는 모습이 더욱 예쁘게 보였다. 관중이 그녀의 미소를 보고 소동을 일으킬 정도였다. 진정으로 그녀는 스타가 되어버렸다.

"제자리!"

심판의 목소리가 들리자 모두 자리에 착석하며 스타팅 보드에 발을 얹었다. 진행 보조자들이 나와 각 선수의 상황을 체크를 하면서 일부 선수의 손 위치를 교정해 주었다.

400m 달리기는 육상에서 가장 힘든 종목 가운데 하나이다. 왜냐하면 50초 전후의 시간 동안 숨을 쉬지 않고 엄청난 속도로 달려야 하기 때문이다. 도중에 단 한 번이라도 숨을 내쉬게 되면 기록에 차질이 생긴다. 허파가 새로 유입된 공기를 처리하기 위해 움직이면서 몸의 효율이 자연 내려가게 되는 것이다.

또한 400m 경기에서는 두 번의 곡선 코스와 두 번의 직선 코스를 맞이하게 된다. 100m가 순발력과 폭발적인 추진력을 요구한다면 400m는 거기에 더해 강철 같은 체력이 필요하다.

"준비."

줄리아는 호흡을 가다듬었다. 호흡을 하고 아주 천천히 숨을 내뱉었다.

탕!

그녀는 총소리와 함께 미친 듯이 앞으로 뛰어나갔다. 그런데 조금 달리다가 김이 빠졌다. 8레인에 있던 레이젤 엘레나가 부정출발로 실격 처리가 되고 만 것이다.

'이건가? 꿈속에서 개가 발목을 물었던 게? 하지만 나에겐 안 통해!'

확실히 파울이 생기면 그날 기록에 지장이 생긴다. 불필요한 긴장, 체력의 낭비, 그리고 심리적 요인 등이 겹쳐 제대로 된 기록이 나오기 힘들다.

그래도 가장 아쉬워하는 사람은, 아니, 절망하는 선수는 당사자인 레이젤이었다. 그녀는 어이없다는 표정을 잠시 짓다가 머리를 두 손으로 감싸 쥐었다. 단 한 번의 실수로 힘들게 올라온 결승전에서 뛰지 못하게 된 것은 너무나 끔찍한 일이었다. 그녀를 비롯해 몇몇 선수들의 표정도 좋지 못했다. 한번 이렇게 파울이 나면 김이 빠지기 때문이다.

'히힛, 이럴수록 내가 더 유리하지.'

줄리아는 속으로 웃었다. 그녀는 이런 체력적인 일에는 영향을 받지 않으니까. 물론 짜증이 나긴 했다. 한껏 긴장한 근육들이 갑자기 이완되면 피로감을 느끼기 때문이다.

'히힛. 아자, 아자, 파워 업!'

줄리아는 힘을 내서 경기에 임하기로 했다. 오늘은 아빠가 온다는 말을 들었기 때문에 더욱 힘이 났다. 두 시간 전에 존 코치에게 들은 내용이다. 원래는 내일 경기에 오기로 했는데 하루를 앞당긴 것이다.

'아빠에게 멋진 모습을 보여줘야지. 히힛.'

줄리아는 아빠에게 더 예쁘고 멋지게 보이고 싶었다. 그녀는 삼열을 정말 존경했다. 아빠는 절망적인 병을 이겨냈을 뿐만 아니라 야구에서 놀라운 업적을 이루었다. 그리고 언제나 온화한 성품으로 아이들의 이야기를 잘 들어주곤 했다. 무엇보다 엄마의 말을 잘 듣는 것이 좋았다. 여자에게 친절하고 존중해 주는 모습이 너무나 좋아 보였다.

"제자리!"

줄리아는 스타팅 보드에 발을 가져다 대었다. 다시 몸이 긴장되면서 근육들이 팽팽해졌다. 언제든지 뛰어나갈 준비가 되었다.

"준비."

줄리아는 엉덩이를 들고 땅을 바라보았다. 레인을 바라보며 최선을 다해 달릴 생각이다.

탕!

줄리아는 소리를 듣자마자 발에 힘을 주어 튕기듯 앞으로 뛰어나갔다. 그리고 발에 모터라도 달린 듯 쉬지 않고 달렸다.

400m 달리기는 100m와는 달리 곡선 부분을 완전히 벗어나기 전까지 누가 가장 빠른지 알 수가 없다. 처음에는 가장 바깥 레인에 있는 선수의 기록이 더 좋을 수밖에 없다.

처음에는 안드레아가 줄리아를 앞섰지만 곧 상황이 역전되었다. 무엇보다 100m에서 세계신기록을 세운 줄리아였다. 직선 코스에서 그녀는 다른 선수들과 격차를 벌리기 시작했다.

첫 직선 코스에서는 최대의 속도로 달려야 한다. 그러면서도 체력 안배를 적절하게 조절해야 한다. 곧 두 번째 곡선 코스에서 힘이 빠지면 안 되기 때문이다. 줄리아는 힘껏 뛰었다. 그녀가 100%에 가까운 힘으로 뛰자 2위와 벌어진 거리가 더 차이가 나기 시작했다. 관중석에서 함성이 크게 일어났다. 줄리아는 곡선을 돌며 오로지 정신을 집중했다. 심장이 거칠게 뛰었지만 어릴 때부터 워낙 뛰어다닌 탓에 끄떡없었다.

200m 구간에서는 힘을 아껴야 한다. 줄리아는 약간 힘을 뺐다. 하지만 여전히 100%에 가까운 속도로 달렸다. 관중석에서

함성이 튀어나왔다. 그야말로 번개처럼 줄리아가 달렸기 때문이다. 다른 것은 몰라도 빨리 달리는 것 하나는 아무도 그녀를 이길 수 없을 것처럼 보였다.

300m 구간을 넘어 400m가 되자 줄리아도 힘들었다. 이 마의 400m 구간은 오직 정신력으로 달려야 한다. 마이클 존슨 같은 선수도 이 구간을 '기도(pray) 구간'이라고 했듯이 기도를 하며 달려야 하는 고통스러운 구간이다. 그만큼 힘든 구간이다.

'파워 업! 아빠, 나 힘낼게.'

줄리아는 마치 삼열이 옆에 있는 것처럼 속으로 중얼거리며 뛰었다. 고통에 얼굴이 저절로 일그러지고 눈앞이 부옇게 보였다. 하지만 정신을 잃지 않고 오히려 힘을 내어 의도적으로 팔을 힘껏 끌어올렸다. 그러자 점점 내려가던 허벅지의 높이가 다시 위로 올라왔다. 그에 따라 속도도 더 나기 시작했다.

"맙소사! 굉장해!"

"오 마이 갓!"

사람들이 더욱 높이 소리를 질렀다. 줄리아는 이미 2위와 엄청나게 차이가 있었다. 인간 탄환이라고 불러도 좋을 정도의 속도였다. 줄리아는 이를 악물고 끝까지 참았다. 다리가 자신의 다리가 아닌 듯 감각이 느껴지지 않을 정도였다.

"와우!"

"인크레더블!"

마침내 줄리아가 결승점을 통과했다. 그녀는 한참을 더 달리고서야 호흡을 조절했다. 마침내 산소가 폐에 공급되자 곧바로 힘이 났다. 한 줌의 공기는 죽어가던 꽃에 내린 비와 같았다. 허파가 비로소 숨을 쉬기 시작했다.

이제까지 400m 달리기에서 줄리아의 기록은 다른 경쟁자들보다 좋았지만 단 한 번의 기록이었고 큰 차이도 아니었다. 그래서 사람들은 이번 경기에서 접전을 예상했다. 하지만 뚜껑이 열리자 일방적인 게임이 되어버렸다. 줄리아는 이번에도 우승한 것을 알아차렸다. 오늘도 실수가 없었다.

그녀의 얼굴이 전광판에 나오자 박수가 터져 나왔다. 줄리아는 환하게 웃으며 이번에는 '파워 업!' 포즈를 했다. 그녀가 파워 업을 하자 많은 사람들이 따라서 파워 업을 외쳤다.

파워 업은 컵스와 양키스의 팬이라면 익숙한 구호였다. 그리고 전 세계적으로 가장 유명한 구호 중의 하나이기도 했다. 메이저리그의 경기가 전 세계로 방송되고 있기 때문이다.

사람들은 삼열이 파워 업 티셔츠를 판매한 이익금으로 많은 아동을 돕고 있는 것을 알고 있었다. 그는 아시아인 중에서 미국인들이 가장 존경하는 사람 중의 하나가 되었다. 아이들이 가장 먼저 팬이 되어주었기에 삼열은 고마운 마음에 매년 티셔츠의 판매금으로 아픈 아이들을 돕고 있었다.

전광판에 불이 들어왔다. 마침내 기록이 발표된 것이다.

45초 34.

거의 기적에 가까운 기록이었다. 마리타 코흐의 47초 60이 깨질 것이라고 막연하게 기대하던 관중도 이 엄청난 기록에 어이가 없는지 한동안 정적에 가까운 침묵이 이어졌다.

하지만 곧 거대한 함성과 기립박수가 터져 나왔다. 마이클 존슨의 43초 18과는 아주 차이가 많이 났지만 45초 34의 기록은 정녕 놀라운 것이었다. 마리타 코흐가 1985년에 세계신기록을 세운 후 그동안 그 누구도 깨지 못한 대기록이었다. 그런데 그 기록이 너무나 쉽게 깨졌다. 그것도 열여섯 살의 어린 소녀에게 말이다.

"와우! 줄리아, 축하해."

테베사가 달려와 줄리아를 안았다. 그녀는 줄리아에 이어 2위로 결승점에 도착했다.

매스컴이 난리가 났다. 100m의 세계신기록도 어이가 없을 정도로 놀라운 것이었는데 400m에서조차 세계신기록을 세우다니 각 방송사는 줄리아의 400m 우승을 앞을 다투어 방송했다.

"와우! 여신 등극이네!"

관중석에 있던 남자 하나가 소리쳤다. 줄리아는 외모와 실력을 겸비했으니 인기는 말할 수 없이 올라갔다. 예쁜 것도 예쁜 것이지만 기록이 너무나 놀라웠다.

"대박이다! 와, 굉장해!"

"나도 내 눈을 믿을 수 없다니까."

사람들은 16세의 어린 소녀에게 감탄했다. 누구도 예상하지 못한 결과였다. 이제 겨우 성인 경기에 출전 허락을 받은 열여섯 살의 소녀가 이런 놀라운 결과를 낼 것이라고 누가 예상하겠는가.

몇몇 매스컴이 줄리아를 유력 우승후보로 소개했지만 나이와 경험 부족을 이유로 비중 있게 보도하지는 않았다. 그래서 줄리아의 공식 기록도 그동안 크게 인정받지 못했다.

하지만 뚜껑이 열리자 완벽한 반전이 나왔다. 이 귀엽고 예쁜 소녀가 예상을 깨고 세계신기록을 달성하면서 우승을 해버린 것이다. 두 개 종목의 기록 모두 몇십 년이 지나도 깨지지 않을 정도로 대단한 것이었다.

줄리아는 성조기와 태극기를 몸에 감고 트랙을 돌았다. 박수가 폭죽처럼 요란하게, 꽃처럼 아름답게 올림픽경기장을 흔들었다.

"줄리아, 정말 대단했어!"

"너도 대단해!"

"우리 파워 업 하자."

"그럼 같이 포즈를 취하자."

줄리아의 제안에 테베사가 고개를 끄덕이며 환하게 웃었다. 그녀도 메달을 기대하기는 했지만 그것이 현실이 될 것을 믿지는 못했다.

둘은 트랙을 돌고 나서 함께 파워 업 포즈를 취했다.

"아빠, 사랑해! 너도 해."

"삼열 강, 사랑해요! 파워 업!"

"야, 너네 엄마를 사랑한다고 해야지."

"우리 엄마도 사랑해."

두 사람의 목소리는 함성에 묻혔지만 방송국의 앵커들은 그녀들이 무슨 말을 했는지 제대로 알아들었다.

* * *

삼열은 호텔에서 TV로 경기를 보고 있었다. 원래 그는 내일이 되어야 올 생각이어서 오늘은 입장권을 예매하지 못했다. 그저 가족들과 하루라도 더 같이 있고 싶어서 서둘러 왔는데 딸이 우승하는 장면을 본 것이다.

감격스러웠다. 그는 딸이 결승전에 나간 것만으로도 대단하다고 생각하고 있었다. 하지만 우승이라니. 그것도 세계신기록을 달성하고서 말이다. 경기를 아무리 봐도 믿어지지 않았다. 그만큼 기뻤다.

"줄리, 훌륭해. 아빠는 네가 정말 자랑스러워!"

삼열의 눈시울이 붉어졌다. 딸이 이렇게 성장했다는 것만으로도 감격이었다.

더욱이 2위를 한 선수와 함께 파워 업 포즈를 취했을 때는 가슴이 뭉클해져 자신도 모르게 눈물이 났다. 언제나 어리고 말썽만 부릴 것 같았는데 이런 날이 올 줄이야. 물론 그의 눈에는 딸이 말썽을 부리는 것도 귀여웠다. 언제나.

줄리아가 다소 대책이 없기는 했지만 남에게 피해를 주는 일은 잘 벌이지 않았다. 그래서 그녀가 무엇을 하든 마냥 사랑스러웠다.

—자, 이 어리고 깜찍한 요정 같은 소녀의 경기를 다시 한 번 보시죠. 줄리아 양의 스타트 자세입니다. 다른 선수들과 별 차이가 없지요. 스타트에서 스퍼트로 바뀔 때 팔과 다리의 각도가 다른 선수들보다 유난히 높습니다. 이렇게요. 이는 그만큼 더 강한 힘으로 찬다는 뜻입니다.

화면에 기자의 설명처럼 다른 선수들과의 비교 장면이 나왔다. 그러고는 결승점까지 기자의 설명이 간간이 섞여들었다. 마지막으로 결승점에 도착했을 때의 모습이 다시 나왔다. 환호하는 관중, 놀라면서도 좋아하는 줄리아, 세계신기록 달성을 놀라워하는 사람들의 모습이 슬라이드처럼 천천히 흘렀다.

오늘은 인터뷰할 때 줄리아가 못한 번개 포즈를 앙증맞게 취해 보였다. 그 모습을 보며 삼열은 허허 웃었다.

—자, 오늘도 우승하신 것을 축하합니다. 오늘 우승할 것을 예감하셨습니까?

—아, 흠. 이렇게 말하면 겸손하지 않다고 엄마에게 잔소리를 들을지도 몰라요. 하지만 사실대로 말하면 당연히 우승할 것을 알고 있었어요. 나는 장거리달리기를 더 선호해요. 하지만 아빠와 코치가 아직 어리니까 단거리달리기가 더 좋다고 해서 하는 거예요. 음, 언젠가 아빠랑 나란히 마라톤을 해보고 싶어요. 사실 아빠가 나보다 더 빠르고 오래 뛸 수 있거든요.

—일부의 사람이 줄리아 양이 아빠빠라는데 인정하시나요?

—당연히 인정하죠. 딸이 아빠를 사랑하지 않는 것은 말이 안 돼요. 나는 다섯 마리의 개를 기르고 있어요. 그 강아지들은 내가 먹이를 주는 것을 항상 고마워하고 꼬리를 흔들며 재롱을 부리죠. 부모님들은 자식을 위해 일하고 자식에게 더 좋은 것을 주고 싶어 해요. 그러니 자식들이 아빠 엄마를 미워하는 것은 특수한 경우를 제외하고는 개들보다 못한 짓이에요.

—하하, 좀 과격한 말씀이시군요.

—아니에요, 아니에요. 엄마는 늘 감사하는 마음을 가지라고 했어요. 내가 좋은 기록으로 우승한 것은 당연히 칭찬받을 일이죠. 그렇지만 그 일이 나를 좋아해 줄 이유는 아니에요. 그러니

나를 좋아해 주는 팬들이 있다면 항상 고마워해야 해요.

—아, 그렇군요. 하하, 그렇다면 나중에 장거리에 도전할 생각이 있으신가요?

—물론이죠. 사람은 잘하는 것을 해야 해요. 난 오래 뛰는 것을 잘하니 성장판이 닫히면 바로 장거리달리기를 시작할지도 몰라요. 부모님과 코치, 그리고 메디컬 닥터들이 모여 상의할 일이죠.

—팬들에게 한마디 해주세요.

—음, 나를 좋아해 주셔서 고마워요. 나를 좋아해 주시는 분들에게 나도 선물을 드릴게요. 힘들고 어려울 때마다 파워 업을 외쳐보세요. 그러면 기분이 좋아지고 힘이 생겨요.

—하하, 이상으로 즐거운 줄리아 강 양과의 인터뷰였습니다. 저는 에드워드 조나단 기자였습니다.

베이징 TV지만 줄리아에 대한 기사가 많았다. 호텔이라 세계의 방송이 모두 나와 CNN이나 BBC와 같은 방송도 있었다. 삼열은 딸이 나오는 모든 방송을 지켜보며 좋아했다.

삼열의 신체적 기능은 이미 인간을 뛰어넘은 지 오래였다. 그는 100m를 6초 이내로 뛴다. 하지만 생각이 깊은 그는 그 사실을 누구에게도 말하지 않았다.

아주 가끔 경기 도중 도루를 할 때 드러내었지만 그 역시도 최고의 속도로 뛴 것은 아니었다. 그랬던 것이 양키스에 오면서 타석에 들어서지 않게 되자 도루할 기회 자체가 없어졌다. 그래서 사람들은 삼열이 우사인 볼트보다 빠르다는 것을 절대로 알 수 없다.

삼열은 오랜만에 미카엘이 보고 싶기도 했다. 어릴 때 적에게 쫓기던 그를 우연히 구해주지 않았다면 오늘의 그는 없다. 아마도 지금쯤 루게릭병으로 죽음을 눈앞에 두고 있거나 이미 죽었을 것이다.

그래서 삼열은 일상에서 손님을 대접하는 일에 소홀할 수 없게 되었다. 어려운 사람을 돕는 행위는 인연의 끈을 튼튼하게 만드는 것이고 언제 올지 모르는 행운을 미리 준비하는 것이니까.

저녁이 되자 경기장에 갔던 가족들이 돌아왔다. 삼열은 그들을 맞으며 행복해했다.

"아빠, 나 뛰는 것 봤어요?"

삼열을 보자마자 달려와 안기고 묻는 줄리아를 보며 삼열이 고개를 끄덕였다. 열여섯 살의 딸은 아직도 그에겐 아기처럼 군다. 그 모습이 좋아 삼열은 하하 웃었다.

"오늘 너는 최고였어. 영광이야, 이렇게 훌륭한 선수가 내 딸인 것이."

"히힛, 역시 아빠는 내 가치를 잘 알아준다고. 엄마완 달라. 엄마는……."

"줄리!"

마리아가 쓸데없는 말을 하려는 줄리아의 이름을 부르자 그녀는 혀를 내밀고 자신의 방으로 옷을 갈아입으러 들어갔다. 삼열은 장인과 장모에게 인사를 하고 마리아와 조셉과도 웃으며 인사를 나눴다.

"여보, 힘들지 않아요?"

마리아가 시합이 끝나자마자 베이징으로 날아온 삼열을 걱정하며 물었다.

"하하, 끄떡없어."

남편의 품에 안긴 그녀는 걱정스러운 눈으로 삼열을 바라보았다. 옷을 갈아입고 나오던 줄리아가 그 모습을 보고 소리쳤다.

"엄마, 셋째 동생 만드는 작업은 언제 하는 거예요?"

"너……."

"이히히히, 아빠는 내 거야. 엄마는 밤에만 아빠를 차지할 수 있어."

"뭐어? 너……."

"히힛, 엄마, 농담인데. 아빠를 너무 좋아하는 것을 티내면 질투가 나잖아."

"험험, 그건 줄리아의 말이 맞네."

존메이어가 줄리아의 편을 들며 손녀에게 눈을 찡긋거렸다. 그러자 줄리아가 기가 살아 우헤헤 하고 웃었다.

그 틈에서 조셉은 엄마의 눈치만 살피고 있었다. 삼열이 그런 조셉의 머리를 쓰다듬었다. 조셉은 그가 어릴 때의 성격과 비슷했다. 그래서인지 조셉에게는 다정하지 못했다. 키가 큰 것과 몸이 훌쭉한 것도 그를 닮았다. 머리가 좋은 것도 마찬가지이다. 그래서인지 그에게는 성격이 부드러운 마리아가 잘 맞았다. 반대로 줄리아의 성격은 마리아를 너무 많이 닮았는데 장난이 심한 것만 빼면 거의 흡사했다.

"아빠, 아빠, 나 내일도 시합 있는데 경기장에 오실 거죠?"

"그럼! 오늘도 가고 싶었는데 티켓을 구하지 못해서 가지 못했어. 우리 딸이 하는 시합인데 당연히 아빠가 가야지."

"히힛, 나 내일 또 우승할 거야."

"최선만 다하면 돼. 꼭 우승하려고 하지 않아도 된단다. 실력을 쌓으면 언젠가는 좋은 결과를 낼 터이니 조급해하지 마려무나."

"응, 아빠."

"누나, 아빠는 누나 거 아냐. 그러니 귀여운 척은 그만해."

"뭐라고? 이 녀석이."

"아, 억울해. 키는 내가 더 큰데 왜 힘은 누나가 더 센 거지?"

"너, 힘이 세면 누나를 주먹으로 치겠네?"

"헤헤, 그렇지는 않아. 난 남자거든."

조셉이 턱을 들고 자랑스럽게 말했다.

"그러면 뭐 해, 나한테도 지면서."

"……"

조셉이 억울한 표정을 지었다. 웃음이 방에 가득했다.

저녁은 호텔 특실에서 주문해서 먹었다. 모두가 유명 인사라 사람들의 눈을 의식해야 했다.

존메이어, 삼열, 줄리아는 모두 유명한 사람이다. 가장 유명한 사람은 역시 삼열이다. 하지만 오늘 이 베이징에서만큼은 줄리아보다 유명한 사람이 없었다. 우사인 볼트조차 그녀에 대해 찬사를 아끼지 않았다.

"그녀의 업적은 놀라운 것이죠. 남자로 태어났다면 나의 가장 강력한 경쟁자가 되었을 것이 틀림없습니다. 그녀가 위대한 것은 나이에 맞지 않게 겸손하다는 것이죠. 겸손한 사람은 자신의 내면을 살피므로 쉽게 실수를 하지 않습니다. 그렇기에 그녀는 앞으로도 더 많은 기록을 만들어갈 것이 확실합니다."

CNN과 인터뷰했을 때 우사인 볼트가 한 말이다. 그는 특히 줄리아가 자신의 번개 포즈를 따라 해준 것에 감사를 표했다.

우사인 볼트. 세상에서 가장 빠른 사나이다. 그는 사실 선천적 척추측만증을 앓고 있는 환자였다. 오른쪽 어깨가 왼쪽보다 낮았다. 이는 골반에 영향을 미쳐 오른발과 왼발의 보폭 차이가 20㎝ 이상이나 나게 만들었고, 햄스트링과 허리 부상으로 이어지곤 했다. 우사인 볼트는 이를 훈련으로 극복했다. 다리의 근육을 강화시킴으로써 골반의 충격을 완화시킨 것이다. 그는 척추측만증을 안고도 런던 올림픽 100m, 200m, 그리고 400m 계주에서 우승했다.

"아빠, 나 우사인 볼트를 이기고 싶어."

"쉽지는 않겠지만 넌 할 수 있어. 하지만 무리는 하지 마라."

"응, 아빠."

삼열은 줄리아가 우사인 볼트를 이기는 것이 불가능하다고 보지는 않았다. 당장 자신만 해도 그보다 훨씬 빠르지 않은가. 물론 드러낼 수는 없다. 인간의 몸으로 어떻게 100m를 6초에 뛴다는 말을 사람들에게 하겠는가? 그것은 현대 과학으로 설명할 수 없었다. 물론 불치병인 루게릭병을 고친 것부터가 말이 되지 않았다.

'네가 노력하면 아마도 가능할지도 모르지.'

삼열은 줄리아를 보며 생각했다. 딸이 이렇게 빠르게 달릴 수 있게 된 것은 전적으로 미카엘 덕분이다.

사실 10년 전부터 마리아와 삼열의 외모는 변하지 않고 있었다. 늙지 않는 것이다. 20대 후반의 얼굴을 가진 마리아는 요즘도 간간이 남자들에게 대시를 받곤 했다. 장인 존메이어가 삼열의 집에 와서는 좋은 것이 있으면 나눠 먹자고 농담을 하기도 했다. 그만큼 두 사람의 외모는 시간을 거스르고 있었다.

줄리아의 외모도 열여섯 살이지만 아기 같은 부분이 많았다. 그래서 유독 삼열에게 아기처럼 구는지도 모른다. 거울을 보면 나이를 잊게 된다. 거울에 담긴 자신의 모습을 보며 잠재의식이 속삭인다. 넌 아직 어려. 그래서 줄리아는 나이에 맞지 않게 정신연령이 낮은 것이다.

"누나, 내일도 우승할 거야?"

"당연하지."

"와, 그럼 3관왕이네."

"3관왕?"

"그렇잖아. 세 개 부분에서 우승이니까. 계주에도 나갔으면 완벽했을 텐데."

"앗, 그렇구나! 정말 아깝네."

둘의 대화를 미소를 지으며 지켜보던 마리아가 말했다.

"줄리, 지금도 넌 충분하단다. 주어진 것에 감사해야지."

"네네, 엄마 말은 다 맞아요."

"너……."

"엄마, 항복!"

다소 반항적으로 대답하던 줄리아가 눈꼬리가 올라간 마리아를 보며 두 손을 번쩍 들고 일찌감치 항복을 해버렸다. 아빠나 외할아버지, 외할머니가 자신의 편을 들어준다고 해도 항상 옳은 말만 하는 엄마를 절대로 이길 수는 없었다.

저녁 식사가 끝난 후, 줄리아는 가족들과 대화를 하다가 일찍 잠자리에 들었다. 그런데 오늘은 어제와 달리 잠이 잘 오지 않아 침대에서 뒤척이며 여러 가지 상상을 했다. 멋진 남자가 자신에게 프러포즈하면서 세레나데를 불러주다가 인터뷰를 하고 광고를 찍고 하는 상상은 그녀를 행복하게 만들었다.

'어떻게 하면 광고를 많이 찍을 수 있을까?'

세상의 모든 것은 가만히 있으면 저절로 되지 않는다. 줄리아는 이런 사실을 어릴 때부터 귀에 딱지가 앉을 정도로 들었기에 항상 노력을 등한시하지 않았다. 공부는 애초에 관심이 없으니 제쳐놓는다고 하더라도 다른 건 정말 열심히 했다.

"으히히히."

줄리아가 갑자기 웃음을 터뜨렸다. 좋은 생각이 난 것이다. 그녀는 벌떡 침대에서 일어나 메모지에 적기 시작했다. 나이키, STL, 삼송전자, 현다이자동차, GM, 액슨 모빌, 시티그룹…….

"와아, 정말 기업이 많네."

줄리아는 기업의 명단을 웃으며 바라보았다.

역시 나이키가 가장 좋았다. 자산 규모가 480억 달러나 된다. 엄청난 마케팅 능력을 가지고 있으며 그만큼 홍보로 많은 비용을 지출한다. 스포츠계에서는 거의 공룡에 해당하는 기업이다.

그렇기에 나이키와 계약하는 선수는 천문학적인 광고 모델료를 받을 수 있다. 삼열도 나이키와 1억 달러 이상의 다년 계약을 맺고 있는 상태였다.

줄리아는 돈다발이 하늘에서 팍팍, 폭폭 떨어지는 상상을 하며 침대에서 뒹굴었다. 너무 흥분하다 보니 잠이 안 왔다. 침대에 눕기만 하면 곯아떨어지는 그녀건만 오늘은 너무 흥분해서 잠이 제대로 오지 않았다.

'아, 파리 한 마리, 파리 두 마리, 파리 세 마리… 파리 백아홉 마리……. 아으, 잠이 안 와. 파리는 너무 더러워서 잠이 안 오나 보다. 그럼 원래대로 양 한 마리, 양 두 마리… 쿨쿨… ZZ.'

줄리아는 늦은 밤이 되어서야 잠이 들었다. 그녀로서는 아주 늦은 취침이었다. 늘 하루 종일 뛰어다니는 것이 버릇이 된 그녀는 아주 일찍 자는 편에 속했다. 그 덕분에 키가 또래보다도 훨씬 컸다.

"여보, 아이들 자요."

"장인 장모님은 안 주무실걸."

"어머, 그분들은 그분들 나름대로 바쁘시겠죠."

"그럴까?"

"호호, 우리 아빠를 무시하지 마세요."

"흐음, 그럼 우리 오랜만에 같이 누워볼까?"

"좋아요."

삼열도 사실 약간 피곤하기는 했지만 아내와 벌써 2주 가까이 떨어져 있었다. 마리아를 품에 안자 그 향긋한 살 내음에 마음이 녹아내리기 시작했다.

"우리 정말 아기를 가질까?"

"좋아요. 난 충분히 낳을 수 있어요."

"키울 수도 있어야 하는 것 아니야?"

"줄리아가 알아서 키우겠죠."

"그건 좀 아닌 것 같은데."

"호호, 좋은 베이비시터를 고용하면 될 거예요."

"그렇다면 우리 불타는 밤을 보내볼까?"

늦은 밤, 삼열과 마리아가 욕망을 불태우고 있을 무렵, 조셉이 일어나 물을 먹으려고 가다가 바짝 벽에 귀를 대고 쫑긋거렸다.

'앗싸, 역시 오늘 두 분이 므흣한 밤을 보내는구나. 동생이 빨리 생겼으면 좋겠다. 그것도 여동생으로.'

여동생이 생기면 누나에게 받은 수모를 고스란히 돌려주겠다고 생각하자 기분이 좋아졌다.

'설마 동생도 누나처럼 그렇게 무지막지하게 힘이 세지는 않겠지?'

조셉은 냉장고에서 물을 꺼내 꿀꺽꿀꺽 마셨다. 베이징의 밤은 잠이 잘 오지 않았다. 화려함이 도시를 뒤덮고 있기 때문인 것 같았다. 고층 건물, 명품점, 거리에 가득한 사람들.

'아, 내일도 누나가 우승을 하면 잘난 체를 엄청 할 텐데.'

조셉은 누나가 잘되는 것은 좋은데 잘난 체하는 것은 싫었다.

성격도 아이큐도 삼열을 닮은 조셉은 어릴 때부터 천재였다. 평범한 생활을 하는 것을 좋아하는 부모 때문에 일반 학교에 다니고 있지만 사실 대학교를 다녀도 될 지적 수준을 가지고 있었다. 그럼에도 누나와 같이 있게 되면 한없이 유치해졌다. 조셉은 당연히 그 모든 책임이 줄리아에게 있다고 생각했다. 철없는 누나 때문에 자신도 그 수준에 맞춰서 행동해야 한다고.

삶은 너무 뛰어나도 너무 특출해도 별로 좋지 않다는 말에 동의하지는 않았다. 하지만 경제적인 능력이 없는 그로서는 부모의 울타리를 벗어나는 것은 아예 생각하지도 않았다. 노력한다면 독립할 수는 있겠지만 그는 집이 좋았다. 가족들과 지내는 것이 정말 행복했다. 이렇게 좋은 부모 곁을 떠나는 것은 바보 같은 짓이라고 일찍부터 생각했다.

"난 이제 내 일을 해야지. 아빠의 안테나를 더 연구해서 최고의 작품을 만들어야지."

그는 이미 삼열이 특허를 낸 도면을 암기하고 있었으며 그 원리도 정확하게 이해했다. 어린 시절을 불우하게 보내서 천재성을 세상에 드러내지 못한 삼열과 달리 조셉은 자신의 능력을 최고로 발휘할 수 있는 가정에서 자랐다.

세상은 천재가 지배하지는 못하지만 천재에 의해 발전하고 변화한다. 세상을 변화시킬 천재 한 명이 달콤한 알 속에서 행복한 시간을 보내고 있었다. 언젠가 알은 깨지고 새는 하늘을 날아야 한다.

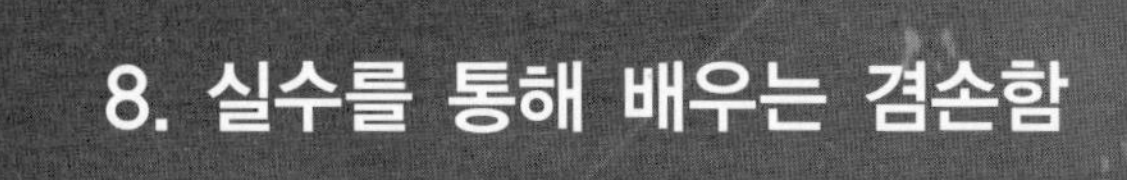

8. 실수를 통해 배우는 겸손함

"우히힛, 오늘도 나의 날이야. 기적이 일어날 것을 나는 기대해."

줄리아는 낮은 목소리로 중얼거리며 경기장 안으로 들어서서 관중을 바라보았다.

그녀는 사람들을 구경하는 것을 좋아한다. 자신이 못하는 것, 자신보다 더 잘하는 사람들의 행위를 보고 무엇인가 알 수 없는 감동을 받는다.

프로는 평범한 사람들보다 잘하는, 그렇다고 아주 잘하는 것도 아닌 프로 경쟁자들과 싸워서 살아남아야 한다. 그만큼 잘해야 겨우 이 경기장에 설 수 있는 자격이 주어진다. 프로는 그런 면에서 스스로 자부심을 가져도 좋다. 자기와의 싸움에서 승리를 해야 비로소 프로라는 말을 들을 수 있기 때문이다.

"줄리아, 어서 와!"

"와, 테베사. 너는 무슨 일이지?"
"줄리아, 나도 오늘 경기가 있어."
줄리아는 경기장에서 몸을 풀고 있는 테베사를 보다가 그녀가 오늘 400m 계주에 출전하는 것을 알았다. 100m 달리기에서 2위로 들어온 그녀가 계주경기에 나가지 않는다는 것은 말이 안 되었다. 다만 줄리아의 경우, 너무 어려서 선수 보호 차원에 빠지게 되었을 뿐이다.
사실 한 선수가 세 종목에 출전하는 것은 무척이나 힘든 일이다. 종목당 두 번의 예선을 거쳐야 결승에 진출한다는 것을 생각하면 짧은 기간 안에 아홉 번의 경기를 해야 하는 것이다. 매우 벅찬 일정이다.
물론 줄리아는 그 이상을 할 수 있는 체력을 가지고 있다. 하지만 코치와 메디컬 닥터는 그렇게 판단하지 않았다. 그리고 그런 판단이 아니더라도 국제대회에 처음 출전하는 것치고 줄리아는 이미 많은 종목에 출전한 것이다. 그래서 그녀는 계주경기에 처음부터 포함되지 않았다.
"아, 맞아! 400m 계주구나!"
"응. 오늘도 너의 신기록 기대하고 있을게."
"그게… 너무 기대는 하지 마."
줄리아는 200m에 그다지 자신이 없었다. 200m 세계신기록의 보유자는 100m 세계신기록의 보유자이던 로렌스 그리피스 조이너로 그녀의 기록은 무려 21초 34이다. 100m 세계신기록을 깬 줄리아가 200m라고 불가능한 것은 아니지만 그렇다고 쉬운 일도 아니었다.

'세 종목 세계신기록을 세우는 것은 멋진 일이야. 하지만 우선 우승을 목표로 해야지.'

줄리아는 자신이 이룬 업적을 사람들에게 자랑하고 싶었다. 하지만 아직 경기가 끝나지 않았다.

'으히히, 하지만 이곳은 내 세상이야.'

줄리아는 트랙을 바라보며 음흉한 미소를 지었다.

그녀는 사실 유명해지는 것엔 관심이 별로 없었다. 아버지가 워낙 유명해서 유명한 것이 얼마나 불편한지를 너무 잘 알고 있기 때문이다.

게다가 아버지가 엄청난 부자지만 좋은 집과 음식 외에는 좋은 점이 별로 없었다. 그 흔한 명품 가방 하나 없다. 할리우드의 키드들이 한 달에 수억씩 쓴다는 기사는 완전히 남의 일이었다.

사실 삼열은 할리우드의 부자들보다 훨씬 더 부자다. 하지만 그는 어릴 때 고생을 죽도록 해서 돈 쓰는 법을 잘 몰랐다. 돈을 벌기만 하고 쓸 줄은 모르는 것이다. 설상가상으로 마리아는 너무 노블레스 오블리주를 생각하느라 낭비를 하지 않았다.

줄리아는 그게 불만이었다. 그녀는 부자가 되고 싶었다. 아버지가 부자인 것 말고 자신이 부자가 되고 싶었다. 공부에 취미가 없는 그녀가 부자가 되는 방법은 결국 튼튼한 몸과 예쁘장한 얼굴을 이용하는 것밖에 없다.

하지만 모델을 하는 것은 그녀 자신이 싫었다. 패션쇼에서 왔다 갔다 하는 것은 정말 그녀에게 맞지 않았다. 반대로 트랙은 그녀에게 아주 친숙했다. 그녀는 어릴 때부터 뛰는 것을 좋아했으니까.

줄리아가 수많은 사람 앞에서 뛰는 것은 돈 때문이었다. 그녀도 삼열처럼 왜 돈을 벌어야 하는지에 대해 잘 모른다. 아버지가 돈을 좋아하고 욕심을 내니 그녀도 좋아하게 되었을 뿐.

"에슐리 진저다!"

누군가 소리쳤다.

에슐리 진저는 이번 경기에서 200m에만 출전하는 강력한 우승후보였다. 자메이카의 패셔니스타이자 검은 프롱혼으로 알려진 선수이다. 동물 가운데 가장 빠른 치타를 제외하고는 프롱혼보다 빠른 육상동물은 없다. 프롱혼은 시속 100㎞로 두 시간 이상을 달릴 수 있었다.

줄리아는 에슐리 진저를 보고 기분이 나빴다. 예쁘긴 자신이 더 예쁜데 섹시한 매력으로 따지면 도저히 그녀를 따라갈 수가 없는 것이다.

"쳇, 밟아주겠어."

줄리아는 에슐리 진저를 보고 휘파람을 부는 관중을 보며 중얼거렸다.

"크리스티나 에거스나다."

"와아!"

스페인 출신의 크리스티나 에거스나는 모델도 겸하고 있다. 우승후보는 아니지만 인기가 아주 많았다.

줄리아는 에슐리 진저만 해도 기분이 나쁜데 크리스티나 에거스나까지 등장하자 은근히 화가 났다. 크리스티나의 아름다운 몸매는 여자인 그녀가 보아도 부러웠다. 특히나 성숙하고 건강미 넘치는 외모가 뭇 남성의 눈길을 사로잡았다.

줄리아가 이 두 명의 선수에게 열등감을 느끼는 이유는 어려 보이는 자신의 외모 때문이었다. 그녀는 섹시한 여자들이 부러웠다.

'쳇, 나이 들면 내가 더 섹시할 거야.'

줄리아는 입을 삐쭉 내밀었다. 그러나 관중이 그녀를 발견하고 환호하자 환하게 웃으며 귀여운 체를 했다. 확실히 줄리아가 귀여운 표정을 지으면 매력적이었다. 아기 같은 귀여운 얼굴에 전형적인 미인의 얼굴이 묘하게 섞여 있었다.

"줄리아, 너의 인기가 하늘을 뚫는구나."

"아니, 내가 뭐."

줄리아는 테베사의 말에 흐뭇한 미소를 지었다. 자랑질도 옆에서 거들어줘야 폼이 나는 법이다.

그런 그녀를 보고 크리스티나 에거스나가 얼굴을 찌푸렸다. 그 모습을 보게 된 줄리아는 다시 기분이 나빠졌다. 속으로라도 욕을 하고 싶었지만 마땅히 떠오르는 말이 없었다. 객관적으로 보면 그녀의 외모가 더 완벽해 보였기 때문이다. 200m 결승전에 출전하는 여자 선수들의 외모는 대체로 출중했다.

어릴 때는 줄리아도 자신의 얼굴이 마음에 들었다. 예쁘장하면서도 귀여운 얼굴이 자신이 봐도 매력적이었다. 하지만 나이가 들어도 아기 같은 모습이 얼굴에 남아 있자 그것은 즉각적으로 단점이 되어버렸다. 요즘 들어서 외모에 한껏 신경 쓰고 있는 그녀에게는 모델 출신의 크리스티나 에거스나가 부러움의 대상이었다.

줄리아는 트랙을 살짝 돌고 몸을 풀었다. 시간이 지나면서 출전 선수들이 하나둘 모여들어 이야기를 나누며 몸을 풀었다. 영어, 불어, 스페인어가 난무했다. 선수들만 있는 것이 아니라 코치들과 의료진도 함께 뒤섞여 있기 때문이다.

"하이, 줄리아 강."

에슐리 진저가 먼저 다가와 줄리아에게 인사를 했다. 그녀의 나이는 스물네 살이며 영국식 영어를 사용했는데 당연한 일이었다. 자메이카는 과거 영국의 식민지였으며 지금도 영국령으로 남아 있다. 형식적으로 행정 수반은 엘리자베스 II세 여왕이다.

"하이, 에슐리 진저."

"만나서 반가워."

"나도 반가워."

에슐리 진저는 흑인 중에서도 피부색이 옅은 편이었다. 그래서인지 흑인이라는 느낌보다는 섹시하다는 이미지가 더 강하게 느껴졌다. 늘씬하고 건강하면서도 풍성한 몸매와 아름다운 얼굴은 호감이 가는 인상이다. 특히나 암청색 빛이 연하게 섞인 갈색의 눈은 그녀를 더욱 돋보이게 했다.

"나 사실 양키스 삼열 강의 팬이야."

"우리 아빠? 정말?"

줄리아가 놀라 에슐리 진저를 바라보았다. 그러자 그녀가 고개를 끄덕였다.

"와아, 우리 아빠가 특별히 멋있기는 하죠."

줄리아가 '에헴' 하며 귀여운 표정을 지으며 하는 말에 에슐리 진저는 미소를 지었다. 신나 하는 줄리아를 보며 그녀는 하고 싶은 말을 참고 기다렸다.

"언제부터 우리 아빠 팬이 되었어요?"

"내 사촌동생이 마리아나 재단에서 심장병 수술을 받은 뒤부터. 예쁜 내 동생이 네 아빠 덕분에 살아났거든. 그렇지 않았다면 아마 죽었을 거야."

"아하, 엄마가 이사장으로 있는 그 재단이요?"

"응. 사실 삼열 강은 훌륭하신 분이야. 멋지시고 섹시하시고."

"우헤헤헤. 에슐리 양, 우리 앞으로 친하게 지내요."

"그래, 나도 너와 친하게 지내고 싶어. 그리고 세계 최고의 스프린터를 만나게 돼서 영광이야."

"에헤헤. 언니, 시합 뒤에 뭐 해요?"

"응? 아니, 별일 없는데."

"그럼 우리 아빠하고 같이 식사해요. 내가 우리 아빠 사인도 받아줄게요."

"좋아! 하지만 팀 코치에게 물어보고. 아마도 별일 없을 거야."

"아빠가 좋아하실 거예요."

에슐리 진저는 이 귀여운 소녀가 아빠빠라는 것을 순식간에 눈치챘다. 그녀가 줄리아에게 처음 다가갔을 때는 심히 불량한 눈으로 바라보다가 아빠의 팬이라는 말에 분위기가 완전히 180도로 변했기 때문에 그것을 알아차리는 것은 어려운 일이 아니었다.

에슐리는 줄리아와 비슷한 나이의 사춘기 소녀 중에는 아빠빠가 드물다는 사실을 생각해 내고는 고개를 갸웃거렸다. 하지만 줄리아는 이미 신이 나 무어라 떠들어대고 있었다.

시간은 금방 지나갔다. 조금 전에 400m 허들 경기가 끝났다.

진행요원들이 트랙을 정비하는 시간이 잠시 있었다. 그리고 바로 200m 달리기 결승전이 시작되었다. 줄리아는 오늘도 변함없이 신나는 마음으로 달릴 준비를 했다.

200m는 400m만큼 힘들지는 않으나 100m보다는 당연히 힘들다. 왜냐하면 100m를 달리는 속도 그대로 200m를 달려야 하기 때문이다.

또한 200m 달리기는 곡선 부분에서 출발하여 직선 부분에서 끝난다. 따라서 안쪽에 있으면 거리상으로 유리하기에 선수들은 계단식 출발을 한다. 안쪽 주자가 뒤에, 바깥쪽 주자가 앞에서 출발하는 형태이다. 그래도 바깥쪽 주자가 안쪽 주자보다는 0.08초 유리하다.

줄리아는 안쪽에서 두 번째 레인이었다. 에슐리 진저가 7번 레인이고 크리스티나 에거스나는 5번 레인이었다. 1번 레인은 에티오피아 출신의 에나 데파르가 차지했다. 유력 주자들은 레인 배정을 꽤나 잘 받았다.

줄리아의 200m 기록은 그다지 좋은 편이 아니었다. 기록상으로 에슐리 진저가 가장 좋았고 줄리아는 크리스티나 에거스나에도 미치지 못했다.

열두 살에 육상을 시작했지만 줄리아는 대부분의 시간에 100m 위주의 달리기 훈련을 받았다. 열다섯 살 되어서야 비로소 200m와 400m 훈련을 시작했다. 그러니 기록이나 경험은 거의 없는 편이었다.

선수들이 1번 레인부터 소개되었다. 두 번째로 줄리아가 소개되었을 때 경기장이 떠나갈 정도의 환호와 박수가 쏟아졌다. 줄리아는 특유의 포즈를 취하며 팬들을 즐겁게 해주었다. 줄리아 다음으로 박수를 많이 받은 사람은 모델 출신의 크리스티나 에거스나였고, 에슐리 진저 역시 많은 박수를 받았다.

줄리아는 관중과 트랙을 바라보았다. 오늘이면 자신이 참가하는 경기가 모두 끝난다. 하늘은 쳐다보니 구름 한 점 없이 맑았다. 바람도 불지 않아 경기 하기 매우 좋은 날이었다.

'오늘도 난 최고가 될 거야. 파워 업!'

줄리아는 가족을 생각했다. 아빠와 엄마, 외할머니와 외할아버지, 그리고 귀엽지만 까부는 조셉. 가족을 생각하자 마음이 편해졌다.

소개가 끝나자 선수들은 긴장하는 빛이 역력했다. 다들 긴장하지 않으려고 의도적으로 몸을 조금씩 움직였다. 긴장하게 되면 몸이 굳어 기록이 잘 나오지 않기 때문이다.

CNN의 지미 닥터는 이번 국제대회에서 특종을 잡았다. 다른 누구보다도 줄리아에게 관심을 가졌기에 남들보다 빠르고 정확한 정보와 사진들을 방송에 내보낼 수 있었다.

그는 어린 소녀가 큰 대회에서 두 번이나 세계신기록을 경신하는 것을 보고 매우 놀랐다. 덕분에 줄리아의 팬이 되기도 했다. 상식을 깨는 스프린터를 알게 된 것은 행운이라고 생각했다. 거의 기적에 가까운 일이었다. 줄리아가 더 이상의 기록을 내지 않아도 사람들은 이 놀라운 소녀를 언제나 기억하게 될 것이라고 생각했다. 100m와 400m 모두 놀라운 기록이었다. 믿을 수가 없는 대기록이었다.

지미 닥터는 출발 준비를 하는 선수들을 바라보았다. 아니, 그 중에서 유독 줄리아에게 시선을 집중했다. 올해 스포츠계의 히로인은 당연히 줄리아라고 생각하면서. 스포츠계에서는 더 이상의 이변이 나올 것 같지 않았다. 줄리아 때문에 모델 출신의 다르야 클리시나에 대한 비중이 대폭 낮아졌다.

"이봐, 이번에도 줄리아 위주로 찍으라고."

"우리 모두요?"

"버킨 자네만 1위의 선수를 찍고 나머지 두 명은 줄리아를 잡으라고."

"굿. 좋았어. 오늘도 특종을!"

"하하, 오늘은 우리의 어린 천사가 어떤 사고를 칠지 벌써부터 기대가 되는군."

"그건 나도 마찬가지인데요."

촬영기사들은 서로 웃으며 농담을 주고받으면서도 눈은 날카롭게 해당 선수들을 카메라에 담기 시작했다.

지미 닥터는 오늘도 열기가 가득한 올림픽경기장에서 무슨 사건이 터질지 집중하고 있었다.

줄리아는 차분하게 마음을 다듬었다. 조각을 하듯 마음을 세우니 집중이 잘되었다.

'오늘도 파워 업! 난 잘할 수 있어.'

그녀는 스스로에게 속삭였다. 무한한 가능성을 가지고 확신 속에서 뛰기만 하면 그 소원이 이루어질 것이라고 믿었다.

"제자리!"

심판의 소리가 귀에 들어오자 줄리아는 스타팅 보드 가까이 다가가 발판에 발을 가져다 대었다.

"준비!"

줄리아는 출발 자세를 했다. 오늘은 유독 부담이 없는 날이다. 이제 세계신기록을 세워도 그만, 아니어도 그만이었다. 목표는 이루었으니까.

탕!

출발 신호와 함께 그녀는 다리에 힘을 주고 힘껏 뛰었다. 바람이 스치는 느낌이 좋았다. 끝없는 자유가 느껴졌다.

줄리아는 한참 뛰다가 생각했다. 너무 잘하면 나중에 더 잘해야 하는 것은 아닐까 하고. 그러자 다리에 힘이 빠졌다. 사실 세계육상선수권대회가 명예로운 대회이긴 하지만 올림픽만큼은 아니었다.

그럼에도 그녀는 여전히 1위로 달리고 있었다. 에슐리 진저가 바짝 따라오고 있고 그 뒤에는 크리스티나 에거스나가 뛰고 있다.

'그래도 질 수는 없지.'

줄리아는 다시 힘을 내어 뛰었다. 이미 곡선 부분은 끝났다. 이제 힘껏 달리기만 하면 된다. 직선 코스야말로 줄리아의 최대 장점이 아닌가.

'이제 뛰자.'

줄리아는 힘껏 팔을 치켜들었다. 그때, 에슐리 진저가 앞으로 치고 나갔다.

'말도 안 돼.'

줄리아는 기록에는 관심 없지만 그렇다고 1위를 넘겨주고 싶지는 않았다. 다시 다리의 근육이 팽팽해지면서 속도가 나기 시작했다.

"와아!"

"다시 앞질렀어!"

관중석에서 함성이 튀어나왔다.

줄리아는 그 소리도 듣지 못했다. 그녀의 귀에는 바람 소리만 들렸고, 그녀의 눈에는 붉은색 트랙만이 보였다.

그런데 갑자기 호흡을 참기가 힘들어졌다. 앞에서 너무 여유를 부린 탓이다. 여유를 부리다가 숨을 생각보다 많이 내뱉었다.

200m를 달릴 때는 숨을 쉬면 안 된다. 호흡을 하는 순간 허파가 새롭게 작동해서 공기를 처리해야 하고 이는 신체의 기능을 떨어뜨리게 한다.

'난 할 수 있어!'

고작 20초를 참는 것이다. 그러니 앞으로 몇 초만 참으면 된다. 하지만 몸은 이미 그녀의 통제를 벗어나 조금씩 흐트러지고 있었다.

눈앞에 결승점이 보였다. 줄리아는 다시 힘을 내어 뛰기 시작했다. 그녀에게 이 정도는 아무것도 아니었다. 아기 때부터 뛰던 그녀이다.

'1초만 더 버티면 돼!'

그때 줄리아의 몸이 휘청하며 옆으로 쓰러질 뻔했다. 허벅지에 통증이 왔다. 그러자 저절로 몸이 움찔하게 되었다. 그 짧은 순간에 에슐리 진저가 먼저 결승점을 통과했다.

줄리아는 2위로 결승점을 통과했다. 몸이 떨려오면서 다리에 경련이 일어났다. 그녀는 이해할 수 없었다. 단 한 번도 이런 일이 없었다. 무적에 가깝던 몸이다. 그런데 단지 세 종목에 출전했다고 몸에 무리가 오다니.

샤론 에이지가 즉각 줄리아의 이상 상태를 알아차렸다. 미세하지만 경련을 일으키고 있는 것이 보였다. 수 미터를 더 뛰고 줄리아가 주저앉자마자 그녀는 뛰어갔다. 그 뒤를 따라 스태프들이 번개처럼 달렸다.

"줄리아!"

샤론 에이지는 줄리아의 무릎과 허벅지를 살펴보았다. 허벅지에 이상이 생긴 것이다.

'햄스트링?'

햄스트링 부상은 넓적다리의 경직 증상을 말한다. 가벼운 근육 경직이 나타날 수도 있고 심하면 근육 파열도 일어난다.

샤론 에이지는 이해할 수 없었다. 줄리아의 놀라운 신체적인 능력이나 적절한 훈련의 강도로 볼 때 부상은 상상도 할 수 없었다. 하지만 현실에서는 자신이 담당하는 어린 소녀가 바닥에 주저앉았다.

사실 스포츠의학이라는 것은 부상을 미연에 방지하고 훈련 효과를 최대한으로 끌어올리는 것이지 인간을 로봇처럼 단번에 강하게 만드는 것이 아니다. 열여섯 살은 아직 뼈가 완전하게 다 성장한 것이 아니기에 언제든지 문제가 나타날 수 있다. 청소년기에 가장 주의해야 할 점은 회복이 빠르다고 지나치게 훈련을 강하게 하면 안 된다는 것이다. 회복도 빠르지만 육체가 상처를 입는 속도도 어른보다 더 빠르기 때문이다.

"줄리, 괜찮니?"

"조금 다리가 떨렸지만 지금은 괜찮아요."

줄리아는 목소리를 낮췄다. 한마디로 쪽팔렸다. 페이스 조절을 잘못해 몸에 이상이 생기도록 하다니.

경기 전부터 마음이 약간 느슨해진 것은 사실이었다. 이전의 경기보다 치열함도 없어졌고 이 정도면 되지 않았나 하는 자부심도 있었다. 그것은 엄밀히 말하면 자만심이었다. 그때까지는 아무 문제가 없었다.

대부분의 카메라가 우승한 에슐리 진저보다 오히려 부상으로 앉아 있는 줄리아에게 향했다. 이번 경기에서 최고의 히로인은 당연 그녀였다. 당연히 매스컴이 그녀를 주목할 수밖에. 그래서 줄리아는 더욱 쪽팔렸다.

특히나 오늘은 아빠가 경기를 관람한 날인데. 또 조셉은 자신을 얼마나 비웃을 것인가. 그런 생각을 하자 방심을 한 자신이 한심해졌다.

경기장으로 뛰쳐나가려던 삼열은 마리아의 만류에 움찔거리며 초조한 눈빛으로 경기장을 바라다보았다. 간간이 전광판에 나오는 줄리아의 표정을 살피며 다소 안도한 표정을 짓기도 했다.

"줄리아는 괜찮을까?"

"당연해요. 당신, 걱정하지 마세요. 그리고 이곳은 양키스가 아니에요."

"알아, 말썽부리면 안 된다는 것을."

마리아는 허둥대는 남편을 바라보며 피식 웃었다. 허들 경기도 아니고 뛰다가 넘어진 것도 아니다. 그러니 큰 부상이 생길 턱이 없음에도 안절부절못하는 삼열을 보며 그녀는 고개를 살짝 저었다. 이런 모습이 좋아 그와 결혼했지만 말이다.

삼열은 가끔 딸아이에게 필요 이상으로 관심을 쏟곤 한다. 그것은 마리아도 이해했다. 줄리아가 어릴 때 괴한에게 납치될 뻔한 그 사건 이후 과보호가 시작되었다. 그때 괴한의 칼에 찔린 제시는 동물병원으로 실려가 큰 수술을 받기도 했다. 그러니 마리아도 남편이 딸에 대한 지나친 보호를 말릴 수 없었다.

물론 그녀에게도 줄리아는 소중한 딸이었다. 하지만 너무 눈에 드러나지 않도록 그녀가 중간에서 적절하게 조정을 했다. 덕분에 줄리아는 맑고 밝게 자랐다.

마리아는 남편의 손을 잡고 고개를 살짝 흔들었다. 그러자 삼열이 그녀의 어깨에 손을 올려서 안고 조심스러운 눈으로 경기장 안을 바라보았다.

잠시 후 닥터 샤론 에이지의 부축을 받고 딸이 일어서는 것을 보고서야 두 사람은 안도의 한숨을 내쉬었다.

"줄리아, 괜찮아?"

오늘 우승을 한 에슐리 진저는 줄리아에게 다가가 걱정스러운 눈으로 물었다. 줄리아가 얼굴을 붉히며 우승을 축하한다는 말을 해주었다.

"에슐리 언니, 저녁 약속 잊지 마."

에슐리는 다친 상황에서도 저녁을 같이 먹자고 하는 줄리아의 말에 거절하기 힘들다는 것을 깨달았다.

"응, 고마워."

어차피 오늘은 치진 근육을 풀어줘야 하기에 행사를 따로 잡을 수 없다. 게다가 아직 경기가 모두 끝난 것도 아니다. 아직도 많은 경기가 남아 있었다. 특별한 일은 없을 것이다. 코치에게 말해 로커 룸에서 축하 행사를 가볍게 하면 될 것이고.

에슐리는 로커 룸에 들어서자마자 역시 샴페인세례를 받았다. 술을 뒤집어쓰고도 그녀는 환하게 웃었다. 동료 선수들과 코치, 스태프의 축하를 받았다. 행복한 하루였다.

"에슐리, 저녁에 간단한 축하 행사를 할까 하는데 어때?"

"그게……."

에슐리는 줄리아와의 약속 이야기를 꺼냈다. 그러자 코치가 가볍게 '그럼 다음에 하지' 하고 말했다. 에슐리는 코치가 말한 다음은 자메이카 팀의 경기가 모두 끝났을 때를 의미한다고 생각했다.

그녀는 사실 두 개의 세계신기록을 달성한 줄리아보다 삼열과의 만남에 더 기대하고 있었다. 사촌동생의 수술 후 에슐리는 야구광이 되었고, 특히 양키스의 팬이 되었다. 인생을 살아가는 삼열의 자세가 좋았다.

줄리아는 샤론 에이지의 부축을 받아 경기장 외곽으로 나왔다. 그러자 대기하고 있던 의료진이 다가와 그녀의 상태를 체크하고는 괜찮다는 표시를 했다.

줄리아는 경기를 망친 것이 분했지만 이미 끝난 경기라 다시 생각하지 않기로 했다. 성격상 지난 일을 되새기는 것은 그녀답지 않은 일이었다.

사실 다리의 경련도 이미 멎은 지 한참 되었다. 쪽팔려서 머뭇거리다 보니 시간이 생각보다 많이 경과한 것이다.

'아이, 아빠하고 조셉 그 녀석이 보고 있었는데.'

줄리아는 아빠에게 미안했지만 그다지 염려하지는 않았다. 실수도 경기의 한 부분이라고 말해줄 것이 틀림없었기 때문이다. 하지만 동생 조셉이라면 문제가 달랐다. 그녀에게 구박을 받고 자란 동생은 틈만 나면 기어오르려고 했다.

줄리아는 다시는 이런 실수를 하지 않도록 더욱 열심히 연습하기로 마음먹었다. 언제나 자신의 통제에 잘 따르던 몸이 오늘은 그렇지 못한 것은 정신이 경기에 얼마나 중요한 역할을 하는지 가르쳐 주었다.

'젠장, 다음에는 같은 실수를 하지 않을 거야!'

줄리아는 평소처럼 무작정 밀고 나가기로 결심했다. 오늘의 실수는 제사보다 젯밥에 더 관심이 많아 벌어진 일이었다.

하지만 후회하지는 않았다. 왠지 모르지만 올림픽에서 제대로 사고를 치고 싶었다. 올림픽이라고 해봐야 이제 1년밖에 안 남았다. 세계육상선수권대회는 2년마다 열리고 홀수 연도에 해당한다. 그리고 올림픽은 짝수 연도에 열린다.

1년 동안 죽어라 연습해서 내년에는 올해에 세운 기록을 깨야 한다. 그것은 생각보다 힘든 일이고 가능성도 높지 않다. 이번 경기에서 너무 크게 사고를 쳤기 때문이다.

'아잉, 나는 왜 그렇게 무지막지하게 기록을 깨버렸을까?'

생각할수록 억울했다. 이런 식으로 해버리면 서른 개의 신기록을 수립한 마리타 코흐처럼 위대한 일을 할 수 없게 된다.

하지만 줄리아는 삼열이 보이자 달려가 안기더니 울어버렸다.

"줄리아, 수고했어. 넌 정말 최선을 다한 거야. 난 우리 딸이 자랑스러워."

"미안해요, 아빠. 좋은 모습 보여드리고 싶었는데."

"하하, 우리 딸 최고!"

딸을 보며 어쩔 줄 몰라 달래기 급급한 삼열과 달리 마리아는 뭔가 이상한 느낌을 받았다.

그녀는 딸이 달리는 것을 처음부터 자세히 보았다. 딸의 몸에 문제가 있는 것을 발견했을 때는 그녀도 무척 걱정을 많이 했다. 하지만 샤론 에이지와 의료진의 말을 듣고는 부상이 없다는 것을 알았다.

그런데 그다음부터 조금 이상했다. 마리아가 아는 자신의 딸은 쉽게 다칠 아이가 아니었다. 어릴 때부터 얼마나 달리기를 많이 했는지 누구보다도 잘 알고 있다. 심하게 넘어져도 다른 아이들과 달리 한 번도 다치지를 않았다. 완벽한 신체를 가지고 태어난 아이가 줄리아였다. 그런 그녀가 넘어진 것도 아닌데 부상을 당했다는 것이 이상했다.

마리아가 딸을 의심하는 이유 중의 하나는 자신이 최근에 들어서 전혀 늙지 않는다는 것을 발견했기 때문이다. 그녀는 16년 전에 만난 이상한 남자에 의해 뭔가가 일어났음을 알고 있었다. 딸도 그 영향을 받은 것이 확실했다. 친구들과 비교하면 줄리아는 정말 아기 같은 외모를 가지고 있었다.

마리아의 의심은 너무 건강한 딸의 육체를 잘 알기 때문에 생긴 것이었다. 그렇다고 하더라도 의도적으로 줄리아가 경기에서 슬슬 뛰었다고 생각할 수는 없었다. 그럴 이유도 없고 그래서도 안 되었기 때문이다. 자신의 짐작이 틀린 것인가 싶기도 했다. 뭔가 이상하기는 한데 그게 뭔지 확실하지 않았기 때문이다.

그래서 마리아는 그저 남편과 함께 줄리아를 다독이며 위로만 했다.

줄리아는 죄를 지은 것 같은 심정이었다. 누구보다도 정직하라는 교육을 받았다. 하지만 달리기를 하는 중에 갑자기 든 잡생각 때문에 경기를 망쳤다.

'어쩔 수 없지. 난 이미 할 만큼 했어.'

줄리아는 마음이 괴로운 만큼 더 요란하게 자기변명을 했다.

우승을 놓쳤기에 인터뷰는 없을 줄 알았는데 오히려 평소보다 더 많았다. 몰려드는 인터뷰 요청에 줄리아는 다시 신이 났다.

두 번의 우승과 두 개의 세계신기록이면 충분했다. 더 이상 무엇을 원하겠는가? 일반인이 볼 때는 정말 그랬다.

"몸의 상태는 어떤가요?"

"괜찮아요. 달릴 때 삐끗했지만 이제는 괜찮아졌어요."

"만약 부상이 아니었다면 우승을 놓치지 않았을 터인데 억울하지는 않나요?"

"실수나 부상도 실력이라고 들었어요. 난 오늘 내 능력만큼 달렸다고 생각해요."

줄리아는 말을 하면서도 양심의 가책이 느껴졌지만 이미 벌어진 일이니 사람들에게 조금 멋있게 보일 필요가 있었다.

그녀의 말에 기자들이 감탄을 터뜨렸다. 어린 선수가 우승을 놓치고도 담담하게 말을 하는 것을 보고 감동한 것이다.

"오늘은 평소보다 스타트나 스퍼트가 늦었습니다. 그리고 기록도 100m나 400m와 비교하면 상대적으로 좋지 않았습니다. 그 이유는 뭐라고 생각하십니까?"

"사실 오늘은 조금 방심했어요. 피곤하기도 했고요. 두 개의 메달을 따고 난 뒤라 긴장이 별로 되지 않았죠. 그리고… 음, 솔직히 말씀드리면 교만했어요. 그래서 아마 최선을 다하지 않았던 것 같아요. 오늘은 어떤 경기에서든 최선을 다해야 한다는 것을 배웠어요. 다음에는 더 좋아질 것이라고 믿어요. 저는 실수를 통해서 잘 배우거든요."

줄리아의 말에 기자들이 웃음을 터뜨렸다. 열여섯 살이란 나이도 어리지만 그녀의 외모는 더욱 어려 보였다. 그녀가 열두 살 때 180㎝의 남자를 들어 올린 사건이 있음에도 불구하고 그래서인지 연약해 보이기까지 했다. 너무 동안이라서 그런 것이다.

"내년에 올림픽이 열리는데 어떤 계획이 있나요?"

"코치와 메디컬 닥터들이 결정하겠죠. 하지만 1년밖에 남지 않았기에 이번처럼 세 경기에 출전하게 되지 않을까 해요."

이후로 잠시 기자들의 소소한 질문이 이어졌다. 예를 들면 남자 친구가 있느냐, 없으면 어떤 남자가 이상형이냐는 것들이었다.

매스컴은 세계신기록을 거둔 줄리아가 혹시라도 부상을 입지 않았을까에 관심이 집중됐고, 부상이 없다는 말을 듣고는 그동안 있던 일들을 물어보았다. 인터뷰는 예상보다 길어졌다. 경기가 끝난 줄리아가 이런저런 말을 많이 한 것이다. 그녀는 사실 말이 좀 많은 편이었다.

* * *

줄리아는 푼수 기가 있다. 그것도 아주 많이. 그런데 그게 그동안 잘 나타나지 않은 이유는 워낙 활동적이어서였다. 하지만 인터뷰에는 여지없이 그녀의 단점이 방송되었다.

"우하하하! 저 누나, 무지 웃기다. 얼굴이 아깝다."

"난 그래도 좋아. 나의 천사 줄리아!"

열두 살 먹은 아이들이 TV를 보며 말했다. 어린 그들의 눈에도 줄리아는 눈에 띄게 예뻤다. 뒤에 날개가 달렸다면 천사라고 해도 믿을 것이다. 아이들은 줄리아의 유치함을 좋아했다. 나이가 자기들보다 많아도 수준이 비슷했기 때문이다.

반면 어른들은 줄리아의 깜찍하고 귀여움을 좋아했다. 그녀의 푼수 기까지도 좋게 보았다. 일단 그녀의 얼굴이 어려 보이고 악의가 전혀 보이지 않았기 때문이다.

무엇보다 어른들이 그녀를 좋아하는 가장 큰 이유는 줄리아가 아빠를 너무나 좋아한다는 점이었다. '아빠를 좋아하는 예쁜 딸'이란 곧 아빠들의 로망이 아니던가. 두 눈 가득 아빠를 좋아해서 아주 좋아 죽을 것 같은 애정을 담고 있는데 어떤 아빠가 싫어하겠는가. 날로 줄리아의 인기는 높아졌다.

세계육상선수권대회가 끝난 지 이틀 만에 방송국에서 섭외가 들어왔다. '데이비드 레터맨 쇼', '미첼 다이제스 쇼', '오프라 윈프리 쇼' 등 유명한 곳에서 다 콜이 들어왔다.

"아빠, 나 어디에 출연해야 해?"

"아빠 생각에는 할아버지가 진행하는 데이비드 레터맨 쇼는 편안하고, 미첼 다이제스 쇼는 신이 날 것 같고, 오프라 윈프리 쇼는 너를 유명하게 만들어줄 거야."

"오프라 윈프리 쇼는 왜 유명하게 돼?"

"왜냐하면 그녀는 출연자를 잘 띄워주거든. 그녀의 저음을 계속 듣는 것은 지루한 일이지. 그래서 그녀는 출연자들에게 말을 잘 걸거든."

"아하, 난 유명해지는 것은 별로인데."

"딸아, 넌 이미 유명해졌단다."

"히잉. 그러면 존 외삼촌은 어떤 방송을 볼까요?"

"아마도 미첼 쇼 같구나."

"내 생각에도 그래."

존 외삼촌은 재미있는 것을 좋아한다. 당연히 코미디언 출신의 미첼 다이제스 쇼가 존의 입맛에 맞을 것 같았다. 사실 줄리아는 데이비드 레터맨 쇼와 오프라 윈프리 쇼는 이미 예전에 출연한 바가 있었다. 그때는 너무 어려서 졸거나 하품을 하곤 했다.

"그런데 그건 왜 묻니?"

"아, 그냥… 그냥."

삼열은 줄리아가 왜 존에 관해 이야기하는지 알 수가 없었다. 사실 딸아이는 외삼촌인 존과 헨리를 꽤 좋아했다. 고아인 삼열에게는 부모가 없다. 게다가 작은아버지는 어린 삼열에게 사기를 쳐서 재산을 빼앗은 적이 있어 교류 자체가 없다. 그러니 줄리아에게 친척이라고는 존과 헨리밖에 없다. 그래서 그런가 보다 하고 말았다.

줄리아가 토크쇼에 나간다고 하자 마리아는 적극적으로 말렸다. 안 그래도 푼수 기가 있는 것이 드러났는데 유명한 토크쇼에 나가서 또 무슨 말을 할지 두려웠기 때문이다.

하지만 줄리아는 엄마의 반대에도 불구하고 미첼 다이제스 쇼에 나가기로 했다. 삼열은 자신도 토크쇼에 나갔기에 말리지 않았다.

줄리아의 고집에 결국 마리아도 두 손 두 발 다 들었다. 대신에 그녀는 조용하고 나직한 목소리로 말했다.

"줄리, 미첼 쇼에 나가려면 먼저 알아야 할 것이 있어."

"뭔데요?"

"미첼에게 레즈비언이냐고 물어서는 안 돼."

"왜?"

"왜냐면 그녀가 레즈비언이기 때문이지. 성적 취향이 다르다고 비난해서는 안 돼. 그 사람의 인격과 정신을 봐야 한단다."

"응. 그런데 엄마, 엄마의 말이 무엇을 의미하는지는 알겠는데 문제는 내가 사람의 인격과 정신을 볼 정도로 수준이 높지 않잖아."

"……."

마리아는 줄리아의 말에 입을 다물었다. 사람은 장점과 단점이 있다고 하더니 명랑하고 활발한 줄리아는 사람을 보는 안목이 조금 낮았다. 그나마 어릴 때부터 해온 인문교육이 머리가 완전히 빈 여자로 만들지는 않았지만 그렇다고 높은 교양을 갖추지도 못했다.

"어쨌든 알았어. 난 다른 사람의 취미나 성적 취향에 대해 물어보지 않을 거야."

"휴우, 그렇게 하는 것이 좋겠구나."

마리아는 이후 미첼 다이제스가 레나 드 로시와 결혼했다는 것을 알려주었다. 줄리아는 여자끼리 결혼한 사실이 신기하기는 했지만 주위에 그런 사람이 아주 없는 것은 아니었기에 그런가 보다 했다.

줄리아는 잠들기 전에 결혼에 대해서 생각했다.

사실 그녀가 돈을 벌고 싶다고 생각한 데에는 막연히 나중에 자신이 사랑하는 남자를 아빠가 싫어하면 어떻게 하나 하는 것이 많이 작용했다. 아빠처럼 멋진 남자를 만나게 된다면 혹시 외할아버지가 엄마에게 유산상속권을 포기하게 했듯이 자신도 그래야 할지도 모른다는 막연한 생각이 들었다. 그것이 그녀를 불안하게 만들었고, 안 그래도 돈을 좋아하는데 더 좋아하게 만든 것이다.

*　　　*　　　*

원래 토크쇼에 출연하려면 오래전에 이야기가 되어 스케줄을 잡아야 하지만 줄리아의 경우는 바로 촬영 날짜가 잡혔다. 줄리아의 갑작스러운 출연은 세계육상선수권대회의 놀라운 성적 때문이었다. 대회가 끝난 지 얼마 되지 않은 시기인 만큼 가능한 한 빨리 방송할수록 시청률이 올라가기에 줄리아가 쇼에 출연한다는 말을 하자마자 스케줄이 바로 잡힌 것이다.

줄리아는 엄마와 함께 미첼 쇼에 참석하기 위해 NBC 방송국으로 갔다. 리허설을 하기 위해 세 시간 전에 도착했더니 미첼 다이제스가 친절한 미소로 맞아주었다.

"어서 와라, 줄리아. 난 미첼 다이제스라고 해. 그냥 미첼이라고 부르면 된단다."

"반가워요, 미첼."

"이렇게 내 쇼에 참여해 줘서 고마워. 아주 멋진 쇼가 되도록 우리 함께 노력해 보도록 하자꾸나."

"네, 걱정하지 마세요. 미첼이 잘하니까 전 걱정하지 않아요."

"믿어줘서 고맙구나."

청바지와 밝은 아이보리색의 재킷을 입은 미첼이 줄리아를 보며 말했다. 줄리아는 미첼의 얼굴을 자세히 바라보았다. 그러자 마리아가 주의를 주었다.

"줄리, 그렇게 빤히 보는 것은 무례한 일이란다."

"응, 주의할게."

미첼이 옆에 있다가 줄리아를 보며 말했다.

"그런데 무슨 일로 내 얼굴을 그렇게 빤히 바라본 거니? 말해줄 수 있으면 해주고, 아니면 안 해도 된단다."

"아, 난 미첼에게 어떤 매력이 있나 하고 생각했어요."

"……?"

"에헤헤, 지금 생각해 보니 매력이 많으시네요."

"그러니? 내 아내에 대해서 말할 것이라면 그건 사양한단다."

딸꾹.

줄리아는 미첼이 자신의 마음을 알아차린 것에 놀라 딸꾹질을 하고 말았다.

미첼은 자신이 레나 드 로시와 결혼한 것을 가지고 사람들이 신기해하는 것을 잘 알고 있었다. 특히나 이렇게 어린 사춘기 소녀에게 자신이 호기심의 대상이 될 수 있다는 것은 너무나 당연했다. 하지만 사랑은 호기심의 대상이 되어서는 안 된다고 생각하는 것이 그녀의 철학이다.

마침내 녹화가 시작되었다. 리허설에서는 그날 촬영할 모든 내용을 점검하지는 않는다. 단지 그날 주로 다룰 내용을 체크하고 어떻게 진행될 것인지 미리 입을 맞추는 것이다. 토크쇼는 드라마처럼 대본이 있는 것이 아니다. 그날 다룰 주제에 대해서만 서로 미리 맞춰본 후에 나머지는 현장에서 위트와 유머가 발휘되도록 편안한 분위기를 조성해 주는 것이다. 이런 면에 있어서 미첼은 노련한 코미디언이면서 쇼 진행자였다.

"오늘은 깜짝 놀랄 만한 손님이 왔습니다. 그녀는 얼마 전에 끝난 세계육상선수권대회에서 100m와 400m 세계신기록을 달성하였습니다. 세계에서 가장 빠른 여자, 예쁘고 귀여운 줄리아 강입니다."

"안녕하세요. 줄리아 강이에요."

환영 음악과 함께 방청객의 환호와 박수가 터져 나왔다. 줄리아는 자신을 환영해 주는 분위기라 기분이 금방 좋아졌다.

"세계에서 가장 빠른 여자라는 말 마음에 드나요?"

"아뇨, 별로요. 빠른 것은 그렇게 자랑할 만한 일이 아니에요. 경기를 하지 않았다면 내가 빠르다고 해도 '아, 빠르게 달리네!' 하고 넘어갈 일이죠. 빠르다는 것이 인정받는 분야에서만 가치가 있어요."

줄리아의 대답에 미첼이 깜짝 놀란 표정을 지었다. 줄리아에게서 이런 말이 나올 것이라고는 예상 못한 듯했다.

"오케이, 오케이. 그것은 맞는 말이에요. 하지만 줄리아 양이 이곳에 초대된 이유는 아무래도 그 특정 분야에서 인정을 받아서가 아닐까요?"

"물론 그렇게 생각해요. 하지만 이곳에는 다양한 사람들이 초대되잖아요. 미술가, 음악가, 팝 가수 등등. 그들 모두 사람들의 관심을 사로잡았거나 호기심을 불러일으키긴 했지만요."

"날카로운 말이군요. 하지만 줄리아 양 자신이 아무리 특별하지 않다고 주장해도 아무도 그 주장을 받아들이지 않을 거예요. 자, 그 이유를 함께 보시죠."

미첼의 말이 끝나고 화면에 줄리아가 100m를 뛰는 모습이 나왔다. 특히 400m 달리기에서는 2위와 많이 차이가 나서 2위는 화면에 잘 보이지 않을 정도였다.

"줄리아 양은 적어도 이곳에 참여한 선수들보다는 빠르죠."

"네, 내가 제일 빨라요."

"와우, 그럼 우리 이야기가 되겠네요. 언제부터 이렇게 빨랐나요?"

"언제부터 빨랐는지는 모르겠어요. 하지만 아주 아기일 때부터 뛰어다니는 것을 좋아했어요. 달리기는 내 삶의 일부예요."

"아, 그렇군요. 그럼 줄리아 양의 팬들에 관해서 이야기해 볼까요? 다양한 팬이 있는데 당신이 이렇게 말한 기억이 나요. 세계신기록을 달성한 것은 칭찬받을 일이지만 사람들이 좋아해 줄 이유는 아니다. 그러므로 나는 나의 팬들에게 감사한다. 생각나나요?"

"네. 기록이 좋다고 꼭 팬이 생기는 것은 아니에요. 내가 아빠의 가장 열렬한 팬인 것은 아빠가 내 아빠이기 때문은 아니에요. 물론 아빠는 멋지지만 야구를 아주 잘해요. 거기에 친절하기까지 하죠."

"아 참, 아버지인 삼열 강이 마리아나 재단을 통해 아픈 어린이를 무료로 치료하고 있죠?"

"네. 아빠와 엄마는 그것은 자랑할 만한 일이 아니라고 했어요. 물론 아빠는 돈을 벌기 위해 티셔츠를 만들었지만 그 돈이 어디서 나오는지를 분명히 알고 있어요. 바로 팬이죠. 팬이기에 비싼 저지를 구매하는 거죠. 그러니 그 이익금의 일부가 다시 팬들에게 돌아가는 것은 당연한 일이에요."

"오늘은 평상시보다 이야기를 잘하는데 조금 실수를 해도 좋습니다."

미첼의 말에 방청석에서 웃음소리가 나왔다. 분위기가 좋아지자 줄리아는 한껏 고무되어 이야기를 막하기 시작했다.

"음, 그럼 내가 하고 싶은 이야기를 해도 되나요?"

"물론이죠. 하세요. 아무도 줄리아 양이 이야기하는 것을 막지 않을 거예요. 약속해요. 방청객 여러분도 약속하시죠?"

미첼이 과장된 표정을 지으며 방청객을 향해 손을 귀에 대고 아주 작은 소리로 '예스'라고 말했다. 그러자 방청석에서 크고 유쾌한 소리가 터져 나왔다.

"예스, 예스!"

"줄리아, 이야기해! 이야기해!"

"이야기해! 이야기를 해!"

줄리아는 박수와 환호를 받으며 얼굴을 붉혔다. 그 모습이 조명 아래에서 예쁘게 보였다.

"그런데 제가 이야기했는데 혹시 편집되는 것 아니에요?"

"편집은 PD의 재량이지만 이번에 이야기하는 것은 절대 편집하지 않겠어요. 약속하죠, 아놀드?"

미첼의 말에 담당 PD가 고개를 끄덕이며 편집하지 않겠다고 약속했다. 그러자 줄리아는 수첩을 꺼내 또박또박 읽기 시작했다.

"나이키, 아빠를 후원해 주는 것 고마워요. 내게도 전화를 줘요. 존 외삼촌, 내게 전화를 하지 않으면 다시는 외삼촌이라고 부르지 않을 거야. 내가 이렇게 훌륭해졌는데 왜 STL은 내게 오퍼를 넣지 않지? 그리고 삼송, 나 갤럭시 써. 연락 줘. 음, 그리고 현다이, 나는 아직 차가 없어. 하지만 내 첫 차는 현다이차가 되었으면 해. 연락 줘. 그리고 엑슨 모빌, 세계 최고의 기업이니 세계에서 제일 빠른 내게 관심을 가져줬으면 해. 음, 그리고……."

"아, 줄리아 양. 미안하지만 너무 많아요. 회사의 이름만 말해 줄 수 없어요? 그렇게 해도 그들은 충분히 알아들을 거예요. 그들이 멍청하지 않다면 말이죠."

줄리아는 미첼의 말에 고개를 끄덕이고는 몇몇 회사의 이름을 불렀다.

"자, 우리의 꼬마 아가씨가 한 말이 무슨 뜻인지 알겠죠? 전화 주세요. 에이전시가 어디? 아, 샘슨 사가 삼열 강의 에이전시죠? 일단 거기로 줘요. 아직 에이전시가 없는 것 같으니까 말이죠. 내가 만약 기업의 CEO라면 이 매력적인 아가씨의 구애를 절대로 거절하지 못할 것 같군요. 그렇지 않나요?"

방청객에서 다시 웃음소리가 났다. 줄리아는 뻔뻔하게도 미첼의 말에 맞장구를 쳤다.

방청석에 있던 마리아는 줄리아의 말을 듣고 얼굴을 구겼다. 집을 나오기 전에 몹시 들떠 있는 것이 수상했는데 이제야 그 이유를 알 것 같았다.

'하아, 어쩜 아버지와 딸이 그렇게 똑같지?'

마리아는 줄리아가 사고를 친 것에 어떤 반응이 나올지 걱정되었다. 삼열이 부자라서 이런 줄리아의 말은 잘못하면 사람들이 나쁘게 받아들일 수 있었다.

"아 참, 줄리아 양, 아버지가 부자인 것으로 알고 있는데 왜 그렇게 광고에 욕심을 내는 거죠?"

"아버지는 부자가 맞아요. 그런데 돈을 안 써요. 난 쓰고 싶은 곳이 있는데 아빠와 엄마, 특히 엄마는 돈을 쓰는 원칙이 너무 분명해요. 나도 그 의견에는 찬성이에요. 돈을 함부로 쓰는 것은 좋지 않은 습관이죠. 음, 난 부자 아빠를 원하는 것이 아니라 내가 부자가 되고 싶어요. 그래야 내가 쓰고 싶은 곳에 쓸 수 있죠."

"아, 그런가요?"

"네. 아빠는 훌륭한 분이지만 구두쇠예요. 엄마를 위해서는 잘 쓰지만 낭비를 잘 안 해요."

"그럼 어머니 마리아를 위해서는 얼마나 잘 쓰나요?"

"음, 아빠는 틈만 나면 엄마에게 꽃을 선물해요. 레스토랑에 가서는 엄마가 좋아하는 요리를 주로 시키죠. 하지만 나도 하고 싶은 것이 있어요. 내 이름으로 재단을 만들고 싶어요. 다른 사람을 돕는 재단을요. 아, 물론 나를 위해 더 많이 쓸 거예요. 난 아빠가 아니거든요."

"하하, 그렇군요. 오늘의 주인공 줄리아 강 양이었습니다. 그녀가 말한 기업들, 전화 꼭 주세요."

미첼이 마지막까지 줄리아를 돕는 유머를 던졌다. 줄리아도 좋아서 전화를 달라는 포즈를 취했다.

달콤한 밤이 다가오고 시간은 지나갔다.

그리고 미첼 쇼가 방송된 다음 날부터 줄리아를 찾는 전화가 폭탄처럼 터졌다.

'우히히, 역시 돈을 벌기 위해서는 일을 해야 해. 앉아서 돈이 떨어지기를 기다리면 안 돼. 돈은 움직이는 거야.'

줄리아는 주먹을 꼭 쥐었다. 건방진 표정을 짓고서. 옆에는 다섯 마리의 개가 그런 그녀를 올려다보고 있다.

* * *

달빛이 아름다웠다. 줄리아는 창문을 열어놓고 바람이 지나가는 소리를 들었다. 바람이 나뭇잎을 흔드는 소리가 때로는 파도 같았고 어떤 때는 흐르는 시냇물 같았다. 시간의 변화에 따라 바람은 다른 소리를 냈다.

잠이 오지 않는 밤이었다.

미첼 쇼가 방송되자마자 전화에서 불이 났다. 어떻게 전화번호를 알았는지 적지 않은 회사에서 줄리아에게 직접 연락을 했다. 그들은 통화 중에 임시로 에이전시를 대행하는 샘슨 사에도 연락을 했다는 말을 잊지 않았다.

"우헤헤헤, 엄마가 뭐라고 해도 난 찍고 말 거야."

줄리아는 자신이 미첼 쇼에 나가서 말을 했기에 적어도 한두 개의 회사에서 콜이 들어올 것으로 생각했다. 하지만 한두 개의 회사가 아니라 한꺼번에 수십 개의 회사에서 연락이 왔다. 줄리아가 언급하지 않은 회사에서도 광고 제의가 들어왔다.

광고주들로부터 이렇게 즉각적으로 연락이 온 이유는 줄리아의 상품 가치가 그만큼 높기 때문이다. 미국에서는 '아메리칸 아이돌'과 같은 프로그램이 인기가 있다. 일반인이 스타가 되는 것에 사람들은 쾌감을 느낀다.

줄리아는 할리우드 출신의 배우가 아님에도 비슷한 분위기를 풍기는 외모를 가지고 있었다. 게다가 미국은 부자에 대한 불신이 없기에 아버지가 부자인 것은 문제가 되지 않았다. 줄리아의 소녀다운 발랄함과 엉뚱함은 사람들의 환호를 받았다. 당연히 광고주들의 관심을 사로잡을 수밖에 없었다.

실력이 있으면 엉뚱함이 매력으로 비칠 수 있다. 실력 없이 나대는 것은 주접이지만 실력이 있다면 뚜렷한 주관이 되는 것이다.

줄리아는 평상시에도 사람들의 눈에 귀엽게 보이는 특이한 매력이 있었다. 사람들은 미첼 쇼에서 줄리아가 광고주들에게 전화하라고 말하는 것을 보고 굉장히 좋아했다. 미국은 적극적인 것을 미덕으로 여기는 사회이다. 그래서인지 줄리아의 푼수 기를 아주 좋게 보고 사랑했다.

줄리아는 모니터를 보며 미소를 지었다. 그녀의 팬 카페 가입자가 폭발적으로 늘어난 것이다. 연예인은 아니지만 이제 누구못지않은 인기를 누리게 되었다.

사실 그녀는 운동하기 전에도 인기가 많았다. 하지만 그때는 그냥 예쁘고 귀여워서 팬들이 생긴 것뿐이고 지금은 확실한 이유가 있었다. 불과 열여섯 살에 육상 분야에서 세계신기록을 두 개나 달성했다는 사실이다.

게다가 열여섯 살의 어린 나이에 신기록을 달성하는 것은 사막에서 농사짓는 것만큼이나 어렵다고 전문가들이 말하자 인기는 더욱 올라갔다.

마리아는 그녀가 광고를 한두 개만 하기를 바랐지만 줄리아는 그럴 마음이 전혀 없었다. 자신은 연예인이 아니니 이런 좋은 기회가 자주 오지 않을 것이다. 그래서 그녀는 이번 기회를 놓치기 싫었다.

어느 날은 샘슨 사를 통해 영화 출연 제의가 들어와 줄리아를 기쁘게 했다. 비록 배역은 단역이지만 대작이라 마음이 흔들렸다.

"줄리, 영화는 절대 안 돼."

"왜 안 돼요?"

"줄리, 너 자신을 봐. 거울만 보지 말고 네 내면을 가끔 보렴. 인생에서 기회가 자주 오는 것은 아니지만 그렇다고 아무런 준비도 없이 뛰어드는 것은 그 일에 종사하는 사람들에 대한 예의가 아니야. 네게 제의가 들어오는 것은 그 역을 따내기 위해 많은 시간 동안 연기해 온 사람들의 기회를 빼앗는 것이란다."

"그래도……."

줄리아는 모처럼 찾아온 기회가 아까웠다. 이 나이 때의 아이들은 연예인에 대한 환상을 가지고 있다. 비록 TV를 잘 보지는 않지만 그녀도 예외는 아니었다.

하고 싶어 욕심을 부리는 줄리아에게 마리아가 한마디 더 했다.

"좋아, 줄리. 만약 네가 영화에 출연하고 싶다면 이제부터라도 연기 연습을 하도록 하렴. 정식으로 연기를 배우면 허락해 줄게. 내 딸인데 이것도 안 하려고 하지는 않겠지? 안 그러니, 줄리?"

"히잉, 알았어. 안 할게요."

줄리아의 대답에 비로소 마리아는 미소를 지었다. 철없는 딸이지만 그렇다고 말이 아주 안 통하는 것은 아니어서 다행이었다.

나의 기회는 다른 사람의 기회이기도 하다. 그렇다면 남의 기회를 빼앗은 것에 부끄럽지 않아야 한다. 그것이 다른 사람의 기회일 수도 있다는 말에 고집이 센 줄리아도 항복하고 말았다. 하고 싶은 마음이 컸던 것은 사실이지만 자신에게 연기 재능이 있을까 하는 점을 생각해 보니 무조건 우겨서 될 문제가 아니었다.

줄리아는 사람들의 환호를 받는 것이 기뻤다. 그녀는 수없이 많은 광고를 찍고 녹초가 되곤 했다. 광고를 찍는 것은 생각보다 힘들었다. 똑같은 장면을 수십 번이나 해야 했으니까. 이는 줄리아에게 고역이었다.

대부분의 회사는 단발 CF를 원했지만 나이키와 STL은 장기 계약을 제의했다.

나이키는 줄리아의 상품으로서의 가치를 아주 높게 보았다.

원래 육상은 모든 운동의 기본이고 미국의 주요 종목 중 하나였다. 그리고 나이키는 대체로 여자 모델보다 남자 모델을 선호했다. 그럴 수밖에 없는 것이 여자들의 기록은 남자들의 기록에 비추어보면 너무 차이가 나서 광고 효과의 차이 역시 아주 컸던 것이다. 예를 들면 여자부 1위였던 플로렌스 그리피스 조이너보다는 우사인 볼트가 광고 효과가 높다. 하지만 줄리아는 단순한 기록 이상의 가치를 가지고 있었다.

일단 줄리아는 대중 친밀도가 굉장히 높다. 나이가 어려 사람들에게 어필하는 범위가 넓었다. 그리고 그녀의 외모와 엉뚱함은 아주 사랑스러워 사람들의 호감을 사기에 충분했다. 양키스의 전설적인 투수 삼열 강의 딸이라는 것도 한몫했다. 적어도 그녀의 인기는 양키스가 있는 뉴욕에서는 압도적이었다.

반면 STL은 메로라인 가문이 대주주로 있는 회사이다. 사실 STL은 예전부터 줄리아를 지원하고 싶어 했지만 삼열과 마리아가 거절했다. 그러던 차에 줄리아가 방송에 나와 STL을 언급하니 공식적으로 광고 계약을 제의한 것이다.

줄리아의 광고 계약 조건은 나이키가 5년 계약에 2천만 달러, STL이 3년 계약에 1천만 달러였다.

줄리아는 그런 금액에 너무 놀랐다.

"와아, 이렇게 많이 줘요?"

"하하, 많긴 하지. 하지만 다른 종목도 아니고 육상 아니니. 원래 육상 분야는 광고 단가가 조금 세."

줄리아는 샘슨 사의 이반 페드로 부사장의 설명을 듣고도 놀란 듯 눈을 동그랗게 떴다. 사실 그것이 세계신기록에 대한 정당한 가격이었다.

줄리아는 자신이 무슨 사고를 쳤는지 모르고 있었다. 그녀가 언급한 회사들은 모두 세계적인 기업들이다. 예를 들면, 나이키의 브랜드 가치는 162억 달러에 달한다. 나이키라는 상표의 가치만 말이다. 그러니 나이키가 선수들에게 후원이라는 명목으로 지불하는 금액도 상상을 초월했다.

나이키는 육상 선수 출신의 필 나이트와 육상 코치 빌 보워먼이 1964년에 세운 회사이다. 초기에는 필 나이트가 직접 차를 몰면서 운동화를 팔았다고 한다.

필 나이트는 선수 출신이라 마케팅 방식이 다른 회사와 많이 달랐다. 예를 들면, 유니폼과 신발을 무상으로 선수들에게 제공했다. 그렇게 제공한 것 중에서 가장 히트한 것이 바로 마이클 조던의 에어조던 농구화였다. 에어조던은 조던이 직접 디자인한 것이기도 했다.

나이키가 가장 선호하는 방식은 스타 마케팅이다. 그러니 엄청난 스타로서의 가능성을 보인 줄리아를 놓치지 않은 것이다.

STL은 메로라인 가문의 소유는 아니지만 그 영향력에서 자유로울 수 없는 기업이었다. STL의 대주주가 바로 메로라인 가문이기 때문이다. 애초에 STL은 후원 차원으로 줄리아가 하는 훈련 경비 일체를 지원할 생각이었다.

그러다가 줄리아가 열여섯 살의 나이에 세계신기록을 세우자 생각이 달라졌다. 마침 TV에서 줄리아가 나와 STL을 거론했기에 가만히 있기도 거북했지만 나름 상품 가치가 있다고 판단했다. 특히나 내년에 올림픽이 있기에 줄리아의 가치는 엄청나다고 보았다.

“와아!”

줄리아는 광고 계약에 들어오는 돈이 상상을 초월할 정도로 크자 정신이 하나도 없었다. 애초에 줄리아가 광고를 찍는 것에 반대하던 마리아도 계약 금액을 보고는 더 이상 말리지 않았다.

*　　　*　　　*

한국에서도 줄리아의 인기는 엄청났다.

사실 그녀에 대해 아는 사람은 많지 않았다. 물론 삼열이 한국인 출신의 메이저리거이기에 그에 대한 관심은 많았다. 삼열은 보스턴 레드삭스를 상대로 퍼펙트게임을 달성한 후로 한국에서 엄청난 인기를 얻게 되었다. 삼송이나 현다이 그룹에서 광고도 많이 찍었기에 국내 기업들도 삼열뿐 아니라 그의 가족에 대해서도 관심을 갖고 있었다.

그런 상황에서 줄리아가 미첼 쇼에 나와 삼송과 현다이를 직접 지목하자 그들은 곧장 반응했다. 다만 광고 계약 금액이 문제였다.

국내에서는 유명하지 않는 줄리아이지만 그녀가 100m 우승을 한 후 성조기와 함께 태극기를 들고 뛰었을 때 국내는 엄청난 환호에 휩싸였다. 100m 세계신기록 달성자가 한국인이라니. 엄밀하게 말하면 한국인이라고 하기에는 애매했지만 본인이 한국인이 아니라고 부인하지 않으니 그보다 좋은 일은 없었다. 한국인이 육상에서 세계신기록을 달성했으니 그 어떤 이벤트보다 효과가 좋았다.

특히 삼송의 반응은 폭발적이었다. 아직도 삼열의 광고를 곧잘 쓰는 그들로서는 삼열의 딸이 아주 친숙한 존재였다. 삼송의 후계자인 이경철은 삼열의 맹렬한 지지자였다. 그래서 삼송의 입장에서 볼 때 다소 불합리한 광고도 계약하곤 했다. 예를 들면 광고비는 거액으로 지불하면서 광고 영상은 메이저리그 사무국이 제공해 주는 영상을 그대로 사용한다든지 하는 것 말이다.

"이건 너무 거액이잖아!"

삼송의 홍보부를 관장하는 이기돈은 어린 줄리아에게 책정된 액수를 보고 깜짝 놀랐다. 그는 이해할 수 없었다. 첫 광고 촬영에 톱 배우보다 무려 다섯 배나 많이 지불한다는 것을.

그도 줄리아를 좋아한다. 어떻게 보면 팬이라고도 할 수 있었다. 하지만 1년 단발 계약에 50억은 너무 많았다. 물론 조건에 따라 액수가 조정될 수 있지만 대부분 전액 지출되는 경우가 많았다.

이기돈은 씁쓸했다. 이 기획안의 오더가 어디서 내려왔는지는 보지 않아도 뻔했다. 황태자 이경철이다.

"왜 이러지?"

그가 불만이 가득한 표정으로 내뱉자 옆에 있던 부하 직원이 물었다.

"이사님, 무슨 일로 그러십니까?"

"아무것도 아니야."

그는 감히 자신의 불만을 겉으로 표현할 수 없었다. 하지만 부하 직원은 기획안을 보고는 웃으며 말했다.

"50억이라……. 싸네요."

"뭐?"

"하하, 이사님. 이 소녀의 가치를 잘 모르시는군요. 지금 이 소녀 때문에 미국이 들썩이고 있습니다."

"그게 무슨 소리인가?"

"저도 처음 이 기획안을 보았을 때 너무 많은 것은 아닌가 하고 생각했지만 사실 아니었습니다. 시간이 지날수록 계약금의 단가는 커질 겁니다."

"그게 무슨 소리인가?"

"나이키가 이 소녀에게 2천만 달러를 베팅했다고 합니다. 비록 5년 계약이지만 그들은 이 금액이 많다고 절대 생각하지 않는다는 겁니다. 내년에 줄리아가 평균만 해준다고 해도 올림픽 세 종목에서 금메달을 딸 것이니까요. 지난번 세계대회 200m에서도 사실상 1위나 마찬가지였죠. 실수해서 아깝게 놓치기는 했지만요. 지금 그녀의 기록을 따라잡을 수 있는 선수는 전무합니다. 그러니 나이키가 덤벼든 것이죠."

"흠, 나이키야 스포츠 용품을 파는 회사가 아닌가?"

"강삼열 선수의 장녀, 열두 살 때 아버지를 모욕한 인종차별자를 번쩍 들어 기네스북에도 오른 소녀, 외모는 백인이지만 한국인이라고 주장하는 세계신기록 보유자. 더 필요한가요?"

"흐음, 그렇군."

기업의 마케팅 비용은 매년 일정하게 정해져 있다. 그래서 새로운 제품이 나오면 그것을 광고하기에도 바쁘다. 그런데 줄리아는 그룹 홍보 차원에서 계약되는 것이니 애매했다.

사실 그룹 전체로 보면 50억은 아무것도 아니었다. 하지만 올해 책정된 홍보 예산이 거의 다 집행된 상태라는 것이 문제였다. 올해가 몇 달 남지도 않았는데 새로 50억을 집행하는 것은 여의치가 않았다.

"그녀는 엄청 인기가 있습니다. 젊은 애들 사이에서는 거의 폭발적이에요."

"어, 그런가?"

"그럼요. 제 아들도 어제 팬이 되어버렸는걸요."

이기돈은 자신이 나이가 들었음을 실감했다. 쉰두 살의 나이는 늙었다고 말하기는 힘들지만 그렇다고 젊다고 말할 수도 없다. 특히 몇몇 분야에서는 부쩍 힘들어지고 있었다. 오늘과 같은 일이 아주 드문 것이 아니었다.

9. 아빠와의 데이트

줄리아는 오랜만에 삼열과 산책을 했다. 따스한 햇살이 공원을 비추고 있다. 공원에는 사랑하는 사람들이 손을 잡고 걷거나 즐겁게 이야기를 하고 있었다. 나무들 사이에서, 꽃들 사이에서 사람들이 행복한 미소를 지었다.

"아빠, 나 뭐 하면 좋을까?"

"네가 좋아하는 것을 해야지. 아빠는 네가 좋아하는 것이라면 뭐든지 좋단다."

"정말?"

"그럼. 네가 세상에 태어났을 때 아빠는 세상을 다 얻은 감격을 얻었어. 그 말이 무슨 의미인지 알겠니?"

줄리아는 삼열의 말에 두 눈을 굴리며 생각하다가 되물었다.

"뭔데요?"

"내겐 네가 세상이라는 것이지. 부모에게 자식은 그런 존재란다. 네가 행복하면 아빠도 행복해. 네가 슬프면 아빠도 슬프고."

"왜 그래?"

줄리아가 미소를 지으며 물었다.

"세상의 모든 부모가 그렇단다. 내가 특별한 것이 아니라. 나는 네 엄마를 만나서 행복했지. 현명한 여자를 아내로 만난 남자는 그렇단다. 인생에서 좋은 배우자를 만나는 것은 신의 축복이야. 부자로 싸우며 사는 부부보다 차라리 서로 사랑하고 신뢰하는 가난한 부부로 사는 것이 더 행복하지."

"아, 그럼 나도 현명한 아내가 되어야겠네요."

"그럼. 넌 할 수 있어. 엄마를 보렴. 엄마는 비록 네게 잔소리는 많은 편이지만 그게 다 너를 사랑해서 하신 말씀이란다. 인생을 현명한 사람과 같이 걷는 것은 행복한 일이야. 네가 어릴 때 엄마는 너와 조셉을 위해 훌륭한 직장을 포기했었어. 그건 희생이란다. 하지만 우리는 그것을 희생이라고 하지 않아. 사랑이라고 불러."

"아, 나도 엄마처럼 되고 싶어요. 내 아들과 딸에게 좋은 엄마가 되고 싶어요."

"줄리, 넌 분명 아주아주 좋은 엄마가 될 거다."

"정말요?"

"그럼. 넌 훌륭한 여자야. 그러니 네 인생을 낭비하지 말고 네가 행복할 수 있는 일을 하렴."

"응, 아빠."

줄리아가 갑자기 삼열의 뺨에 키스했다. 삼열은 딸의 키스에 부드러운 미소를 지었다. 뭉게구름 같은 짧고 연한 키스였지만 세상의 그 어떤 초콜릿보다 달콤했다.

인생은 행복할 수만은 없다. 현명한 자는 단지 행복한 시간을 조금 더 많이 만들 수 있는 인내를 가졌을 뿐이다.

* * *

"아빠, 아빠! 오늘은 나와 놀아줘요. 데이트!"

줄리아의 느닷없는 앙탈에 삼열은 슬며시 마리아의 눈치를 살폈다. 마리아가 빙그레 웃자 그는 옷을 갈아입고 먼저 밖으로 나갔다.

대기하고 있던 람보르기니에 오른 삼열이 문을 연 채로 기다리고 있자 곧 줄리아가 그의 옆자리로 팔짝 뛰어올랐다. 람보르기니가 정문을 나서는 순간 두 대의 경호차가 천천히 따라 나왔다. 그리고 그중 한 대가 앞으로 나섰다.

"아빠, 올해도 양키스가 우승할 것 같아요."

"양키스는 최고의 팀이니까."

"그게 아니라 아빠가 있어서 양키스가 강한 거예요."

줄리아의 말에 삼열은 가만히 딸의 얼굴을 보았다. 어릴 때부터 유독 자신을 따르던 딸이다. 올해 초까지만 해도 아빠와 결혼하겠다고 하던 딸이 지금은 하지 않는다. 그게 섭섭하기도 하고 대견하기도 했다. 이제 딸은 자신만의 세상으로 나갈 준비를 서서히 하고 있었다.

"아빠 올해도 20승 하셨네요."

"응."

삼열은 올해 21승을 했다. 아직 남은 경기가 있으니 2~4승은 더 가능하다.

"아빠는 대단해요. 메이저리그의 유일한 스위치 투수잖아요."

"그래, 그게 도움이 많이 되지. 오른손과 왼손을 번갈아서 던지면 어깨의 피로가 덜하니까."

"대단해요."

삼열은 빙그레 웃었다. 사실 그가 왼손으로 투구할 수 있게 된 것은 사고 때문이었다. 나이키와 광고 계약을 하기 위해 가다가 교통사고를 당한 것이다.

그때의 사고로 거의 죽다 살아난 삼열은 그 대가로 오른손을 쓸 수 없게 되었다. 타자로 전향할 수도 있었지만 그는 한 시즌 내내 경기에 나가는 것보다 시간적으로 여유가 있는 투수를 원했다. 그래야 조금이라도 더 가족과 함께할 수 있기 때문이었다. 물론 투수로서 즐긴 그 짜릿한 긴장감도 잊지 못했다.

"줄리, 내가 왼손을 사용할 수 있게 된 것은 교통사고를 당했기 때문이란다. 네가 아주 어렸을 때 일어난 일이야."

"정말요?"

"나는 중상을 당해 오른손으로는 투구할 수 없게 되었지. 타자로서의 재능도 있어서 그냥 타자를 해도 구단은 찬성한다고 말했어. 하지만 나는 왼손으로 공을 던지는 것을 선택했단다."

"와아, 대단해요."

줄리아는 삼열이 사고를 당했다는 말에는 슬픈 표정을 짓더니 왼손으로 공을 던질 수 있게 되었다는 말에는 환하게 웃었다.

삼열은 3년 전부터 시즌 전반에는 오른손으로 던지고 후반이 되면 왼손으로 던지고 있었다. 타자에 따라서 손을 바꾸거나 하지는 않았다. 한 손이 던지고 있을 때 다른 손은 철저하게 쉬게 했다. 그렇게 해야 어깨를 확실하게 보호할 수 있기 때문이다.

"사람들에게 어려움은 항상 온단다. 네 인생에도, 또 다른 사람의 삶에도. 하지만 너는 그런 고통을 두려워하면 안 돼. 아빠를 봐. 사람들은 가장 힘들 때 가장 소중한 것을 얻게 된단다. 그 사고 후에 나는 내 삶에 대해 긍정하며 인내했지. 그랬더니 양손 투수가 되었잖니. 고난과 역경은 더 좋은 사람이 될 기회를 제공해 주는 것이니 신을 원망해서는 안 된단다. 고통이 없는 인생은 없으니까."

"네, 아빠. 나도 이제부터 강해질 거야. 그래서 내가 아빠를 지켜줄게."

삼열은 줄리아의 말에 울컥했다. 바로 이 순간 세상에서 가장 행복한 사람이 되어버린 느낌이 들었다. 어느 누가 딸에게 이런 말을 들을 수 있겠는가.

그는 줄리아를 흘깃 보며 창밖으로 다시 시선을 돌렸다. 도시의 빌딩이 푸른 하늘 아래 다닥다닥 붙어 있다. 가로수들이 휘청거리는 모습을 보니 제법 바람이 부는 것 같았다.

삼열은 문득 줄리아와 함께할 수 있는 시간이 점점 줄어든다는 것을 느꼈다. 아기이던 딸이 이제는 다 커서 숙녀가 되어가고 있었다. 애벌레는 나비가 되면 하늘을 날게 되는 법이다. 성인이 된 자식이 부모의 품을 떠나는 것은 자연의 이치였다.

"아빠는 네가 이만큼 성장한 것을 보니 너무 기쁘다. 너는 이제 어른이 되어가고 있구나. 하지만 한편으로는 벌써부터 슬퍼져. 네가 나와 엄마의 품을 떠나 너만의 세계를 살아갈 날이 이렇게 빨리 올 줄은 정말 몰랐단다. 엄마와도 이야기했지만 좀 더 너와 함께해 주지 못해서 미안하구나."

"아냐, 아냐. 아빠는 정말 훌륭한 아빠야. 그건 누구라도 알 수 있어."

줄리아는 항상 밝은 성격의 아빠가 잠시지만 슬픈 표정을 짓는 것이 슬펐다. 아주 짧은 순간이지만 가슴이 너무 아팠다.

아빠와 영원히 같이 살지 못하는 것은 슬픈 일이었다. 줄리아도 나이를 먹어가면서 스스로의 인생을 책임지고 살아가는 것이 무엇을 의미하는지 알게 되었다. 아무리 사랑을 해도 아빠 엄마와 영원히 함께 살 수는 없는 일이었다.

도시로 나와 둘은 영화를 보았다. 뒤따르는 경호원 때문에 팬들이 가까이 다가오지는 못했지만 줄리아를 보며 손을 흔들곤 했다. 이곳 뉴욕에서의 이런 모습은 너무나 익숙한 것이 되어버렸다.

삼열은 줄리아와 손을 잡고 거리를 걸었다. 이제는 어깨까지 큰 딸과 함께 걷는 것이 기분 좋았다. 가을이 한층 더 다가왔는지 가끔 서늘한 바람이 불어왔다.

삼열은 딸에게 시련은 고통스럽지만 인간을 강하게 만든다는 것을 가르쳐 주고 싶었다. 고통 없는 인생은 미안하지만 없다. 그는 또한 커가는 딸과 함께 행복한 추억을 만들고 싶었다. 이를 위해 딸과 둘만의 시간도 필요했다. 먼 훗날 딸을 보며 혼자만 웃을 수 있는 추억이 필요했다. 그리움과 행복함이 가득한 추억이.

2년 뒤 열여덟 살이 되면 줄리아는 그의 보호를 거절할 권리를 가지게 된다. 불과 2년밖에 남지 않았다. 이렇게 사랑스러운 딸에게 울타리가 되어줄 수 있는 시간 말이다.

추억은 그리움을 만든다. 행복했던 시간은 기억 속에서 영원히 멈춰 있는 법이다. 그런데 이런 아름다운 추억들은 그냥 만들어지지 않는다.

멋진 추억에는 시간과 정성이 필요하다. 저절로 아름다운 추억은 생기지 않는다. 저절로 와플이 구워지지는 않는 것처럼. 와플을 굽는 장사꾼이 반죽과 소스를 뿌리지 않으면 맛있는 와플이 나오지 않는다. 인생도 와플과 같다.

그것은 마치 아름다운 여자가 최선을 다해 화장하듯이 인생도 자신의 삶을 가꾸어야 한다.

삼열은 많은 시간을 가족과 함께 행복하게 지내려고 노력해왔다. 현명한 마리아의 도움이 있었지만 그 역시 노력을 게을리하지 않았다. 가족의 일이라면, 가족과 함께할 수 있다면 만사를 제쳐놓았다. 고아라서 더 그랬는지도 모른다. 그 노력의 결과로 딸과 아들이 제법 훌륭하게 자랐다.

"아빠, 나 놀랐어."

"응? 뭐가?"

"그 CF 광고비 말이야. 그렇게 큰돈을 내게 줄 줄은 꿈에도 생각을 못했어."

"흠, 그것은 '가치'의 문제란다."

"가치요?"

"그래. 사람들은 뛰어난 행동과 용기에 대해 대가를 지불하기를 원하지. 네가 뛴 100m는 사실 다른 선수들보다 2초 이상은 절대 빠르지 않아. 그렇지 않니?"

"맞아요, 아빠."

100m 달리기 경기에서 결승전에 나올 정도면 1위와 8위가 아무리 차이가 나도 2초 이상 날 수가 없다. 적어도 국제경기에서는 말이다.

"사람들은 가치 있는 것에 돈을 지불하지. 네가 번 것은 바로 남들보다 더 빠른 그 2초의 대가란다. 물론 이것이 네가 다른 사람보다 더 우월한 사람이라는 것을 말해 주는 것은 절대 아냐. 하지만 한 가지는 확실하지. 네가 그 2초를 위해 노력한 시간과 정성은 그 수천, 수십만의 시간을 의미한다는 것. 네가 다른 사람보다 잘난 것은 딱 2초라는 것을 명심하면 너는 인생을 항상 겸손하게 살 수 있을 것이야."

"응, 아빠."

줄리아는 대답하면서도 생각을 하는지 한동안 말이 없었다. 그녀는 최근 엄청난 돈이 통장으로 들어오자 우쭐해졌다. 마음속으로 '내가 할리우드 스타보다 더 유명해. 더 잘났어' 하고 교만한 생각이 든 것도 사실이다. 어린 나이에 생각할 수도 없는 큰돈이 들어오자 눈이 확 돌아갔다.

"줄리, 네 돈은 신탁으로 안전하게 넣어두었다. 넌 이제 부자가 되었지만 아직 성인이 아니니 아빠 엄마의 보호를 받아야 한다. 필요한 돈은 아빠가 줄 거야. 무슨 말인지 알겠지?"

"네, 아빠. 사실 당장 돈이 필요한 곳은 없어요."

삼열은 고개를 끄덕였다. 마리아가 검소하게 살려고 많은 노력을 했지만 그래 봐야 다른 사람들의 눈에는 부자의 '척'으로 보일 뿐이다. 그 말은 줄리아가 성장하는 데 필요한 모든 것이 제공되었다는 것이다.

"아빠, 나 부자가 되었는데 이제 육상 그만둘까요?"

"그만두고 싶니?"

"아뇨, 아직은 아니에요."

"돈을 위해 사는 것은 우리를 슬프게 하지. 어쩔 수 없이 돈을 벌기 위해 일을 하더라도 그 일을 즐겨야 한다. 왜냐면……."

"왜냐면요?"

"너 자신을 위해서다. 신은 인간이 수고해야 먹고살게 해놓았어. 그러니 일하지 않으면 먹고살 수 없지. 그것은 부자라도 마찬가지란다."

"부자면 일을 안 하고 살아도 되잖아요."

"그러면 그 사람은 얼마 못 살 거다."

"말도 안 돼요."

"그렇다면 그 부자가 무엇을 하고 무슨 재미로 살아가지?"

"그야 돈 쓰는 재미로."

"흠, 넌 학교에 가지 않고 노는 것이 즐겁니?"

"물론이죠."

"하루나 일주일은 즐겁게 놀겠지. 하지만 친구들은 학교에 가는 시간에도 넌 놀아야 한다면 도대체 뭘 하고 놀겠니? 1년 내내 말이다. 1년 내내, 그리고 평생을 그렇게 놀아야 한다면 인간은 지루해서 죽으려고 하겠지."

"그런가요?"

"인간은 자신이 가지지 못한 것에 대한 환상을 가지게 마련이란다. 그것을 고상한 말로 꿈이라고 바꾸어서 말할 수 있지. 인간은 꿈이 없어도 사는 데 아무 지장이 없지만 인생을 신나게 살 수는 없단다. 그래서 무엇이 되고자 하는 꿈이 중요한 것이야."

"아, 그렇구나."

삼열은 열여섯 살에 유명해지고 부자가 된 딸이 걱정되었다. 그만한 나이에는 그만한 생각과 행동을 해야 무리가 없는 법이다. 그런데 딸이 어린 나이에 부자가 되어버렸다. 그녀 자신의 능력으로 말이다.

이제 줄리아는 평생 돈 걱정 없이 살게 될 것이다.

부자는 사기도 잘 당하지 않는다. 무슨 일을 해도 변호사와 전문가가 조언을 해주기 때문이다. 록펠러와 같은 가문이 사기를 당했다는 말을 들어보았는가? 손해를 보았다면 그것은 판단 미스이지 사기일 가능성은 거의 없다.

돈은 주인이 허랑방탕하지만 않으면 주인을 충실히 지키는 속성이 있다. 그리고 마치 씨앗을 땅에 뿌리면 열매가 열리는 것처럼 돈은 또 다른 부를 낳는 속성이 있다. 그래서 부자는 가난해지기가 무척이나 어려운 법이다.

하지만 부유함이 항상 좋은 것만은 아니다. 부는 방종과 교만을 불러온다. 정신을 차리지 않으면 삶을 원하지 않는 방향으로 끌고 가버린다. 명문가의 교육은 그래서 필요하다. 다행하게도 줄리아는 명문 메로라인 출신의 엄마에게 어릴 때부터 교육을 받았다.

줄리아는 삼열의 성격을 물려받아 돈을 좋아하지만 돈을 쓰는 데에는 인색했다. 그래서 통장의 늘어난 금액을 보며 좋아했지 미첼 쇼에 나가서 말한 '하고 싶은 일'은 사실 없었다. 그리고 있다고 해도 그녀가 원하는 것들이란 큰돈이 드는 일도 아니었다. 열여섯 살의 소녀가 돈 쓸 일이 어디에 있겠는가.

줄리아는 삼열과 데이트를 하며 근사한 곳에서 식사했다. 그녀도 아빠와 이런 시간이 생각처럼 많이 남지 않았다는 것을 느끼고 있었다. 시간이 지나면서 자신이 언제까지나 아이로만 남을 수 없다는 것을 깨달은 것이다.

* * *

줄리아는 광고 촬영이 끝나자 다시 훈련을 시작했다. 이제 올림픽이 기다려졌기 때문이다. 이런저런 생각이 없던 것은 아니지만 그녀가 할 수 있는 것은 운동밖에 없었다. 조셉처럼 머리가 좋은 것도 아니고 사업에 재능이 있는 것도 아니니 다시 몸을 움직여서 하는 것을 해야 한다. 그러니 달리는 것을 좋아하는 그녀로서는 올림픽을 포기할 수 없었다.

"아자, 아자, 울트라 파워 업!"

줄리아는 힘차게 외쳤다. 조셉이 옆에서 키득키득 웃었다. 하지만 줄리아는 동생의 비웃음을 신경 쓰지 않았다. 이제 부자가 된 그녀는 꼬맹이 동생의 비웃음 따위에 흔들리지 않을 생각이었다.

'히히힛, 조셉이 아무리 똑똑해도 열여섯 살의 나이에 나만큼은 못 벌걸.'

사실 그녀는 그동안 조셉의 천재성에 은근히 기가 죽어 있었다. 하지만 개인의 천재성이 가치를 가지려면 효용성, 즉 생산력과 연관되어야 한다. 그렇지 않으면 그냥 똘똘한 놈에 지나지 않는다. 그런 면에 있어서 달리기로 이룬 그녀의 업적은 어떤 천재의 효율보다 높았다. 결과는 항상 돈과 연결되는 것이 바로 줄리아의 단점이기는 했지만 틀린 생각도 아니었다.

줄리아는 허파에 가득 신선한 공기를 넣고 달렸다. 뛰면 뛸수록 신이 났다. 아득하게 느껴지던 새로운 기록에 대한 욕심이 뭉클뭉클 솟아났다.

새로운 목표가 생겼다. 또다시 신기록을 세우지 않아도 좋았다. 뛰는 것 자체가 좋을 뿐이다. 뛰는 것이야말로 그녀가 가장 잘하는 것이고 가장 좋아하는 것이다. 그래서 줄리아는 뛰고 또 뛰었다.

*　　　*　　　*

줄리아는 원피스를 입고 거울을 보았다. 화사한 꽃 그림이 수놓인 원피스는 그녀의 발랄함을 돋보이게 해주었다.

"죽여주네."

그녀는 거울에 비친 자신의 모습을 보며 흐뭇한 미소를 지었다. 조셉이 그 모습을 보며 콧방귀를 뀌었다.

"자뻑 천재시네."

"저리 꺼져."
"그래도 몸매는 좋네."
"흥! 좋은 정도가 아니라 이런 몸매는 예술이라고 하는 거야."
"누나, 예술을 모욕하는 것은 지성인의 자세가 아냐."
줄리아는 조셉의 말을 듣고도 콧노래를 흥얼거렸다. 오늘은 그녀가 친구들과 오랜만에 쇼핑을 가는 날이기 때문이다.
이제는 양키스의 배트걸을 하지 않아 스테파니와 만나는 시간이 줄어들었다. 게다가 스테파니도 나이가 들어 다른 아르바이트 자리를 알아봐야 했다. 열여섯 살은 배트걸을 하기에 좀 많은 나이였다.
줄리아는 약속 장소에 도착해서 스테파니와 미셸을 만났다. 미셸은 같은 학교에 다닌다.
"와, 줄리아! 오랜만이야! 반가워!"
"스테파니, 미셸, 잘 지냈어?"
"응, 응."
스테파니가 친근하게 대답했다. 미셸도 미소를 지으며 손을 흔들었다.
"안녕!"
줄리아와 스테파니가 활동적이고 외향적인 성격이라면 미셸은 차분한 성격이었다. 특히 그녀는 외모가 돋보였다. 갈색의 머릿결에 회색 눈동자가 매력적이었다. 남자들이 좋아하는 타입의 여자였다. 그녀는 적당히 내숭을 떨 줄도 아는 여우과에 속했다.
"줄리 너, 살 빠졌구나?"

“히힛, 훈련이 셌거든. 그리고 내년엔 올림픽이 있잖아.”
“와, 좋겠다. 너 이번에 광고 많이 찍었다며?”
“응. 나도 그렇게 많은 기업에서 오퍼가 올 줄 몰랐어.”
“몇 개나 찍었는데?”
“열일곱 개인가?”
“헐! 그걸 다 찍었어?”
“그럼. 내게 또 언제 그런 기회가 오겠어? 돈 준다면 바로 찍어야지.”
“하지만 줄리, 내년에 올림픽에서 메달을 따면 광고료가 올라가지 않을까?”
“그러면 내년에는 또 다른 기업이 달려들겠지. 난 배우가 아니니까 쓴다는 광고주가 있으면 다 찍을 거야.”
“와, 넌 좋겠다. 부러워!”
“히히, 오늘은 내가 저녁을 살게.”
“와, 정말? 고마워, 줄리. 넌 내 친구야. 절친.”
“고마워, 줄리.”
미셸도 줄리아가 저녁을 산다고 하자 인사를 했다.
스테파니가 은근한 목소리로 물었다.
“줄리, 광고료는?”
“아, 아빠가 신탁에 넣어둔다고 하셨어. 내가 성인이 되면 주시겠다고.”
“하긴, 너네 엄마가 가만두실 리 없지. 이럴 때는 엄마가 좀 철이 없으신 것이 좋지 않아?”
“히히, 좀 그렇긴 해. 하지만 난 아직 어려서 돈을 어떻게 관리하고 써야 할지를 모르니 그것도 나쁘지 않아."

"아, 부럽다. 난 다음 시즌에는 양키스의 배트걸을 못할 것 같은데."

"정말?"

"응."

스테파니가 심각한 표정으로 고개를 숙였다. 그동안 아르바이트로 짭짤했던 배트걸을 못하게 되면 수입에 지대한 타격을 받게 된다. 게다가 베트걸은 힘들지도 않고 그녀가 좋아하는 일이었다.

"그럼 너 아르바이트 뭐 할래?"

"몰라. 천천히 생각해 보려고."

셋은 백화점에 들어서자 언제 그랬냐는 듯 쇼핑을 하며 신나했다. 그렇게 신나게 구경을 하고 레스토랑에 모여 커피를 마시며 수다를 떨었다.

"줄리, 아까부터 저 남자가 계속 우리를 쳐다보는데?"

"정말?"

줄리아는 스테파니가 말한 쪽을 바라보았다. 과연 멋지게 생긴 백인이 그녀들을 바라보고 있었다.

"우리에게 관심이 있는 것일까?"

"뭐, 우리가 예쁘긴 하지."

스테파니는 그 남자를 마음에 들어 하는 것 같았다. 하지만 줄리아가 볼 때는 그저 그런 백인 남자에 지나지 않았다.

"우리에게 말을 걸까?"

"헤, 스테파니, 마음에 들면 가서 이야기를 걸어봐."

"그럴까?"
스테파니가 대답하고 얼마 지나지 않아 남자가 미소를 지으며 걸어와 말했다.
"안녕?"
"하이!"
"난 에드워드 브래드피트야."
"브래드 피트? 그 할리우드의?"
"아니, 브래드 피트(Brad Pitt)가 아니라 브래드피트(Bradpitt)."
"뭐가 달라?"
"브래드 피트는 윌리엄 브래들리 피트(William Bradley Pitt)이고 난 그냥 에드워드 브래드피트(Edward Bradpitt)지."
"아, 그렇구나."
"너 멋지게 생겼다."
스테파니가 에드워드에게 관심을 나타냈다.
"고마워."
그런데 정작 에드워드는 줄리아에게 관심이 있었다.
"저기 전화번호 좀 알 수 있을까?"
"누구? 나?"
줄리아는 에드워드가 자신의 전화번호를 알려고 하자 당황했다. 그녀는 자신이 누구에게 관심의 대상이 될 거라고는 한 번도 생각해 보지 못했다. 특히 이성의 상대에게는.
에드워드가 줄리아에게 관심을 표현하자 스테파니의 얼굴은 조금 어두워졌고 미셸은 흥미로운 얼굴로 둘을 바라보았다.
"나? 난 관심 없는데?"

"아, 그래? 미안. 그럼 좋은 시간 보내."

"응."

에드워드는 줄리아가 거절하자 미련 없이 자신의 테이블로 돌아가 일행과 이야기를 하다가 10분 정도 후에 레스토랑을 나갔다.

"얘, 아깝다. 굉장히 잘생긴 남자였는데."

"그러게."

스테파니와 미셸이 아쉽다는 표정을 지었다. 그녀들이 아쉬워할 만큼 남자는 잘생겼다. 조각 같은 미남이었다. 마치 브래드 피트의 어릴 때 모습을 보는 것 같았다.

"줄리, 그 남자 매력적으로 생겼는데 왜 거절했어?"

스테파니가 궁금한 표정으로 줄리아에게 물었다.

"난 백인이 싫거든."

"헐!"

"말도 안 돼. 너도 백인이잖아."

"아냐, 난 겉보긴 백인같이 생겼지만 사실은 황인종이야."

"뭐?"

"왓?"

스테파니와 미셸이 동시에 소리를 쳤다. 이 무슨 해괴한 말을 하느냐는 표정이다.

"아빠가 황인종이니 딸도 당연히 황인종이지."

"너의 엄마는 백인이잖아."

"그게 실수였던 거지. 원래는 황인종으로 태어나야 했는데 염색체 부족으로 백인이 된 거야."

"말도 안 돼. 너처럼 말하는 사람은 처음이야."

"줄리아가 아빠에게 미쳤다는 소문이 사실인가 봐."

미셸이 작은 소리로 스테파니에게 말했다. 그런데 그 소리를 줄리아가 듣고 말았다. 듣지 못하는 것이 더 이상한 일이다. 그만큼 셋은 가깝게 앉아 있었다.

"줄리, 그래도 너의 포장지가 백인이라는 것은 변하지 않아. 내용물은 황인종일지 몰라도."

"맞아!"

두 사람은 죽이 척척 맞아 줄리아의 궤변에 대항했다. 누가 봐도 줄리아는 백인이었다. 백인과 황인종이 결합하면 나오는 애매한 백인이 아닌 거의 오리지널에 가까운 백인. 이는 그동안 메로라인 가문이 다른 인종과는 결혼을 잘하지 않았기 때문이다.

"그러면 너는 누구와 사귈 건데?"

"난 한국 사람이니 당연히 한국 남자랑 사귈 거야."

"지저스!"

"말도 안 돼. 넌 미국인이야."

"아냐, 난 한국인이야. 아빠가 한국인이잖아."

"넌 미국 대표로 세계육상선수권대회에 나갔어."

스테파니가 말도 안 된다는 표정으로 말했다. 어릴 때부터 친구 사이로 지냈는데 처음 듣는 해괴한 말이었다.

"내 이름은 줄리아 강이잖아. 성이 강이야. 강은 한국 성이지."

"그래도……."

미셸이 웃으며 스테파니의 옆구리를 살짝 쳤다.

"그렇다고 해두자. 넌 한국인. 오케이?"

"굿."

줄리아가 기분 좋게 대답했다.

미셸이 스테파니에게 아주 작은 소리로 '저녁'이라고 속삭이자 스테파니도 고개를 끄덕였다. 오늘의 물주는 줄리아다. 괜히 그녀의 마음을 상하게 할 필요는 없었다. 게다가 누가 봐도 줄리아는 미국인이고 또 그렇게 살아왔다. 본인이 아니라고 한다고 뭐가 달라지겠는가. 그들의 부모는 모두 미국에서 잘살고 있지 않은가.

줄리아가 근사한 저녁을 샀다. 고급스러운 코스 요리를 먹으며 그녀들은 기분 좋게 이야기를 나눴다.

"그럼 줄리 넌 어떤 남자가 좋아? 한국 사람이면 그냥 좋아?"

"아니. 아빠처럼 멋지고 유능해야지."

"지저스! 차라리 수녀가 되는 게 신의 섭리이겠군."

"아냐. 멋진 남자가 하나 있기는 있어."

미셸의 말에 줄리아가 귀를 쫑긋거리며 물었다.

"응? 누군데?"

"내가 축구 좋아하는 건 알지? 프리미어리그 소속 에버턴 FC의 천재적인 스트라이커가 있어. 너보다 한 살 많은 조(Joe)라는 선수야."

"정말? 축구선수라고?"

"응."

줄리아가 관심을 나타냈다. 스마트폰으로 검색하니 수많은 기사가 나왔다. 악마의 재능을 가진 천재 소년, 자폐증을 앓고 있는 천재 등등 그녀의 관심을 끄는 내용이 많았다.

"그 애, FC 바르셀로나의 '라 마시아' 출신이야. 메시, 이니에스타, 사비가 나온 그 유스 팀."

"와! 메시는 나도 알아."

스테파니와 줄리아는 메시의 이름을 듣고 감탄했다.

미국에서도 최근에는 축구가 어느 정도 인기가 생기고 있었다. 월드컵은 미국인도 즐겨 보기에 메시 정도는 많이들 알았다. 미국인이 타이거 우즈를 모른다면 말이 안 되듯 메시나 호날두 정도는 아는 것이다.

사실 여자들은 메시보다는 호날두에 관심이 더 많았다. 메시는 작고 그다지 매력적이지 못한 데 반해 호날두는 잘생겼고 매력적으로 생겼다. 게다가 여자들이 좋아하는 장점이 많았다. 그래서인지 스캔들도 자주 났고.

"조는 정말 멋진데."

"그렇지. 엄청 축구를 잘해. 메시의 뒤를 이을 선수로 벌써부터 인정받는대."

"정말 잘생겼다."

줄리아의 말에 스테파니와 미셸이 어이없다는 표정을 지었다. 한국인을 좋아한다고 해서 말해주기는 했지만 조금 전에 본 에드워드와는 비교가 되지 않는 얼굴이었다. 그렇다고 못생긴 것은 아니었다. 다만 조금 전에 줄리아에게 관심을 보인 남자가 워낙 잘생겼다는 뜻이다.

줄리아는 갑자기 자폐증을 앓고 있는 조용원이라는 한국인 선수에 관해 관심이 생겼다. 아빠도 루게릭병을 극복하였기에 자폐증을 앓고 있는 천재에 관심이 생긴 것이다.

'흐흐, 팬 카페가 있나 오늘 밤에 찾아봐야지.'

스테파니는 줄리아의 음흉한 미소를 보고는 고개를 갸웃거렸다. 줄리아가 엉뚱하다는 것은 알고 있었지만 이렇게 어이가 없을 줄은 미처 몰랐다.

"줄리아, 이건 내가 할 말은 아닌데, 너네 엄마와 너는 남자 보는 눈이 조금 낮은 것 같아."

스테파니의 말에 미셸이 즉각 동의했다.

"응, 나도 그렇게 생각해."

그러고는 탐스러운 갈색 머릿결을 뒤로 넘기며 흥미롭다는 표정으로 미소를 지었다. 맛있는 코스 요리와 포도주가 그녀의 마음을 부드럽게 만들었다. 그리고 알코올의 힘이 너무나 솔직하게 말하도록 했다.

"바로 그거야. 엄마가 남자 보는 눈이 엄청나게 훌륭해 아빠를 만났잖아. 너희가 문제야. 남자들 생긴 거 보고 그냥 뻑 가는 게 걱정된다."

줄리아가 혀까지 차며 말하자 스테파니와 미셸은 입을 다물었다.

하긴, 말이야 맞았다. 황인종이라는 것과 외모가 그다지 잘생긴 것이 아니라는 것만 빼면 삼열 강은 최고의 남자가 아닌가.

특히 스테파니는 줄리아와 어릴 때부터 친구라 삼열을 가까이서 보아왔다. 그래서 줄리아의 아빠가 얼마나 유능하고 다정다감한지 누구보다도 잘 알고 있었다. 마리아도 훌륭한 여자지만 삼열 역시 너무나 괜찮은 사람이라는 것을 곁에서 지켜본 것이다.

"남자 외모에 혹하는 것은 심히 걱정돼. 잘생긴 남자는 바람도 잘 피울 거고, 음, 또… 하여튼 얼굴값을 할 거야."

줄리아의 거듭된 강펀치에 스테파니와 미셸은 말을 하지 못했다. 아직 나이는 어리지만 그녀들이 생각해도 멋진 남자란 잘생긴 남자가 아니었다. 단지 잘생긴 남자에게 호감이 갈 뿐이지 그것이 좋은 사람이라는 뜻은 아니었다.

"줄리아, 내가 졌어."

마침내 스테파니가 항복을 선언했다. 그러면서 속으로 중얼거렸다.

'잘되는 것들은 뭐가 달라도 달라.'

타타타탁.

줄리아는 경망스럽게 집으로 뛰어 들어와 컴퓨터를 켰다. 그리고 인터넷으로 검색했다.

"와, 멋진데!"

화면에는 우수에 찬 남자가 그라운드를 바라보며 서 있다. 아까 친구들과 이야기한 프리미어리그의 조용원이었다.

"히히, 팬 카페가 있나 보자."

없을 리가 없다. '얼짱'만 돼도 생기는 팬 카페인데 에버턴 FC의 스트라이커인 그가 없을 리가 없었다. 팬 카페는 크지는 않았지만 열혈 팬으로 뭉친 사람들이 많이 활동하고 있었다.

'나도 가입해야지.'

줄리아는 콧노래를 흥얼거리며 팬 카페에 가입했다. '인증 샷'으로 사진까지 올렸다.

조용원 선수 파워 업! 여기 미국에서 나도 열렬히 응원할게요. 파워 업! 줄리아 강이.

줄리아는 조용원이라는 축구선수에게 관심을 갖기 시작했다. 삼열과 비슷하게 장애를 극복한 선수라 그런지 남 같지가 않았다.

사실 미국인 여든여덟 명 가운데 한 명이 자폐증을 앓고 있어 생각만큼 희귀병은 아니었다. 자폐증은 초기에 치료하면 완치가 가능하며 나이가 들면서 저절로 낫는 경우도 많았다. 하지만 자폐증이 어떻게 발생하는지에 대한 원인 규명은 아직까지 되어 있지 않았다.

줄리아는 자신이 누구를 좋아할 줄은 꿈에도 생각하지 못했다. 아직까지는 반했다고 할 정도는 아니지만 가슴이 콩닥거리는 것이 마치 사랑에 빠진 것 같았다. 이유 없이 얼굴이 붉어지고 심장이 두근거렸다.

겨울이 되자 뉴욕에는 눈이 내리기 시작했다. 도심을 뒤덮은 폭설이었다. 가끔 지구온난화현상으로 기상청의 예상을 벗어나는 폭설이 내리기도 했다. 그럴 때면 도심은 혼란에 빠지곤 했다.

줄리아는 도시를 뒤덮은 눈을 보며 한숨을 내쉬었다. 알 수 없는 그리움, 슬픔 등이 그녀의 마음을 괴롭혔다. 이유 없이 눈물이 나와서 깜짝 놀라기도 했다.

'이래서는 안 돼. 난 올림픽을 포기할 수 없어.'

줄리아는 이를 악물고 뛰고 또 뛰었다. 사실 요즘은 조금 쉬면서 해도 되는데 줄리아가 고집을 부리고 있었다.

훈련은 시간 싸움이 아니다. 더 많은 시간을 운동한다고 효과가 꼭 좋은 것은 아니라는 말이다. 운동은 오히려 긴장과 이완을 적절하게 해줘야 한다.

예를 들어, 근육이 수축되는 훈련을 할 때는 신체의 한계까지 운동하는 것이 좋다. 같은 운동을 세트를 정해놓고 하면 근육의 강화도 잘되고 효율성도 좋아진다. 또한 훈련 시간을 짧게 할수록 몸에 무리가 없다. 그래서 완만하게 오랜 시간을 훈련하는 것보다는 강하게 세트 훈련을 하고 끝내는 것이 더 효율적이다.

또는 다리 근육을 강화한 다음 날은 상체 훈련을 하거나 해서 근육이 쉴 수 있는 시간을 줘야 부상을 피해 갈 수 있었다. 근육이 항상 긴장해 있는 것은 위험한 일이다.

"줄리, 무슨 일이 있니?"

삼열이 줄리아를 보고 말을 걸었다. 줄리아는 얼굴을 살짝 붉히더니 아니라고 대답했다. 삼열은 섬세한 편은 못 되었다. 그래서 줄리아가 당황한 것을 읽지 못했다. 다만 사춘기라 요즘 감정의 기복이 많은가 하고 생각했다.

'나에게 꿈은 무엇일까?'

줄리아는 자신의 재능이 달리기라고 생각했다. 달리면 신이 났고 또 가장 잘하는 분야였다. 하지만 달리는 것이 꿈은 아니었다.

"축구는 나에게 꿈입니다."

어느 잡지에 아주 짤막하게 실린 인터뷰 기사이다. 자폐증을 앓고 있는 축구 천재 조용원.

누군가는 꿈을 향해 뛰어간다. 그러나 누군가는 해야 해서 뛰어간다. 인생은 어쨌든 흘러가게 마련이니까. 그러나 행복해지기 위해서는 무작정 뛰어서는 곤란하다. 꿈을 가진 사람만이 불가능에 도전하여 그것을 이룬다.

헬렌 켈러는 듣지도 보지도 못한 상황에서도 꿈을 잃지 않았다. 요셉은 형제들이 노예로 팔았어도 꿈을 잃지 않았다. 꿈은 희망이다.

'아빠도 희망을 포기하지 않았겠지. 절망을 극복하고 병을 이겼어. 그래서 엄마를 만났고 내가 태어났어. 그러면 난 어디로 가야 하지?'

줄리아는 자신의 삶이 너무나 평탄하게 흘러왔음을 깨달았다. 16년에 불과한 인생이지만 언제나 사랑과 배려 속에서 자랐다. 그래서 꿈꾸는 법을 배우지 못했는지도 몰랐다. 부족하지 않았으니까. 결핍이 없었으니까. 그래서 꿈을 꾸지 않았으리라.

단지 돈을 벌고 싶다는 엉뚱한 생각 때문에 스프린터가 되었다. 그리고 어쩌다 보니 세계신기록을 두 개나 깨게 되었다.

줄리아는 뛰면서 생각했다. 기구를 들면서도 생각했다.

'인생이란 무엇일까?'

이런저런 생각이 그녀의 머릿속에서 별처럼 반짝이다가 사라지곤 했다. 바벨에서 느껴지는 묵직한 중압감이 대퇴 사두근과 대두근, 그리고 중두근을 잡아당기는 중에도 생각을 멈추지 않았다. 그러다 보니 자신이 생각을 잘하지 않고 살았다는 것을 깨닫게 되었다.

하지만 먼저 해야 할 일이 있었다. 더 강해지는 것. 기록을 단축하기 위해서는 더 강해져야 했다.

그래서 줄리아는 마치 보디빌더처럼 몸의 근육을 키워갔다.

플로어 싯업을 하면 할수록 배의 근육이 생긴다. 여자의 경우, 남자들의 초콜릿 근육처럼은 아니지만 미끈한 배를 만들어준다.

요즘 줄리아는 자신이 벗고 있을 때가 예쁜 옷을 입고 있을 때보다 아름답다고 생각했다. 그만큼 몸에 군더더기가 하나도 없었다. 여자치고는 지나치게 건강하다는 느낌이 나지만 몸매 자체는 완벽했다.

'이것을 찍어둬야 할 텐데.'

줄리아는 가끔 나르시스처럼 자신의 외모에 빠져 허우적거리곤 했다. 운동하면 할수록 몸이 좋아졌다. 원래 팔다리가 긴 체형이라 운동을 하니 예전보다 더 늘씬해진 것이다.

간혹 여자 선수들 가운데 남자들처럼 근육이 나온 사람이 없는 것은 아니다. 하지만 대부분의 여자들은 운동한다고 남자처럼 근육이 튀어나오지는 않는다. 다만 단거리달리기를 오래 하면 체형이 조금 바뀌게 된다. 아주 서서히 운동은 사람의 체형을 바꿔 버린다.

"나도 꿈을 향해 달려가고 싶어."

줄리아는 푸념하듯 중얼거렸다. 올림픽 메달은 목표이지 꿈은 아니었다. 꿈은 어떻게 살 것인가와 연관되어 있어야 한다. 어떻게 살 것인가에 따라 나오는 것이 바로 목표이다. 꿈은 그 너머에 있는 그 무엇이다.

줄리아가 가끔 멍하니 있고 한숨 쉬는 장면을 목격한 삼열과 마리아는 이야기를 주고받았다.

"여보, 줄리아에게 좋아하는 남자가 생긴 것이 틀림없어요."

삼열은 마리아의 말을 인정하고 싶지 않았다. 하지만 아무리 봐도 사춘기의 소녀가 짝사랑에 빠진 것과 비슷했다.

"우리 딸도 이제 어른이 되어가고 있군."

삼열이 씁쓸한 표정으로 멍하니 앉아 있는 줄리아를 바라보았다. 말하기 애매한, 미묘한 감정이 심장을 살살 긁어대고 있었다. 그것은 상실감, 노골적으로 말하면 빼앗긴다는 느낌과 비슷했다. 빼앗으려고 하는 사람이 없어도 딸의 성장을 통해 느껴지는 걱정스러운 마음이다.

마리아는 남편의 얼굴을 보며 아버지를 생각했다. 그녀가 처음 삼열과 결혼했다고 말했을 때의 아버지와 남편의 모습이 닮아 있다. 그녀도 감정이 묘했다. 딸에게 남자 친구가 생긴다면 축하를 해줘야 하는 일임에도 불구하고 걱정이 먼저 되었다.

사랑이 인생에서 차지하는 비중이 얼마나 큰지를 잘 알고 있는 그녀로서는 딸이 사랑을 시작한 것이 염려되었다. 사랑이 딸의 인생을 어떻게 바꿔놓을지 걱정되었다. 아직 딸의 나이가 어림에도 그런 염려는 좀처럼 줄어들지 않았다.

줄리아는 올해 들어 유난히 눈이 많이 내리는 뉴욕의 모습을 볼 때마다 한숨을 푹푹 내쉬었지만 그렇다고 훈련을 등한시하거나 하지는 않았다. 오히려 잡념을 없애기 위해 자신을 더욱 혹독하게 다루었다.

*　　　*　　　*

겨울이 쏜살같이 지나가더니 봄은 꽃향기 한번 흘리고 지나가 버렸다. 시간이 온통 훈련, 훈련의 연속이었다. 그리고 이제 올림픽의 열기가 사람들 사이에서 슬슬 달아오르고 있었다. 올림픽이 3개월밖에 남지 않았기 때문이다.

작년과 달리 매스컴은 줄리아를 주목했다. 연일 그녀에 대한 특집이 나왔고, 전문가들은 그녀가 올림픽에서 무난하게 메달을 딸 것으로 전망했다.

올림픽이 점점 더 가까워지자 줄리아가 찍은 CF가 매일 방송되었다. 특히 나이키와 STL의 광고는 전미 지역을 커버했다.

그리고 삼송과 현다이가 줄리아를 내세워 미국 시장으로 파고들었다. 미국인이 좋아하는 줄리아를 내세웠기에 삼송의 제품과 현다이차의 판매는 전년도의 판매량에 비해 압도적인 성장세를 보였다.

"줄리, 어떠니?"

샤론 에이지 박사는 땀을 뻘뻘 흘리며 숨을 거칠게 내쉬는 줄리아에게 다가가 심장의 맥박을 체크하면서 물어봤다.

"괜찮아요."

"힘들다 싶으면 언제든지 말해."

"네."

샤론 에이지는 눈앞의 소녀에게 놀랄 뿐이었다. 극한으로 몸을 훈련시켜도 신체적으로 그 어떠한 이상 징후도 나타나지 않았다. 힘들어하고 땀을 흘리긴 하지만 다음 날이면 말짱해져서 나타나곤 했다.

줄리아가 작년에 경신한 세계신기록을 다시 경신하지는 못할 것이라는 사람들의 예상은 빗나갈지도 모른다는 생각도 들었다.

줄리아의 100m 세계신기록은 10.05로 플로렌스 그리피스 조이너의 기록인 10.49를 압도적으로 눌렀다. 30년 만에 깨어진 세계신기록이었다.

애초에 줄리아가 훈련하는 프로그램은 여자 선수에 맞춰져 있지 않았다. 열두 살에 성인 남자를 번쩍 든 괴력을 지닌 그녀에게 그것은 맞지 않았다. 그래서 남자 선수들이 하는 훈련법을 존 코치에게 권고했다. 그런데 그게 통했다. 힘들다고 나자빠져야 하는데 조용히 말도 없이 따라왔다.

아니, 줄리아는 코치가 요구한 것보다 언제나 훈련을 더 하곤 했다. 성격도 나쁘지 않았다. 다소 고집이 있고 개구쟁이라는 것만 빼면 아주 순했다.

'게다가 아무리 훈련을 해도 여자의 몸매가 망가지지 않아.'

샤론 에이지는 줄리아에게 체력 강화 훈련을 시키면서 은근히 걱정했다. 그런데 가슴이나 허벅지가 커지고 굵어지기는 했지만 그 차이가 크게 나지는 않았다. 아무리 많이 먹어도 배가 나오지 않고 아무리 힘들게 훈련해도 다음 날이면 생생해져서 나타났다.

회복이 빠른 어린 나이라 어느 정도 이해가 되기는 하지만 그래도 어느 정도는 지치게 마련이다. 샤론 에이지는 줄리아의 가장 큰 장점이 회복력이라고 생각했다. 줄리아는 육상을 위해 태어난 사람이었다.

작년 세계육상선수권대회 200m에서 실수한 것을 보완하기 위해 올해는 기초 체력 훈련을 많이 시켰다. 줄리아는 그 모든 훈련을 힘들다는 말 한마디 없이 묵묵히 다 해냈다.

운동이라는 것이 '조금 더! 조금 더!' 하는 병이다. 조금 더 빠르게, 조금 더 높이, 조금 더……. 처음에 줄리아의 건강을 염려해 제한한 한계치가 시간이 지날수록 높아졌다. 물론 최첨단 의료기계의 분석을 통해 한계치를 높이는 것이기에 잘못될 일은 별로 없었다.

줄리아는 한 시간째 50m를 빠르게 달리는 훈련을 하고 있었다. 스타트에서 스퍼트로 넘어가는 구간에서 폭발력을 얻기 위한 훈련이었다.

사실 이 부분은 굉장히 중요했다. 한번 탄력을 받은 속도는 관성의 법칙에 의해 지구력만 있으면 유지하는 것이 가능하다. 하지만 전력 질주는 그렇지 않았다. 특히 스타트에서 얼마나 빠르게 스퍼트를 할 수 있느냐에 따라 기록이 달라진다.

또 구간에 따라 체력의 안배를 해야 한다. 너무 빨리 스퍼트를 하면 피니시 파트에서 지쳐서 좋은 기록을 낼 수 없게 되기도 한다. 선수들에게 오버페이스는 생각보다 무서운 것이다.

하지만 체력이 너무나 좋은 줄리아에게는 오버페이스를 걱정할 이유가 없다.

"줄리, 이번에는 아까보다 0.1초 빨라졌어."

존 코치의 말에 줄리아는 숨을 거칠게 몰아쉬며 고개를 끄덕였다.

"네, 헉헉!"

기록을 세워야 하는 종목은 먼저 자기와의 싸움을 해야 한다. 모든 종목의 선수들이 그러하겠지만 기록을 경신하고자 하는 선수는 먼저 자신이 세운 기록, 즉 얼마 전의 자신이 한 것보다 무조건 빨라야 한다. 이는 과거의 자신을 현재의 자신이 이겨야 한다는 말이다.

줄리아는 하늘의 흩어지는 구름을 바라보았다.

끝없이 뛰고 다시 뛰는 일은 힘들기는 하지만 뛰면 뛸수록 심장이 부르르 떨리며 강한 카타르시스를 가져다주었다. 자기 자신을 이길 수 있다는 사실이 그녀를 흥분시켰다. 자기 자신을 이긴다는 말은 과거의 자신보다 더 훌륭해졌다는 것을 의미하기에 그녀는 뛰는 것을 멈추지 않았다.

줄리아에게는 확실한 목표가 생겼다. 지금은 이룰 수 없지만 어쩌면 4년 후에는 가능할지도 모른다. 그것은 마라톤. 심장이 벌렁벌렁해지는 그 강렬한 갈급함과 갈증을 꼭 느껴보고 싶었다. 마라톤을 하기 위해서는 올해 올림픽에서 꼭 우승할 필요가 있었다.

달리기 선수는 언제나 뛴다. 뛰는 것이 그들의 일이다. 그리고 더 빨리 뛰기 위해 모든 에너지를 쏟아붓는다.

줄리아는 자신이 남들보다 2초밖에 빠르지 않다는 것을 언제나 생각했다. 아빠가 말한 2초의 가치. 그토록 짧은 시간을 단축하기 위해 스프린터는 모든 것을 한다. 끝없는 훈련, 맛없는 식단, 단조로운 생활 등을 감내하는 것이다.

바람이 불어왔다. 줄리아는 팔을 뻗어 허공 가운데 가득한 바람을 느껴보았다. 바람이 손가락 사이로 빠져나가 또 어디론가 달려간다. 줄리아는 다시 뛸 준비를 했다.

그녀는 달리기 선수이다. 그래서 뛰고 또 뛴다.

목표가 꿈으로 이어질 때까지.

*　　*　　*

"줄리아, 이제부터는 부상 방지를 위해 수중 훈련을 병행할 거야."

존 코치의 말에 줄리아는 그게 무슨 말이냐는 표정으로 그를 바라보았다.

"솔직히 지상 훈련으로 단기간에 실력을 향상시킬 방법은 없어. 게다가 올림픽이 가까워 오니 부상 방지를 위해서도 필요하고."

"그래요?"

"샤론 에이지 박사님의 의견이시다. 네가 비교적 튼튼하기는 하지만 중요한 대회이니 만전을 기하는 것은 나쁘지 않아. 그리고 수중 훈련은 밸런스와 심폐 기능에도 좋단다."

"뭐, 그렇다면 어쩔 수 없죠. 그래도 난 차가운 물은 싫은데."

줄리아의 투덜거리는 말에 존 코치가 소리를 내며 웃었다. 줄리아를 열두 살 때에 만나서 그런지 열일곱 살의 숙녀가 된 지금도 여전히 그에게는 어리게 느껴지곤 했다.

줄리아가 입이 반쯤 나온 상태로 투덜거리며 존 코치를 따라 가니 샤론 에이지 박사와 스태프들이 기다리고 있다.

"와!"

줄리아는 새롭게 만들어진 수중 훈련장을 보며 소리를 질렀다. 투명 유리관에 바닥에는 모래가 깔려 있고 훈련할 때 허리에 착용하는 부양 장비도 있었다.

"어서 와요, 줄리아 양."

"안녕하세요, 샤론 박사님."

"오늘부터 수중 훈련을 할 거야. 달리기는 좋은 운동이기는 하지만 쉽게 부상을 당하기도 한단다. 관절과 인대, 뼈의 손상 같은 부상 말이지. 간혹 근육이 손상되기도 하고."

"하지만 나는 부상을 입지 않았는데요."

"알고 있어. 지금은 예방 차원으로 시작하는 거지만 수중 훈련은 심폐 훈련에도 도움이 된단다."

"아, 그냥 수영하고 싶은데."

"호호, 줄리아, 이제부터 설명할 테니 잘 들어라."

샤론 에이지 박사는 장비를 사용하는 법과 수중에서 훈련할 때의 주의할 점을 가르쳐줬다.

줄리아가 부양 장비를 착용하고 물속으로 들어가자 자동으로 물의 수위가 조절되기 시작했다. 수중 훈련은 몸이 모두 잠기는 정도가 되어야 한다. 어깨까지 물이 오더니 목과 얼굴을 뺀 상태로 몸이 물에 완전히 잠겼다.

줄리아는 천천히 달리기 시작했다. 몸이 물에 뜨기 때문에 중심을 잡는 것이 쉽지 않았다. 게다가 부양 장치를 허리에 두른 상태라 발로 바닥을 차면 몸이 부력에 의해 물속에서 뜨곤 했다. 그 상태에서 정확한 자세를 취하는 것은 쉽지 않았다. 바닥이 깊은 모래로 되어 있어 달릴수록 발이 푹푹 빠져들었다.

처음에는 재미가 있었다. 하지만 시간이 지나면서 호흡이 가빠졌다.

'이거 생각보다 어려운데.'

물속에서 중심을 잡는 것도 쉽지 않지만 러닝 자세를 유지하면서 뛰는 것은 더 어려웠다. 특히 팔과 다리의 각도를 유지하기가 생각보다 힘들었다.

"줄리아 양, 자세가 맞지 않아요. 그렇게 뛰면 상체만 지나치게 발달할 수 있으니 자세를 바로잡으세요."

샤론 에이지의 말에 줄리아는 인상을 찡그렸다. 하지만 그녀도 물속에서 뛰면 기록 향상에 도움이 된다는 것은 이해할 수 있었다.

확실히 부양 장비 때문인지, 아니면 물속에서는 중력의 영향에서 조금 자유로워서 그런지 발을 디딜 때 발목이 편했다. 그러면서 모래 속에서 뛰어야 하니 발목과 다리의 힘이 길러지는 것 같았다.

"꼭 이렇게 깊이 잠겨서 뛰어야 해요?"

줄리아가 짜증이 나서 소리를 질렀다. 샤론 에이지는 부드러운 미소를 지으며 고개를 끄덕였다.

"예스, 예스. 발목만 잠길 정도의 낮은 물속에서 뛰면 중심을 잡기가 쉽단다. 그러니 훈련 효과가 별로 없어. 쉽다는 것은 그만큼 효율도 떨어진다는 것이지. 훈련은 힘들어야 정상이야. 즉 힘이 들어야 네게 도움이 된다는 소리다."

"네, 네."

줄리아는 대답하고는 다시 뛰는 데 열중했다. 30여 분이 지나자 중심을 잡는 것이 익숙해졌다. 그러니 제법 뛸 만해졌다.

"어떻습니까?"

존 코치가 샤론 에이지에게 다가와서 물었다.

"뭘 물어봐요. 보나마나 최고의 상태죠. 저 애는 달리기를 위해서 태어났어요."

샤론 에이지는 흘깃 줄리아를 보며 그렇게 대답했다.

줄리아는 그녀가 만난 선수 중에서 가장 특별한 케이스였다. 육체적 능력만을 따지면 인간을 벗어난 것이 아닌가 싶을 정도였다. 그래서 사실 이런 부상 방지 훈련은 필요 없을지도 몰랐다.

하지만 운동이라는 것은 하루 이틀 만에 끝나는 것이 아니다. 작은 데미지도 쌓이면 나중에는 치유할 수 없을 정도의 큰 부상으로 연결되는 것을 샤론은 여러 번 보았다.

인간의 몸은 완벽하지 않아서 사람마다 약한 부분이 반드시 있게 마련이다. 최고의 선수가 되려는 게 아니라면 몰라도 기록에 목숨을 거는 선수들에게는 정교한 운동 프로그램이 필요했다.

줄리아는 한 시간 만에 물속에서 나왔다. 30분 정도는 자세 교정을 하느라 제대로 뛰지 못했다. 나머지 30분은 달리기를 했지만 자세가 흐트러지지 않도록 애쓰느라 힘껏 뛰지를 못했다. 하지만 물속에서 뛰는 것이 처음인데도 조금은 몸에 익숙해지는 느낌이 들었다.

줄리아는 강도 높은 훈련을 받았지만 훈련 시간은 그렇게 많지 않았다. 무식하게 훈련을 하면 무식하게 몸이 망가진다. 그것도 아주 빨리. 이런 이유 때문에 스포츠에는 과학이 필요로 한다.

스포츠 과학은 신체의 부족한 부분을 캐치해서 그 부분을 강하게 하고 같은 시간에 가장 효율적인 훈련을 받을 수 있도록 해주는 것이다.

*　　　*　　　*

줄리아가 집으로 돌아오자 개들이 그녀를 따라다녔다. 녀석들이 강아지들일 때는 괴롭히는 것이 취미였는데 요즘은 훈련이 많아져서 그녀도 피곤했다. 물론 잠시 쉬면 체력이 회복되지만 나이가 들어서인지 개들과 노는 것이 재미가 없어졌다.

덕분에 개들은 살판이 났다. 넓은 집에서 하루 종일 돌아다니다가 배가 고프면 집으로 들어오곤 했다.

"야, 너희들!"

다섯 마리의 개가 귀를 쫑긋거리며 줄리아를 바라보았다. 요즘은 가만히 있어도 개들에게 가장 무서운 사람이 줄리아였다.

"나가 놀아!"

"멍멍!"

"멍멍!"

개들은 나가지 않으려고 하다가 줄리아가 주먹을 드는 것을 보고는 재빨리 도망갔다.

사실 줄리아는 제시가 죽은 이후로 개들에게 정을 주지 못했다. 그저 제시의 자식들이기에 키우고 있는 것이었다.

개들은 정원에서 나비를 따라 왔다 갔다 했다. 가끔 짖기도 했지만 조용한 하루였다.

"줄리, 힘들지 않니?"

마리아가 소파에 축 늘어져 있는 줄리아를 보고 물었다.

"응, 힘들어. 오늘은 막 물속에서 뛰는 훈련을 했어. 자세를 바로 하는 것이 힘들었어."

"그렇구나. 그래도 존 코치와 샤론 박사님이 필요 없는 것을 너에게 하라고 하지는 않으실 거야."

"응, 그래서 나도 그냥 하고 있어."

마리아는 줄리아를 부드러운 눈빛으로 바라보았다. 자신의 딸이 이렇게 멋지게 변할 것이라고는 생각하지 못했다. 물론 어릴 때부터 딸은 몸으로 하는 것을 좋아했다. 하지만 진득하게 하지를 못했다. 그런데 지금은 두 개의 세계신기록을 가진 선수가 되었다.

아빠가 운동선수이니 자식들도 운동을 잘하는 것이 어쩌면 당연했다. 하지만 이렇게 잘할 것이라고는 그녀도 생각하지 못했다.

'어릴 때부터 그렇게 뛰어다니더니. 내 딸이지만 자랑스럽구나.'

줄리아는 엄마를 보고 입을 내밀며 한마디 했다.

"엄마, 무슨 생각 하는 거야?"

"아니, 그냥… 네가 잘하고 있어서 엄마는 기쁘게 생각해."
"아, 그렇구나. 난 또 엄마 표정이 요상해서 이상하게 여겼지."
"뭐야?"
"아냐, 아냐. 항복."
줄리아는 벌떡 일어나 자신의 방으로 들어가 버렸다.
거실에서는 비틀즈의 'Let It Be'가 흐르고 있었다.

When I find myself in times of trouble

Mother Mary comes to me

Speaking words of wisdom

Let it be

마리아는 흐르는 음악을 들으며 거실에 서서 인생을 생각했다. 자신이 정말 딸에게 현명한 엄마였을까 하고. 노래 속에 나오는 마리아처럼 자신도 그렇게 해야 하지 않을까 하고.

인생은 순리대로 흘러가는 것이다. 딸의 삶도, 자신의 인생도.

그녀는 딸이 어려움을 겪고 있을 때 말해주고 싶었다. 인생은 원래 그런 것이니 순리대로 살라고.

Let It Be.

줄리아는 침대에 누워 거실에서 들려오는 비틀즈의 노래를 들었다. 감미로우면서도 단조로운 소리, Let It Be!

'아냐, 아냐. 인생은 내버려 두면 안 돼. 순리에 맡기라고? 아니, 난 내 꿈을 향해 달려갈 거야. 인생은 투쟁이야. 난 꿈을 위

해 투쟁을 선택하기로 했어.'

줄리아는 자신이 좋아하는 선수의 말처럼 무엇인가 인생을 모두 던져도 될 그런 멋진 것을 만나고 싶어졌다.

'어쨌든 난 내 인생을 내버려 두지 않을 거야.'

줄리아는 속으로 외치고 또 외쳤다.

노래 가사처럼 엄마 마리아는 항상 지혜로운 이야기를 해주었다. 어쩌면 'Let It Be'에 나오는 마리아보다 엄마 마리아가 더 지혜로울지 모른다고도 생각했다.

하지만 열일곱 살의 뜨거운 피가 무엇인가 자꾸만 바라고 있었다. 다른 여자아이들은 이성 친구와 달콤한 데이트를 꿈꾸지만 그녀는 더 높은 것을 꿈꾸기로 했다. 갈매기 조나단처럼 하늘을 마구 날고 싶었다.

높은 곳에서, 더 유리한 자리에서 인생을 향유하겠다는 소리는 절대 아니었다. 단지 더 넓게 세상에 대해 알고 싶어졌고, 그래서 도전하기로 했다.

삼열이 루게릭병을 이겼을 때는 아빠니까 어쩌면 그게 당연하다고 느꼈다. '와! 대단해' 하고 감탄했지만 마땅히 그래야 했다. 왜냐하면 아빠니까. 하지만 자폐증을 이겨낸 축구 스타를 보고 그녀는 자신이 잘못 알고 있었다는 것을 깨달았다. 우수에 찬 그 눈빛이 사실은 아빠의 눈빛이었다. 그 눈빛은 아내와 자식을 지켜주려고 투쟁하던 고독한 남자의 눈빛이었다. 그것을 아는 순간 꿈이 생겼다.

줄리아는 항상 존 코치가 요구하는 것보다 더 많은 연습을 했다. 이전에도 그랬지만 지금은 꿈이 생겼다. 동일한 시간을 연습해도 꿈이 생겼기에 더 강하게 훈련을 했고, 그럼에도 불구하고 힘들지 않았다.

그렇게 시간이 흘러갔다.

10. 올림픽

줄리아는 노래를 들으며 비행기에 올랐다. 브라질 리우 데 자네이루로 가는 비행기에서 그녀는 내내 비틀즈의 'Let It Be'를 들었다.

이제는 간다. 성모 마리아의 아들 예수가 있는 곳으로.

우 크리스투 헤덴토르(O Cristo Redentor).

코파카바나 해변에 있는 40미터 높이의 예수상. 세계적인 명소가 된 조각상이다.

줄리아는 눈을 감고 잠에 빠져들었다.

꿈속에서 비틀즈가 나와 노래를 불렀다. 폴 매카트니가 해변에 서서 속죄의 그리스도상을 보며 중얼거리듯 노래하고 있었다. 또 올림픽이 개회되면서 줄리아 자신이 트랙을 뛰는 모습이 나왔다. 그녀는 달리기를 마치고 축구공을 관중에게 뻥 찼다.

그러고는 잠에서 깨어났다.

'쳇, 개꿈이네.'

비행기는 여전히 하늘 위에 떠 있었다. 창문 너머로 구름이 물감처럼 깔려 있고 끝없이 그런 광경이 계속되었다. 그리고 다시 잠에 빠졌다가 일어났을 때는 리우 데 자네이루 갈레앙 안토니우 카를루스 조빙 국제공항이었다.

줄리아는 갈레앙 공항에서 곧장 선수촌이 있는 곳으로 갔다. 피곤하지는 않았다. 일등석에서 맛있는 기내식을 먹고 잠자다가 일어나니 브라질에 도착한 것이다.

"아가씨, 이곳입니다."

"고마워요, 테드."

줄리아는 경호원으로 따라온 테드에게서 가방을 넘겨받았다. 올림픽위원회는 줄리아에게 일찍 미국 대표단과 합류하라는 공문을 보냈다. 그래서 이번에는 가족과 함께 오지 못했다.

줄리아는 호텔에 짐을 풀었다. 경호상의 문제 때문에 그녀는 독방을 썼다. 방이 여러 개라서 여자 경호원이 함께 묵을 수가 있었다. 어쨌든 올림픽위원회는 줄리아의 특수성을 인정해 줬고, 그래서 같은 호텔의 다른 층에 묵게 되었다.

줄리아는 창문으로 밖을 내려다보았다. 창밖으로 푸른 해변이 보인다.

'줄리, 이제 시작이야. 네 힘을 보여줘!'

줄리아는 스스로에게 말하며 결심을 다졌다. 이제는 1년 전에 200m 결승전에서 한 그런 실수를 되풀이하지 않을 것이라고.

올림픽에는 세계육상선수권대회보다 더 많은 나라에서 더 많은 선수가 참가한다. 그래서 경쟁이 더 치열하다. 하지만 줄리아는 자신 있었다. 실수만 하지 않는다면 당연히 자신이 세계 최고의 스프린터라는 자신감이다.

"아자, 아자, 파워 업!"

줄리아는 환하게 웃으며 주먹을 불끈 쥐었다. 그리고 달라진 자신을 보여주겠다고 스스로에게 말했다.

*　　　*　　　*

—CNN의 자니 스트라스버그 기자입니다. 오늘은 리우 데 자네이루에서 벌어지는 올림픽 경기, 여자부 100m 달리기 결승전이 있는 날입니다. 오늘의 빅 이벤트는 작년에 세계신기록을 달성한 줄리아 강 선수가 과연 새로운 기록을 경신하면서 우승을 할 것인가, 아니면 자신의 기록을 깨지 못하고 우승할 것인가에 있습니다. 줄리아 양은 불과 열여섯 살의 나이에 100m와 400m 달리기에서 두 개의 세계신기록을 달성했고, 올해 그녀의 나이는 열일곱 살에 불과합니다. 또 그녀가 세계신기록을 달성한 지는 1년밖에 지나지 않았습니다. 그래서 사람들은 그녀의 행보에 관심을 가지지 않을 수 없게 되었습니다. 전문가들 사이에서는 올림픽이 주는 부담감 때문에 줄리아 양이 예상외로 부진할 수도 있으며, 새롭게 기록을 경신하지 못할 것이라는 전망이 조금 우세합니다. 그녀는 작년에 세계육상선수권대회에서 플로렌스 그리피스 조이너의 10.49를 뛰어넘어 10초 05라는 놀라운 기록을 달성함으로써 세계신기록을 30년 만에 깼습니다. 그런데

플로렌스 그리피스 조이너의 10.49의 기록은 올림픽에서 거둔 성적이 아닙니다. 1988년에 벌어진 미국 올림픽 대표 선발전에서였습니다. 세계신기록은 올림픽에서 나오기 매우 힘듭니다. 4년 만에 한 번 개최되는 올림픽보다는 2년마다 열리는 세계육상선수권대회나 각종 국제대회가 더 많기 때문입니다. 그런 경기들은 심리적인 부담감도 올림픽과 비교하면 상대적으로 적기에 기록이 나올 확률이 높습니다. 실제로 여자 100m 올림픽 세계신기록은 독일의 아네그레트 리히터가 1976년 7월 25에 달성한 11초 01입니다. 남자 100m 달리기도 별반 다르지 않습니다. 우사인 볼트가 가진 세계신기록은 제12회 세계육상선수권대회에서 거둔 9초 58입니다. 하지만 그의 올림픽 기록은 베이징에서 개최된 제29회 하계올림픽에서 거둔 9초 69입니다. 무려 0.11초의 차이가 납니다. 이런 사례를 볼 때 줄리아 양이 우승하는 것은 어렵지 않으나 세계신기록을 새롭게 경신하는 것은 힘들다고 보는 것이 전문가들의 일반적인 견해입니다. 그녀가 새로운 기록을 작성하려면 또한 날씨와 같은 외부의 도움을 받아야 합니다. 바람이 초속 2m 이상으로 불기만 해도 공식 기록으로 인정받지 못합…….

각종 TV와 신문에서 다양한 견해가 나왔지만 대부분이 줄리아의 우승을 점쳤다.

그럴 수밖에 없는 것이 2위와의 기록이 0.68이나 차이 나기 때문이다. 여자 선수의 경우 100m를 쉰 걸음에 도달한다면 0.68초는 세 걸음 이상 차이가 난다. 참고로 우사인 볼트는 마흔한 걸음 만에 결승선에 도달한다. 0.68초는 눈 깜짝할 순간에 불과하지만 2위가 1위를 따라잡기는 사실상 불가능에 가까운 것이다.

하지만 경기는 뚜껑을 열어봐야 알 수 있다.

전문가들이 조심스럽게 전망을 내놓는 이유는 줄리아의 기록이 압도적이기는 하지만 선수의 당일 컨디션에 의해 승부가 판가름 나는 경우가 많기 때문이다. 더욱이 줄리아는 국제대회 경험이 많지 않아 예상치 못한 실수를 할 가능성도 있었다.

* * *

줄리아는 관중을 바라보았다. 모두 자신을 주목하고 있었다. 주목받는 것은 나쁘지 않았다.

훈련을 통해 끝없이 뛰고 또 뛰어 기록을 단축할 수 있는 토대를 만들어놓았다. 그렇다고 기록 경신을 목표로 뛸 생각은 없었다. 그동안 한 수중 훈련은 부상 방지뿐 아니라 심폐 기능을 월등히 강화시켰다. 제대로만 뛴다면 상당한 기록을 경신할 수 있을 것이다.

'두렵지 않아. 떨지도 않아. 난 앞으로 나아갈 뿐이야!'

줄리아는 떨지 않기로 결심했다. 이제 우승이 목표가 아니다. 그녀에게 달리기는 인생을 살아가는 데 있어서 즐거운 놀이에 불과했다. 달리는 것이 즐거웠기에 힘든 훈련을 소화해 냈다. 그러면 된 것으로 생각했다.

"줄리, 아빠는 관중이 내게 기대를 하건 야유를 하건 크게 신경 쓰지 않아. 그것은 힘들고 어려울 때에도 마찬가지야. 왜냐하면 나는 나의 길을 갈 뿐이거든. 세상 사람들이 내게 뭐라고 해도 난 상관하지 않아."

줄리아는 삼열이 해준 말을 되새겼다. 남을 의식하면 기록이 떨어지게 된다. 몸에 저절로 힘이 들어가서 불필요한 동작이 나오게 된다. 훈련한 대로 그렇게 자신의 길을 가면 된다.

그렇게 생각하자 마음이 편해졌다. 사람들의 뜨거운 시선도 수많은 카메라도 그저 거기에 있는 것뿐이다. 만약 그녀에게 꿈이 생기지 않았다면 관중과 카메라를 의식하고 긴장했을지도 모른다.

"줄리, 어때?"

줄리아는 존 코치의 물음에 웃으며 대답했다.

"괜찮아요."

샤론 에이지 박사가 줄리아의 컨디션을 체크하고는 엄지와 검지를 동그랗게 말아 좋다는 표시를 존에게 해줬다.

100m 결승이 벌어지려면 이제 10여 분 남았다. 줄리아는 갈증이 났지만 오히려 이런 긴장을 즐겼다. 이렇게 긴장을 하고 흥분하는 것은 살아 있다는 증거다.

이번 올림픽에서 세계가 주목하는 경기 중의 하나가 여자 100m 달리기였다.

특히 미국은 올림픽 100m에 아주 관심이 많았다. 미국인들에게 육상은 인기 있는 종목일 뿐만 아니라 생활과 아주 밀접한 운동이었다. 일상에서 사람들은 건강을 위해 규칙적인 러닝을 하는 경우가 많았다.

육상에서 강자이던 미국이 변방으로 밀려난 지는 얼마 되지 않았다. 단거리는 자메이카, 장거리는 에티오피아나, 케냐라는 식의 공식이 최근에 성립되었다. 2012년 런던올림픽에서 100m 여자 달리기에서 우승한 사람도 셜리 앤 프레이저 프라이스였다. 카멜리타 지터가 2위, 베로니카 캠벨 브라운이 3위였다. 자메이카의 선수가 1, 3위를 했고, 미국이 2위를 했다. 특히 셸리 앤 프레이저 프라이스는 2회 연속 올림픽에서 100m 달리기 우승을 하는 업적을 이루었다.

줄리아는 심호흡하며 하늘을 올려다보았다. 맑고 푸른 하늘이 시야에 들어오자 마음이 안정되었다. 관중의 뜨거운 열기가 마치 곁에서 느껴지는 듯했지만 무시하려고 노력했다.

줄리아는 '내가 할 수 있을까?' 따위의 생각은 단 한 번도 하지 않았다. 하면 되는 것이고 실패한다면 다음에 다시 도전하면 된다. 스스로 할 수 있을까 하고 자신의 능력을 의심하면 정말 할 수 있는 일이 몇 개 되지 않게 된다. 자신을 믿으면 꿈은 이루어진다.

성공한 사람 중에 자신을 믿지 않은 사람은 없었다. 우연에 의한 성공이란 불가능하기 때문이다. 수없이 많은 사람이 경쟁에 뛰어든다. 그 치열한 전쟁터에서 의심으로 자신을 뒤돌아보는 사람이 승리할 정도로 세상은 호락호락하지 않았다. 특히 0.001초에 의해 승부가 갈리는 100m 달리기에서는 더욱 그러했다.

간절히 열망하고 열망하라. 그리하면 꿈은 이루어진다. 그러니 열망하고 열망하라.

선수들이 소개되고 있었다. 세계육상선수권대회에 참가하지 않은 자메이카의 셀레나 샤론 프레이지와 독일의 안나 빌헤름이 강력한 우승후보였다.

줄리아는 셀레나 샤론 프레이지가 소개될 때 환호하는 관중을 보았다. 저들 중에서 많은 사람은 올해도 자메이카가 우승할 것으로 생각하고 있을 것이다.

셜리 앤 프레이저 프라이스는 152㎝의 단신임에도 불구하고 2회 연속 올림픽을 제패했다. 176㎝의 줄리아는 자신의 존재를 증명하고 싶어했다. 그녀보다 우월한 신체적인 능력을 갖췄음에도 불구하고 더 초라한 성적을 거둘 수는 없다고 생각했다.

"USA, 줄리아 강!"

줄리아는 두 손을 번쩍 들어 흔들었다. 관중을 향해. 꿈을 향해.

관중석에서는 삼열과 마리아가 일어서서 박수를 보냈다.

"여보, 우리 줄리 잘하겠죠?"

"하하, 못할 이유가 없잖아. 줄리는 긴장을 하지 않으니까."

"하긴 말썽꾸러기긴 하지만 실전에 강한 것은 대견해요."

"강심장이라는 것이지. 그건 날 닮았어."

"아니에요. 나를 닮았어요."

"뭐, 그렇다고 합시다."

"정말이라고요."

"알았소. 당신 말이 맞아."

삼열은 누구보다 긴장하고 있는 마리아의 어깨를 잡고 살짝 두드렸다. 하지만 그 자신도 긴장되었다. 월드시리즈 무대에 서는 것보다 두 배는 더 떨렸다. 딸이 잘할 수 있을까? 믿으면서도 걱정이 되었다.

삼열은 가벼운 부상 중이었다. 3일 전 경기에서 부러진 배트에 살짝 발등을 다쳤다. 다음 날 바로 나았지만 부상을 핑계로 리우 데 자네이루에 올 수 있었다. 15일짜리 DL에 오르지 않고 단지 등판을 한 번 건너뛰는 것이기에 200m나 400m 결승전을 모두 볼 수는 없다. 어차피 100m 달리기는 보려고 표를 예매해 두었다. 부상으로 인해 며칠 여유가 생겼다.

"누나 멋있네."

조셉이 환호하는 관중을 향해 손을 흔드는 줄리아를 보며 말했다. 삼열은 아들의 머리를 쓰다듬으며 걱정스러운 표정으로 딸을 바라보았다. 장인 장모도 같이 오고 싶어 했지만 국회 상임위가 열리고 있어 오지 못했다.

줄리아는 필름이 돌아가는 것처럼 주위가 하나의 그림같이 느껴졌다. 자신의 기억에서 결코 지워지지 않을 것이다.

'난 할 수 있어! 파워 업! 파워 업!'

줄리아는 긴장될수록 '파워 업!'을 외쳤다. 파워 업 주문은 마법사의 주문처럼 그녀의 마음을 강하게 붙들었다.

"준비."

심판의 소리에 줄리아는 스타팅 블록에 두 발을 가져다 대었다. 발바닥에서 느껴지는 발판에 근육이 저절로 수축되었다. 두 손을 스타팅 라인에 가져다 댄 그녀는 고개를 밑으로 하고 정신을 집중시켰다.

"차렷!"

엉덩이를 들고 1초밖에 지나지 않았는데 출발 신호가 났다. 줄리아는 그 소리를 듣자마자 발바닥에 힘을 주었다. 스타팅 보드에서 반발력이 느껴졌다.

줄리아는 누구보다 빠르게 일어나 달렸다. 물속에서 뛰는 것보다는 말할 수 없는 자유로움이 느껴졌다. 마치 다리에 날개라도 달린 듯 빠르고 부드러웠다. 심장의 고동 소리가 귓가에 생생하게 들렸다.

그녀에게는 관중의 함성도, 옆에서 뛰는 다른 선수들의 발소리도 들리지 않았다. 오직 타오를 듯 뛰는 심장의 뜨거움만을 느낄 수 있었다.

전력 질주 구간에 들어서자 온몸의 힘이 다리와 팔로 가는 것 같았다. 팔을 높이 들면 들수록 다리도 높게 들렸고, 이는 속도로 이어졌다.

"와아!"

뜨거운 함성이 경기장을 집어삼켰다. 줄리아는 바람 같았다. 초원을 뛰는 치타처럼 관절과 근육이 상호작용을 하며 밀고 당겼다. 그럴 때마다 속도가 붙었다.

"믿을 수 없어!"

줄리아는 맨 앞에서 달렸다. 30m 구간을 넘어서부터 2위 그룹과 격차가 조금씩 벌어지기 시작했다.

"대단해!"

"믿을 수 없어!"

관중석 여기저기에서 감탄사가 튀어나왔다.

원래 100m 달리기는 결승점에 도착할 때까지 2위 그룹과는 한 걸음 이상 차이가 나지 않는다. 가슴 하나 정도이거나 거의 동시에 들어가곤 한다. 2위로 달리던 셸레나 샤론 프레이지가 치고 나오기 시작했다. 하지만 60m 구간을 넘기자 다시 거리가 벌어지기 시작하더니 그게 결승점까지 그대로 이어졌다.

줄리아의 눈에 결승선이 보였다. 그러자 힘이 빠지려던 다리에 힘이 저절로 생겨났다. 이제 불과 몇 초도 남지 않았다. 줄리아는 가슴이 답답해 오자 얼굴을 찌푸렸다. 하지만 멈출 수 없었다. 더 힘껏, 더 높이 팔을 올렸다. 그것이 최선이라는 것을 알고 있었다.

"와아!"

"와!"

관중의 환호가 소나기처럼 쏟아졌다. 마침내 경기가 끝났다. 줄리아는 자신이 이긴 것을 관중의 반응을 보고서 알았다. 옆의 선수는 전혀 의식하지 않고 달렸다. 오직 앞만 보고 자신을 이기기 위해 달렸다. 1년 전 베이징에 있던 자신을 이기기 위해.

숨이 턱까지 차올랐지만 호흡을 두세 번 하자 괜찮아졌다. 전광판에 기록이 나오자 관중들이 모두 일어서서 기립박수를 보냈다.

9.98초.

완벽한 승리였다. 1년 사이에 무려 0.06초나 앞당긴 것이다. 그리고 처음으로 여자 100m 달리기에서 10초대의 벽이 깨졌다.

줄리아도 놀라 두 눈을 동그랗게 뜨고 있다가 두 손을 높이 들고 팔짝팔짝 뛰었다. 그 모습이 카메라에 모두 잡혔다. 외모가 상당히 아름다운 편인 줄리아가 팔짝팔짝 뛰자 굉장히 매혹적이었다.

"와아, 죽인다. 우리 여신님이 드디어 10초대의 벽을 깨주셨군."

"믿을 수 없네. 믿을 수 없으니 오히려 허탈하다."

"역시 줄리아 님이 기적을 일으켰다."

TV를 보던 덕후들이 일제히 일어나 스마트폰을 꺼내 SNS를 하기 시작했다. 유명 포털 사이트와 트위터가 줄리아의 우승을 빠르게 전하기 시작했다.

줄리아는 한동안 멍하니 있다가 자신의 실수를 깨달았다. 재빠르게 달려가 관중으로부터 성조기와 태극기를 얻어 트랙을 돌았다.

줄리아는 트랙을 돌다가 가끔 특이한 자세를 취하곤 했다. 팬들을 기쁘게 해주는 것이야말로 마땅히 프로가 해야 할 일이었다. 관중은 우사인 볼트의 번개 포즈와 파워 업 포즈를 가장 좋아했다.

"파워 업!"

줄리아의 외침에 함성과 박수가 눈처럼 쏟아졌다. 줄리아는 관중을 보며 기뻐했다. 오늘의 내가 과거의 나를 이긴 날, 상을 받을 만한 날이었다. 만세!

"와아!"
"줄리아!"
"줄리아! 줄리아!"

관중석에서 사람들이 모두 일어서서 줄리아를 연호하기 시작했다. 그 모습을 보고 줄리아는 배시시 웃었다. 그 예쁜 표정이 그대로 전광판에 나왔다.

방송사와 신문사의 기자들이 이 멋진 순간을 놓칠 리가 없다. 특히 미국 방송사들은 계속 줄리아가 뛰는 모습과 우승했을 당시의 표정을 반복하여 보여주고 있었다. 영웅 만들기를 좋아하는 미국의 시민들은 줄리아를 보고 환호했다. 압도적인 능력과 예쁜 외모는 영웅 만들기 시나리오에 단골로 등장하는 요소이다. 게다가 이 어린 소녀는 귀엽기까지 하지 않은가.

마리아는 딸을 보자 눈시울이 뜨거워졌다. 항상 아기 같던 딸이 이렇게 놀라운 일을 해낼 줄은 그녀도 몰랐다. 올림픽 세계신기록이라니. 그것도 10초대의 벽을 깬 대기록으로 말이다.

"여보, 난 보고서도 믿어지지 않아요."

"나도 그래, 마리아."

삼열과 마리아는 감동한 표정으로 손을 마주 잡고 미소를 지었다.

조셉도 환호하는 관중과 함께 손이 부서지도록 박수를 쳤다. 그는 스포츠에 관해서는 관심이 없지만, 미국 사회는 스포츠 스타를 영웅시하는 경향이 강하다. 그러니 천재라고 잘난 척하던 그도 이제는 누나를 인정해야 한다는 사실을 깨달았다.

"와아, 엄청 멋있잖아. 아빠, 나도 운동선수 할까?"

"뭐어?"

조셉의 엉뚱한 말에 마리아가 무슨 소리냐고 되물었다. 평소 스포츠에 관심이 거의 없던 조셉이 운동을 하겠다는 말이 나올 정도로 감동적인 경기였다.

줄리아는 승리의 기쁨으로 인해 눈물이 나올 정도로 감동했지만 울지는 않았다. 눈물이 나려고 하면 그럴수록 더 환하게 웃었다.

기쁨으로 흘리는 눈물은 아름답다. 하지만 웃는 것이 더 아름답다는 것을 그녀는 알고 있다. 런던올림픽에서 셜리 앤 프레이저 프라이스가 간발의 차이로 우승하고 우는 모습을 보았을 때 줄리아는 자신은 절대로 울지 않겠다고 결심했다.

그렇게 결심했음에도 불구하고 눈물이 찔끔 나왔다. 승리는 이렇게 감동적이라는 것을 왜 이전의 경기에서는 느끼지 못했을까? 그녀는 무엇인가 자신이 달라진 것 같았다.

'나 이제 진짜 선수가 된 건가?'

사람들의 환호와 박수는 솜사탕처럼 부드럽고 초콜릿처럼 달콤했다. 승리가 주는 기쁨은 마약처럼 황홀했다. 중독될 것 같기도 했다.

줄리아는 선수들이 왜 그토록 힘들게 훈련하는지를 이제는 알 것 같았다. 승리의 달콤함 때문이다.

그녀는 어릴 때부터 뛰면 시원했다. 뛰면 그냥 좋았다. 선수가 되고 나서는 어릴 때만큼 좋지는 않았지만 그렇다고 싫지도 않았다. 어릴 때부터 뛰었기에 훈련으로 뛰는 것은 어렵지 않았다.

그러나 이 순간 사람들이 감격하는 모습을 보니 찌르르 심장에 와 닿는 것이 있었다.

'아, 프로는 다른 사람들을 행복하게 해주는 사람이구나.'

줄리아는 생각했다. 소설, 음악, 미술, 스포츠 등등 프로들이 만든 것 때문에 사람들은 즐거워하고 기뻐한다. 마찬가지로 달리기도 사람들에게 행복을 줄 수 있다는 것을 깨달았다. 이제 달리기는 그냥 달리기가 아니라 사람들을 행복하게 해줄 수 있는 그 무엇이 되어버렸다.

* * *

줄리아는 몰려드는 기자 중에서 CNN 기자와 인터뷰를 했다.

"CNN의 피터 아놀드입니다. 오늘 소감 한마디 부탁합니다."

"팬 여러분, 고마워요. 내가 이만큼 할 수 있던 것은 다 응원해 주신 팬들 덕분이에요. 난 뛰는 것을 좋아해요. 아주 많이요. 그런데 내가 좋아하는 것으로 사람들을 기쁘게 할 수 있다는 것을 오늘 처음 알았어요. 노력은 우리를 행복하게 만들어요. 꿈을 가지고 앞으로 나아가면 언젠가는 성공하게 돼요. 나를 봐요. 불과 열일곱 살이지만 내가 작년에 달성한 기록을 깼잖아요. 어쨌든 난 1년 전보다 더 발전했어요. 여러분도 그랬으면 좋겠어요."

"우승했다는 것을 언제 알았나요?"

"사실 뛰기 전부터 알았어요. 내 기록이 제일 좋았거든요. 그래서 긴장하지 않으려고 노력을 많이 했죠. 다른 선수들을 의식하지는 않았어요. 다른 사람들이 뛰는 것을 안다고 내가 더 잘 뛸 수 있지는 않아요. 오직 집중해서 달릴 뿐이죠."

"관중의 반응을 보고 아신 것은 아닙니까?"

"네, 맞아요. 하지만 난 우승을 처음부터 확신했고, 관중의 반응을 보고는 내 생각이 옳다는 것을 확인했어요. 스포츠는 자기 자신을 믿지 않으면 안 돼요. 아빠가 말씀해 주셨어요. 선수들은 자신의 능력을 믿어야 한다고. 마운드에서 자신의 구위에 자신감을 잃으면 타자들에게 난타를 당하게 된다고 말씀하셨죠. 마찬가지로 자신을 믿지 못하면 뛰는 데에도 지장을 받는 거예요."

"여자 선수로는 처음으로 10초대의 벽을 깬 9.98초였는데요, 어떻게 생각하세요?"

"내가 다른 사람보다 뛰어난 것은 2초 더 빠르다는 거예요. 그만큼 기뻐할 수 있죠. 달리기 선수가 더 빨리 뛰는 것은 물론 중요해요. 하지만 뛰는 것을 통해 내가 행복하지 않으면 안 돼요. 승리는 단지 결과일 뿐이에요."

"아, 줄리아 양. 좀 철학적인 내용이군요. 줄리아 양은 지금 행복하십니까?"

"난 늘 행복해요. 지금은 나 스스로가 조금 대견한 정도죠. 나는 다른 사람들보다 좋은 부모를 가지고 있잖아요. 그것만으로도 항상 행복하죠."

"하하, 그렇군요. 오늘 올림픽 100m 달리기에서 우승하신 것을 다시 한 번 축하합니다."

"네, 고마워요."

이후로도 수없이 많은 기자가 인터뷰를 하려고 몰려들었지만 거절했다. 그녀가 CNN의 기자와 인터뷰를 한 내용은 생방송으로 나갔다.

줄리아는 감격스러웠다. 세계육상선수권대회에서도 우승했지만, 올림픽은 감회가 달랐다. 최고의 선수들이 모여서 최고의 승부를 겨루는 경기. 거기서 새로운 기록을 달성한 것은 아무리 생각해도 기분 좋은 일이었다.

존 코치는 정신이 없었다. 줄리아가 우승하고 트랙을 돌 때만 해도 실감이 잘 나지 않았다. 메달을 받고 인터뷰를 하는 줄리아를 보니 감회가 새로웠다.

'난 정말 운이 정말 좋았구나. 천재를 만나서 생각보다 더 빨리 성과를 얻었다. 그것도 예상도 하지 못한 대기록으로 말이다.'

"기분 좋으시겠어요."

"날아갈 것만 같습니다. 그런데 믿을 수가 없네요."

샤론 에이지 박사는 존 코치의 말에 빙그레 웃었다. 그녀도 같은 기분이었다. 고집스럽고 개구쟁이인 어린 소녀가 2년 연속 세계신기록을 달성할 줄은 그녀도 전혀 생각하지 못했다.

그녀가 본 줄리아는 귀엽지만 조금 까다로운, 그러면서도 사랑스럽다고밖에 말할 수 없는 소녀였다. 세상의 모든 것을 가진 소녀이기에 처음에는 별로 기대하지 않았다. 하지만 메이저리그의 최고 투수를 아버지로 두었고 훌륭한 어머니를 가진, 그리고 미국 최고의 명문가를 외가로 둔 소녀는 생각보다 더 당찼다.

돌이켜 보니 그 놀라운 재능에 메디컬 닥터가 되겠다고 승낙했다. 연봉이 무려 4천만 달러가 넘는 양키스의 투수를 아버지로 두었기에 보수는 걱정하지 않았다. 딸바보라고 소문난 아버지다. 그런데 보수는 역시 생각한 것보다 훨씬 많았다.

부족한 것이 없는 아이라서 중간에 그만둔다면 어쩌나, 대충대충 하면 어쩌나 하는 걱정을 안 한 것은 아니었다. 그러나 언제나 줄리아는 코치가 요구한 것 이상을 하곤 했다.

달리기를 위해 태어난 사람처럼 놀라운 신체적인 능력을 갖췄기에 줄리아의 개인 닥터를 하는 것은 어렵지 않았다. 사소한 부상이 없던 것은 아니지만 다른 운동선수들보다는 훨씬 건강했고 부상도 잘 입지 않았다. 그래서 항상 줄리아를 보면 기분이 좋았다.

특히 오늘은 정말 기분이 최고였다.

'난 정말 전설을 보고 있구나. 그것도 불과 열일곱 살 소녀가 만들어내는 이야기를 가장 가까이서 보고 있어.'

샤론 에이지는 자신이 만약 글재주가 있었다면 줄리아에 관한 이야기를 소설로 쓰고 싶어졌다. 그녀에게 일어난 이야기를 쓰는 것만으로도 베스트셀러가 될 것 같았다.

샤론 에이지는 기자들에게 둘러싸여 환한 미소를 짓는 줄리아를 보고 고개를 끄덕이며 입가에 미소를 지었다.

*　　　*　　　*

한국은 아침이 되자 모든 뉴스에서 줄리아의 100m 달리기 세계신기록을 다루기 시작했다. 뛰는 장면과 인터뷰, 그리고 성조기와 함께 태극기를 두르고 트랙을 도는 장면은 한국인들에게 깊은 인상을 심어주었다.

작년 세계육상선수권대회에서 그렇게 했을 때는 백인인 그녀가 한국 사람이라고 하는 것에 이질감을 느꼈다. 그래도 강삼열의 딸이라고 하니 딸 교육은 잘 시켰구나 하는 정도였다. 물론 줄리아의 인기는 굉장했지만 지금 같지는 않았다.

지금은 사람들이 모이기만 하면 줄리아에 관해 이야기했다.

“어제 새벽에 100m 달리기 봤어?”

“봤지. 죽이더라. 야, 어떻게 100m 달리기에서 2위와 그렇게 차이가 크게 날 수 있냐?”

“줄리아 귀엽지 않냐?”

“물론 귀엽지. 예쁘고 사랑스럽지.”

“여신 미모야. 줄리느님이야.”

“흐흐, 줄리느님. 발음이 이상하다.”

“야, 줄리아가 태극기를 들고 뛰는데 눈물이 찔끔 나는 거 있지. 가슴이 막 뭉클하더라.”

“그러게. 어린애인데도 어른보다 낫다는 생각이 들더군.”

“작년에 태극기를 들고 뛸 때는 가식으로 보였는데 지금은 정말 자신이 한국 사람이라고 생각하는 것 같았어.”

“하하, 당근이지. 줄리아가 아빠빠잖냐. 강삼열이 한국 사람이니 당연히 줄리아도 한국 사람이지.”

“그렇게 되나?”

사람들은 커피를 마시면서, 밥을 먹으면서, 술잔을 기울이면서 줄리아에 관해 이야기했다.

가장 신이 난 곳은 당연히 삼송과 현다이자동차였다. 특히 삼송은 작년에 줄리아에게 광고료로 50억을 줬다. 광고료가 알려졌을 때는 삼송을 욕하는 사람이 많았다. 그리고 줄리아에 대해서도 이미지가 나빠졌다. 현다이자동차는 그나마 나았다. 20억을 광고료로 책정했기 때문이다.

"하하, 정말 대박이군."

"하하, 이사님. 정말 완전 대박입니다."

이기돈 이사는 부하 직원의 말에 손뼉을 치며 좋아했다. 삼송의 홍보부를 관장하는 그는 작년에 황태자 이경철이 줄리아의 광고료로 50억을 지시했을 때 말은 못 했지만 굉장히 불만이었다. 하지만 지금은 50억이 문제가 아니었다. 올림픽 금메달이다. 그것도 세계신기록을 경신했다. 여자로서 10초대의 벽을 최초로 깨면서 말이다. 삼송과 줄리아의 계약 기간은 아직도 4개월 이상 남았다. 그러니 줄리아가 올림픽 금메달을 딴 소식은 그 어떤 것보다 호재였다.

"어떻게 할까요?"

차명주 과장이 손을 비비며 이기돈 이사를 바라보았다. 이기돈은 차명주의 말에 정신이 번쩍 들었다. 이 절호의 기회를 놓쳐서는 안 되었다.

"줄리아 양의 이미지 있지?"

"네, 깔쌈한 것으로 다 뽑아놓았습니다."

"그렇지. 각 방송사, 신문사에 모두 돌려."

"하하, 이미 준비 다 해놓았습니다."

"그래?"

"당연하죠. 줄리아는 가장 강력한 우승후보였습니다. 당연히 그녀를 이용한 마케팅을 생각하지 않았다면 바보죠."

"하하, 그렇지. 돈 걱정하지 말고 때려. 깔끔하게! 상무님이 보실 거야. 그러니 신경 써."

"네. 다 염두에 두었습니다."

"강삼열도 굉장하지만 딸은 더 굉장하네. 이제 이 이사님이 줄리아 팬이 되시면 강삼열보다는 예쁜 줄리아 광고를 많이 찍으라고 하시겠군."

"그러게요. 이사님은 아직도 강삼열을 만나지도 못했다면서요."

"야, 어떻게 만나, 그 골치 아픈 놈을. 험, 좀 독특하기는 하지만 매력은 있지."

"그렇죠. 그러니까 나이키가 강삼열에게 1억 달러 계약을 덜컥 한 것 아닙니까?"

"하하, 기분이 좋군."

삼송의 홍보부는 발 빠르게 움직였다.

이는 현다이자동차 역시 마찬가지였다. 저녁에 두 회사가 나란히 피크타임에 TV 광고를 내보냈다. 광고에서는 줄리아가 완전한 한국인이었다.

이번에는 사람들도 줄리아를 한국 사람으로 받아들였다. 한국에서 줄리아의 인기가 가히 폭발적으로 늘어났다.

*　　　*　　　*

줄리아는 호텔로 돌아왔다. 가족과 만나서 같이 왔다.

"줄리, 수고했어."

"응, 아빠. 나 잘했지?"

"그래, 최고다. 줄리, 넌 언제나 내게 최고였어."

"아빠, 나는?"

"조셉 너도 아빠에게 언제나 최고다."

"흥, 따라쟁이."

"이제부터 나 누나를 존경하기로 했어. 그리고 누나, 나도 누나처럼 운동선수가 될까 하는데."

"뭐?"

"왓?"

조셉의 말에 모두 깜짝 놀랐다. 하지만 누구도 조셉이 정말 운동선수가 될 것이라고는 생각하지 않았다. 그러나 조셉은 다음 날부터 일찍 일어나 운동을 하기 시작했다. 그 모습을 모두 입을 벌린 채 지켜보았다.

줄리아는 기뻤다. 이번 올림픽에서 자신이 실수하지 않을 것은 이미 알고 있었다. 시합은 그녀에게 즐거운 게임이었다. 그러니 긴장으로 인한 실수 따위란 있을 수 없었다.

줄리아는 무엇을 원하든 그 이상으로 노력했다. 그래서 남들보다 좋은 기록을 얻었다. 물론 남들보다 훨씬 사기적인 몸을 가지고 있긴 했다. 스피드, 지구력, 체력, 민첩성 등등. 하지만 그 모든 것이 있다고 해도 노력 없이는 무엇인가를 이룰 수 없다.

"파워 업!"

줄리아는 거울을 보며 외쳤다. 거울에 비친 완벽한 몸매를 보며 어깨를 으쓱했다. 자신이 보아도 아름다운 몸이다. 문제라면 너무 건강해 보인다는 것이다.

금발은 탐스러웠고 작은 얼굴은 귀여웠다. 큰 눈은 사슴을 닮아 그녀를 연약하게 보이게 했다. 가슴은 적당하고 가느다란 허리와 업 된 엉덩이는 매력적으로 보였다. 더 이상 좋을 수가 없다.

"칫! 이 얼굴, 이 몸매로도 연애를 해보지 못하다니."

줄리아는 불만이 가득한 말투로 중얼거렸다. 연애를 못한 것이 아니었다. 눈이 높아 남자를 남자로 보지 않은 주제에 그녀는 마치 자신이 피해자인 것처럼 굴었다.

샤워하고 나자 조셉이 소리쳤다.

"누나, 존 코치가 전화했어."

"왜?"

"딴짓하지 말고 일찍 자래."

"너 똑바로 말 안 할래?"

"헤헤. 뭐, 대충 그런 내용이었어."

몇 시간 전에 존경한다고 말한 주제에 또 슬슬 기어오르려고 하는 동생을 보고 줄리아는 피식 웃었다. 천재면 뭐 하는가. 이제는 자신을 질투하는데.

TV를 켜니 온통 100m 세계신기록 이야기다. CNN이나 ABC 방송사는 그 어떤 메달보다도 더 자세하게 줄리아에 대해서 방송을 내보내고 있었다.

'역시 내 이야기군. 오, 예!'

줄리아는 이제 돈맛을 알아서 TV에서 방송하는 내용이 어떤 영향을 끼칠지 금방 알아차렸다.

열일곱 살. 한 해만 더 버티면 열여덟 살로 성인이 되고 자신의 은행 잔고에 대한 재산권을 행사할 수 있다. 그런데 생각해 보니 그 많은 돈으로 뭘 해야 할지 생각해 둔 것이 없었다.

그것은 그녀가 예상한 것보다 너무나 큰돈을 벌었기 때문이다. 그녀가 미첼 쇼에 나가 기업들을 지명하여 부른 것이 기폭제가 되어 광고가 넘쳐났기 때문에 늘어난 것도 있었다.

그녀가 생각할 수 있는 단위는 몇만 달러 정도였다. 대학을 졸업할 비용을 다 합쳐도 몇십만 달러면 충분했다. 그녀의 예상이 빗나간 셈이다. 나이키와 STL이 그녀의 가치를 크게 평가해 준 덕분에 시니어 무대에 데뷔하자마자 수천만 달러를 벌게 된 것이다.

"줄리, 피곤하지 않니?"

마리아가 줄리아에게 주스를 주며 말했다. 줄리아는 괜찮다고 말하며 주스를 받아 벌컥벌컥 마셨다.

"엄마, 초심자의 행운이 너무 빨리 끝나면 어떻게 해요?"

"그때는 실력으로 헤쳐 나가야지. 걱정하지 마. 넌 잘하고 있어. 일어나지 않은 미래를 걱정하는 것은 바른 자세가 아냐. 인생은 쓸데없이 걱정하기에는 너무 짧단다."

"그렇죠. 나도 아빠처럼 좋은 남자가 나타나면 확 잡아야죠."

"……."

마리아는 줄리아의 말에 대답하지 못했다.

자신은 그렇게 했다. 그것은 너무나 당연한 일이었다. 사랑하는 사람을 선택하는 것이야말로 행복해지는 일이라는 것을 알았으니 말이다. 그러나 부모가 되자 또 달랐다. 싫다거나 나쁘다거나 그런 감정이 아닌 그냥 조심스러움이었다.

줄리아는 하품하다가 침대로 가서 누웠다. 피곤하지는 않지만 몸이 붕붕 뜨는 느낌이다. 오늘 자신이 이룬 우승이 믿어지지 않았다. 졸음이 몰려왔지만 입가에 미소가 저절로 지어졌다. 자꾸만 나사가 하나 빠진 듯 헤실거렸다.

* * *

하루를 쉬고 나자 400m 결승전이 벌어졌다.

줄리아는 몰려드는 기자들과 카메라를 보며 자신이 엄청 유명해진 것을 알아차렸다. 경기를 앞두고 있기에 인터뷰 요청이나 취재는 하지 않았지만 그녀가 가는 곳에는 항상 구름같이 많은 기자가 따라다녔다.

'아빠의 말이 맞았어. 유명해지는 것에는 대가가 있어. 뭐, 그래도 난 괜찮아.'

기자나 카메라의 플래시에는 어릴 때부터 익숙했다. 삼열이 유명한 야구 선수이다 보니 아빠와 외출할 때면 언제나 기자가 따라붙곤 했던 것이다. 가끔 정신줄을 놓은 이상한 기자들이 달려들었지만 경호원들에 의해 제지당했다.

줄리아는 경기장으로 들어서면서 가득 찬 관중을 바라보았다. 세계 각처에서 응원 온 사람들로 미국, 이탈리아, 스페인, 영국, 일본 등지에서 왔다. 간혹 태극기를 든 한국 사람도 보였다. 그래도 가장 많은 것은 브라질이나 아르헨티나 사람이었다.

"줄리, 누가 찾아왔어요."

"누가요?"

"네가 조국이라고 주장하는 한국에서 팬이 찾아왔단다. 이것은 그 팬이 준 거야."

존 코치 밑에서 어시스트로 일하는 한 스태프가 장미꽃 다발을 가져다주었다.

"와아, 예뻐요."

흔한 장미꽃이지만 포장을 잘해서인지 정성이 담겨 있는 것 같았다.

"이건 뭐지?"

꽃다발 안에는 작은 카드가 들어 있었다.

줄리아 누나, 이번에도 꼭 우승하세요. 응원해요. 파워 업!

PS. 누나, 나도 양키스 팬이에요. 그중에서 강삼열 아저씨를 제일 좋아해요. 종원이가.

줄리아는 카드를 읽고 입을 벌려 헤실거렸다. 아빠를 좋아하는 팬이라면 자신도 좋았다.

"저기, 저……."

"왜요?"

"그 소년 말이지, 아픈 아이였어."

"정말요?"

"내 눈이 틀리지 않았다면 확실해."

줄리아에게 꽃다발을 가져다준 마이클이 말했다. 원래 그 아이가 아픈 소년이 아니었다면 가져다주지도 않았을 것이다. 시합을 앞둔 선수에게는 아무리 선의의 꽃다발이라도 경기력에 도움이 되지 않기에 전해주지 않는 것이 좋았다.

"그래요? 아빠가 마리아나 재단을 만들었듯이 아픈 아이들은 건강한 사람들이 관심을 가지고 봐야죠."

"그건 그렇지."

"그 소년 어디 있어요?"

"아직 가지 않았으면 데리고 올게."

마이클의 태도를 보니 꽃다발을 준 소년에게 뭔가 언질을 준 것 같았다.

줄리아는 아무래도 좋았다. 소년을 만나더라도 주위에 경호원이 있으니 위험한 일은 생기지 않을 것이다. 고마운 꽃다발을 받았으니 인사라도 해야 했다.

한참 후에 창백한 얼굴의 소년이 들어왔다. 옆에는 어머니로 보이는 여자가 서 있다.

"어서 와. 반가워."

"안녕하세요."

소년은 어려 보였다. 해맑은 얼굴이다. 얼굴이 약간 붉어진 것은 줄리아를 만나서 그런 듯했다.

"누나, 나 누나 팬이에요. 오늘도 꼭 우승해서 금메달 따세요."

"응, 고마워."

소년의 이름은 이종원으로, 초등학교 4학년인데 교통사고로 다리를 잃었다. 그 이야기를 들은 줄리아는 괜히 미안해졌다.

"그래, 이제는 괜찮아?"

"네. 이제는 버틸 만해요."

교통사고를 당하기 전에도 몸이 약하던 그는 교통사고로 다리를 잃었을 뿐 아니라 장이 파열되어 오랜 시간 병원에서 시간을 보내야 했다.

"힘내. 넌 더 훌륭한 사람이 될 수 있을 거야."

"정말요?"

"응. 사람은 어떤 모습인가가 아니라 어떤 사람인가에 따라 존경받을 수 있다고 봐. 장애는 너를 불편하게 만들겠지만, 그것을 이기면 정말 훌륭한 사람이 될 거야."

"나도 그렇게 생각해요. 피스토리우스처럼 스프린터도 될 수 있겠죠? 음, 하지만……."

피스토리우스는 훌륭한 스프린터인 것은 맞지만, 최근에 그가 자신의 저택에서 여자 친구를 총기로 살해했다는 소식이 보도되었다. 강도로 오인해서 쏘았다는데 자세한 내용은 알려지지 않았다. 두 발이 모두 의족으로 올림픽에서 금메달을 따고 나서 성격이 변했다는 이야기가 있었다. 하지만 운동선수로는 존경할 만했다. 장애를 극복하고 스타가 되었으니 말이다.

이종원이 말을 하지 못하는 이유도 피스토리우스가 한 일을 알고 있기 때문이다.

"헬렌 켈러도 그렇고 스티브 호킹 박사님도 자신의 장애를 극복하셨지. 넌 더 훌륭한 사람이 될 거야."

"정말요?"

"그럼. 난 믿어!"

"와!"

종원은 믿을 수 없다는 표정을 지으며 좋아했다. 천사처럼 예쁜 누나가 칭찬을 해주니 힘이 나는 모양이다.

줄리아가 이종원이 더 훌륭한 사람이 될 거라고 말한 것은 업적에 한해서가 아니었다. 종원이 그들보다 더 큰 업적을 이루기란 사실상 힘들다. 아니, 불가능에 가깝다. 하지만 더 훌륭한 삶을 살 수는 있다. 그리고 더 행복하게 살 수도 있고.

일단 그의 엄마인 차인옥 여사의 헌신적인 모습을 보니 그런 생각이 들었다. 훌륭한 부모 밑에서는 언제나 훌륭한 자식이 나오는 법이다. 줄리아는 그렇게 믿었다. 말썽꾸러기이던 자신도 이렇게 훌륭한 일을 하고 있지 않은가.

시합이 시작되려는데 바람이 심하게 불기 시작했다. 줄리아는 문뜩 불길한 기운을 느꼈다. 이제까지는 잘해왔다. 하지만 바람이 불고 있고 기온도 조금 내려갔다.

"비 오는 것 아냐?"

줄리아는 하늘을 보며 중얼거렸다. 그러자 샤론 에이지 박사가 심각한 표정으로 말했다.

"줄리아, 평소보다 조금 더 몸을 일찍 풀어야겠어."

"네."

오늘은 400m 달리기 경기가 있는 날이다. 마라톤 다음으로 가장 어려운 400m 달리기의 경우 오늘 같은 날씨에는 잘못하면 부상당할 위험이 있었다.

"긴장하고, 방심하면 안 돼."

존 코치도 평상시와 달리 긴장하라고 했다.

비가 쏟아질 날씨라 경기가 평소보다 빨리 시작되었다. 선수 소개가 있고 나자 바로 출발 신호가 울렸다.

삑.

처음에는 호주의 아샤타 스틸러스가 부정 출발로, 이후에는 자메이카의 호렌 에밀리 에스디엔이 부정 출발로 실격을 당하고 말았다. 여덟 명 중 두 명이 부정 출발로 실격당하고 나자 분위기가 안 좋아졌다. 다소 스타트에 덜 민감한 400m 경기가 부정 출발로 실격당한 것 자체가 의외였다.

줄리아도 기분이 좋지 않았다. 두 번이나 다시 뛰어야 하니 기분이 좋을 리가 없었다. 게다가 차가운 바람까지 불고 있었다.

'정신을 차려. 힘들 때가 기회야.'

줄리아는 풀어지는 마음을 다잡았다.

'이럴 때일수록 조심해야 해.'

어릴 때부터 삼열이 훈련하는 것을 지켜본 줄리아는 자기 관리를 어떻게 해야 하는지를 잘 알고 있었다. 연습광인 삼열은 자신의 핸디캡을 오직 훈련으로 극복했다. 그 모습을 어릴 때부터 지켜본 줄리아였다.

"차렷!"

줄리아는 엉덩이를 들고 달릴 준비를 했다. 출발 신호와 함께 힘껏 달렸다. 조심하고 또 조심해서 달렸다. 오직 달리는 것에 집중했다.

"와아!"

줄리아는 관중의 함성을 들으며 결승점에 도착했다. 기록도 나쁘지 않을 것 같았다. 이전의 45초 34를 뛰어넘었을 것으로 예측되었다.

줄리아의 예상대로 전광판에는 45초 29가 나왔다. 하지만 세계신기록 경신에 대한 언급은 없었다.

줄리아는 등 뒤에서 불던 바람을 생각해 냈다.

'젠장, 망했어!'

그녀는 기쁨에 환하게 웃으면서도 신기록을 도둑맞게 되었기에 뒷맛이 씁쓸했다. 그래도 우승은 우승이었다.

줄리아는 오늘도 성조기와 태극기를 들고 뛰다가 이종원을 바라보았다. 그녀는 종원이 있는 곳으로 다가가 소리를 질렀다.

"종원아, 기다려! 행운의 마스코트를 줄게!"

종원은 줄리아가 가까이 다가와서 아는 체를 해준 것이 기뻤다. 그리고 행운의 마스코트를 준다는 말을 들으니 기분이 좋아졌다. 행운의 마스코트를 준다는 말은 선물을 준다는 말이어서 은근히 기대가 되었다. 자신의 우상인 줄리아가 주는 선물이라면 뭐라도 좋을 것 같았다.

400m 달리기 금메달을 받고 줄리아는 관중석으로 뛰어가 금메달을 이종원의 목에 걸어줬다.

"행운의 마스코트야. 잃어버리면 안 돼?"

종원은 어리둥절했다. 선물을 받을 줄은 알았지만 그게 올림픽 금메달일 줄은 전혀 예상하지 못했다.

"누, 누나, 이래도 돼요?"

"당연히 되지. 잃어버리지 말고 항상 나를 기억하면서 힘내. 넌 정말 훌륭한 사람이 될 거야. 난 믿어."

종원은 이 세상에서 가장 큰 선물을 받은 것 같아 너무나 기분이 좋았다. 나중에 메달을 돌려준다고 하더라도 정말 큰 선물을 받은 것이라고 생각했다.

하지만 줄리아는 메달을 다시 돌려받지 않았다. 오히려 한마디를 더 했다.

"세계신기록을 인정받은 메달이었으면 좋았을 텐데. 그래도 비공식적으로는 세계신기록을 달성한 메달이야. 너도 네 삶에서 항상 최고가 되렴."

줄리아는 운이 없었다. 200m 달리기에서도 메달을 땄지만 세계신기록을 달성하지는 못했다.

하지만 그것으로도 그녀는 미국인들에게 영웅이 되었다. 세 개의 올림픽 금메달. 그녀가 열일곱 살의 어린 나이에 이룬 성취였다.

11. 가족 캠핑

줄리아는 올림픽 경기를 마치고 밀려드는 인터뷰 요청에 몸살을 앓았다. 하지만 인터뷰를 할 때의 그 표정은 천사 같았다. 환한 미소, 긍정적인 말, 가끔 터지는 엉뚱한 말과 푼수 기는 그녀를 더욱 사랑스럽게 만들었다.

사람들의 마음이 그렇다. 사람이 한번 좋으면 뭘 해도 좋아 보이게 마련이다. 사람들에게 좋은 평판을 얻은 줄리아는 나날이 인기가 올라갔다.

가끔 ABC방송에서 인터뷰가 헤드라인 뉴스로 나가기도 했다.

—줄리아 양, 왜 성조기와 함께 태극기를 가지고 트랙을 도셨나요?

—난 한국계 미국인이에요. 나의 아버지가 한국인이라는 것을

모르는 사람이 없잖아요? 그러니 내가 감추려고 해도 감출 수 없어요. 지금은 아직 성인이 되지 않았으나 곧 국적을 선택해야 해요. 그것은 아빠와 상의해서 결정할 거예요. 그러나 지금까지 딴 메달들은 확실히 미국 국가대표로 출전하여 딴 것은 맞아요. 헤헷.

—아, 그러면 지금 이 순간만큼은 미국인이라고 말할 수 있겠군요.

—맞아요. 설마 ABC방송사가 그냥 예쁜 열일곱 살의 소녀를 인터뷰하려는 것은 아니겠죠? 난 미국 대표로 출전하여 올림픽 메달을 땄고, 그것을 자랑스럽게 여겨요.

—하하, 물론 그렇습니다. 항간에 아빠빠로 알려졌는데 한마디 해주시죠.

—이건 솔직히 딸의 입장에서 말씀드리는 것인데, 당연히 아빠를 사랑할 수밖에 없어요. 난 조금, 음, 우리 집안의 기준으로 볼 때는 부족한데도 불구하고 아빠는 항상 나에게 '너는 최고다, 넌 나의 자랑이야'라고 말씀을 해주시거든요. 아빠가 그런 말을 해주면 자식들은 누구나 아빠를 존경하지 않을 수 없어요. 그리고 부모님은 나를 낳아주고 키워줬으니까 당연히 고마워해야 해요. 아빠는 항상 노력하고 또 노력했어요. 아침부터 저녁까지. 그런 아빠를 보고 자란 나도 자연히 뛰고 또 뛰었죠. 그 결과 올림픽 메달을 얻게 된 거예요. 그러니까 이 메달을 따는 법을 가르쳐 준 사람이 바로 아빠인 거죠. 사람들은 언제나 최선을 다해야 해요. 음, 그런데 우리 엄마가 나에게 매일같이 잔소리하시는 것도 사랑의 표현이죠. 그런데 왜 난 엄마의 잔소리가

그렇게 싫을까요? 음, 알 수가 없어요.

줄리아의 말에 윌리엄 웨인 기자가 웃었다. 열일곱 살인 사춘기 소녀의 모습이 마치 때가 묻지 않은 초등학생 같았다. 진중한 말과 함께 그런 말이 나오자 굉장히 귀엽게 보였다.

마리아는 줄리아의 인터뷰를 보고는 입을 벌리고 말을 하지 못했다. 순식간에 전국적으로 잔소리하는 아줌마가 되어버린 것이다. 천연덕스러운 표정으로 말하는 딸의 모습을 보니 화가 더 났다.

"줄리, 너……."

같이 TV를 보던 줄리아가 엄마의 표정을 보더니 '헤헤헤, 엄마, 미안!' 하고는 자기 방으로 도망가 버렸다.

그날 저녁에 사라 메로라인은 자신의 딸에게 위로의 전화를 했다.

*　　　*　　　*

줄리아는 요즘 잠이 오지 않았다. 이종원을 생각하자 마음이 좋지 않았다. 원래 몸이 좋지 않던 종원은 교통사고로 다리까지 잃은 것을 그 어린 나이에 받아들이기가 힘들었을 것이다. 그럼에도 불구하고 자신과 아빠의 팬이 된 것은 고마웠다.

'아, 팬은 하나하나가 다 그냥 되는 것이 아니라 나름의 의미가 있구나. 아빠에게는 마리아나라는 열성 팬이 있고 난 종원이가 있는 거야. 어떤 만남은 삶과 삶이 만나고 의미와 의미가 만나는 것이 되기도 하는구나.'

줄리아는 올림픽을 마치고 나서 아주 복잡한 심정이 되었다. 구름에 붕 뜬 것 같은 희열을 느끼다가도 종원과 같은 아픈 사람을 생각하자 마음이 아팠다. 나이를 먹는다는 것이 무엇을 의미하는 것인지 알 것 같았다. 그녀에게 사춘기가 요상하게 찾아왔다.

'아, 어느 프로그램에 나갈까?'

올림픽이 끝나자 온갖 종류의 프로그램에서 섭외가 들어왔다. 줄리아는 방송에 출연할 생각이었다. 세계신기록을 보유한 선수로서 팬들을 위한 서비스 차원도 있었지만 대중에게 어떻게 비춰지느냐에 따라 CF가 들어오는 수가 달라지기 때문이다.

그리고 줄리아는 이제 코치와 상의해서 장거리에 출전하고 싶어졌다. 단거리에서는 모두 우승을 하고 기록을 냈기에 다시 메달을 따는 것에 큰 의미를 두지 않았다.

'우헤헤, 달리기는 역시 마라톤이 최고지.'

줄리아는 침대에 누워 눈을 감았다. 월계관을 쓰고 온갖 폼을 잡으며 방송사와 인터뷰를 하는 자신의 모습을 상상했다. 생각만으로도 등줄기가 찌릿찌릿해졌다.

*　　　*　　　*

줄리아는 많은 토크쇼 중에서 오프라 윈프리가 진행하는 쇼에 나가기로 결정했다.

오프라 윈프리가 줄리아가 어릴 때 방송에서 같이 찍은 사진을 보여주며 출연을 요청했기 때문이다.

"줄리아, 그 어릴 때 작은 요정이 어떻게 자랐는지 우리 쇼에서 보여줘요."

사진은 소파에서 하품하는 모습과 꾸벅꾸벅 조는 모습, 그리고 제시를 야단치는 모습이었다. 특히 제시의 사진을 보자 줄리아는 말할 수 없는 그리움이 몰려오는 것을 느꼈다. 제시와 보낸 다정한 시간이 영화처럼 머릿속에서 왔다 갔다 했다.

한 가족이었고 자매이던 제시가 죽은 후 그 새끼들을 돌보면서도 예전같이 개들에게 애정을 주지 못하는 이유는 이별에 대한 두려움 때문이었다. 헤어짐이, 죽음이 무엇을 의미하는지 이제는 조금은 알게 되었다.

줄리아는 오프라 윈프리 쇼에 나간 후 작년보다 더 많은 광고 제의를 받았다. 그리고 그녀는 그 대부분의 광고를 찍었다.

"도대체 왜 그렇게 무리를 하는 거니?"

"……."

줄리아는 화를 내는 마리아의 잔소리를 내내 들으며 묵묵히 돈을 벌었다. 그녀에게는 이번이 언제 다시 올 줄 모르는 기회였다. 돈을 준다는데 안 할 이유가 없었다. 1천 달러도 대단히 큰 줄리아에게 수백만 달러의 광고료는 정신을 차리지 못하게 하는 것이었다.

그렇게 찍었음에도 불구하고 사람들에게 수도꼭지라는 말은 듣지 않았다. 전미 지역을 모두 커버하는 광고가 그렇게 많지 않았기 때문이다. 게다가 기업 광고의 상당 부분이 후원의 성격이

질기 때문이기도 했다.

올림픽이 끝나고 줄리아가 한 일은 먹고 자고 쉬는 것이 다였다. 물론 아침에 늘 하던 러닝은 계속했다.

겨울이 다시 찾아왔다. 줄리아는 정원에서 겨울을 맞이했다. 하루가 가고 또 하루가 왔다.

"아빠, 어떻게 사는 게 옳은 거야?"

줄리아가 얼어버린 수영장을 바라보며 삼열에게 물었다. 수영장 위에는 어제 내린 눈이 쌓여 있었다.

"옳게 사는 것은 없단다. 오직 행복하게 사는가, 그렇지 않은가만 있단다."

"왜요?"

"왜냐하면 옳다는 말은 상대적이거든. 정의는 항상 공리주의적인 성격을 가지고 있는데, 왜냐하면 인간에게 절대적으로 옳은 것은 없기 때문이지. 전쟁에서 수천 명을 죽이면 영웅이 되지만 일상에서는 한 명만 죽여도 살인자가 된단다. 사람을 죽이는 일이 상황에 따라 달라지는 거야. 옳은 것은 그냥 인간 사회를 유지하기 위해 유용한 것이지."

"그럼 행복하게 사는 것이 옳은 거야?"

"아니. 아빠가 엄마를 사랑했을 때는 행복했단다. 하지만 외할아버지의 마음을 아프게 만들었지. 세상은 그런 거란다."

"아, 그런 거구나."

줄리아는 몰려오는 어둠을 바라보며 삼열의 손을 꽉 잡았다. 아빠의 따뜻한 손을 잡는 시간도 예전보다 적어졌다. 나이를 먹는다는 것이 그랬다. 그런 면에 있어서 그녀는 나이를 먹고 싶지 않았다.

"아빠, 광고 촬영이 끝나면 여행 가요."

"그러자. 나야 딸과 여행하는 것이야말로 가장 기쁜 일이지."

"나도, 아빠."

"그래, 그러면 낚시를 함께 갈까?"

"낚시는 왜?"

"낚시는 가족이 함께 가면 좋단다."

"왜? 여자들은 낚시 가는 것을 싫어하는데."

"그래서 가야 하는 거야. 우리가 서로 인생을 생각할 시간을 가지게."

"응?"

"낚시는 심심하지. 그래서 흐르는 물을 보며 인생을 생각할 수 있는 여유가 생긴단다. 아무도 없는 곳에서 우리 가족들끼리 서로 뭉치는 것이지."

"그래요?"

"그래."

"아빠가 좋으면 나도 좋아요."

"너도 좋아하게 될 거다."

삼열은 줄리아의 어깨를 잡고 하늘을 바라보았다. 그때 하늘에서 종달새가 날아갔다. 겨울이라 밤이 되자마자 바람이 조금씩 차가워졌다.

"여보, 줄리, 이제 들어와서 자요."

"알았어."

"응, 엄마."

*　　　*　　　*

시간이 지나갔다. 줄리아는 1월 둘째 주까지 광고를 찍었다. 광고 촬영이 끝나자마자 삼열은 캠핑카를 렌트해서 가지고 왔다. 버스처럼 생긴 캠핑카였다.

"와아, 크다!"

조셉이 캠핑카를 보더니 뛰어갔다. 가장 신이 난 사람은 조셉이었고, 마리아와 줄리아는 그다지 좋아하지 않았다. 그저 삼열이 가자고 하니 따라가는 것이다.

조셉은 캠핑카를 열어보더니 만족스러운 미소를 지었다. 캠핑카는 두 대였다. 경호원들이 사용할 한 대는 조금 작았다. 줄리아 가족의 차는 삼열이 운전하기로 했다. 조셉은 삼열의 옆에 앉았다.

캠핑카 실내에서는 마리아와 줄리아가 모처럼 마음이 맞아서 수다를 떨었다.

"엄마, 아빠는 어디로 갈까요?"

"아빠에게 여쭤보렴."

"뭐, 괜찮아. 아빠가 알아서 하실 거야."

"그렇겠지."

둘은 난감한 표정으로 서로 바라보다가 웃었다. 입으로는 말하지 않았지만 이렇게 여행하는 것은 조금 마음에 들지 않았다. 비록 캠핑카가 커서 충분한 공간과 편의 시설이 있었지만 넓은 집에서 편하게 지내던 그녀들로서는 달갑지 않았다.

"엄마, 근처에 호텔이라도 있었으면 좋겠어요."

"아니, 왜?"

"그래야 식사도 하고 샤워도 할 수 있잖아요."

"직접 해서 먹는 것도 괜찮단다."

"네에?"

"아빠가 생각보다 요리를 잘하셔."

"정말요?"

줄리아는 삼열이 요리하는 것을 별로 보지 못했다. 가끔 해주기는 하는데 그것을 요리라고 하기에는 어려웠다. 특히 마리아가 삼열이 요리하는 것을 그렇게 찬성하지 않았다. 그래서 괜찮은 요리 실력을 가지고 있었음에도 음식을 한 적이 별로 없었다.

마침내 캠핑카가 움직이기 시작했다. 문을 열고 보니 조셉이 좋아서 소리를 지르고 있다. 차는 아주 천천히 움직였다.

캠핑카로 여행하는 것은 불편했지만 하루가 지나면서 줄리아는 곧 적응했다. 강을 따라 미국을 둘러보는 것은 아주 좋았다. 사람들이 가지 않는 곳을 가다 보니 식구끼리 예전보다 더 많은 이야기를 하게 되었다.

가끔 삼열이 피곤하다고 느낄 때는 경호 차량에서 사람들이 와서 운전을 해주기도 했다. 만약을 위해 동원된 경호원이 열여섯 명이나 되었다. 일부는 완전무장을 했다. 삼열이 운전하지 않을 때는 캠핑카의 내실로 와서 이야기하거나 잠을 잤다.

시간이 지나면서 불편하던 것들이 즐거움으로 변했다. 적어도 좁은 공간에 온 가족이 모여 생활하는 것은 아주 좋았다.

여행 2주째에 미네소타의 이타스카 호수에 도착했다. 그림같이 아름다운 호수와 물줄기를 보며 사진을 찍고 동영상을 녹화했다.

"아빠, 오늘은 뭐 해요?"

"오늘은 낚시를 하자꾸나."

"낚시요?"

"혹시 모르지. '흐르는 강물처럼'처럼 우리도 송어를 낚게 될지도."

"훗, 당신은 폴이 아니잖아요."

"나도 내가 브래드 피트보다 못생긴 건 알아."

"아닌데……."

줄리아가 예의상 한마디 했지만 강하게 주장하지는 못했다. 아빠가 우상이기는 하지만 그것이 잘생긴 미남이라는 뜻은 아니었다.

"하하, 그래도 브래드 피트가 던진 낚싯대와 똑같은 것을 가져왔지."

삼열은 플라잉 낚시를 하기 위해 낚싯대를 꺼냈다. 이곳은 깊지도 않고 물의 흐름도 완만해 낚시하기 좋은 곳이었다.

"아빠, 낚시할 줄 알아?"

"하하, 처음이란다."

"쳇."

"체드 아저씨가 낚시 도사라고 하니 한 수 배워야지."

체드 오말린은 경호원 중 한 명으로 나이가 조금 많았다. 진중하면서도 밝은 성격이라 줄리아와 친하게 지내고 있었다.

"와아, 정말요?"

"그럼. 너도 낚시해야지?"

"저도요?"

"그래. 누가 더 많이 잡나 내기하자꾸나."

"헤헤, 좋아요. 내가 더 많이 잡으면 뭐 해줄 거예요?"

"글쎄다. 엄마가 허락한다면 뭐든지 해주마."

"칫."

마리아를 제외하고 모두 낚싯대를 들고 강가로 몰려갔다. 바람이 싸늘하게 불어 강물에는 들어가지 못하고 바위에 걸터앉아 낚시를 시작했다. 하지만 겨울바람 탓에 결국 한 마리도 잡지 못하고 다시 캠핑카로 돌아왔다.

저녁에는 낚시 선수인 체드 오말린이 여러 마리의 물고기를 잡아 와서 일부는 굽고 일부는 매운탕을 해서 저녁 반찬으로 먹었다.

삼열은 오랜만에 술을 마셨다. 줄리아가 옆에서 호기심 어린 눈으로 바라보았다.

"아빠, 왜 술을 마셔?"

"하하, 오랜만에 가족이 나와 이렇게 함께하니까 좋아서 한잔 했지."

"기분이 좋으면 술 마시는 거야?"

"그럼, 그렇고말고. 술은 기분 나쁠 때 마시면 사고를 칠 가능성이 높지. 술은 어떻게 마시느냐가 중요한 것이 아니라 누구와 마시느냐가 중요해."

"왜요?"

"음, 이런 말이 있어. 처음엔 사람이 술을 먹고 나중엔 술이 사람을 먹는다는."

"응, 나도 알아. 탈무드에 나오는 내용이잖아."

"그래, 술을 마시면 실수할 가능성이 많아진다는 건 알지? 알코올이 몸에 들어가면 몸의 기능이 떨어지고 흥분하기 쉽기에 이성적인 판단을 잘할 수 없거든. 술과 마약, 섹스, 이런 것들을 항상 주의해야 해."

"그렇구나."

"그래서 술을 마실 때는 좋은 사람들과 마셔야 해. 너를 안전하게 지켜줄 수 있는 사람과 함께 마셔야지."

"그럼 난 아빠랑만 마셔야겠네?"

줄리아의 말에 삼열은 빙그레 미소를 지었다.

늦은 저녁이었고 바람이 쌀쌀했기에 모두들 캠핑카 내로 들어왔다. 밤이 깊도록 이야기를 하며 가끔 별이 아름답게 반짝이는 하늘도 바라보곤 했다. 자연에 있으니 조금 있던 걱정도 어느새 사라져 버렸다.

줄리아는 자신의 베드에 가서 잠을 잤다. 그런데 잠이 안 왔다. 엄마와 아빠가 아까부터 밑에서 쪽쪽거렸기 때문이다.

아침이 되자 삼열은 아침 식사를 준비하러 나갔다. 조셉이 졸래졸래 따라 나갔다.

아침 안개가 가득한 빙하호는 그림처럼 아름다웠다. 더 이른 새벽에 보았다면 일대 장관이었을 것이다.

이들이 있는 곳은 이타스카 호수가 멀리 보이는 상류 지역이다. 이타스카는 미시시피 강의 발원지이기도 하다. 이 이타스카 호수에서 출발한 물이 모여 미시시피 강이 되고, 그것은 총길이 6,210km나 되는 세계에서 네 번째로 긴 강을 이룬다.

아침을 먹고 삼열과 조셉은 다시 낚시하러 갔다. 캠핑카 안에서 뒹굴던 줄리아가 마리아에게 심심하다며 귀찮게 했다.

"엄마도 심심해."

"그러면 같이 놀자."

"엄마는 좀 쉬고 싶구나."

"그래?"

줄리아가 시무룩하게 있으니 마리아가 다가와서 다정하게 안아줬다. 그리고 나지막한 목소리로 말했다.

"아빠가 왜 불편한 캠핑을 하자고 하셨는지 알지?"

"그럼요. 아빠는 우리하고 같이 시간을 보내고 싶은 거야. 우린 가족이잖아."

"그래. 너희는 금방 자라고 곧 너희의 세계로 나갈 테니까 아빠는 그게 섭섭하신 거야."

"응, 나도 알아."

"엄마도 네가 알고 있다고 생각했어."

한곳에 가만히 있지를 못하는 줄리아가 순순히 여행을 따라나온 것은 삼열이 캠핑카로 여행을 가자고 한 이유를 너무나 잘 알고 있기 때문이었다.

흐르는 물처럼 흐르는 시간을 사람은 막을 수 없다. 그것을 누가 막을 수 있단 말인가? 그래서 소중하게 여길 뿐이다.

삼열은 운동하느라 가족 간의 추억이 별로 없음을 깨달았다. 그것을 딸이 이렇게 클 동안 몰랐다. 가끔 여행도 했지만 유명한 관광지 위주로 돌아다녀서인지 가슴에 남을 만한 추억이 별로 없었다. 아름다운 플로리다 해변에 떨어지면 물속으로 들어가기 바빴다.

가족이 가족인 이유는 핏줄로만 연결되는 것이 아닌 더 끈끈한 무엇이 있기 때문이다. 그런데 삶을 살아가는 철학과 생각은 가족이라도 아주 다른 경우가 많다. 그래서 가족 간의 끈끈한 정이 필요했다. 그 정은 같은 공간에서 같이 뒹굴어야 생긴다. 가족이 진정한 가족이 되기 위해서는 함께 공유하는 추억도 아주 많아야 한다. 되돌릴 수 없는 시간이기에 함께하는 순간을 소중히 여기고 싶어지는 것이다.

삼열은 어릴 때 가족을 잃었다. 그리고 루게릭병에 걸려 죽어가면서 항상 불안하고 두려웠다. 그렇기에 그에겐 사소한 것이 사소하지 않았다. 꿈에 그리던 가족을 가지게 되었을 때의 그 감격을 자식들과 나누고 싶었다.

줄리아는 아침 바람을 참으며 낚시를 하는 삼열과 조셉을 보며 웃었다. 끝없이 펼쳐진 강줄기의 끝에는 수많은 나무와 바위가 있었다.

점심을 먹기 전에 삼열이 결국은 물고기 한 마리를 잡았다. 30㎝나 되는 물고기였기에 한 마리였음에도 불구하고 굉장히 기뻐했다. 특히 조셉은 자신이 잡은 것도 아닌데 방방 뛰었다.

그들은 캠핑카로 그랜드캐니언과 라스베이거스도 들렀다. 최종 목적지는 캘리포니아였다. 라스베이거스에서 삼열은 100달러를 따서 저녁 디저트를 사 먹었다.

두 달간의 일정이었다. 이제 시범경기 준비도 해야 하기에 삼열은 집으로 돌아가야 했다.

플로리다의 해변에서 넘실거리는 파도와 바다를 보면서 줄리아는 예상한 것보다 이번 여행이 재미있었다고 생각했다. 가족들과 이렇게 긴밀하게 움직인 적은 처음이다.

그녀는 해변을 거닐면서 삼열에게 말했다.

"아빠, 나 마라톤으로 종목 바꾸고 싶어요."

"그러고 싶니?"

"네."

"흐음."

삼열은 줄리아의 말을 듣고 잠시 생각에 빠졌다. 그러는 사이 줄리아가 다시 말을 이었다.

"이제 신기록을 세우는 것은 별로 관심이 안 가요. 다른 것도 해보고 싶어요."

"아, 줄리, 그러면 뭘 하고 싶니?"

"달리기도 좋긴 하지만 좀 더 다양한 일을 해보고 싶어요. 그냥 뛰는 것은 약간 지루해요."

"그렇긴 하지. 그러면 다른 운동을 할 거니?"

"그, 그게… 잘 모르겠어요. 제가 운동을 하지 않고 다른 일을 한다는 것이 잘 상상이 안 돼요."

줄리아는 자신의 성격을 너무 잘 알고 있다. 자신이 사무실과 같은 곳에 얌전하게 앉아서 일할 수 있을 것이라고는 생각하지 않았다. 그렇다면 운동을 해야 하는데 그게 무엇인지 몰랐다.

"그러면 뭐를 해보았니?"

"학교에서 테니스를 잠깐 배웠고요, 축구도 조금."

"테니스도 괜찮지. 네가 달리기를 잘하고 체력이 좋으니 너에게 잘 맞을 거다. 그리고 골프도 괜찮지 않니? 네가 골프를 하면 장타력이 있을 것 같은데."

"골프요? 그거 작은 공 한 번 치고 계속 걸어가야 하는 거잖아요."

"하하하, 그렇지."

삼열은 크게 웃었다. 생각해 보니 골프는 활동적인 줄리아가 좋아할 것 같지 않았다.

저녁노을이 해변에 그림자처럼 내려앉기 시작했다. 갈매기가 떼를 지어 보금자리로 날아가는 모습이 한 편의 그림처럼 아름다웠다. 모래가 발가락 사이에서 거칠거칠했다.

인생은 한 편의 시 같지 않은가. 이 아름다운 해변이나 그랜드캐니언과 같은 자연에서 인간은 하나의 점에 불과하지만 이곳에서 울고 웃으며 아름다운 이야기를 만들지 않는가.

삼열은 줄리아의 손을 잡고 해변을 거닐었다. 어른이 되어가는 딸을 보며 새삼 마음속에서 무엇인가 울컥 올라왔다. 돌이켜보면 단 한 번의 선행으로 불치병을 고쳤다. 누가 그것을 상상이라도 할 수 있을까? 미카엘을 만난 것 자체가 그에게는 모세가 홍해를 가른 것보다 더 큰 기적이었다.

푸석해진 모래가 샌들 사이로 파고들었다. 낮에는 가끔 보이던 작은 게들도 바위틈 사이로 도망을 가버린 뒤였다. 그들은 어둠이 찾아온 해변을 벗어나 경호원들의 차를 타고 호텔로 향했다. 마리아와 조셉은 먼저 호텔로 돌아갔다.

이제 여행은 끝이다. 어쩌면 앞으로 이렇게 행복한 가족 여행은 못 할 수도 있을 것이라는 생각이 들자 줄리아는 약간 서운해졌다.

"아빠, 나 결혼하고도 아빠랑 같이 살까?"

"하하, 그건 네가 사랑하는 남편하고 상의해 봐야지."

"응, 그건 그래."

정말 그렇게 되었으면 좋겠다는 생각을 둘 다 했다.

하지만 인생은 자기 뜻대로 되는 것이 아니다. 그렇게 하기 위해서는 정말 많은 노력과 시간이 필요하고, 그렇게 했음에도 제대로 안 되는 경우가 더 많다.

돌아올 때는 비행기로 한 번에 왔다. 캠핑카는 대여해 준 회사가 가져갔다.

두 달 만에 다시 돌아온 집은 약간 낯설었다. 줄리아는 자신의 방으로 뛰어갔다. 침대에 누워 잠시 있으니 가구와 책이 보인다. 플라톤, 아리스토텔레스, 밀턴, 장자, 공자의 책이 책장에 가득하다. 어떤 책은 두 번이나 봤고 어떤 것은 읽다가 말았다. 책을 읽는 것으로는 동생 조셉을 당할 수 없다고 느끼며 줄리아는 애써 책을 외면했다. 그러자 마치 자신이 성현의 지혜를 외면한 것 같아 마음이 불편했다.

'시간이 나면 이제 책도 읽어야지. 너무 무식하면 안 되니까.'

줄리아는 하품하며 눈을 감았다.

꿈에서 그녀는 낚싯줄에 걸린 물고기와 그랜드캐니언의 협곡을, 그리고 따뜻한 플로리다의 해변을 다시 보았다. 그녀는 잠을 자면서 빙그레 웃었다.

그녀가 깊이 잠들자 문이 조용히 열리고 마리아가 들어왔다. 마리아는 잠든 딸을 보며 담요를 덮어주었다. 그리고 딸의 머릿결을 조심스레 만지며 귀여운 얼굴을 바라보았다.

마리아가 방문을 열고 나갔다. 사람들이 잠든 밤에도 해맑은 미소가 온 집 안에 가득했다.

사람들은 이런저런 이유로 살아간다. 행복한 사람도 있지만 그렇지 않고 불행하게 사는 사람도 있다. 산다는 것은 누구의 강요가 아닌 자신의 선택이다. 행복해지고 싶다면 다정한 표정과 목소리로 소중한 사람들에게 말해보라. 만약 그렇게 한다면 당신에게도 기적이 일어날 것이다. 행운의 여신이 그대의 손에 입을 맞출 것이다.

모든 사람은 행복을 꿈꾼다. 하지만 행복해지려고 실천하는 사람은 별로 없으며 인내하는 사람은 더욱 없다. 나무에 열매가 열리듯 모든 일에는 시간이 걸리는 법이다. 그것을 기다릴 줄 안다면 사람은 누구나 행복해질 것이다.

어린 줄리아가 뛰었던 그 길을 당신도 뛰어주길 바란다. 그러면 그녀가 행복했던 것처럼 당신도 행복해질 것이다.

아침이 되자 문이 열렸다. 먼저 줄리아가 뛰어나왔고 행운도, 행복도 같이 나왔다. 맞을 준비가 되어 있는가?

12. 에필로그

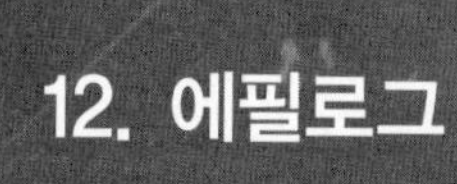

삼열은 쉰 살까지도 메이저리거로 뛸 수 있었다. 두 팔은 아직도 생생했다.

하지만 그는 야구를 사랑하긴 해도 평생 야구만을 하고 살 수는 없다고 생각했다.

인생에는 야구 외에도 재미있는 것이 많다. 이를테면 이웃집 아저씨와 체스를 두면서 실없는 농담을 주고받는다거나 플로리다의 해변에서 밀려드는 파도를 보는 것 등 말이다.

그런데 메이저리거는 항상 시즌을 준비해야 해서 그것이 잘되지 않았다. 그래서 그는 42세에 은퇴를 했다.

그가 그때까지 이룬 승수는 417승이었다. 5년만 더 뛰어도 사이 영의 511승을 뛰어넘을 대기록을 달성할 수 있음에도 그는 스스로 물러났다.

그의 은퇴 선언은 양키스는 물론이요, 메이저리그를 패닉에 빠뜨렸다.

그가 마지막 해에 거둔 성적은 23승 3패, 놀라운 성적이었기 때문이다. 역대 최강의 투수는 단연 그였다.

그가 부상을 당한 것도 아니고 완벽한 컨디션을 유지하고 있음에도 불구하고 은퇴를 하자 사람들은 그가 왜 그런 결정을 내렸는지 의아해했다.

삼열은 양키스타디움에서 뜨겁게 박수를 치는 팬들을 바라보았다. 모든 자리에 관중이 가득 찼다.

경기가 끝나자 그는 구단이 만들어준 은퇴식에 참가했다. 그는 팬들 앞에 섰다.

어린 시절에는 단지 살고 싶었다. 그래서 운동장을 뛰는 야구부원들을 언제나 부러운 눈으로 바라보곤 했다.

고등학교 야구부의 배트보이가 된 이유도 자신은 할 수 없는 운동을 하는 사람들 틈에 있고 싶었기 때문이다.

그런데 지금은 그때는 생각도 하지 못한, 아니, 상상도 할 수 없는 양키스의 스타디움에서 마지막을 맞고 있다.

삼열의 야구 생애는 24년, 그중에서 마이너리그를 제외하고 21년을 메이저리그에서 뛰었다.

교통사고로 시합을 하지 못한 1년과 타자로 활동하던 시기를 빼면 19년 동안 투수로 마운드에 섰다. 그리고 단 한 해를 제외하고 20승 이상을 올렸다.

특히 교통사고 후에 양손잡이 투수가 되고 나서는 컨디션 조절은 일도 아니었다.

그는 관중석에 앉은 팬들을 보며 입을 열었다.

"어린 소년이 있었습니다. 루게릭병으로 삶을 장담하지 못할 때에도 그 소년은 야구를 사랑했습니다. 기적적으로 병이 나은 다음에도 그는 여전히 야구를 사랑했습니다. 그렇습니다. 야구란 제 인생에서 빼놓을 수 없는 그 무엇입니다. 하지만 전 야구를 위해 가정을 희생하지 않았습니다. 제 삶도 희생하지 않았습니다. 전 야구를 하는 것이 좋았을 뿐 더 이상의 목적은 없었습니다. 야구를 하는 것, 그것이 제 인생의 목적이었습니다. 앞으로 5년만 더 활동한다면 사이 영의 승수를 뛰어넘을 수 있습니다. 저는 그것을 아주 오래전부터 알고 있었습니다. 하지만 영웅은 그 자리에 있어야 좋습니다. 전 야구를 사랑하지만 제 삶이 야구 자체이기를 원한 적은 한 번도 없습니다. 다만 제 삶이 행복하기를 원했습니다. 고아, 불치병, 가난, 이것이 저였습니다. 야구는 그곳에서 저를 구원해 주었고 저는 야구를 늘 사랑했습니다. 제가 야구를 하면서 행복할 수 있던 것은 전적으로 아내와 아이들 덕분입니다. 그들에게 고맙다는 말을 전하겠습니다. 양키스는 제가 아직 유망주일 때부터 저의 가치를 가장 높이 알아준 구단이었습니다. 그때 처음 이곳에 왔다면 조금 더 행복할 수 있었을지도 모릅니다. 이 자리를 통해 레드삭스 구단과 팬들에게 사과드립니다. 저를 버린 대가를 너무 오랫동안 치러야 했다는 것을 저도 알고 있습니다. 전 단지 그들과 경기를 할 때 조금 더 집중했을 뿐입니다. 하지만 두 번의 퍼펙트게임을 레드삭스에게 얻었다는 것은 미안하게 생각합니다. 그때는 제가 어렸습니다. 지금도 그다지 어른은 아닙니다. 지금 이 순간 저는 꿈을 꿉니다. 양키스의 팬으로 남는 위대한 꿈을 말입니다. 이제는 양키스의 팬으로 남아 이 위대한 팀이 더 훌륭한 업적을 쌓는 것을 지켜보겠습니다. 고맙습니다, 나의 양키스, 나의 팬들이여!"

5분도 안 되는 짧은 연설을 마치고 삼열이 고개를 살짝 숙여 양키스에 경의를 표했다.

그의 팬들도 자리에서 일어나 박수를 치고 경의를 표했다. 그들 중 일부는 울면서 박수를 쳤다.

그중에는 마리아도 있었다.

마리아는 남편이 생각보다 일찍 야구를 그만둔다는 말을 들었을 때 상당히 놀랐다.

하지만 그가 다른 삶을 원하고 있다는 것을 알고는 그의 뜻을 존중했다. 청춘을 오로지 야구만을 하며 보냈으니 이제는 다른 것을 해도 될 시기였다.

한편으로는 남편이 앞으로 뭘 할 것인가를 생각하자 호기심과 흥분이 동시에 찾아왔다.

그리고 오늘 마리아는 남편이 자기 인생에서 가장 찬란하던 시간을 떠나보내는 모습을 지켜보았다.

정상에 있을 때 내려오는 것이 얼마나 어려운지는 그녀도 알고 있다.

'여보, 훌륭해요. 이제 조금은 쉬면서 가요. 우리 손잡고 거리도 걷고 쇼핑도 같이하고 아픈 아이들을 함께 돌봐요.'

양키스 구단은 그에게 황금 장갑을 선물했다. 삼열의 등번호는 영구 결번으로 정해졌다. 한국인으로서는 최초였다.

그가 단상에서 내려가자 관중은 그의 트레이드마크인 '파워 업!'을 외치기 시작했다. 예의 유치한 그의 노래도 열창했다. 그 노래에 삼열은 얼굴을 붉혔다.

그는 손을 흔들며 야구와 결별했다.

*　　*　　*

시간이 지났다. 줄리아는 마라톤으로 종목을 전향해서 훈련을 시작했다.

"줄리, 시간 되니?"

"네, 아빠."

줄리아가 잠시 쉬고 있는 사이 삼열이 다가와서 말했다.

"우리 같이 런던 마라톤 대회에 참석해 볼까?"

"정말요?"

"응, 기부금도 내고 말이지."

"아하!"

런던 마라톤 대회는 보스턴, 뉴욕, 로테르담 대회와 함께 세계 4대 마라톤 대회로, 1981년에 멜버른 올림픽 금메달리스트 크리스 브래셔에 의해 창설되었다.

나이 어린 학생을 위한 4.2㎞ 미니 마라톤과 장애인 휠체어 마라톤도 있었다.

참가자들이 자선기금을 내는 경우도 많았다. 도심의 관광지를 가르는 구간으로도 유명한데, 그리니치 공원에서 출발하여 도중에 타워브리지와 웨스트민스터사원을 감상할 수 있으며 버킹엄

궁전에서 끝이 난다.

"같이했으면 좋겠어요, 아빠!"

줄리아가 삼열에게 웃으며 안겼다.

삼열이 메이저리그에서 은퇴한 지 1년, 줄리아의 나이는 열아홉 살이 되었다. 이제 줄리아가 올림픽 준비를 서서히 시작해야 할 시기였다.

이미 세상은 줄리아가 마라톤으로 전향한 사실을 알고 있었다.

그녀는 마라톤으로 전향한 지 첫해에 4위를 했다. 언제나 뛰기만 하던 줄리아도 전문적으로 훈련받은 마라토너의 노련함을 이길 수는 없었다.

이날부터 줄리아는 삼열과 함께 훈련했다.

사실 세상에서 가장 빠른 사람은 우사인 볼트가 아니라 삼열이었다.

그는 이미 인간의 육체를 넘어선 지 오래였다. 그래서인지 그와 마리아는 좀처럼 늙지 않았다.

고등학교 때부터 종일 뛰던 그가 야구 선수가 된 후로는 훈련 시간을 줄인 대신에 최고의 스피드로 두 시간 이상 뛰고는 했다.

그래서 마라톤에 그가 직접 참가한다면 우승은 따놓은 당상이었다.

줄리아는 삼열과 함께 훈련하면서 비약적으로 발전했다. 최고의 마라토너와 같이하니 저절로 실력이 늘게 된 것이다.

*　*　*

"아빠, 조금 긴장돼요."

"하하, 언제나 그렇지. 스스로에게 부끄러울 정도로 게으름을 피우지 않았다면 자신감을 가질 필요가 있단다. 줄리, 넌 항상 최고였어. 그리고 이번 대회에서도 넌 최고가 될 거야."

줄리아와 삼열은 옵서버 형식으로 기록과 상관없이 남자부에 출전하기로 했다.

처음에는 부정적으로 말하던 대회 관계자들도 삼열이 100만 달러의 기부금을 내놓자 태도를 바꿨다.

삼열은 대회에 출전할 자격이 없고, 줄리아는 여자라 곤란했지만 100만 달러의 기부금은 거절하기 어려운 유혹이었다. 게다가 열외라니 거절할 명분도 없었다.

우승해도 메달을 가져가지 않겠다는 말은 결국 그들을 기쁘게 했다.

삼열은 넘쳐나는 돈을 어떻게 써야 할지 모르던 차에 런던 마라톤 대회가 기부금을 받는 것을 알고는 흔쾌히 100만 달러를 쾌척했다.

그는 딸과 함께 참가하는 것이야말로 그만한 가치가 있다고 생각했으며 또 좋은 곳에 쓰일 것이기에 오히려 기분이 좋았다.

삼열은 은퇴했지만 여전히 많은 광고를 찍었으며 매년 안테나 로열티로 들어오는 돈도 천문학적이었다.

돈은 많지만 어떻게 써야 할지 모르는 그는 틈만 나면 기부를 했지만 돈은 도무지 줄어들지 않았다.

기부를 하도 많이 하니 이미지가 좋아서 기업 광고도 많이 들어와 전년도에 기부한 돈보다 훨씬 많은 돈을 광고로 벌어들였다.

미리 런던의 호텔을 예약해 두어서 런던에 도착한 이후에도 숙소 때문에 어려움은 겪지 않았다.

여전히 샘슨 사가 에이전시 일을 하고 있었고 삼열의 각종 편의를 챙겨주었다.

"아빠, 아빠랑 같이 대회에 나가게 되어서 너무 좋아요."

삼열은 기뻐하는 딸을 보며 미소 지었다. 아내도 딸도, 그리고 아들을 얻은 것도 모두 행운이다. 서로 존중해 주고 사랑하는 분위기가 정말 좋았다.

그것은 어쩌면 당연한 일이었다. 삼열이 마리아의 말이라면 설설 기는 데다 마리아 역시 삼열이라면 끔찍하게 생각했기 때문이다.

다정한 부부의 모습을 보고 자란 아이들은 상대방을 존중하는 것이 생활화되었다.

런던의 그리니치 공원에 수만 명이 모였다. 올해는 남자부 출전자만 해도 2만 명이 넘었다.

동화에서나 나올 듯한 건물들과 잔디, 그리고 밤나무들을 보자 삼열은 기분이 좋아졌다.

여왕이 살았다는 아담한 퀸즈 하우스와 그리니치 대학도 보였다. 정말 아름다운 곳이었다.

삼열은 줄리아와 함께 마라톤 경기가 열리는 곳으로 가서 수

속을 마쳤다. 사람이 무지하게 많았다.

삼열을 보자 출전 선수들이 악수를 청했다. 팬으로 자처하는 사람들도 있었고 간간이 가볍게 인사를 하는 사람도 있었다.

남자 경기에 출전해서인지 줄리아는 인기 폭발이었다. 어떤 면에서는 삼열보다 줄리아가 더 유명했다.

야구는 미국을 제외하고는 그다지 인기가 있는 편이 아니었는데 올림픽은 그렇지가 않았다.

특히 육상은 올림픽의 주요 종목이었기에 어지간한 사람은 다 보았다. 게다가 줄리아는 100m에서 올림픽 세계신기록을 달성하였기에 유명했다.

하늘은 맑았다. 구름 한 점 없는 파란 하늘 아래 수만 명이 출발 신호를 기다리고 있다.

일부 사람들이 삼열과 줄리아를 위해 자리를 잡아주어 부녀는 앞쪽에서 출발할 수 있었다.

"아빠, 파워 업!"

"하하. 줄리, 너도 파워 업!"

둘은 말없이 달렸다. 달리다 보니 템스 강이 나왔다. 강을 따라 길이 나 있었다. 뛰는 것으로는 세계 최강인 삼열은 줄리아의 속도에 맞춰 뛰었다.

뛰는 동안 그는 인생을 생각했다. 그 무엇보다 소중한 삶이라고. 흘러가는 물에 비친 사람들의 모습이 어제처럼 흐릿했다.

삼열은 속으로 외쳤다.

'자, 이제 새로운 시작이다.'

삶은 항상 도전이다. 삼열은 인생에서 새로운 도전을 할 수 있다는 것 자체가 행복이라고 생각하며 옆에서 뛰고 있는 딸을 흘깃 바라보았다.

줄리아는 신이 난 표정으로 앞을 바라보며 달리고 있었다.

『MLB—메이저리그』 완결